# 林巨正

벽초 홍명희 소설

**7**

화적편 1

사계절

### 일러두기

1. 이 책은 본사에서 펴낸 1985년 1판과 1991년 2판, 1995년 3판을 토대로 하였고, 이미 2판과 3판에서 시행한 조선일보 신문연재분과 1939년, 1940년에 나온 조선일보사본, 1948년에 나온 을유문화사본 대조작업을 한번 더 거쳐 나온 것이다.
2. 표기는 원문의 느낌을 최대한 살리는 선에서 현행표기법에 따라 바로잡았다. 지문에서는 표준말을 원칙으로 하였으나 표준말이 없는 것은 그대로 놔두었다. 대화에서는 방언이나 속어를 살리되 현행 한글맞춤법에 맞도록 표기하였다.
3. 원전에 나와 있는 한자 가운데 일반적인 것은 더러 빼기도 하고 필요한 한자는 더 보충해 넣기도 하였다.
4. 독자들이 읽기에 편리하도록 현재 흔히 쓰지 않거나 꽤 까다로운 말은 뜻풀이를 첨부하였다.

차례

008
청석골

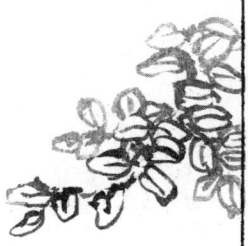

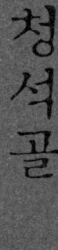

# 청석골

「내가 네게 물어볼 말이 있다.」
「물어볼 말이 있어? 무슨 말?」
「네 성명이 무어냐?」
「선성을 미리 듣두 온 줄 알았더니 성함두 아직 모르느냐!」
성씨는 임씨시구 함자는 꺽자 정자이시다.
「네 성명은 무엇이냐?」
「내 성명이 무엇이냐구? 내가 임꺽정이다.」
애꾸눈이는 입을 딱 벌리고 말을 못하다가 잠간 동안 지난 뒤에 헤헤 하고 억지웃음을 웃으면서
「참말이오? 무얼, 거짓말이지. 저것 봐, 웃는 걸 보니까 거짓말이야.」
하고 어린아이 응석하듯이 말하였다.

# 청석골

1

 이때 조선 팔도에 도적이 없는 곳이 없으되 그중에 황해도가 우심하였다.˚ 황해도 일경은 변동 도적의 소굴이었다. 황해도 민심이 타도보다 사나우냐 하면 그런 것도 아니고, 황해도 양반이 타도보다 드세냐 하면 그런 것도 아니고, 또 황해도 관원의 탐학과 아전의 작폐가 타도보다 더 심하냐 하면 그런 것도 아니건만 황해도 백성은 양순한 사람까지 도적으로 변하였다. 양순한 백성이 강포한 도적으로 변하도록 지방의 폐막˚이 가지가지 많은데, 그중에 가장 큰 폐막은 두 가지였다. 한 가지는 각색공물各色貢物이니 나라에 진상하는 물품이 너무 많아서 민력으로 감당할 수가 없고, 또 한 가지는 서도부방西道赴防이니 평안도 변경에 수자리˚ 살러 가는 것이 괴로워서 민정이 소연하였다.˚ 황해도의 지광地廣이나 토품土品이나 인구나 물산이 다 하삼도˚에 대면 어림없이 못한데 진상 물품은 종목과 수량이 하삼도보다 훨씬 더 많고 또 까다로웠다. 가령 노루 진상으로 말하더라도 그저 노루면 다 쓰는 것이 아니고 사냥꾼의 말로 '수건부치'니 '대장'이니 하는 큰 노루라야 쓰는 까닭에 진상에 쓸 것을 몇마리 고르느라면 백여 마리씩 잡을 때도 없지 아니하였다. 그래도 노루는 흔하니 소산이라고나 하겠지만 사슴으로 말하면 국초國初에는 흔하였는지 모르나 당시는 거의 절종되어서 소산도 아닌데 진상 종목에 들어 있었다.

  녹용 같은 약재와 녹포鹿脯 같은 별미는 진상할 만한 물품이나 되지만, 녹미鹿尾, 녹설鹿舌 같은 약재도 아니요 별미도 못 되는 물품을 진상시키는 건 당초에 까닭 모를 일이었다. 소산이 아니라 할 수 없이 서울 가서 사서 바치는데 전의 진상품이 밖에 나온 것을 되사서 바치니 우습기 짝없는 일이건만, 진상품이 사용원에 들어 갔다 나왔다 또 들어가는 사이에 황해도 백성의 고혈이 마르니 웃기는커녕 통곡해야 좋을 일이었다.

● 우심(尤甚)하다
더욱 심하다.
● 폐막(弊瘼)
고치기 어려운 폐단.
● 수자리 국경을 지키던 일.
● 소연(騷然)하다
떠들썩하니 야단법석이다.
● 하삼도(下三道) 삼남.
충청도, 전라도, 경상도 세 지방을 통틀어 이르는 말.

  일기 더운 때 생물生物을 진상하자면 서울 가는 동안에 빛이 변하고 맛이 가서 퇴짜를 안 맞을 수 없고 퇴짜를 안 맞자면 진상 받는 관원으로부터 하인에게까지 인정人情을 안 쓸 수 없었다. 이 까닭에 진상은 꼬치로 꿰고 인정은 바리로 실린다는 속담까지 생기었다. 진상에 인정에 백성의 고혈이 말라드는 것을 눈으로 보고 귀로 들으며 작청에서 관가에서 또는 감영에서 고혈을 빨아갈 수 있는 대로 빨아가니 백성은 중병 든 것같이 피골만 남을 수밖에 없었다.

황해도의 군역軍役은 서울 상번上番 외에 평안도 변경 방비가 더 있어서 갑사甲士, 기병 이천명이 시월 초일일부터 이듬해 이월 회일*까지 두 번에 번갈아서 의주, 이산, 강계 같은 변경 요해지에 가서 수자리를 살고 그 이듬해에는 다른 이천명이 역시 번갈아 가서 수자리 사는데 도합 사천명의 절반 이천명씩 서로 돌려가며 일년은 수자리 살고 일년은 쉬었다. 수자리 살러 가는 곳이 멀고 가깝고 낫고 못한 것이 있으므로 군무 보는 이속吏屬이 이것을 가지고 농간하여 인정을 받으면 가깝고 나은 곳을 택하여 보내주고 인정을 못 받으면 멀고 못한 곳으로 몰아 보내니 인정 줄 것이 있고는 좀하여 안 줄 사람이 없고, 수자리 살 곳에 가서는 서도 사람, 평안도 사람들이 황군黃軍이라 일컫는 것을 으레 먹을 감으로 여겨서 등골까지 빼어먹는 까닭에 수자리를 한번 살면 몸에 남는 것이 없고 두 번 살면 집에 남는 것이 없고 세 번 살면 목숨까지 부지하기가 어려웠다. 만일 목숨을 보전하려고 도망을 하면 침책이 일가에 미치고 이웃에 미쳐서 일가 사람과 이웃 사람까지 못살게 되었다.

을묘년 난리 뒤에 나라에서 서도부방을 영폐永廢하기로 결정하여 황해도 백성은 살 수 하나 난 줄 알았는데 불과 사년 만에 평안도 감사, 병사의 장계로 말미암아 다시 복구하게 되어 고역을 새삼스럽게 치르게 되니 민정이 소연하지 않을 수 없었다.

황해도 백성들 생각에는 이래 죽으나 저래 죽으나 죽기는 일반이니 꺼리고 사리고 할 것이 없다고 칼 물고 뛰엄뛰기로 도적들이 되었다. 명화적패가 밤에 불 켜가지고 촌에 들어오는 건 예삿일이고 대낮에 읍에 들어와서 옥문을 깨뜨리고 관문을 에워싸고 관예官隸를 죽이고 관물을 뺏어가는 일까지 종종 있었다. 황해도 이십사관 관하에 이런 명화적패가 여기저기 있었지만 그중에 청석골패가 가장 기세가 무섭고 이름이 높았다.
　청석골 본바닥 도적 오가는 텃세와 나이 덕과 언변 힘으로 은연히 괴수 대접을 받아왔으나 인끔*과 역량이 괴수 재목이 못 되는 줄을 오가 자기가 다른 사람보다 더 잘 아는 까닭에 기회 보아서 임꺽정이를 괴수로 떠받들려고 마음을 먹고 있었다. 꺽정이가 길막봉이와 곽능통이를 데리고 청석골 돌아오던 날 여러 두령이 꺽정이 집 사랑에 모여 앉아서 연석 배설할 것을 공론하는 중에 오가가 한판 차리고 나앉으며

● 회일(晦日) 그믐날. 음력으로 그 달의 마지막 날.
● 인끔 사람의 가치나 인격적인 됨됨이.

　"여러분께 내가 말씀 한마디 할 것이 있소."
하고 한두 번 헛기침을 하고 나서
　"우리가 이때까지는 작구 큰 일을 여럿의 공론으루 해왔지만 이제부터는 우리 중에서 대장 하나를 뽑아서 위에 세우구 대장의 호령과 약속으루 일을 해가두룩 하면 좋겠소."
하고 여러 두령을 돌아보았다. 서림이와 이봉학이와 황천왕동이는 눈치들이 빨라서 오가의 마음을 알고 임꺽정이와 박유복이와

배돌석이는 요량들이 있어서 오가의 뜻을 짐작하나, 눈치 없는 곽오주와 요량 적은 길막봉이는 오가 자기가 대장이 되고 싶어하는 줄로 여기고 고개들을 가로 흔들었다. 오주가 먼저
"대장 노릇이 하구 싶소?"
하고 들이대듯이 말하는데 오가는 껄껄 웃으며
"내가 하구 싶다면 자네가 뽑아줄라나?"
대답하고 막봉이가 그다음에
"아무리 급한 일이기루 잠깐 공론할 틈이야 없겠소!"
하고 심사 틀린 말투로 말하는데 오가는 수염을 쓰다듬으며
"공론이란 게 좋긴 좋지만 잘못하다간 신주 개 물려 보내는 법이니."
하고 대답하였다. 서림이가 빙그레 웃으면서
"잔치 차릴 것을 이야기하는데 별안간 대장 뽑을 공론을 내시니 대장을 뽑아놓구 아주 큰 잔치를 차리잔 말씀입니다그려."
하고 말하니 오가는 손뼉을 치면서
"일등 모사가 다르구려."
하고 너털웃음을 웃었다.
"대장을 뽑자면 어떻게 뽑으실랍니까?"
"내일 아침 도회청에 모여서 공론해 뽑읍시다."
"대장만 뽑구 중군을 안 뽑으실랍니까?"
"내 생각엔 중군은 따루 뽑지 않아두 좋을 듯하나 그것도 종공론해 작정합시다."

오가가 서림이와 서로 수작하는 중에 오주와 막봉이가 같이 지껄이었다.

"대장쟁이가 나거든 도리깨나 하나 새루 치어달랄까."

"도리깨가 있는데 또 치어달래서 무어하우. 아무것두 없는 나나 하나 치어달라지."

"도리깨가 갖구 싶은가?"

"나는 굵은 철편을 하나 치어 갖구 싶소."

하고 서로 주거니받거니 지껄이는 것을 유복이가 오주에게 눈을 흘기고 돌석이가 막봉이에게 손짓하여 더 지껄이지 못하게 하였다.

이튿날 아침에 여러 두령이 도회청에 모여서 자리를 잡고 앉은 뒤에 오가가 좌중을 돌아보며

"자, 우리 대장 뽑을 공론합시다."

하고 말을 꺼내고 곧 다시

"공론할 것 무엇 있소. 임두령을 우리 대장으로 뫼십시다."

하고 말하니 꺽정이만 잠자코 앉았고 그 나머지 여러 두령들은 일제히 좋다고 소리치는데 오주와 막봉이는 오가를 돌아보고 고개까지 끄덕거리었다.

오가가 작은 두목을 불러서 미리 준비한 주홍칠한 교의˚를 갖다가 도회청 중간에 놓게 하고 오가와 서림이가 꺽정이 앞에 와서 교의에 가서 앉기를 청하고 곧 좌우에서 부축하려고 하니 꺽정이가 손짓하여 말리고 일어나 뚜벅뚜벅 걸어 교의에 와서 걸터

● 신주(神主) 개 물려 보내겠다 하는 짓이 칠칠하지 못하고 흐리터분함을 비유적으로 이르는 말.
● 교의(交椅) 의자.

앉았다. 새 대장이 교의에 앉은 뒤에 오가와 서림이가 여러 두령과 같이 줄을 지어서 군례로 보이고 그다음에 작은 두목과 졸개들을 불러들여서 새로 현신을 드리게 하였다.

꺽정이가 대장 칭호를 받은 뒤에 오가의 말을 들어서 서림이를 종사관으로 정하고, 또 서림이의 의견을 좇아서 신불출이와 곽능통이를 대장 좌우에 시위<sup>*</sup>할 군관으로 정하였다. 서장사가 서종사로 변하고 신시위와 곽시위가 새로 생긴 외에는 칭호 갈린 사람이 없으니 여러 두령은 전대로 두령이라고 일컫고 작은 두목은 그저 두목이라고 일컬었다. 도회청에 전좌殿座하는 석차席次를 고쳐 정하고 매일 아침에 조사 보는 절차를 새로 정하였다. 도회청 정면에 교의 셋을 느런히 놓고 동편과 서편에 교의 셋씩을 마주 놓았는데 정면 중간에 놓인 교의 하나만 특별히 높고 그 나머지 교의들은 일매지게 낮았다. 높은 교의가 대장 임꺽정이의 자리인 것은 다시 말할 것이 없고 대장의 좌편은 늙은 두령 오가의 자리요, 대장의 우편은 새 종사 서림이의 자리요, 이봉학이, 박유복이, 곽오주 세 두령은 동편 자리에 앉게 되고 배돌석이, 황천왕동이, 길막봉이 세 두령은 서편 자리에 앉게 되었다. 이것은 고쳐 정한 석차이고 대장이 아침 일찍이 도회청에 나와서 자리에 앉은 뒤에 먼저 여러 두령이 대장 앞에 와서 국궁하고 자리에 가서 앉고 다음에 두목들이 대청에 올라와서 국궁하고 내려가고 나중에 졸개들이 마당에 들어와서 국궁하고 물러가는데, 국궁 진퇴에 창까지 있었다. 이것은 새로 작정한 조사 절차니 도회청 석차와 조사 절차만으로도 대장의 위풍이 놀랍고 무슨 일이 있을 때 대장이 여러 두령과 공론하고 싶으면 공론하고 그렇지 않으면 종사관 하나만 데리고 의논하고 종사관과도 의논하고 싶지 않으면 혼자 생각으로 결단하여 여러 두령과 두목에게 명령하고 지휘하게 되니 대장의 권력은 그 위풍에서 더 지났다.

꺽정이가 대장 되던 날부터 사흘 동안 큰 잔치가 있었고 잔치가 끝난 뒤에 돌석이와 막봉이가 비로소 새살림들을 차리어 도회청 좌우 옆채가 비게 되어서 꺽정이가 불출이와 능통이를 갈라 들게 하였는데, 불출이는 처자 없는 사람이라 전날 돌석이나 막봉이와 같이 졸개 두엇을 데리고 홀아비살림을 시작하였다. 꺽정이가 불출이의 홀아비살림을 걱정하여 계집 하나를 얻어주어야겠다고 말할 때 박유복이가 마침 옆에 있다가

● 시위(侍衛)
임금이나 어떤 모임의 우두머리를 모시어 호위함.

"오두령 집 기집아이년과 짝을 맞춰주면 어떨까요?"
하고 물었다.
"그거 좋겠다. 그년이 나이 몇 살이냐?"
"올에 열아홉살인가 스무살이지요."
"과년했구나."
"보기가 징하두룩 큽니다."
"오두령을 청해다가 말해볼까?"
꺽정이가 오가를 청해오려다가 그만두고 유복이더러
"오두령 내외에게 다 말을 하는 것이 좋으니 네가 잠깐 오두령

집에 갔다오너라."

하고 일렀다. 오가는 청석골을 꺽정이에게 바치고 바로 한양하기˙를 청하여 꺽정이가 조사 보는 것까지 면하여 준 까닭에 집에 들어앉아서 약국 하는 허생원이나 또는 꺽정이가 붙들어둔 관상쟁이를 불러다가 말벗삼아서 한담으로 소일하는 때가 많았다. 박유복이가 오가의 집에 갔다와서

"오두령 내외분이 다 형님 생각대루 하시라구 말합디다."
하고 말하여 꺽정이가 곧 가까이 있는 불출이를 불러서 의향을 물으니, 불출이는 두 손길을 맞잡고 황감한 처분이라고 대답하였다.

불출이의 혼인이 쉽사리 완정되어서 불일성례를 시키었다. 불출이 혼인 뒤 며칠 안 되었을 때 동쪽 기프내와 북쪽 수리미로 관군이 들어온단 소식이 들리더니 뒤미처서 남쪽 양짓말과 서남쪽 탑고개와 서쪽 금교역말서 급한 보발步撥들이 들어오는데 다같이 관군이 쳐들어온다는 기별이었다.

꺽정이가 여러 두령을 모아놓고 관군 막을 일을 의논하는데, 의호˙ 먼저 계책을 말할 서림이가 여러 두령이 제각기 말마디씩 하도록 입을 떼지 아니하여 꺽정이가 서림이를 보고

"서종사는 왜 말이 없소?"
하고 나무라는 기색으로 말하였다.

"저는 지금 생각하는 일이 한 가지 있는데 더 좀 생각해보려구 아직 말씀 않습니다."

"아직 말 안 하면 언제 말할 테요?"

"낮에 더 좀 생각해가지구 밤에 다시 와서 말씀하겠습니다."
 "그러면 여기 앉았을 것 없이 집으루 가는 게 좋지 않소?"
 "조용하게 혼자 누워서 생각하는 게 좋다뿐입니까. 지금 곧 집으루 갈랍니다."

 서림이가 먼저 일어나 간 뒤에 박유복이는 서종사의 계책을 들어보고 다시 의논하는 것이 좋다고 말하였으나 곽오주는 공연히 푸푸 하고 길막봉이와 황천왕동이는 현연히 불만하여 하는데, 게다가 배돌석이가 서종사의 계책을 들어보기 전인들 의논하여 낭패될 것이 무엇이냐고 말하여 여러 두령이 한동안 의논들을 계속하였다. 그 의논은 대개 두 가지에 불과하였으니 한 가지는 여러 두령이 네 패로 나뉘어 일시에 사방으로 나가서 관군과 접전하자는 것이요, 또 한 가지는 여러 두령이 함께 나가서 사방 돌아가며 차례차례 관군

● 한양(閑養)하다 한가로이 몸과 마음을 안정하여 휴양하다.
● 의호(宜乎) 마땅하게.

을 쳐 물리치자는 것이었다. 꺽정이는 처음부터 의논에 참례 아니하고 앉아서 듣기만 하다가 여러 두령이 두 가지 의논의 우열장단을 다투느라고 받고채기로 서로 떠들 때
 "고만들 떠들어라. 내가 서종사하구 상의해서 결정하마."
하고 말하여 여러 두령이 더 떠들지 못하였다.

 저녁때가 거의 다 되어서 여러 두령은 모두 흩어져 가고 꺽정이 혼자 사랑에 앉아서 관군 막을 계책을 이것저것 생각해보는 중에 서림이가 들어왔다.
 "벌써 저녁을 먹구 왔소?"

"먹었습니다."

"저녁이 일렀구려."

"재촉해서 두어 술 떠먹구 왔습니다."

"아까 더 생각한다든 건 인제 말하게 됐소?"

"조용한 틈에 말씀하려구 급히 왔습니다."

"대체 무슨 좋은 계책이오?"

"안뜰 아랫방 같은 조용한 데 가서 말씀을 했으면 좋겠습니다."

"말이 밖에 샐까 봐 염려요? 그럼 이 사랑에 딴 사람을 못 들어오게 하면 되겠구려."

꺽정이가 밖을 내다보며

"불출이 게 있느냐?"

하고 소리치니 신불출이가 녜 대답하며 곧 쫓아와서 앞 툇마루에 양수거지하고 섰다.

"능통이 밥 먹으러 갔느냐?"

"아직 안 갔습니다."

"능통이는 밥 먹으러 가라구 하구 너는 밖에 나가 서서 사랑에 사람을 들어오지 못하게 해라. 그러구 너두 내가 부르기 전엔 들어오지 마라."

"두령들이 오시면 어떻게 하오리까?"

"내가 사람을 금하랬다고 말 못한단 말이냐!"

"녜, 잘 알았소이다."

불출이가 미처 밖에 나가기 전에 오가가 사랑마당으로 들어왔다. 오가는 낮에 여러 두령이 모였을 때 빠진 까닭에 사과 인사를 하러 온 것이었다. 불출이가 오가를 보고 한걸음에 쫓아내려가서 앞을 막으며
"대장께서 사람을 금하라셨습니다."
하고 말하는 것을 꺽정이가 방에서 듣고 툇마루에 나서서
"저리 비켜서라!"
하고 불출이를 꾸짖어 한옆으로 비켜세운 뒤에 한자리에 박은 듯이 서 있는 오가를 내려다보며
"무슨 일이 있어 오셨소?"
하고 물으니 오가는
"아니요, 낮에 못 와서 잠깐 보입구 가려구 왔습니다."
하고 대답하였다.
"다른 일은 없소?"
"없습니다."
"그럼 가시우. 지금 서종사의 계책을 들을 참인데 계책이 밖에 새면 안 된다구 해서 사람을 사랑에 들어오지 못하게 금하라구 방금 영을 내린 끝이오."
"그렇습니까. 그럼 바루 가겠습니다."
오가가 돌아서 나간 뒤에 꺽정이는
"인제 밖에 나가 있거라."
하고 일러서 불출이까지 내보내고 방에 들어와 앉아서
"자, 인제 계책을 들어봅시다."

하고 서림의 말을 재촉하였다.

　서림이가 저의 생각을 말하기 전에

　"아까 저 간 뒤에 여러분이 더 의논들 하셨습니까?"

하고 물어서 꺽정이가 낮에 한 의논들의 골자 두 가지를 이야기하여 들린 뒤에

　"내가 서종사하구 상의해서 결정하기루 했소."

하고 말하였다.

　"두 가지 의논이 다 좋습니다. 그러나 도대체루 말하면 이번 관군은 그다지 염려할 것이 없습니다."

　"관군의 속을 어떻게 알아봤소?"

　"별루 알아본 건 없지만 제 속에 요량이 있습니다."

　"요량을 좀 이야기하우. 어디 들어봅시다."

　"지금 북쪽으루 내려온다는 것은 분명 신계 군사일 게구 서쪽으루 들어온다는 것은 주장 평산 군사일 게구 동쪽과 남쪽을 에 위싼다는 것은 송도 군사일 텐데 이중에 혹 경군京軍이 섞였을는지 모르지요. 늦은 봄에 황해감사가 갈리구 송도도사가 새루 나지 않았습니까. 사람 좋은 전 황해감사가 대간의 탄핵을 맞구 갈린 것두 우리네 때문이구 남행짜리루 내려오던 송도도사를 전에 없이 호반이 한 것두 우리네 때문이니까 황해감사와 송도유수가 협력해가지구 우리를 치러 오는 것이 벌써 있음직한 일이건만 황해감사나 송도도사가 온 뒤 서너 달이 지나두룩 아무 소리 없다가 인제 일을 일으키는 것은 이번에 조정 명령이 내린 모양입

니다."

"그런데 염려할 거 없다는 건 무얼 보구 하는 말이오?"

"아무리 사면팔방으루 들어오드래두 우리 힘으루 막을라면 막을 수 있고 피할라면 피할 수 있습니다. 우리가 슬그머니 피해주면 어디 가서 좀도적을 잡거나 아무 까닭 없는 백성을 잡아다가 치도곤으루 두들겨서 대적을 만들어 색책하구 말 것입니다."

"피하다니 창피스러운 소리 하지 마우."

"앞으루 큰일을 하실 텝니까, 안 하실 텝니까? 만일 큰일을 하실 테면 작은 창피는 참으셔야 합니다."

"창피를 참아서 될 일이 무어요?"

"지금 우리의 힘으루 해주 감영 하나를 뺏어서 차지할 수 있겠습니까?"

"생각 잘하는 사람이 생각해보구려."

"화내시지 말구 제 말씀을 끝까지 들어주십시오. 앞으루 큰일을 하실라면 순서가 있습니다. 먼저 황해도를 차지하시구 그다음에 평안도를 차지하셔서 근본을 세우신 뒤에 비로소 팔도를 가지구 다투실 수가 있습니다. 그런데 황해도를 차지하시기까지는 아무쭈룩 관군을 피하시구 속으로 힘을 기르셔야 합니다."

꺽정이가 서림이 말을 들을 때 눈썹이 치어들리고 입이 벌어지더니 몸을 움직여서 서림이게로 가까이 나앉으며

"황해도 하나를 차지하두룩 되재두 졸개가 사오백명 있어야 하지 않겠소?"

하고 물었다.
"졸개는 그리 많지 않아두 될 수 있을 겝니다."
"어떻게 해서?"
"다른 패들을 쓸 테니까 우리 패가 많지 않아두 됩니다."
"다른 패라니 어떤 패 말이오?"
"황해도 땅에 있는 패만 치드래두 평산에 운달산패와 멸악산패가 있구 서흥에 소약고개패와 노파고개패가 있구 신계 토산에 학봉산패가 있구 풍천 송화에 대약산패가 있구 황주 서흥에 성현령패가 있구 재령에 넓은여울패, 수안에 검은돌패, 신천에 운산패, 곡산에 은금동큰고개패, 이외에두 각처에 여러 패가 있지 않습니까. 한 패가 적으면 삼사명, 많으면 수십명씩 될 터이니 이런 패를 우리 휘하에 넣은 뒤에 각처에서 일시에 일어나두룩 기일을 정해주구 그 기일에 우리는 해주 가서 감영을 뺏구 들어앉으면 황해도가 우리 것이 될 것 아닙니까?"
"그럼 이후루는 여러 패들을 손아귀에 휘어넣두룩 애를 써야겠소."
"우리의 성세를 가지구 조금만 애를 쓰면 우리 손아귀에 척척 휘어들 겝니다."
"지금 관군을 피하자면 어떻게 피해야겠소?"
하고 꺽정이는 그동안에 벌써 창피하다던 것도 잊어버리고 피할 계책을 묻게 되었다.
꺽정이가 관군 피할 계책까지 묻게 되는 데 서림이는 좋아서

싱글싱글 웃으며

"관군을 헛물 키일 계책이야 얼마든지 있지요. 그런데 먼저 말씀할 일이 또 한 가지 있습니다."
하고 말하였다.

"무슨 말이오? 어서 말하우."

"여기가 처녑 속 같은 산중이라 자리가 좋긴 좋지만 우리가 힘을 기르는 동안은 여기 한 군데 붙박여 있는 게 좋을 것 없으니 강원도 땅, 평안도 땅 또는 함경도 땅에 이런 자리를 몇군데 만들어놓구 이 도, 저 도루 넘나들어서 종적을 황홀하게 하는 것이 좋구요, 우리의 힘이 엔간히 자란 뒤에는 황해도에 와서 어느 산성 하나를 뺏어서 웅거하는데, 그것두 거사擧事하기 전까지는 해주 감영에서 가깝지 않은 산성이 좋을 것입니다."

"졸개들을 끌구 이 도, 저 도루 옮겨다니자면 그게 여간 큰일이오?"

"졸개는 일일이 끌구 다닐 것 없이 각처에 묻어두지요."

"각처에 묻어둔다니, 어떻게 한단 말이오?"

"우선 이번으루 말씀하더라두 우리가 관군을 피해서 다른 데루 가는데 칠십여명 두목 졸개를 어떻게 다 끌구 갈 수 있습니까. 강음이방, 평산이방 같은 우리의 청을 잘 들을 사람이나 토산좌수座首, 장단호장戶長 같은 우리와 기맥 통하는 사람한테 몇사람씩 떼어맡겨서 읍촌간에 파묻어두어 달라지요."

"떼어맡겼다가 우리가 다른 데루 간 뒤에 관가에 내어바치면 어떻게 하우?"
"졸개를 떼어맡길 때 말마디나 뒤를 눌러두면 아무 일 없을 겝니다. 저희들이 언감생심 그런 짓을 할 수 있습니까? 못합니다."
"강원도, 평안도 등지에다가 이런 자리를 만들자니 좋은 자리를 더러 생각해봤소?"
"생각해보구말구요. 제 생각에 좋은 데를 말씀하면 강원도 땅에는 이천의 광복산이나 주음동이 좋구요, 함경도 땅에는 안변 황룡산 속이나 덕원 철관鐵關 근처가 좋구요, 평안도 땅에는 양덕의 고수덕古樹德과 맹산의 철옹성鐵瓮城이 좋은데, 성천 회산 제물성 같은 데두 좋습니다."
"이번에 관군을 피해 간다면 어디루 가는 게 좋겠소?"
"제 생각에는 가까운 이천 광복으루 가면 좋을 것 같습니다."
"이천을 가재두 한두 번 접전은 해야 할걸."
"우리가 여기서 나가기 전에 서, 북쪽 두 군데 관군은 물리쳐서 길을 틔워놔야지요."
"그렇기에 한두 번 접전은 해야 한단 말이지."
"서쪽이 평산 군사구 북쪽이 신계 군사인 것을 적확히 안 뒤에는 저희들이 제대루 물러가두룩 꾀를 써보지요."
"무슨 그런 묘한 꾀가 있겠소?"
"평산부사 장효범蔣孝範이는 사람이 덩둘하니까 오죽지 않은 꾀에두 넘어갈 것이구 신계현령 이흠례李欽禮는 사람이 좀 똑똑한 편이니까 여간 꾀에는 넘어가지 않을 것이나 어떻게든지 물러

가게 할 수 있지요."

"동쪽 남쪽 관군까지 다 꾀루 물리쳐버리면 성가시게 피할 것 두 없이 좋지 않소."

"꾀루 물리치는 것이 어디 오래갑니까. 한번 물리치드래두 얼마 안 돼서 곧 도루 올 게니까 우리가 아주 잠깐 피하는 것이 상책입니다."

"어느 틈에 벌써 어두웠구려. 불 켜놓구 다시 이야기합시다."

"저녁 진지를 아주 잡숫구 나오시지요."

"저녁밥을 조금 먹구 왔다니 내다가 같이 먹읍시다."

"미리 저녁을 두 번 먹어둘까요?"

서림이는 소리를 내서 웃고 꺽정이는 빙그레 웃었다.

● 덩둘하다
매우 둔하고 어리석다.
● 청심박이
푸른 솜으로 심지를 박은 쇠기름의 초.

꺽정이가 불출이를 불러들여서 불을 켜놓고 저녁상을 내오라고 일렀다. 불출이가 청심박이˚ 대초에 불을 당겨서 촛대에 붙이는 중에 꺽정이가 불출이더러

"그동안에 어느 두령이 밖에 왔다가셨느냐?"

하고 물으니 불출이는 초를 얼른 다 붙이고 일어나서

"그동안에 황두령과 곽두령이 오셨는데 곽두령은 곧 도루 가시구 황두령은 지금 안에 기십니다."

하고 대답하였다.

"그외에는 왔다간 사람이 없느냐?"

"대장쟁이 박가가 왔다갔습니다."

"철편을 가져왔드냐?"

"철편이 아직 조금 덜 되어서 내일 갓다 바치겠다구 말씀 여쭈러 왔다구 합디다."

"어제는 오늘 가져온다구 말하던 놈이 또 내일이야."

"너무 무거워서 드다루기가 어려운 까닭에 일이 맘대루 되지 않는다구 중언부언하옵디다."

"고만 안에 들어가서 밥상이나 내오라구 일러라."

"서종사 진지두 차려 내오라구 이르오리까?"

꺽정이가 대답으로 고개를 끄덕이었다.

얼마 뒤에 안팎심부름하는 졸개들이 칠첩반상 옳게 차린 외상 둘을 내오고 또 반주상까지 따로 내와서 꺽정이와 서림이가 밥상은 각각 받고 반주 소주는 잔 하나로 돌려먹었다. 밥을 다 먹고 상을 물리고 나서 꺽정이가 다시 불출이더러

"능통이가 오거든 밖에 세워두구 너는 밥 먹구 박가에게 가서 철편을 내일 해안으루 가져와야 망정이지 만일 또 안 가져왔다간 볼기에 살이 남지 않을 테니 알아 하라구 말을 일러라."

하고 분부하였다. 불출이가 네 대답하고 나간 뒤에 서림이가

"철편은 길두령 주실 겝니까?"

하고 물으니 꺽정이가 고개를 끄덕이며

"아직 막봉이더러두 말 안 한 것을 용하게 아는구려."

하고 말하였다.

"길두령이 철편 노래하는 걸 수차 들은 까닭에 짐작으루 여쭈

어 봤습니다."

 "막봉이가 이번 같이 오는 길에 저두 무슨 특별한 병장기를 하나 만들어 갖구 싶다구 말하기에 내가 철편을 일러주었소. 내가 오던 이튿날 바루 박가를 불러서 만들라구 일렀는데, 어제 가져오마구 안 가져오구 또 오늘 가져오마구 안 가져오는구려."

 "길두령이 힘은 장사지만 철편을 잘 쓸까요?"

 "곽오주 쇠도리깨 쓰듯 하겠지."

 "곽두령은 본래 도리깨질을 잘했답디다. 그러니까 법수 없이라두 능란하게 쓰지만 길두령이 철편을 쓰자면 십팔반무예˙ 아는 사람에게 좀 배워야 할걸요."

 "십팔반무예가 대체 무엇무엇이오? 알거든 좀 주워 쳐보우."

● 십팔반무예(十八般武藝) 십팔기. 중국에서 들어온 열여덟 가지 무예.

 "제가 전에 평양 있을 때 진서위 사람들에게 들었는데 그동안 잊지나 않았는지 모르겠습니다."

하고 서림이는 손가락을 꼽아가며

 "일궁一弓 이노二弩 삼창三槍 사도四刀 오검五劍 육모六矛 칠순七盾 팔부八斧 구월九鉞 십극十戟 십일편十一鞭 십이간十二簡 십삼과十三戈 십사수十四殳 십오차十五叉 십육파두十六把頭 십칠금승투색十七錦繩套索 십팔백타十八白打."

하고 무예 이름을 주워 외는데 간간이 떠듬떠듬하였다.

 "지금 외운 것이 무슨 주문이오? 병장기 이름을 쳐보라니까 알아듣지두 못하게 그게 무슨 소리요?"

"저두 병장기 이름을 어디 잘 압니까?"

"모르거든 진작 모른다구 하지."

서림이는 무료하여 앉았는데 꺽정이가 밖을 내다보며

"거기 누구 있느냐?"

하고 소리를 쳤다.

꺽정이의 사람 부르는 소리가 한번 나자 곧 여러 대답소리가 들리고 대답소리 끝에 불출이가 다시 들어왔다.

"능통이는 그저 안 왔느냐?"

"안 와서 부르러 보냈습니다."

"너 밥 먹었느냐?"

"능통이 온 뒤에 먹으려구 아직 안 먹었습니다."

"이두령께 사람을 보내서 얼른 오시라구 하구 다른 두령들두 오시는 대루 들어오시게 해라."

"네."

꺽정이가 이봉학이를 부르러 보내는 것은 사람 소명한 봉학이에게 관군 피할 일을 상의하려는 것이거니 서림이는 지레짐작하고

"이두령두 관군과 접전되기를 바랄걸요."

하고 말하니 꺽정이가 한참 만에

"그러기 쉽지."

하고 대답하였다.

"이번 저의 계책을 여러 두령과 상의해서 결정하시려면 말썽

이 여간 많지 않을 것입니다."

"내가 한번 결정하면 고만이지 누가 말썽을 부린단 말이오."

"만일 상의하신다면 말이올시다."

"상의할 거 없는 걸 상의할 까닭두 없구 상의하다가두 하기 싫으면 고만두지."

"그렇다뿐입니까. 한번 결정해서 말씀하시면 누가 감히 두말하겠습니까. 그런데 이천 광복으루 가시겠단 말은 아직 뉘게든지 말씀 마십시오. 그 말이 미리 밖에 나가면 재미적습니다."

"재미적으면 말 안 하지."

얼마 뒤에 이봉학이가 와서 마루에 올라서 기침하고 방으로 들어오는데, 꺽정이는 가만히 앉아 있고 서림이는 일어나서 꺽정이 앞의 자리를 사양하고 아래로 내려앉았다. 꺽정이가 이봉학이를 바라보며

"내가 물어볼 것이 있어서 불렀네."

하고 말하니

"무얼 물어보실 것이 있습니까?"

하고 이봉학이는 꺽정이의 눈치를 살피었다.

"십팔반무예가 무엇무엇인지 다 아나?"

꺽정이의 묻는 말이 이봉학에게만 뜻밖일 뿐 아니라 서림이게도 짐작 밖이었다. 대체 꺽정이가 처지의 천한 것은 그의 선생 양주팔이나 그의 친구 서기徐起나 비슷 서로 같으나 양주팔이와 같은 도덕도 없고 서기와 같은 공부도 없는 까닭에 남의 천대와 멸

시를 웃어버리지도 못하고 안심하고 받지도 못하여 성질만 부지중 괴상하여져서 서로 뒤쪽되는˚ 성질이 많았다. 사람의 머리 베기를 무 밑동 도리듯 하면서 거미줄에 걸린 나비를 차마 그대로 보지 못하고 논밭에 선 곡식을 예사로 짓밟으면서 수채에 나가는 밥풀 한 낱을 아끼고 반죽이 눅을 때는 홍제원 인절미˚ 같기도 하고 조급증이 날 때는 가랑잎에 불붙은 것 같기도 하였다.

꺽정이가 서림이더러 십팔반무예를 물을 때 서림이가 못 알아들을 글 외듯 하는 데 화가 나고 곧 조급증이 발작되어서 십팔반무예를 당장 알고 말려고 이봉학이를 불러다가 묻게 된 것이었다.

"십팔반무예는 왜 갑자기 물으십니까?"

"자네두 잘 모르나?"

"왜 몰라요."

"알거든 말해봐."

"칼이 한쪽 날 양쪽 날 두 가지요, 창이 여느 창 삼모창 양지창 삼지창 네 가지요, 도채가 여느 도채, 긴자루도채 두 가지니 칼, 창, 도채가 도합 여덟 가지요, 거기다가 활, 쇠뇌, 철편, 철간鐵簡, 방패, 작살, 몽치 일곱 가지를 넣구 또 올가미치는 법, 손질하는 법, 발길질하는 법 세 가지를 넣으면 모두 열여덟 가지 아닙니까. 그런데 작살과 올가미치는 법과 발길질하는 법을 빼구 그 대신 철퇴와 사슬낫과 총이라구 불질하는 것이 들기두 한답디다."

"인제 잘 알았네."

하고 꺽정이는 곧 서림이를 돌아보며
 "서종사두 똑똑히 알았소?"
하고 껄껄 웃었다.
 그 뒤에 황천왕동이가 안에서 나오고 배돌석이와 박유복이가 작반해 와서 먼저 온 이봉학이까지 두령이 넷이 모였다. 꺽정이와 서림이의 밀담한 이야기를 듣고 싶기는 네 두령의 마음이 서로 다를 것이 없으나 꺽정이와 서림이가 좀처럼 이야기하지 않는 것을 보고는 네 두령의 생각이 각기 같지 아니하였다.
 '구경은 우리에게 안 알리지 못하겠지.'
생각하는 것은 이봉학이요,
 '알려주지 않는 것을 지싯지싯 알려구 할 것 없다.'
생각하는 것은 배돌석이요,

• 뒤쪽되다
엇나가거나 반대가 되다.
• 홍제원(洪濟院) 인절미
성질이 느긋하고 끈질김을 비유적으로 이르는 말.

 '알려줄 때까지 기다려보자.'
생각하는 것은 박유복이라, 세 사람은 알고 싶어하는 눈치도 별로 보이지 아니하나 황천왕동이는 얼른 알고 싶어서 몸이 달 지경인데 곽오주와 길막봉이가 안 와서 이야기를 못 듣거니 생각하여
 "이 사람들은 무어하느라구 아니 오나."
하고 혼자 군소리마디나 좋이 하다가 나중에 꺽정이를 보고
 "오주하구 막봉이에게 사람을 안 보내셨소?"
하고 물었다.

"안 보냈다."

"그러니까 안 오지요. 아까 오주가 왔다가 사랑에 사람 들이지 말라셨단 말을 듣구 두덜거리며 갔어요. 오주가 막봉이게루 놀러 갔으니 막봉이게 사람을 보내봅시다."

"저희들이 오구 싶으면 오겠지."

"우리는 언제까지든지 기다리고 있나요?"

"기다릴 일이 무어 있느냐?"

"오늘 밤에 이야기 안 하실 테요?"

"무슨 이야기를 안 한단 말이냐?"

"무슨 이야기라니요? 관군 막을 이야기를 낮에 중동무이하구 말지 않았세요."

꺽정이가 대답을 아니하여 황천왕동이는 또다시 다그쳤다.

"형님이 서종사하구 상의해서 결정하신다구 말씀하셨지요."

"아직 결정 안 했다."

"서종사가 해지기 전에 왔다는데 캄캄하두룩 상의하시구 결정을 못하셨단 말이오? 한 패루 나가느냐, 네 패루 나가느냐 결정하기가 그렇게 어려울까요."

"다른 계책을 이야기했다."

"다른 계책이 무슨 계책이오? 이야기 좀 하시우. 사람이 속이 답답해 못 견디겠소."

황천왕동이의 조조히 구는 것을 꺽정이가 물끄러미 바라보다가

"우리가 이번엔 관군을 피해서 어디루 가는 것이 좋겠다구 이

야기했다."
하고 말하니 황천왕동이는
"형님두 실없는 말씀하시우."
꺽정이보고 말하고 이봉학이는
"참말루 삼십육계의 상책을 생각했소?"
서림이보고 물었다. 꺽정이가
"내가 너 데리구 실없는 말을 할 리가 있느냐!"
하고 황천왕동이를 나무라고 서림이가
"삼십육계의 상책이라구 하는 것이 지금 우리게두 상책이 될 줄 압니다."
하고 이봉학이에게 대답한 뒤, 네 두령은 서로 돌아보며 어이없어하였다. 황천왕동이가 서림이의 앞으로 바짝 가까이 다가앉으며
"서종사, 종일 생각한 것이 그따위 계책이오?"
하고 시비조로 말을 내니 서림이는 천연스럽게
"오늘 종일뿐 아니라 전부터 생각한 것이오."
하고 대답하였다.
"관군 온단 말 듣기 전부터 겁을 집어먹구 있었단 말이오?"
"겁나서 그런 계책을 생각한 것이 아니오."
"겁 안 나면 왜 도망하자우?"
"얼마 동안은 관군을 슬슬 피하는 것이 좋을 줄루 나는 믿소."
"대체 관군을 슬슬 피할 까닭이 무어요?"

"이번 관군을 쳐서 물리친다면 우리 힘으루 당할 수 없는 관군이 곧 뒤쫓아 대어들 것이오. 경기도, 황해도, 평안도, 강원도, 함경도 오도 군사가 우리의 뒤를 짜르구 앞을 막구 좌우를 찌르면 우리는 몰사죽음하게 되거나 풍비박산하게 될 것 아니오."
"그게 겁쟁이 생각이 아니구 무어요?"
"우리 앞에 큰일이 있으니까 지금은 조심해야 하우."
"큰일이란 게 무어요? 서울루 잡혀가서 능지당할 일이오?"
꺽정이가 별안간 화를 내며
"소견 없는 소리 지껄이지 마라."
하고 소리를 꽥 질러서 황천왕동이가 고만 입을 다물 뿐 아니라 다른 세 두령도 역시 입을 열지 못하였다.

이튿날 식전 조사 끝에 꺽정이가 군령판軍令板을 들이라고 하여 군령을 내리는데, 꺽정이의 말을 서림이가 글로 받아 썼다.
"대소인원은 삼일 내에 타처로 반이하도록 일제히 속장˙하되 속장할 물건은 경세輕細한 것에 한하라. 너희 대소인원은 나 하나를 믿고 영을 순종하라. 영하令下에 고의로 훤화하거나 야료하는 자는 물론이요, 영의 가부를 의논하는 자도 영을 순종치 않는 자라 마땅히 군율의 엄한 것을 알리리라."
서림이가 군령판에 쓰기를 마치고 한번 내려읽어서 꺽정이는 말한 것과 대의가 틀림없는 것을 안 뒤에 영을 내돌리게 하였다.

곽오주와 길막봉이는 전날 밤에 황천왕동이를 만나서 관군을 피해서 다른 데로 가기 쉽다는 이야기를 듣고 이날 새벽에 박유복이를 만나서 대장 말씀을 거스르지 말라고 당부를 받은 까닭에 꺽정이가 군령을 내리는 동안 고개들을 푹 숙이고 앉아 있었다. 도회청에서 흩어져 갈 때 황천왕동이가 넌지시 곽오주더러

"아침 안 먹었거든 내게루 같이 가세."

하고 말하니 곽오주는 고개를 끄덕이다가

"어린애."

하고 손을 내저었다.

"어린것은 업혀서 밖으로 내보낼 테니 염려 말게."

"이쁜 아주머니에게 공연시리 미움 바치게? 어린애 없는 막봉이게루 갈라우."

"그럼 내가 아침 먹구 막봉이게루 내려갈 테니 기다리게."

"그렇게 하우."

- 속장(束裝) 행장을 갖추어 차림.
- 솥발 옛날 솥 밑에 달린 세 개의 발. 셋이 사이좋게 나란히 있는 모양을 비유할 때 쓴다.

곽오주가 길막봉이를 따라와서 꺽정이의 군령이 창피하다고 같이 괴탄하고 앉았는 중에 황천왕동이가 와서 세 사람이 솥발˙같이 앉아 쑥덕공론을 시작하였는데, 그 공론은 서림이를 때려주자는 것이었다. 꺽정이가 내린 군령은 어기지 못하더라도 계책을 내바친 서림이는 가만둘 수 없다고 황천왕동이가 발론하여 곽오주와 길막봉이는 다같이 찬동하고 서림이를 때려줄 소임은 곽오주가 혼자 맡았다.

이날 점심때 곽오주가 서림이의 집 삽작문 앞에 와서 서종사를 부르니 점심을 먹으려고 안마루에 들어와 앉았던 서림이가 곽오

주의 목소리를 듣고 눈살을 잠깐 찌푸렸다가 도로 펴고 딸아이를 손짓하여 불러서

"건넛집 박두령께 가서 급한 일이 있으니 잠깐만 오시라구 말씀해라. 만일 박두령이 안 계시거든 그 옆집 오두령께 가서 그렇게 말씀해라."

하고 가만가만 일러서 울 뒤로 내보내고 삽작 밖에 나와서

"무슨 바람이 불어서 곽두령이 내게를 다 오셨소?"

하고 웃으며 인사하였다.

"못 올 데 왔소?"

"천만의 말씀이오."

"내가 청할 일이 있어 왔소."

"무슨 청이오?"

"조용하게 얘기 좀 해야겠소."

"그럼 잠깐 들어오시우."

"여기는 번라하우. 내게루 가서 얘기합시다."

"나는 점심 먹구 곧 대장께를 가야겠소."

"대장께는 가두 내게는 못 가겠단 말이오?"

"그럴 리가 있소? 틈나는 대루 가리다."

"언제 틈나기를 기다리겠소. 지금 좀 갑시다."

"지금은 못 가겠소."

"일부러 청하러 왔는데 못 간다니 그게 말이오, 무어요?"

"나는 점심두 아직 안 먹었소."

"내게 가면 찬밥이라두 있을 테니 그대루 갑시다."

"대장께서 기다리실 텐데 언제 등 너머를 갔다오겠소. 나중에 가리다."

"대장만 내세우면 누가 찔끔하나?"

곽오주는 목자를 부라리고

"곧 잡으러 온 것 같구려."

"그래, 잡으러 왔다."

곽오주는 해라를 내붙이며 곧 한손으로 서림이의 멱살을 잡고

"쥐새끼 같은 놈, 주먹맛 좀 보구야 갈 테냐!"

하고 다른 손으로 서림이의 볼치를 보기좋게 내우렸다.

서림이가 볼을 손으로 가리고 얼굴을 한편으로 돌리면서

● 번라(煩羅)하다
조용하지 못하고 수선하다.

"곽두령 용서하시우. 내가 잘못했소. 같이 갈 테니 멱살을 놓아주시우."

하고 항복을 개어올리는데, 곽오주는 들은 체 아니하고 서림이를 땅바닥에 메어꽂고 깔고 앉았다.

"이 불여우 같은 놈, 아무데서나 좀 맞아봐라."

곽오주가 서림이를 패어주기 시작할 때 박유복이가 쫓아와서 곽오주를 끄들어 일으키고

"네가 미쳤느냐! 이게 무슨 짓이냐!"

하고 꾸짖었다. 곽오주가 박유복이게는 말대답 한마디 아니하고 자빠져 있는 서림이를 내려다보며

"이다음 단둘이 만날 때가 있지. 어디 보자."
하고 벼르고 바로 어디로 가려고 하니
"어딜 가느냐! 잠깐 게 있거라."
박유복이가 곽오주를 붙들어 세운 뒤에 서림이를 부축하여 일으켰다. 서림이는 입에서 피가 좀 나고 망건 뒤가 짜개지고 양편 어깨죽지를 맞아서 두 팔을 들기 어려울 뿐이건만 꼼짝 운신 못하는 사람같이 박유복이 팔에 온몸을 실었다.
"상하신 데는 별루 없나 보니 다행이오."
"겉에 상한 데는 없는지 모르지만 속으루 골병이 들었을 테니 살 수 있소?"
서림이가 죽어가는 소리로 박유복이더러 말하는데 곽오주가 옆에서
"이놈아, 엄살 마라. 어디를 얼마나 맞아서 골병이 들었다느냐."
하고 다시 주먹을 부르쥐고 서림이게 달려들려고 하다가 박유복이에게 호령을 듣고 물러섰다.
서림이의 딸이 심부름을 똑똑히 하느라고 오가의 집에까지 가서 아비의 말을 전하고 오가와 같이 왔다. 오가는 서림이의 몰골과 곽오주의 상호를 보고 대번 곽오주가 서림이에게 행패한 것을 짐작하고
"두발부리˚들을 하드래두 집안에 들어가서나 하지 졸개들이 보면 창피하지 않은가? 여기가 고샅길이라구 졸개들이 안 오는

줄 아나? 대체 종기는 곪으면 터지구 터지면 합창˚이 되는 법이니 앙숙이란 종기가 싸움으로 터져서 응어리가 쑥 빠졌으면 둘 사이의 화해가 합창일세. 선손 건 사람이 누군가? 잘못했다고 먼저 사과하게."

하고 입담 좋게 지껄이는데 곽오주가 박유복이에게

"형님, 난 고만 가겠소."

하고 말할 뿐 아니라 서림이도 박유복이더러

"내가 좀 누워야겠으니 방으루 데려다 주시우."

하고 말하였다. 박유복이가 먼저 곽오주를 보고

"내가 네게 할 말이 있으니 다른 데루 가지 말구 오두령 댁에 가 있거라."

하고 이르고, 그다음에 오가를 보고

"오주를 데리구 먼저 가시우."

● 두발부리 머리털을 끌어잡고 휘두르며 싸움.
● 합창(合瘡) 종기나 상처에 새살이 돋아나서 아묾.

하고 말하여 곽오주를 오가에게 딸려보낸 뒤 서림이를 거처하는 방에 갖다 눕혀주고, 서림이가 목이 마르다고 하여 그 딸아이가 냉수를 갖다 먹이는데 도로 일으켜 앉혀줄 뿐 아니라 냉수 그릇을 입에 대는 것까지 거들어주었다. 서림이가 냉수 한 그릇을 먹고 난 뒤에는 다시 눕혀달라지 않고 벽에 기대어 앉아서

"박두령이 조금만 늦게 오셨드면 나는 죽은 사람이오."

하고 한숨을 내쉬었다.

"미욱한 위인이란 소나 진배없소. 서종사, 쇠게 뜨인 셈만 잡구 오주를 용서하우."

"뜨는 소를 가만두면 여러 사람 궂히라구요.'"

"서종사, 내 낯을 봐서 용서하우."

"내가 용서하구 또 대장께서 용서하시드래두 군율이 용서 안 할걸요."

"군율이 용서 않다니 무슨 소리요?"

"고의루 야료하구 군율을 안 당할까요?"

박유복이는 서림의 말을 듣고 한동안 잠자코 앉았다가 벌떡 일어서서 서림이를 내려다보며

"나는 오주를 도둑놈으루 끌어들인 죄가 있어서 오주가 만일 죽게 되면 같이 죽어야 할 사람이오. 내가 죽게 되는 때는 손때 먹인 쇠뼘창을 서종사께 주리다."

하는 말을 남기고 뒤도 안 돌아보고 나가버렸다.

서림이는 꺽정이를 충동여서 군율로 곽오주에게 앙갚음하려고 생각하다가 박유복이 말에 여기가 질려서 망설이게 되었다. 곽오주를 군율에 몰아넣기는 쉬우나 군율을 켜도록 꺽정이를 충동이기가 쉽지 않고, 밉살맞은 곽오주는 아주 죽여 없애면 좋겠으나 다른 두령은 고사하고 제일 정분 좋게 지내는 박유복이부터 척을 짓게 되는 것이 좋지 못하여 이리 생각 저리 생각하고 앉았는 중에 꺽정이의 가까이 부리는 졸개 하나가 삽작 안으로 들어왔다. 서림이는 꺽정이가 부르러 보낸 줄 짐작하고 얼른 자리에 드러누웠다가 졸개가 방 앞에 와서 기척할 때 나직한 소리로

"게 누구 왔느냐?"

하고 물었다.
　"대장께서 곧 오시랍니다."
　"내가 지금 몸이 아파서 누워 있다. 이따나 봐서 가겠습니다구 가서 말씀해라."
　졸개는 두말 않고 도로 가고 그 뒤에 신불출이가 쫓아왔다. 방에 들어서는 신불출이를 서림이가 누운 채 바라보며
　"자네가 또 어찌 왔나?"
하고 물으니 신불출이는 온 사연을 말하지 않고
　"대장께서 지금 도회청에 좌기하신답니다."
하고 말하였다.
　"웬일인가?" ● 굿히다 죽게 하다.
　"고대 박두령께서 곽두령하구 같이 오셨는데 서종사를 어째 때렸느냐, 서종사를 내 대신으루 때렸단 말이냐 하구 호령호령하시드니 지금 좌기하신다구 영을 놓으셨습니다."
　"곽두령이 아직 대장 댁에 있나?"
　"호령 듣구 가셨지요."
　"박두령은?"
　"곽두령하구 같이 가셨습니다."
　"그 말씀은 대체 누가 여쭈었나?"
　"박두령이 오셔서 말씀하시는갑디다."
　"내가 몸이 아파두 가 뵈어야겠네."
　"도회청으루 대령하란 분부를 내가 받아가지구 왔습니다."

"그럼 자네가 날 잡으러 온 셈일세그려. 할 수 있나 같이 가세."

서림이가 일어나서 불불이 의관을 정제하고 신불출이를 따라서 도회청에 와서 보니, 곽오주와 박유복이와 오가 외에 다른 두령들은 모두 먼저 와서 앉았는데 서림이를 보고 본 체들 아니하였다. 서림이가 자리에 가서 앉으려고 할 때 이봉학이가 신불출이를 불러다가 몇마디 꾸짖더니 신불출이가 서림이에게 와서 자리에 앉아서 대령하는 법이 없으니 밖에 나가 있으라고 말하여 서림이는 다시 도회청 대뜰 위에 나와 서서 대장 좌기하기를 기다리었다. 얼마 뒤에 박유복이와 오가가 곽오주를 데리고 와서 곽오주만 밖에 세워두고 각각 자리에 들어와 앉고 다시 얼마 뒤에 꺽정이가 와서 전좌하였다.

꺽정이가 좌기하며 곧 서림이를 불러들여서 앞에 세우고 곽오주와 싸움하게 된 곡절을 묻는데, 서림이는 여러 두령 듣는 데 곽오주를 쳐서 말하기 어려워서

"하치않은 일 가지구 싸웠습니다."

하고 대답하였다.

"하치않은 일이 무어야?"

"곽두령이 놀러가자는데 싫다구 하다가 언왕설래에 싸움이 되었습니다."

"누가 선손을 걸었노?"

"저는 손찌검 한번 못했습니다."

서림이 다음에 곽오주가 불려 들어와서 싸움하게 된 곡절을 말

하는데, 서림이가 못된 계책을 내바친 것이 미워서 한번 때려주려고 벼른 것을 곧이곧대로 말하였다.

"군령 내린 뒤에 야료하면 군율당할 줄을 몰랐느냐!"

"그런 생각은 미처 못했소."

"군율에는 사정이 없다. 너는 죽는 사람이다."

"서림이놈은 죽이지 않구 나만 죽인단 말이오?"

"서림이는 죽일 죄가 없다."

"서림이놈이 아니면 나 혼자 야료할 까닭이 있소?"

꺽정이가 좌우를 호령하여 곽오주를 끌어내라고 할 때 황천왕동이와 길막봉이는 함께 나와서 곽오주와 공모들 한 것을 자복하고 곽오주와 함께 죽기를 원하고, 박유복이와 배돌석이와 이봉학이는 같이 나와서 곽오주의 죄를 같이 논지하게 하여달라고 청하고, 오가는 일어나서 군령을 모르고 잘못 범한 것과 군령을 알고 짐짓 범한 것이 분간이 있다고 말하여, 꺽정이가 오가의 분간 있단 말을 좇아서 곽오주를 가짜로 효수하게 한 뒤 황천왕동이와 길막봉이는 중책하고 서림이는 경책한 후 각각 다 기과하게 하였다.

꺽정이가 타처로 반이한다는 군령을 내린 뒤에 두령들은 거의 다 관군과 접전 한번 못하고 도망하는 것을 불쾌하게 여기나, 졸개들 중에는 잇속 없는 접전을 안 하게 되어서 은근히 다행하게 여기는 사람이 적지 않고 두령의 안식구들은 거지반 피란가는 것을 해롭지 않게 생각하나, 졸개의 처자들 중에는 초막간이라도 의지하고 살던 데를 떠나가게 되어서 속으로 심란하게 생각하는 사람이 많았다. 영을 좋다 글타 의논하면 죄를 당한다는 까닭에 펼쳐놓고 의논들은 하지 못하고 쑥덕쑥덕 뒷공론들을 하게 되어서 쑥덕거리는 소리가 졸개들의 초막 속에도 나고 두령들의 집안에서도 났다. 우선 꺽정이 집에서 꺽정의 누님 애기 어머니는 피란가는 것을 좋다고 하고 꺽정이의 아내 백손 어머니는 접전 않고 피란가는 것을 좋지 않다고 하여 시누이올케간에 조그만 말다툼이 되는 것을 꺽정이가 마침 안방에 들어와 앉았다가 듣고 아내를 눈이 빠지게 꾸짖었더니, 백손 어머니는 둘이 말하다가 혼자 야단 만나는 데 속이 상하였던지

"여편네는 죽을 젠가, 입 두고 말도 못하게."

하고 중얼거렸다.

"무얼 잘했다구 중얼거려! 군령이 좋으니 그르니 지껄여두 군율이야. 군율이 사정 있나. 아무리 대장의 기집이라두 군령을 범하면 군율당하지 별수 없어."

백손 어머니가 시누이에게 빗대고

"형님하구 나한테도 군율인지 막둑인지 쓴다니 큰일나지 않았소?"

하고 남편의 말을 빈정거렸다. 꺽정이가 화가 나서 쑥덕공론하는 사람의 본보기로 아내를 도회청에 끌어내다가 혼꾸멍을 내고 싶은 생각까지 났었으나 꿀꺽 참고

"소갈찌 없는 기집년이란 할 수 없다."

하고 혀를 쯧쯧 차며 사랑으로 나왔다.

아내에게 난 화가 채 가라앉기도 전에 박유복이가 곽오주를 데리고 와서 곽오주와 서림이의 싸움질한 것을 이야기하여 꺽정이는 화가 벌컥 도로 나서 박유복이의 이야기도 다 들어주지 않고 곽오주를 호령질하여 쫓은 뒤에 일변 서림이를 부르러 보내고 일변 좌기령을 놓았었다. 그러나 꺽정이가 곽오주를 죽일 마음은 없던 까닭에 도회청에 나가기 전에 오가를 불러다가 문의하게 되었는데, 오가의 이야기로 황천왕동이와 길막봉이의 간련 있는 것도 미리 알았고 두 사람이 곽오주와 같이 죄를 당하려고 나서거든 어떻게 곽오주와 분간하여 결처할 것까지 대강 미리 작정하였었다.

● 여탐꾼 예탐꾼.
미리 탐지하는 사람.

가짜 효수란 것이 본래 효수 시늉인데다가 곽오주의 가짜 효수는 시늉의 시늉이라 양편 귀 뒤에 화살은 찔렀지만 양편 팔죽지를 잡아서 끌어내가는 것은 양편에서 부축하고 나가게 되고 사방에 회술레시키는 것은 도회청 대문 밖에 나서고 말게 되었다. 그러나 곽오주가 가짜 효수의 시늉을 한번 당하는 것도 착실한 본보기가 되어서 그렇게 많던 쑥덕공론들이 다 쑥 들어가버리고 아무 소리 없이 군령대로 반이할 준비들을 차리게 되었다.

청석골서 속장들 하느라고 부산한 중에도 관군의 동정을 알아들이는 여탐꾼*들은 사방에 뻗찔 떠 있었다. 개성 관군은 천마산 서편으로부터 청석골 탑고개까지 둘러싸고 차츰차츰 들어오고 평산 관군은 강음 관군과 협력하여 두석산 북편과 서편을 막는데 평산부사 장효범이 금교역말에 내려와 있고, 신계 관군은 우봉, 토산 두 고을 관군과 합세하여 제석산 서남편으로 내려오는데 신계현령 이흠례가 전군을 지휘하였다. 관군의 동정이 자세히 알려진 뒤에 서림이가 이천 갈 노정을 정하고 길 틔울 계책을 세우려고 조용한 틈을 타서 꺽정이와 단둘이 이야기하였다.

"이천 가는 길은 대개 우봉, 토산, 안협 세 고을 땅을 지나서 가두룩 정하시는 게 좋겠습니다."

"신계 땅으루 해 가는 것이 길이 좀 빠르지 않을까?"

"식구들을 끌구 가는 길에 말썽스러운 신계 지경을 지나가는 것이 부질없을 줄 압니다. 그리구 길두 별루 빠를 것이 없습니다."

"우봉 땅은 어느 편으루 나가는 게 좋겠소?"

"고석골루 나가서 수리미를 지나 양수 합금으루 가는 게 길이 편할 듯합니다."

"고석골루 나가자면 평산, 강음 군사부터 물리쳐놔야지."

"평산 군사가 물러가게 되면 강음 군사는 따라서 걷혀갈 겝니다."

"평산 군사를 제대루 물러가게 할 계책은 무어요?"

서림이가 꺽정이 옆으로 가까이 다가앉아서 귀에 입을 대다시피 하고 소곤소곤 이야기하는 것을 꺽정이는 다 듣고 나서

"관상쟁이는 속을는지 모르나 평산부사가 관상쟁이 말을 듣구

잘 속겠소?"
하고 말하니
　"먼저두 말씀했지만 장효범이가 위인이 덩둘해서 그런 우스운 꾀에두 넘어갑니다. 제 꾀가 안 맞을 리 만무하니 두구 보십시오."
하고 서림이는 장담하였다.
　"억석이가 관상쟁이와 친하기나 한가?"
　"그건 제가 다 알아봤습니다. 친해두 여간 친하지 않답니다."
　"그럼 어디 그대루 꾀를 써보우."
　"억석이더러 제가 말을 이르오리까?"
　"황두령 신계 보낼 것두 아주 말해두구려."
　"황두령에게 제가 말을 일러선 잘 듣지 않을 겝니다. 그러구 평산 군사가 물러가야 신계길이 터질 테니까 황두령 신계 보내는 것은 나중으루 돌려두 좋습니다."
　"요량대루 하우."
　"저는 지금 가서 억석이를 불러다가 오늘 밤에라두 곧 꾀를 쓰두룩 말을 이르겠습니다."
　서림이가 꺽정이게서 나와서 집으로 돌아오다가 홀제 중간에서 발길을 돌려서 뒷산 파수꾼의 패두 김억석이의 초막으로 향하고 있는데 억석이는 마침 파수막에 올라가려고 초막에서 나오다가 서림이와 마주쳤다.
　"어디 가시는 길입니까?"
　"자네 보러 오는 길일세."

"저를 보러 오세요? 무슨 일이 있습니까?"

"남 보지 않는 데서 조용히 좀 이야기해야겠네."

"댁으루 뫼시구 갈까요?"

"자네를 불러다 말하려다가 일부러 왔네."

"그럼 누추한 방이나마 들어가시까요?"

"자네 방에 다른 사람이나 없는가?"

"자식 혼자 있습니다."

"어디 가서 놀다 오라구 내보내게."

"놀러 나가라면 후딱합지요."

"자네게 관상쟁이가 자주 오나?"

"가끔 옵니다."

"이맘때두 혹 오나?"

"밤에 흔히 놀러오는데 낮에두 혹간 옵니다."

"내가 자네하구 이야기할 때 관상쟁이가 와선 재미없으니 어디 다른 데루 가세."

"어디루 가실까요?"

"뒷산 으슥한 데 가서 이야기하세."

서림이는 김억석이를 앞세우고 뒷고개를 넘어왔다.

서림이같이 평소에 도도한 체하는 사람이 하치않은 패두에게 무슨 일을 말하러 왔을까. 서림이의 어운이 관상쟁이에게 상관되는 일 같은데, 관상쟁이가 무슨 말을 지망지망히 해서 무릎맞춤˚이 나지 않았나. 그런 일이면 불러가든 잡아가든 할 터이지 서림이가 친히 물으러 올 리 없지 않은가. 김억석이는 뒷고개를 넘어오는 동안에 궁금증이 나다 못하여 아니 날 의심까지 다 났었다. 서림이가 자리를 잡고 앉은 뒤에 앞에 와서 앉으라고 손짓하여 김억석이는 서림이 앞에 쭈그리고 앉아서 그 입만 치어다보았다.

"이야기가 좀 길는지 모르니 아주 퍼더버리고 앉게."

"좋습니다. 이야기하십시오."

"자네 관상쟁이하구 무간하게˚ 친하지?"

"관상쟁이가 감금을 당했을 때 제가 몇번 수직하는 놈의 대를 봐준 일이 있었습니다. 그때 친해서 가끔 상종은 합니다만, 그는 유식한 사람인데 저희 같은 무식한 놈하구 무간할 수야 있습니까."

"관상쟁이가 자네더러 도망질시켜 달라구 청했단 말이 참말인가?"

서림이 묻는 말에 김억석이가 입으로는

"그게 웬 소립니까?"

하고 잡아떼는 대답을 하면서도 얼굴에는 현연히 놀라는 빛이 나타났다. 서림이는 김억석이의 놀라는 빛을 보고 빙그레 웃으며

"내가 들은 대루 바루 말하면, 관상쟁이가 자네더러 같이 도망하자구 했다데."

하고 말하니 김억석이는 얼굴빛을 아주 변하고

"그런 말씀을 관상쟁이게 들으셨습니까?"

하고 물었다.

● 무릎맞춤
두 사람의 말이 어긋날 때 제삼자를 앞에 두고 전에 한 말을 되풀이하여 옳고 그름을 따짐.
● 무간(無間)하다
서로 허물없이 가깝다.

"내 이야기는 나중 하구 자네 이야기부터 듣세. 관상쟁이가 자네더러 무어라구 말하든가?"

"청석골 있다가는 이삼년 안에 비명횡사하게 된다구 말합디다."

"그러니 진작 같이 도망하자구 말하든가?"

"그런 말까지 합디다."

"그래 자네는 무어라구 대답했나?"

"잘못하면 큰일날 테니 그런 말은 아예 입 밖에 내지 말라구 했지요."

"자네가 틈타서 같이 도망하자구 말했다든데 그건 거짓말인가?"

"자꾸 조르기에 생각해보마구는 말했지만 같이 도망하자구는 말한 일이 없습니다. 그런 줄 몰랐더니 관상쟁이가 거짓말쟁이입니다그려."

김억석이는 서림이가 관상쟁이에게 이야기를 듣고 말하는 줄로만 여기었으나 실상 서림이는 도망할 생각이 있을 듯한 관상쟁이가 파수꾼의 패두인 김억석이와 친하게 상종하는 중에 혹 그런 말도 비쳐보았으려니 어림치고 넘겨짚었는데, 의심을 품고 있던 김억석이가 쉽게 넘어박힌 것이었다.

"대장께서두 아셨습니까?"

"모르시네."

"만일 대장께서 아시면 관상쟁이는 목이 달아나지 않겠습니까?"

"관상쟁이가 물구 들어가는데 자네 목은 성할 듯한가."

"큰일났습니다. 어떻게 하면 좋겠습니까?"

"마침 자네가 장공속죄˚할 수 있는 좋은 계제가 있기에 그걸 내가 말해주러 왔네."

"좋은 계제가 무엇입니까?"

"자네가 관상쟁이하구 같이 도망하는 것처럼 일을 꾸며가지구 금교역말 평산부사 진중에 데리구 나가서 우리가 일간 평산 태백산성을 치러 가려구 준비한다구 말을 시키게. 관상쟁이는 평산부사 장효범이두 알구 금교찰방 강려姜侶두 안다니까 적굴에서 도망해 나와 적굴 소식을 알리는 것같이 말할 수 있 을 겔세. 평산부사가 그 말을 곧이듣구 태백산성

● 장공속죄(將功贖罪) 죄지은 사람이 공을 세워 그 대가로 죄를 면함.

을 지키러 가면 그 틈에 우리가 자모산성이나 철봉산성으루 옮겨 갈 작정인데, 이것만은 뉘게든지 말을 말게."

"관상쟁이는 관원들하구 면분이 있다니까 살아 나갈 수 있겠 지만 저는 십상팔구 관군의 손에 죽게 될 것 아닙니까?"

"자네 부자두 적굴에 잡혀와서 고생하던 사람이라면 죽을 리 가 만무하니 조금도 염려 말게."

"제 말을 누가 믿나요?"

"관상쟁이하구 짜면 되지."

"제가 가드래두 자식은 딸에게 맡겨두구 갈랍니다."

"그러면 관상쟁이가 도망가는 걸루 믿지 않네. 시집간 딸은 할

수 없지만 아들은 데리구 가게."

　서림이 말끝에 김억석이는 한참 동안 고개를 숙이고 생각하다가

　"말씀하시는 대루 해봅지요."
하고 말하였다.

　서림이가 김억석이에게 관상쟁이를 데리고 수작할 말부터 금교 어물전에 가서 의탁할 방편까지 모두 자세히 알려준 다음에

　"오늘 밤 곧 나가두룩 하게."
하고 말하니 김억석이는 대답을 선뜻 아니하였다.

　"자네가 관생쟁이를 새루 놀려내는 것이 아니구 관상쟁이가 먼저 자네를 꾀는 판이니까 같이 가자구 끌구 나서면 고만 아닌가."

　"제가 슬금슬금 돌아다니며 하직두 여쭙구 작별두 해야 할 텐데 오늘 밤은 너무 촉박합니다."

　"이 사람 보게, 도망질할 사람이 하직, 작별이 다 무언가? 도섭스러운˙ 소리 하지 말게."

　"적어두 딸은 보구 가야지요."

　"그저 가보는 건 말리지 않네. 그렇지만 작별은 혼자 속으루 하게."

　"딸더러두 말 말란 말씀입니까?"

　"말 말아야지. 대체 무슨 일이든지 드러내놓구 말하게 되기까지는 제 그림자를 보구 말해두 못쓰는 법일세."

"인정에 좀 박절한걸요."

"이번 일이 잘 되면 자네는 두목으로 올라설 테니 이다음 두목 된 뒤에 웃구 이야기하게그려. 제잡담하구 오늘 밤을 넘기지 말게."

"네, 그렇게 하겠습니다."

"그럼 나 먼저 갈 테니 자네는 뒤에 오게."

서림이 간 지 한참 만에 김억석이는 뒷산 파수막을 돌아서 집으로 내려갔다.

이날 밤에 여러 두령이 꺽정이 집 사랑에 모여 앉아서 이야기들 하는 중에 뒷산 파수꾼 하나가 거래도 없이 뜰 앞으로 들어와서

"사산 총찰두령께 아룁니다. 지금 패두 억석이 ● 도섭스럽다 주책없이 능청맞고 수선스럽게 변덕을 부리는 태도가 있다.
가 제 자식과 상쟁이를 데리구 어디루 가옵는데, 가는 데를 물으온즉 장령을 물어가지구 어디 잠깐 갔다온다구 말하옵디다. 장령 물었단 말이 거짓말이 아니온지 빨리 곧 뒤쫓으면 등성이 서넛 안에서 붙잡아 올 수 있습니다."

하고 아뢰는데, 방안의 사람들은 듣고 놀라지 않을 뿐외라 서로 돌아보며 빙그레 웃었다. 이때 사산 파수를 총찰하는 두령 이봉학이가 파수꾼을 내다보며

"잘 알았다. 오늘 밤에는 서산 패두가 너희게까지 갈 것이다. 고만 가거라."

하고 말을 일러서 파수꾼이 나간 뒤에 서림이가 이봉학이를 보고

"장령이라구 핑계하구 참말 도망하는 놈이 생기면 탈이니, 이 다음에는 붙들어놓구 와서 보하두룩 사산에 일러두시지요."
하고 말하니 이봉학이는 고개를 끄덕이었다.

수일 후에 서쪽으로 나갔던 여탐꾼들이 돌아와서 평산 군사가 갑자기 걷혀갔다고 보하였다. 서림이가 마침 이봉학이, 박유복이 두 두령들과 같이 꺽정이 사랑에 앉아 있다가 여탐꾼의 보하는 말을 듣고

"그것 보십시오. 장효범이가 그만 꾀에두 넘어가지 않습니까."
하고 꺽정이와 두 두령을 돌아보니 꺽정이는

"일 요량하는 게 무던하우."
서림이를 칭찬하고 이봉학이는

"평산부사가 얼뜬 자식이오."
장효범이를 비웃고 박유복이는

"김가 부자가 무사하게 되었을까?"
억석이를 염려하였다. 서림이가 꺽정이를 보고

"인제 황두령을 신계 가라구 이르시지요."
하고 말하여 꺽정이는

"지금 곧 불러다가 이르겠소."
하고 사람을 보내서 황천왕동이를 불러왔다.

황천왕동이가 와서 평산 관군이 걷혀간 이야기를 들은 뒤에 곧 서림이를 돌아보며

"강음 관군두 걷혀 들어가게 됐소?"

하고 빈정대는 말투로 물으니 서림이는

"가만두면 제대루 걸혀 들어가겠지요."

하고 가볍게 대답하였다.

"그러겠지. 몇해가 되든지 몇십년이 되든지 종당 걸혀 들어가구 말 테지요."

"강음 관군은 걸혀 들어가지 않드라두 수효가 적어서 여러 길목을 지킬 힘두 없구 또 우리게 저려서 나가는 사람을 막을 주제두 못 되는데 염려할 거 무어 있소?"

"청석골 안 염려를 서종사가 도맡아 하는데 우리가 염려할 까닭 있소?"

황천왕동이의 말에 서림이는 더 대꾸하지 아니하였다. 곽오주는 본래 서림이를 미워하는 사람이라 다시 말할 것도 없고 황천왕동이와 길막봉이는 중책을 당한 뒤로 서림이와 사이가 좋지 못하게 되었는데, 황천왕동이가 소견이 좁으니만큼 더 심하여 서림이와 말할 때면 으레 비위를 긁으나 서림이가 지고 참아서 겨우 말썽없이 지내는 중이었다. 꺽정이가 눈을 곱게 뜨지 않고 황천왕동이를 바라보다가

"쓸데없는 소리 고만 지껄여라."

하고 꾸짖은 뒤에

"인제 신계길이 터졌으니 곧 떠나두룩 해라."

하고 이르니 황천왕동이는 두말 않고

"녜."

하고 대답하였다.

이튿날 새벽에 황천왕동이가 건장한 졸개 세 사람과 같이 각각 괴나리봇짐 하나씩 가뜬하게 해가지고 신계길을 떠나는데, 꺽정이가 황천왕동이더러

"이천 건천역말서 우리를 기다리기가 거북하거든 먼저 광복으로 가는데, 건천역말 앞에 큰 동구나무가 있으니 그 동구나무에 칼자국 하나를 큼직하게 내놓구 가거라. 우리가 가서 칼자국만 보면 네가 먼저 간 줄 알구 찾지 않을 테다."

하고 말을 일렀다.

황천왕동이의 일행 네 사람이 청석골서 떠나던 날 해진 뒤에 신계읍에 당도하여 사직단社稷壇 아래 사람 안 보이는 곳에서 괴나리봇짐들을 끄르고 흰무리 덩이를 내서 요기들 하고 짧은 환도를 내서 몸에들 지니었다. 이날 밤에 두령, 졸개 네 사람이 함께 몰려다니며 맡아가지고 온 일을 하는데, 한밤중에는 읍 근처에서 반명의 집을 치고 닭울물에는 우봉 접경에서 술장수의 집을 치고 또 새벽녘에는 토산 접경에서 농군의 집을 쳐서 세 군데에서 사람 육칠명을 죽이고 이천 땅으로 넘어갔다. 이흠례가 제아무리 벼락방망이라도 치하에서 서너 군데 살인 소동이 나면 환관 안 하지 못하리라 서림이가 생각하고 이 꾀를 낸 것인데, 황천왕동이를 보낸 것은 급한 경우에 빠른 걸음으로 도망하란 뜻이요, 우봉, 토산 접경에서 살인하게 한 것은 우봉현령과 토산현감에게 으름장을 놓는 셈이었다.

신계현령은 대당大黨이 경내에 들어와서 횡행하며 살인한 기별을 받고 감영에 첩보를 띄우며 곧 총총히 환관하는데, 우봉현령과 토산현감도 다같이 경내가 염려된다고 뒤에 남아서 적굴을 치려고 하지 아니하여 할 수 없이 다시 모이기를 기약하고 각각 군사들을 거느리고 흩어져 가게 되었다.
　강음현감이 고단한 형세로 잘못하다가 도적에게 욕보기 쉽다고 읍으로 들어간 것은 신계, 우봉, 토산 세 고을 관원이 흩어져 가기 전이라 청석골 서북쪽에는 관군의 그림자도 없고 오직 동남쪽에 개성 관군이 남았는데, 동쪽 맡은 도사와 남쪽 맡은 경력이 다같이 군사를 동독하여 길 없는 산중에 행진할 만한 길을 만드는 중에 서북쪽의 황해도 군사들이 퇴진하게 된 기별을 듣고 도사와 경력이 서로 만나서 의논한 뒤 기프내와 탑고개 두 곳에 각각 유진留陣하고 적굴의 동정을 기다리었다. 개성 관군이 산 밖에 유진하고 있는 동안에 청석골 산속에서는 장단, 토산, 강음 각처로 졸개들을 나눠 보내는데 장단도 뒷길로 떠나가도록 하고, 여벌 병기와 남은 양식과 무거운 세간을 처치하는데 땅속에 묻기도 하고 굴속에 넣기도 하고 또 다른 데 옮겨다가 감추기도 하여 빈 집들만 뒤에 남도록 하고 그 뒤에 두령과 두목 십여명과 남은 졸개 이십여명과 여러 집 식구 이십여명을 다섯 패로 나눠서 말에 교군에 기구 있는 행차 다섯을 꾸며가지고 띄엄띄엄 사이를 두고 이천 광복산으로 떠나갔다.

2

 광복산은 산이 높고 험하고 바위가 성같이 둘린 곳인데 주회 시오리에 터는 청석골보다 훨씬 넓으나 인가는 십여 호밖에 안 되어서 꺽정이의 일행이 전접할 도리가 맹랑하였다. 황천왕동이 일행 네 사람이 먼저 왔을 때는 십여 호에 사는 사람이 모두 와서 정답게 인사하고 이집저집에서 오라고 청하기까지 하더니 다섯 행차가 차례로 들어오는 것을 보고는 거지반 문을 닫고 들어앉아서 내다보지도 않고 더러 나와서도 슬슬 배돌며 동정만 살피었다. 본곳 사람들이 일제히 나와 마중하지 않는 것을 꺽정이는 괘씸히 생각하여 졸개들을 시켜서 각 집의 주인 되는 사람들을 잡아다가 한바탕 야단을 친 뒤에 우선 안식구 들여앉힐 집 몇채를 비워놓으라고 일렀더니, 십여 호 사람이 모두 집을 내버리고 도망하려고 단봇짐들을 쌌다. 꺽정이가 이것을 알고 두목과 졸개들에게 분부하여 본곳 사람들을 모조리 잡아서 묶어놓게 한 뒤에 십여 호 집을 일행 상하가 차지하고 들도록 분배하였다. 묶어놓은 사람들을 놓아버리자고 말하는 두령도 있었고 두고 부리자고 말하는 두령도 있었으나 꺽정이가 그 말을 좇지 않고 죽여 없애라고 하여 광복산에 살던 사람들은 뜻밖에 참혹한 화를 받았다.
 꺽정이의 일행이 마소는 치지 말고 사람만 육십여명이라 오죽지 않은 두멧집 십여 호를 가지고는 구차하나마 용신\*할 수 없어서 급히 도끼집\*을 몇채 세우기로 작정들 하였는데 집보다도 더

급한 것이 양식이었다. 본곳 사람들의 과동過冬하려던 양식이 고스란히 남아 있으나 서속과 귀일 이외에는 두태가 얼마 있을 뿐이요 입쌀은 전혀 없었다. 험한 밥을 먹기 싫어하는 사람은 누구누구 칠 것도 없고 숫제 먹지 못하는 사람이 오가 내외와 이봉학이 내외와 황천왕동이 아내와 길막봉이의 장인과 아내와 곽능통이 내외와 서림이와 의원 허생원까지 어른이 십여명이라 가지고 온 쌀을 그 사람들만 두고 먹어도 이삼일 조석거리밖에 안 되었다. 제백사˚하고 양식 쌀부터 모아들이기로 공론한 뒤 꺽정이와 오가와 서림이 외의 여섯 두령이 둘씩 작패하여 가지고 두목과 졸개들을 갈라서 데리고 이천 인근 읍 땅에 나가서 양식을 떨어 오는데, 이봉학이와 황천왕동이는 신계 가서 재원을 떨고 박유복이와 곽오주는 평강 가서 옥동역을 떨고 또 배돌석이와 길막봉이는 안변 가서 용지원을 떨었다. 세 군데서 떨어온 것이 쌀이 근 이십 석이요, 다른 곡식이 칠팔 석이요, 소금이 사오 석인데, 거지반 다 소에 실려가지고 와서 소는 두고 잡아 고기를 먹게 되었다. 양식과 찬수가 생겨서 한시름들을 놓게 되며 곧 졸개들을 시켜 재목材木을 내어서 사람 있을 의지간과 마소 세울 어릿간을 만드는데 두목은 고사하고 두령까지 나서서 조역助役들 하여 광복산 들어온 지 달포 만에 안돈이 대강 되었다.

꺽정이가 걸음 잘 걷는 황천왕동이를 시켜서 서울 남소문 안 한첨지 집과 연신하게 되었는데 황천왕동이가 서울 삼백여리를

• 용신(容身) 이 세상에 겨우 몸을 붙이고 살아감.
• 도끼집 연장을 제대로 쓰지 않고 도끼 따위로 건목만 쳐서 거칠게 지은 집.
• 제백사(除百事) 한 가지 일에만 전력하기 위해 다른 일은 다 제쳐놓음.

하루 가고 하루 오고 하는 까닭에 광복산 같은 두메 구석에서도 조정 소식을 빨리들 듣고 지내었다. 황천왕동이가 한번 서울 갔다왔을 때 꺽정이와 여러 두령이 모여 앉은 자리에서 듣고 온 조정 소식을 다 전하고 끝으로

"이번에 내가 별소리를 다 듣구 왔소."
하고 이야기하기 전에 웃기부터 하였다.

"어젯밤에 남소문 안 한첨지 아들하구 이런 이야기 저런 이야기 하는 중에 그 사람이 나더러 대장 형님이 분신술 잘하는 것을 아느냐구 묻는데 분신술이 무어냐구 묻기가 창피해서 덮어놓구 나는 그런 말 못 들었다구 대답했드니 그 사람 말이, 이천 두메 구석에 깊숙이 들어가 있는 자네네 대장이 영평 땅에서두 나오구 철원 땅에서두 나오구 또 서울 안에서두 여기저기서 나온다니 이것이 분신술 잘 안 하구 될 일인가, 분신술 같은 희한한 재주를 가졌다는 건 자랑두 되겠지만 점잖지 못하게 유부녀를 겁탈하구 잔달게˙ 나무장수의 주머니밑천을 떨구 또 멀쩡하게 성한 사람이 애꾸눈이 병신이 되었다니 듣기 좀 창피하데 하구 깔깔 웃습디다. 내가 그게 무슨 소리냐구 자세히 이야기하라구 졸라서 이야기를 들으니까, 대장 형님의 이름을 떠대구 유부녀 겁탈한 것은 야주개서 난 일이구, 나무장수 떤 것은 버터고개서 난 일이구, 애꾸눈이는 영평 도덕여울 근방에 사는 놈이랍디다.

한첨지의 부하 하나가 얼마 전에 무슨 볼일루 영평을 내려갔다가 도덕여울서 애꾸눈이를 만났는데 그놈이 처음에 대번 나는 임

아무개다, 네 보따리 게 벗어놔라 하구, 한참 만에 다시 내가 임아무갠 줄 알구서두 우두머니 섰으니 한번 칼맛을 볼라느냐 하구 칼을 빼들드랍니다. 한첨지 부하가 대장 형님의 얼굴을 잘 아는 사람이라, 이놈아 네가 무슨 임아무개냐 하구 우박을 주려다가 그놈의 하는 꼴을 볼라구 청석골 임두령은 지금 서울 남소문 안에 와서 계신데 게가 임두령하구 동성동명이란 말이오? 하구 물으니까 그놈이 그 말은 대답 않구 네깐놈의 보따리에 무슨 대단한 물건이 들었겠느냐, 고만 그대루 가거라 하구 손을 내젓드랍니다. 한첨지 부하가 서울 와서 그놈의 흉내를 내가며 이야기할 때 젊은 사람은 고사하구 늙은 한첨지까지 허리를 잡았답디다."

황천왕동이의 이야기가 끝난 뒤에 여러 두령은 거지반 다 웃고

● 잔달다
하는 짓이 잘고 인색하다.
● 떠대다
어떤 사실의 물음에 대하여 거짓으로 꾸며 대답하다.

"세상 사람이 임아무개란 성명만 듣구두 겁을 내니까 그따위 놈이 생기는 게지."

"우리가 어디 가다 그런 놈을 만나는 때 어떻게 하면 좋을까?"

"임아무개라구 창피한 짓 하는 놈을 가만둘 수 있소? 다시 못하두룩 버릇을 가르쳐놔야지."

"우리 뒤를 수탐하는 포도군사들이 그런 것들에게 속아서 이리저리 갈팡질팡할는지 모르지."

"포도군사같이 산 말의 눈을 뺄 놈들이 그따위 성명 떠대는 걸 곧이듣나."

"포도군사 아니라두 임아무개라구 하구 창피한 짓 하는 것을

곧이듣는 놈은 미친놈이지."
떠들썩하게들 지껄이는데 꺽정이만은 웃도 않고 말도 않고 눈살을 잔뜩 찌푸리고 앉았었다.

  그 이튿날 식전에 여러 두령이 꺽정이게 아침 문안들 하러 왔을 때 꺽정이가 여러 두령을 돌아보며

  "어젯밤에 생각해보니 내가 아무래두 서울을 한번 갔다와야겠어. 내가 서울 가 앉아서 내 이름을 가지구 창피한 짓 하는 놈들을 자세히 알아본 뒤에 한두 놈 본보기를 내놀 작정이야. 이왕 가는 길에 우리들에게 있는 금은보패를 가지구 가서 팔아왔으면 이런 두메 구석에서두 군색치 않게 지낼 수 있을 테니 연전에 평양 봉물 노느몫˚한 것을 모두 도루 거둬서 나를 주면 좋겠는데 여럿의 의향이 어떤가? 가지구 싶은 물건은 가지구 팔아 쓰구 싶은 물건만 내놓으란 말이야. 이번에 내놓는 물건을 팔아서 공용에 쓰거나 내가 쓰게 되면 그건 나중에 도루 다 물어주지."
하고 말하니 여러 두령은 다 네네 대답들 하였다.

  꺽정이는 자기의 이름을 떠대고 창피한 짓 하는 놈을 몇놈 본보기로 버릇 가르칠 생각도 났거니와 두메 구석에 들어앉아서 답답하게 지내느니 번화한 곳에 가서 속시원하게 놀다 오고 싶은 생각이 들어서 겸두겸두 서울길을 떠나는데 피물, 약재, 서화書畵, 옥기명, 금은붙이를 한 짐 좋게 만들어서 졸개 하나를 짐꾼삼아 데리고 단둘이 보행으로 떠났다. 광복서 떠나는 날 늦게 떠난 까닭에 이천읍에 와서 일력이 다 된 것을 보고 놋다리고개를 향

하고 나오다가 어느 촌가에 들어가서 하룻밤을 자게 되었다. 꺽정이가 그 집 바깥주인과 수작하는 중에 주인의 고향이 철원인 것을 알고

"철원서 언제 이사왔소?"

하고 물으니 주인은 손가락을 꼽아보고

"올에 아홉 해가 됐나 보우."

하고 대답하였다.

"그럼 철원 일은 모르겠구려."

"무슨 일을 모른단 말이오?"

"무슨 일이든지."

"고향에서 사는 형님네와 왕래가 잦은 까닭에 고향 일이 쇠배 어둡진 않소."

• 노느몫
물건을 여럿으로 갈라 노느는 몫.

"임꺽정이란 사람이 철원 땅에 산다는데 철원 어디 사는지 혹시 아우?"

"임꺽정이라니 도둑놈 아니오?"

"그렇다는갑디다."

"집두 절두 없는 도둑놈이 붙백여 사는 데가 어디 있겠소?"

"도둑놈이라두 몸담아 있는 곳은 있을 것 아니오."

"바위 밑에 굴을 파구 굴속에서 산답디다. 그런데 임꺽정이 있는 데는 왜 묻소?"

"임꺽정이가 힘이 장사랍디다그려. 가까이 있으면 한번 찾아가서 힘겨룸 좀 해볼 생각이 있소."

"힘겨룸할라구 일부러 도둑놈을 찾아간단 말이오? 별 양반 다 보겠네."

"철원 가서 물으면 임껵정이 있는 굴을 알 수 있겠소?"

"그놈이 올 봄에 살인하구 관차에게 쫓겨서 타도루 도망했다는데 그때는 황해도루 갔단 말이 있드니 요새 들으니까 이 고을에 와서 숨어 있단 말두 있습디다."

"그럼 지금 철원 땅에는 임껵정이가 없소?"

"임껵정이가 없어진 덕에 올해는 철원 경내가 조용했다우."

"똑똑히 아우?"

"내 말을 못 믿거든 철원 가서 물어보구려."

껵정이는 철원과 영평을 거쳐서 서울로 가려고 생각했었는데 그 집 주인의 말을 듣고 철원은 이다음 다시 알아보고 가기로 속마음에 작정하였다.

이튿날 껵정이가 촌가에서 일찍 떠나 짧은 해에 길을 나우 걸어서 연천읍 이십여리 밖에 와 자고 그 다음날 해가 한나절이 훨씬 기운 뒤에 영평 도덕여울을 대어왔다. 껵정이가 졸개더러 짐짝을 길가에 내려놓고 쉬라고 이른 뒤에 이리 어슬렁 저리 어슬렁 하며 애꾸눈이 나오기를 기다리는데 승석때가 다 되도록 기다려도 나오지 아니하여 껵정이는 슬며시 화증이 났다. 졸개가 여울가에 누워 자는 것을 껵정이가 와서 보고

"이놈아, 무슨 잠이냐!"

하고 소리를 지르니 졸개는 건공잡이로 벌떡 일어나며 곧 가서

짐짝을 짊어지려고 하였다.

"짐은 왜 지느냐?"

"가자시는 줄 알았습니다."

"누가 가재!"

꺽정이가 졸개를 꾸짖는 중에 등 뒤에서

"거기서 떠드는 놈이 누구냐!"

불호령소리가 나서 돌아다보니 과연 애꾸눈이 한 놈이 길 옆 숲 앞에 칼을 짚고 나섰다.

꺽정이가 애꾸눈이 앞으로 오면서

"오, 너 나왔느냐! 내가 너를 오래 기다렸다."

하고 말을 붙이니 애꾸눈이는 당황한 모양으로 외눈을 둥그렇게 뜨고 꺽정이를 바라보며

● 건공잡이 허공에 떠들리거나 몸의 중심을 잃고 거꾸로 박히는 것.

"넌 날 아는가 부다만 난 너 같은 놈 꿈에도 본 생각이 없다."

하고 말한 뒤 곧 다시

"내 앞으루 오지 말구 게쯤 섰거라. 네가 청맹과니 아니면 이것이 눈에 보이겠지?"

하고 칼을 앞으로 내들었다. 꺽정이가 곧 쫓아들어가서 칼을 뺏어버리려다가 어떻게 하는 꼴을 좀 두고 보려고 발을 멈추고 서니 애꾸눈이가 당황하여 할 때와 딴판으로 바로 큰기침을 하면서

"내 손에 칼이 있으면 호랭이에 날개 돋친 셈이야. 팔도 군사가 눈앞에 몰려와두 눈꼽재기만큼 겁낼 내가 아니다."

하고 흰소리를 내놓았다. 흰소리를 듣고 꺽정이가 빙그레 웃으니

애꾸눈이는 다시 떨떠름하게 여기는 눈치로 고개를 몇번 가로 흔들고 슬금슬금 뒷걸음을 치면서

"네가 대체 날 왜 기다렸느냐?"

하고 묻는데 묻는 말은 건정이었다.

"네가 내 앞에서 내뺄 생각이냐!"

꺽정이가 소리를 지르니 애꾸눈이는 얼른 뒷걸음치던 것을 그치고

"누가 뉘 앞에서 내뺀단 말이야! 네가 아마 내뺄 생각이 나는 게다."

하고 입을 실쭉하였다.

"내가 네게 물어볼 말이 있다."

"물어볼 말이 있어? 무슨 말?"

"네 성명이 무어냐?"

"선성을 미리 듣구 온 줄 알았더니 성함두 아직 모르느냐! 성씨는 임씨시구 함자는 꺽자 정자이시다. 네 성명은 무엇이냐?"

"내 성명이 무엇이냐구? 내가 임꺽정이다."

애꾸눈이는 입을 딱 벌리고 말을 못하다가 잠깐 동안 지난 뒤에 헤헤 하고 억지웃음을 웃으면서

"참말이오? 무얼, 거짓말이지. 저것 봐, 웃는 걸 보니까 거짓말이야."

하고 어린아이 응석하듯이 말하였다.

"미친놈이루구나."

"대체 무슨 일루 날 보러 왔소?"

"너를 버릇 가르치러 왔다."

"버릇을 어떻게 가르칠라우? 다 큰 놈을 종아리 때릴라우?"

"이놈아, 네 모가지를 돌려앉힐 테다."

"모가지를 돌려앉히면 앞을 못 보라구."

"이놈이 나를 씨까스르지 않나."

하고 꺽정이가 주먹 부르쥐는 것을 애꾸눈이가 보고

"잠깐, 가만히 서서 말 한마디만 들어주우."

하고 사정하듯이 말한 뒤 무슨 말을 할 듯이 헛기침을 한두 번 하더니

"나는 가우."

하고 휙 돌아서며 숲속으로 도망질을 쳤다.

"이놈, 네가 어디루 도망할 테냐!"

하고 꺽정이가 애꾸눈이의 뒤를 쫓았다. 쫓기는 애꾸눈이와 쫓는 꺽정이가 잠깐 동안 숲속에서 숨바꼭질하듯 하다가 꺽정이가 바싹 가까이 대어들며

"이놈아!"

하고 고함을 지르니 애꾸눈이는 얼른 칼을 내버리고 꺽정이 발밑에 꿇어앉아서 가쁜 숨을 돌리면서

"인제 버릇 배웠습니다. 용서하십시오."

하고 두 손으로 빌었다.

꺽정이가 애꾸눈이를 내려다보며 호령하였다.

"네가 내게 항거하고 대들었드면 혹시 용서해줄 생각이 났을는지두 모르겠다. 그렇지만 칼을 가지구두 쓰지 못하구 날 잡아 잡수 하는 못생긴 놈은 용서해줄 수 없다. 너 같은 못생긴 놈이 내 이름을 더럽혔으니 그 죄가 백번 죽어 싸다."

애꾸눈이는 호령을 듣고

"제가 원체 생각이 좀 부족한 놈인데 그런 말씀을 진작 해주시지요. 지금 칼을 도루 집어가지구 와서 항거해보겠습니다."
하고 새삼스럽게 일어서려고 하는 것을

"별 우순 놈 다 보겠다."
하고 꺽정이가 발끝으로 걷어차서 뒤로 벌렁 자빠졌다. 애꾸눈이가 걷어차인 가슴을 부둥켜안고

"아이구, 가슴이야! 아이구, 죽겠네!"
하고 엄부럭*을 떠는데 꺽정이가 머리맡에 와 서서

"너 같은 놈은 손댈 것두 없이 발루 짓밟아 죽일 테다."
하고 한편 발을 들먹거리니 애꾸눈이는 얼른 두 손을 내밀어서 그 발목을 붙잡고 매달렸다. 꺽정이가 한손으로 옆에 섰는 나무를 붙들고 발을 앞으로 들고 뒤로 채고 또 좌우로 휘둘러서 애꾸눈이는 몸뚱이가 끌려나가고 끌려들어오고 또 이리 구르고 저리 구르고 하였으나 붙잡은 발목은 죽어라고 놓지 아니하였다.

"발목 놓구 일어나거라."

"이만큼 항거하면 용서하실랍니까?"

애꾸눈이가 꺽정이의 발목을 놓고 일어나며 곧 꿇어앉았다.

"그만하구 용서해주시는 것두 감지덕지하외다."

"내가 언제 너를 용서해준다드냐?"

"용서해줄 테니 일어나라구 하셨습지요."

"이놈 보지, 거짓말이 난당이구나."

"거짓말이든 참말이든 용서만 해줍시오."

"용서 못하겠다."

"그럼 어떻게 해야 좋습니까? 다시 발목을 잡구 매달리오리까?"

애꾸눈이의 말하는 것이 우스워서 한옆에 와 섰던 졸개가 낄낄거리고 웃으니 애꾸눈이가 바라보고

"여보, 웃는 양반이 뉘신지는 모르지만 이리 가까이 와서 용서가 내리두룩 말씀 좀 해주구려." • 엄부럭 어린아이처럼 철없이 부리는 억지나 엄살 또는 심술.

하고 사정하였다. 졸개가 더욱 낄낄거리다가 꺽정이에게 꾸지람을 받았다. 애꾸눈이는 이것을 보고

"죽을고에 든 사람을 가엾이 생각 않구 웃기만 하드니 아이구 잘코사니야."

하고 말하여 이번에는 꺽정이까지 빙그레 웃었다. 웃음빛 떠도는 꺽정이의 얼굴을 애꾸눈이는 치어다보며

"제발 덕분에 죽이지만 말아줍시오."

하고 애걸하였다. 꺽정이가 바른손을 주먹 쥐어 내밀면서

"그럼 이 주먹으루 세 개만 맞아라."

하고 말하니 애꾸눈이는 생각해보는 것처럼 고개를 기울이다가

말고

"주먹을 한 개 맞구 제가 죽으면 두 개에 두벌죽음하구 세 개에 세벌죽음하지 않습니까. 그런 속임수는 쓰지 맙시오."
하고 두 손을 얼굴 앞에 내들고 흔들었다.

"주먹이 무서우면 매를 맞을라느냐?"

"그대루 용서해줍시오."

"그건 안 되겠다."

"그대루 용서해주시면 아들자식 노룻을 하라셔두 고분고분히 할 테구 종 하인 노룻을 하라셔두 소인 하구 할 텝니다."

꺽정이가 애꾸눈이의 말을 듣고 한참 동안 말이 없다가

"네가 일평생 나를 따라다닐 테냐?"
하고 물으니

"따라다니다뿐입니까. 이생의 일평생은 고만두구 후생의 일평생까지라두 따라다니겠습니다."
하고 애꾸눈이는 열 번 스무 번 고개를 끄덕거리었다.

"네가 성은 임가냐?"

"본성은 노盧가올시다."

"저런 놈 봐. 성도 임가 아닌 놈이 내 행세를 했단 말이냐!"

"지금이라두 성을 임가루 고치라시면 두말 않구 고치겠습니다."

"미친놈 같으니, 이름은 무엇이냐?"

"원이름은 밤이올시다."

"노밤이야. 고만 일어서라."

노밤이는 네 하고 일어나서

"새판으루 문안드리겠습니다."

하고 꺽정이게 대하여 허리를 굽실하였다.

꺽정이가 노밤이를 서울로 데리고 가서 남소문 안 한첨지 부자에게 구경시키려고 생각하고

"너 이번에 나하구 같이 서울을 가자."

하고 말하니 노밤이는 선뜻 네 대답하고 나서

"다른 데 가시는 길두 아니구 여기까지 전위해 오셨구먼요. 요전에 서울놈 한 놈을 놔보내구 뒤가 께름하드니 고놈이 가서 고자질했지요? 고놈이 천생 고자질이나 할 놈으루 생겼습디다. 그때 고놈을 잔뜩 묶어서 이 아래 깊은 소에 집어 처넣으려다가 아버지 살려줍시오, 할아버지 살려줍시오 애걸하는데 불쌍한 생각이 나서 풀어놔 보냈드니 고놈이 가서 고자질을 했습니다그려. 서울놈들이란 새알 볶아먹을 놈*들이에요. 제가 서울놈들에게 많이 속아봤습니다."

● 새알 볶아먹을 놈
자기 이익에만 눈이 어두운 자질구레한 인간이라는 뜻으로, 극단한 이기주의에 **빠져 있는** 사람을 욕으로 이르는 말.
● 발기집다 들추어내다.

하고 수다스럽게 지껄이었다. 노밤이가 고놈 고놈 하는 서울 사람이 딴 사람이면 모르되 남소문 안에서 왔던 사람이라면 소에 묶어 넣으려다가 불쌍해서 놓아보냈다는 것이 백판 터무니없는 거짓말이라 꺽정이가 황천왕동이의 이야기를 들은 간이 있어서 짐작이 없지 않건만 구태여 발기집어서* 묻지 않고 다른 말을 물

었다.

"네 집안 식구는 몇이냐?"

"제 집안 식구는 잠뿍 둘뿐인데 그나마 하나는 그림잡니다."

"저놈이 성한 놈인가, 미친놈인가. 그래 다른 식구가 없단 말이냐?"

"네, 스발막대 내둘러두 걸릴 데 없이 저 한 몸뚱이뿐이올시다."

"너같이 수다스러운 놈 처음 보겠다. 이다음엔 너무 수다 떨면 입을 짜개놓을 테니 조심해라."

"둘이 있어 좋은 눈깔은 하나만 가지구 하나라야 쓰는 아가리는 둘씩 가지면 저는 무엇이 되라구요."

"쓸데없는 아가리 고만 놀리구 네 집에 가서 행장이나 수습해 가지구 나오너라."

"지금 해가 다 져가니 제 집에 가서 하룻밤 드새시구 내일 어뜩새벽 떠나시지요."

"어쨌든지 네 집으루 가자. 네 집이 여기서 멀지나 않으냐?"

"바루 이 숲 뒷데 엎드러지면 코 닿을 만큼 가깝습니다."

노밤이가 꺽정이의 말에 대답한 뒤 졸개를 가리키며

"저 사람은 데리구 오신 짐꾼이오니까?"

하고 물어서 꺽정이가 고개를 끄덕이니 노밤이는 곧 졸개를 돌아보며

"여게, 어서 짐 지게."

하고 저의 짐꾼을 부리듯이 말하였다. 졸개가 옆에 놓은 짐을 그대로 두고 몇걸음 꺽정이에게로 가까이 나와서

"저 애꾸의 집으루 가시렵니까?"

하고 묻는 것을 꺽정이는 대답할 사이도 없이 노밤이가 대번에 혀를 차고

"이 자식아, 구렝이를 똑 구렝이라야 맞이냐. 너같이 뱀뱀이˙ 없는 놈은 생전 남의 짐이나 지구 다녔지 별조 없다."

하고 욕설하였다. 가는 말이 곱지 못하니 오는 말도 고울 까닭이 없다.

"저놈이 성한 눈깔마저 멀구 싶은가?"

"이놈아, 악담 마라. 내가 판수 되면 네가 먹여 살릴 테냐?"

"이놈이, 네가 악담했지 내가 악담했어!"

"나는 이날 이때까지 악담이라구 한번두 해본 일이 없다."

졸개가 또 대꾸하려고 입을 벌릴 즈음에

"기탄없이 떠들지 말구 짐이나 지구 나서라."

꺽정이가 꾸짖어서 졸개가 입을 다물었다. 노밤이는 이것을 보고 저의 볼기짝을 두들기며

"아이구, 고소해라."

하고 웃다가 꺽정이가 별안간

"무에 고소하냐!"

하고 큰 소리를 지르는 바람에 목을 움칠하고 입을 딱 벌렸다. 졸

● 잠뽁 기껏 쳐서.
● 뱀뱀이
예의범절이나 도덕에 대한 교양.
뱀뱀은 '배움배움'의 준말이다.

개가 짐짝을 지는 동안에 노밤이는 내던진 칼을 찾아가지고 와서 앞서서 저의 집으로 인도하였다.

노밤이의 집이란 것이 후미진 곳에 외따로 묻은 움집이라 집 전체가 곧 방 한 칸인데 그 방에 거적을 매단 문이 있고 또 종이를 붙인 창구멍이 있건만 침침하고 음산한 방안이 널찍하게 만든 초빈 속과 비슷하였다. 꺽정이가 거적문을 치어들고 방안을 들여다보다가

"이런 속에서 사람이 어떻게 산단 말이냐?"
하고 옆에 섰는 노밤이를 돌아보았다.

"아늑한 맛이 있어서 좋습니다. 며칠 계셔 보실랍니까?"

"예끼 미친놈, 하룻밤 자기두 답답하겠다."

"이 방을 답답하다시면 좁은 굴속에선 잠시를 못 지내시겠네요. 저는 철원 있을 때 겨우 다리 뻗구 누울 만한 굴속에서 일년 이태 지냈습니다."

"네가 철원서 살인하구 도망한 놈이냐?"

"살인이라니요? 말만 들어두 끔찍스럽습니다."

"철원서두 내 이름 가지구 도둑질해먹었지?"

"행인을 혼내느라구 함자를 잠깐잠깐 빌려 썼습니다."

"인제 알구 보니 네가 철원 있던 놈이야."

"무슨 소문을 들으신 게 있습니까?"

"살인하구 도망했단 소문을 들었다."

"살인했단 악명만 뒤집어썼지 실상 살인한 일은 없습니다."

"누가 너를 대살시킨다기에 발명이냐?"

"억울한 말씀을 하시니까 자연 발명이 나옵지요."

꺽정이가 빙그레 웃기만 하고 억울한 사정을 물어주지 않는 까닭에 노밤이는 제풀에 이야기를 시작하였다.

"제가 어느 때 하루 종일 굶구 자는데 밤에 배가 고파서 잠이 잘 오지 않습니다. 그래서 무엇을 좀 얻어먹을까 하구 가까운 동네에 단 내외 사는 집을 찾아갔습니다. 방안에 불은 키였는데 아무 기척이 없어서 문구멍을 뚫구 들여다보니 서방놈은 아랫목에 앉았구 기집년은 윗목에 앉아서 마주 바라보구 있는데 중간에 조그만 떡시루 하나가 놓였습다. 마침 잘 왔구나 생각하구 제가 문을 열구 들어서지 않았겠습니까. 내외 연놈이 다 쳐다보면서 말 한마디 않습다. 제가 되려 어이없어서 한참 우두머니 섰다가 우선 떡이나 좀 먹구 이야기할 배짱으루 시루 앞에 와서 떡을 떼어먹는데 한 켜를 다 먹구 두 켜를 시작하자 윗목에 있는 기집년이 아이구 저것 봐 다 먹겠네 하구 소리지르구 기집년의 입에서 말이 나오며 곧 아랫목에 있는 서방놈이 인제 떡은 내 게다 하구 소리지르며 쫓아와서 떡시루를 끌어안습다. 나중에 아니 그 연놈이 다 흉악한 떡보라 조그만 시루 하나 가지구 둘의 양이 차지 못하는 까닭에 내외간에 누구든지 말을 먼저 하는 사람은 떡을 못 먹기루 내기를 했드랍니다. 제가 그때 그건 알지 못하구 떡을 맛나게 먹는 중에 서방놈이 시루째 뺏으려구 하는 것이 괘씸해서 왈칵 떠다박질렀드니 손에 살이 있든지 그놈이 시루를 안구 자빠지며 바루 천장을 쳐다보겠지요. 이래서 제가 살인 악명을 뒤어쓰게 되었습니다."

"네 이야기란 것이 천생 미친놈의 이야기다."

꺽정이가 껄껄 웃는데 졸개도 한옆에서 낄낄 웃었다. 노밤이는 저녁 하늘을 치어다보며

"해가 다 졌네. 저녁을 지어서 잡숫게 해야지."

하고 방안에 들어가 쌀 한 바가지를 들고 나와서 한데 걸린 곱돌솥에 밥을 짓는데 꺽정이의 졸개와 오래 사귄 친구같이 너나들이 해가며 같이 지었다.

거적문 앞에서 저녁밥들을 먹어치우고 방안에 들어와서 등잔불을 켜놓고 앉았을 때 꺽정이가 노밤이더러 고향을 물은 것이 노밤이의 신세 이야기를 자아내었다.

노밤이는 본래 해주 사람으로 황해 감영에서 금도군사를 다니었는데 힘꼴이 든든하고 위태한 일에 몸을 사리지 아니하여 군사로 들어간 지 불과 사오년에 도적 잘 잡기로 감영 안에서 이름이 났다. 어느 때 도적 몇놈이 약산藥山 청량사淸涼寺란 절을 떨어가서 그 도적놈들의 종적을 수탐하는 중에 임판서 댁이란 해주서 한골 나가는 양반의 댁 행랑에 수상한 놈이 파묻혀 있는 것은 알았으나 양반의 댁 낭속이라 막 들어가서 잡지 못하고 그놈이 동네 테 밖에 나오기만 기다리었다. 어느 날 그놈이 친구 하나를 데리고 어디 나가다가 노밤이 손에 붙들리는데, 그놈이 항거할 뿐 아니라 그 친구놈도 편을 들어서 노밤이 혼자 둘을 대적한 끝에

두 놈을 함께 오라를 지웠었다. 그 친구놈은 한옆에 제쳐두고 그 놈만 잡아내서 밥을 내려고 한즉 그놈이 독하고 모질어서 좀처럼 불지 아니하여 그 친구놈도 간간이 족쳐보았었다. 두 놈을 며칠 두고 단련하는 동안에 임판서 집에서 어떻게 감사께 청질을 하였던지 감사가 두 놈을 다 그대로 들어내놓게 하고 노밤이는 양민 포착하였다고 눈을 빼게 하여 대통을 눈자위에 박고 뒤통수를 쳐서 눈알을 뽑는 마당에 감사가 무슨 선심으로 사赦를 내렸으나 사가 늦어서 눈알 하나는 뽑았다가 다시 박은 까닭에 노밤이는 애꾸눈이가 되고 말았다.

노밤이가 병신 되고 밥줄 떨어져서 집에 나와 있은 지 불과 일년 만에 늙은 어미는 굶주린 끝에 병나서 죽고 젊은 계집은 어떤 총각놈에게 붙어서 도망하여 노밤이가 계집 찾아나선다고 고향을 등지고 떠나서 일년 남짓이 정처없이 떠돌아다니다가 운달산패에 입당하여 박연중이 수하에서 칠팔년을 지내었는데, 이동안에 양주 장사 임꺽정이의 이야기를 많이 얻어들었었다. 박연중이가 자녀까지 낳은 첩이 있건만 젊은 첩을 여러번 갈아들이었는데 한번 원첩이 새로 들어온 첩을 모함하여 내쫓는 통에 노밤이가 새 첩에게 심부름 잘 한 탓으로 원첩에게 먹혀 운달산패에 있지 못하게 되어서 운달산서 나온 뒤 오륙년 동안 재령, 서흥, 신계, 토산, 철원 여러 고을 땅으로 굴러다니고 철원서 햇수로 삼년을 지낸 것이 한 군데서 가장 오래 있은 것이라고 하였다.

노밤이의 신세 이야기가 대강 끝난 뒤에 꺽정이가 노밤이더러

"네 기집은 이내 못 찾았느냐?"

하고 물으니 노밤이는 고개를 외치며

"운달산 들어가기 전까지는 찾을 생각이 바이없지 않았지요만 지금은 눈앞에 있대두 찾지 않겠습니다."

하고 대답하였다.

"남에게 뺏겨두 아깝지 않은 기집이드냐?"

"말뼉다귀라두 제 것을 남에게 뺏기구 어찌 아깝지 않겠습니까. 그렇지만 일이 석어서 아까운 맘두 다 없어졌습니다."

"네 나이 지금 한 사십 되었지?"

"마흔에 우사 하나가 더 붙었습니다."

"사십 홀애비놈이 각처루 돌아다니며 남의 기집 겁탈두 많이 했겠구나."

"싫다는 기집을 우격다짐해서야 무슨 재미가 있습니까. 저는 남의 기집 겁탈해본 일이 없습니다."

"이놈, 거짓말 마라!"

"제가 어디서 기집 겁탈했단 소문을 들으셨습니까?"

"그럼 십여년 동안 기집을 모르구 지냈단 말이냐?"

"저를 보구 꼬리치는 기집은 대개 다 받아주었지요."

"너 같은 놈을 보구 꼬리치는 기집이 다 있더란 말이냐?"

"저는 사내가 아닙니까? 왜 기집이 꼬릴 치지 않겠습니까. 대체루 사내 싫단 기집은 제 평생에 아직 하나두 못 봤습니다."

"그럼 왜 다시 장가는 들지 못했느냐?"

"맘에 드는 기집을 고르는 중입니다. 이번 서울 가거든 좋은 기집 하나 골라서 장가를 들여주십시오."

"미친년이나 하나 골라주랴?"

"세상에 성한 기집이 동이 났습니까, 왜 하필 미친년입니까?"

"네가 미친놈이니까 미친년이 얼맞지."

꺽정이가 누우려고 벨 것을 찾으니 노밤이가 일어나서 퇴침과 이불을 갖다 주는데, 서울 양반의 행구를 빼앗은 것이라 오시목烏 枾木퇴침과 명주이불이 토굴방과는 어울리지 않도록 훌륭하였다.

꺽정이는 처신으로 실없는 말을 안 할 뿐외라 천성이 실없는 말을 잘하지 못하는 까닭에 졸개가 근 일년 동안 꺽정이 수하에 가까이 돌았건만 누구하고든지 실없는 말 하는 것을 들어본 적이 없었다. 꺽정이가 노밤이 데리고 수작하는 말을 졸개는 옆에서 듣고 속으로 괴이쩍게까지 여겨서 슬금슬금 꺽정이의 얼굴을 바라보는데, 노밤이가 손끝으로 옆구리를 쿡 찌르며

"경치게시리 눈치 보는 자식일세."

하고 허허허 웃어서

"존전에서 방자스럽게 그게 무슨 웃음이냐?"

졸개가 노밤이를 나무랐다. 누워 있는 꺽정이가 빙그레 웃으면서

"너희들 맘대루 웃구 떠들어라."

하고 말하니 노밤이는 졸개보고

"자, 어디 꾸중하시나 봐라. 이때까지 눈치만 보구두 꾸중하실지 안 하실지 모른단 말이냐?"

하고 오금박듯 말하였다.
"꾸중만 안 들으면 장사냐? 사람이 도리를 차릴 줄 알아야지."
"나두 대장을 뫼시구 지내본 사람이야. 도리 차리는 것두 너깐 놈한테 지지 않는다, 이 자식아."
"이 자식 저 자식 아니하면 말을 못하나! 말버릇두 고약하다."
"네가 하늘에서 떨어지거나 땅에서 솟지 않은 바엔 쇠자식이든 사람의 자식이든 자식은 자식이겠지."
"욕지거리가 난당일세. 망한 자식 같으니."
노밤이와 졸개가 한동안 우스개로 욕질들 하는데 졸개는 입심이 노밤이를 당치 못하고 또 꺽정이에게 눌려서 대거리를 톡톡히 하지 못하다가 나중에
"아가리를 더럽게 놀리면 주먹으루 우겨줄 테다."
하고 팔을 내미니
"새 종아리 같은 팔뚝을 내들구 힘자랑하는 모양이냐?"
하고 노밤이는 코웃음을 쳤다.
"우리 팔씨름 한번 해볼라느냐?"
"네깐 놈은 회목 잡아주지."
"흰소리 같으면 하늘의 별두 따겠다."
"하늘의 별을 딸 놈은 있을는지 몰라두 팔씨름으루 날 이길 놈은 아직 생겨나지두 않았다."
노밤이의 시룽시룽하는 것이 밉지는 아니하나 시룽시룽하는 까닭에 더욱 미덥지 아니하여 꺽정이는 노밤이가 저의 집으로 가

자고 청할 때

'저놈이 무슨 딴 맘을 먹구 가자지 않나. 그러나 저깐 놈이 딴 맘을 먹는다면 나를 어찌하랴.'

넘보아서 두말 않고 같이 왔으나 같이 자는 데는 조심이 바이없지 못하여 잠을 다소 설치게 되었다. 이튿날 걱정이가 새벽잠이 들어서 한숨 달게 자고 노밤이와 졸개가 아침밥을 지어놓은 뒤에 비로소 일어났다.

아침밥이 끝난 뒤에 노밤이가 행장을 수습하는데 내버리고 가기 아까운 것이 한 가지 두 가지 차차로 많아져서 부담상자 하나가 뚜껑이 잘 덮이지 않도록 쑤시어넣고도 옆에 붙이고 위에 얹을 것이 많이 남았다. 그중에 돗자리와 기직자리는 함께 돌돌 말았으나 길이가 있어 거추장스럽고 입쌀과 서속쌀은 한 자루에 올망졸망하게 넣었으나 무게가 묵직하여 이 두 가지를 노밤이는 졸개에게 떠맡길 생각으로

● 건너다보니 절터다
내용을 다 보지 않고
겉으로만 보아도 거의
틀림없을 만한 짐작이 든다는 말.

"자네 짐은 내 짐버덤 훨씬 가볍지?"

하고 졸개보고 말을 붙였다.

"왜 그래, 가벼우니 짐을 바꾸어줄까?"

"자네가 그런 선심이 있으면 제법이게. 건너다보니 절터˚가 환한걸."

"내가 난생처음 선심을 좀 써볼랬드니 제법 소리가 듣기 창피해서 고만두겠네."

"짐을 바꾸면 자네는 선심 있는 사람 되구 나는 염의 없는 사람 되니 내가 곱는 속 아닌가. 자네가 바꾸어준대두 내가 바꾸지 않네. 그런데……."

"그런데 어떻단 말이야?"

"우리 둘이 대장을 뫼시구 가는데 내가 무거운 짐을 지구 허덕거려서 길이 더디어지면 그게 황송하지 않은가."

"그러기에 누가 짐을 무겁게 만들라나? 다 내버리구 맨몸으루 가세그려."

"짐에 더 넣어 좋을 것은 많이 있지만 짐에서 도루 빼놓을 것은 하나두 없네."

"그러면 무거운 짐을 지구 가는 게지."

"우리 둘이 무거운 짐 가벼운 짐을 돌려 지구 가면 어떻겠나?"

"그건 내가 싫은걸."

"우리가 인제는 한집안 식군데 그걸 싫단 말이냐. 사람의 자식이 인정머리가 그렇게 없어선 못쓴다."

"골을 내면 내가 얼른 그렇게 하자구 할걸."

"싫다는 걸 누가 치사스럽게 조르겠나. 고만두게."

"고만두라면 겁나는데."

"자리뭉치하구 쌀자루나 자네가 맡게."

"그건 왜 맡으래?"

"자리는 대장 깔아드릴 게구 쌀은 길양식이야."

"대장께서 분부나 하시면 모를까 자네가 맡으래선 못 맡겠네."

노밤이가 꺽정이를 바라보고
"분부 좀 해주십시오."
하고 청하는 것을 꺽정이가 웃으면서
"너희끼리 의논해서 하려무나."
하고 들어주지 아니하니 노밤이는 다시 졸개를 보고
"의논해서 하라시니 우리 의논하세. 내 짐은 무겁구 자네 짐은 가벼우니 자네가 더 져야 사리가 옳지 않은가?"
하고 바로 의논성 있게 말하였다.
"나는 내 짐 외에 지푸래기 하나두 더 지구 갈 생각이 없는데 어떻게 하나?"
"내가 자네더러 아저씨라구 할 테니 더 지구 가세."
"아버지라구나 한다면 생각해보지."
"아버지라구 하면 꼭 지구 갈 텐가?"
"그래 보지."
"그럼 아버지라구 함세."
"아버지라구 불러봐라."
노밤이가 졸개더러 호부까지 하고 필경 자리뭉치와 쌀자루를 떠맡겼다.
꺽정이가 졸개와 노밤이를 데리고 영평 도덕여울서 떠나서 포천 솔모루 와서 중화하고 일 마장가량 길을 왔을 때 바른손 편 갈림길에서 초립동이 하나가 무엇에 쫓긴 것같이 엎드러지며 고꾸라지며 뛰어왔다. 노밤이가 맨 앞에 오다가 먼저 보고 괴상히 여겨서 걸음을 멈추고 섰는 중에 초립동이가 허둥지둥 쫓아오더니 가슴에 안기려는 것같이 앞으로 달려들며 밑도끝도없이

"어머니 좀 살려주세요."

하고 소리질렀다. 노밤이가 초립동이를 쓰러지지 않도록 붙들어주면서

"어머니가 어디 있어?"

하고 물으니 초립동이는 숨이 턱에 닿아서 입을 벌리고 헐떡거리다가 얼마 만에 우는 소리로

"석문령 고개서 도적을 만났세요."

하고 대답하는데 울음 반 말 반이라 말이 똑똑지 못하였다.

"어느 고개에 도적이 났어?"

"석문령 고개요."

"그래 그 고개서 어머니가 도적에게 잡혔단 말인가?"

"녜."

"도적이 어머니를 죽이려구 하든가?"

"죽이려구 하는 건 못 봤세요."

"그럼 어떻게 하든가?"

"붙들구 끄는 것만 보구 왔세요."

"어머니가 나이 젊은 걸세그려."

"얼른 가서 어머니 좀 살려주세요. 그동안 벌써 어떻게 됐는지 모르겠세요."

노밤이가 뒤에 와 섰는 꺽정이를 돌아보며

"어떻게 할까요? 가봐주는 게 좋겠지요?"
하고 의향을 묻는데 꺽정이는 노밤이의 말에는 대답 않고 초립동이보고 말을 물었다.
"도적이 여러 놈이드냐?"
"한 놈이에요."
"단 한 놈이야? 너만큼 큰 자식이 어미를 도적 한 놈에게 뺏긴단 말이냐!"
"어른인걸요. 제가 어떻게 당해요."
"못 당할 듯해서 어미는 내버리구 혼자 도망해왔느냐?"
"가라구 발길루 차는 걸 어떻게 해요?"
초립동이가 발명같이 말하는 것이 꺽정이의 비위에 거슬려서
"너 같은 못생긴 자식은 어미를 뺏겨두 싸다. 얼른 네 집에 가서 네 아비더러나 말해라."
하고 꺽정이가 언성을 높여서 꾸짖으니 초립동이는 엉엉 울기 시작하였다. 노밤이가 초립동이의 등을 뚜덕뚜덕 두들기며
"이 사람, 울지 말게. 울면 어머니 죽네. 어머니가 살아야 젖을 먹지."
하고 농조로 달래다가
"집이 어딘가, 여기서 가까운가?"
하고 물으니 초립동이가 양편 손으로 눈물을 이리 씻고 저리 씻고 하면서
"비선거립니다."

하고 대답하였다.

"비선거리서 어디 가는 길인가?"

"포천 읍내 외가에 가는 길입니다."

"그럼 얼른 포천 읍내 가서 외가 사람을 데리구 오게."

"그동안에 어머니는 죽으라구요?"

"자네 어머니가 죽지 않을 건 내가 담보할 테니 염려 말구 가게."

"싫어요. 나하구 같이 가서 어머니를 살려주세요."

초립동이는 또 엉엉 울면서 노밤이에게 매어달렸다. 노밤이가 다시 꺽정이를 돌아보며

"이걸 어떻게 합니까. 불쌍하니 잠깐 가봐주시지요."

하고 사날˚ 좋게 권하듯 말하니 꺽정이는 얼굴에 미타한 기색을 보이며 고개를 외쳤다. 노밤이가 꺽정이를 보고

"그까짓 좀도둑놈 한 놈쯤 저희만 가두 넉넉합니다. 잠깐 여기서 쉬십시오. 저희 둘이 얼른 갔다오겠습니다."

말한 뒤 곧 졸개를 보고

"우리 둘이 잠깐 가봐주구 오세."

하고 말하니 졸개는 꺽정이의 기색을 보고

"난 싫다. 갈라거든 네나 혼자 가거라."

하고 역시 고개를 외쳤다.

노밤이가 혼자 석문령을 갔다오겠다고 나서는 것을 꺽정이가 못 가게 금하지 아니하여 노밤이는 저의 짐을 길가에 벗어놓고

졸개 짐에 붙인 자리뭉치 속에서 환도를 꺼내서 몸에 지니고 초립동이를 데리고 갈림길로 나섰다. 졸개가 노밤이와 초립동이의 가는 것을 바라보다가 꺽정이 앞에 와서

"석문령 고개가 예서 멀진 않습니까?"

하고 물으니 꺽정이는 전에 다녀본 가량이 있어서

"아마 삼 마장쯤 될 게다."

하고 대답하였다.

"삼 마장이나 되면 갔다만 오재두 한참 될 텐데 밤이놈이 제멋대루 지체하구 오면 길이 여간 늦지 않겠습니다."

"오늘 당일 서울 대가기는 이왕 틀렸으니 길이 늦어두 낭패될 거 없다."

● 사날 비위 좋게 남의 일에 참견하는 일.

"여기서 기다리시렵니까?"

"길가에 앉았느니 어디 양지바른 잔디밭으루나 가자."

길 좌우편이 모두 논밭이라 앉아 쉴 만한 잔디밭이 없어서 꺽정이는 노밤이의 짐을 들고 졸개는 저의 짐을 지고 갈림길로 들어서서 한참 늘어지게 오다가 산기슭 양지쪽에 자리를 잡고 앉았다.

"숭물스러운 밤이놈이 어떤 짓을 하나 슬그머니 가보구 올까요?"

졸개가 말하는 것을 꺽정이가 허락하여 졸개는 노밤이의 뒤를 쫓아서 석문령으로 오게 되었다. 노밤이가 초립동이를 데리고 석문령 고개 위에 올라와서

"도적 난 데가 어딘가?"

하고 초립동이를 돌아보니 초립동이가 소나무 많이 들어선 곳을 가리키며

"조기 조 솔밭 앞입니다."

하고 말하였다. 노밤이가 초립동이더러 멀찍이 따라오라고 이르고 솔밭 가까이 내려오며 바라보니 솔밭 속에 너푼거리는 흰옷이 눈에 뜨이었다. 도적이 여편네의 사지 잡아맨 것을 풀어주느라고 허리를 구부리고 있는 중에 노밤이가 환도를 빼들고 솔밭에 들어서며

"이 개 같은 못된 놈아!"

하고 큰 소리를 지르니 도적이 얼른 허리를 펴고 서서 노밤이를 뻔히 바라보았다.

"인두겁을 쓴 놈이 백주대로에서 개 같은 짓을 한단 말이냐!"

"네놈이 웬 놈인데 남의 일에 참견이냐?"

"하늘이 높은지 땅이 낮은지 모르구, 이놈 죽일 놈 같으니."

"이놈아, 남의 일 참견 말구 어서 너 갈 길이나 가거라."

"너 같은 놈을 살려두면 우리네 이름까지 더러워진다. 얼른 나와서 칼 받아라."

"네가 대체 어디서 온 놈이냐?"

"뉘 손에 죽는지나 알구 죽으려느냐? 나는 임꺽정이다."

도적이 임꺽정이란 성명을 듣더니 대번에 눈이 휘둥그레졌다.

"인제 내가 누군지 알았느냐?"

"양주 읍내서 사시든 장사십니까?"

"그렇다."

"장사신 줄 모르구 말씀을 불공스럽게 했습니다. 제가 다시는 이런 짓을 안 할 테니 이번 한번만 용서해줍시오."

"내가 초립동이의 청을 받구 너를 죽이러 왔다."

"그저 이번 한번만 용서해주십시오."

"봐하니 나이 새파랗게 젊은 놈이라 불쌍해서 특별 용서할 테니 빨리 도망해라. 초립동이가 울구 매달리면 난처하다."

도적은 몇번 허리를 굽실거리고 솔밭에서 뛰어나가며 곧 쏜살같이 고개 밑으로 내려갔다. 여편네는 눈을 감고 이를 악물고 죽은 사람같이 자빠져 있는데 초립동이가 달려들어서 어머니를 부르며 몸을 흔들어보다가

"아이구, 어머니 죽었네."

하고 흔감스럽게 울음을 내놓았다. 여편네가 겁과 분과 독을 못 이겨서 기함되었던 것이다. 노밤이는 이것을 짐작하고

"내가 침을 잘 놓네. 침 한 대루 자네 어머니를 살려낼 수 있으니 울지 말게."

하고 초립동이를 달래었다.

"얼른 침을 놔주세요."

"가만있게. 맥이나 좀 보구 침을 놓세."

도적이 여편네의 사지를 네 군데 나무에 벌려 매었다가 두 다리만 풀어놓고 쫓겨간 까닭에 두 팔은 벌려 매인 채 있는 것을 초

립동이가 돌아다니며 풀어놓은 뒤에

"자, 맥을 봐주세요."

하고 청하니 노밤이는 여편네 바른손 편에 주저앉아서 천연스럽게 맥을 짚고 고개를 끄덕끄덕하다가

"이 근처에 샘이 있나?"

하고 초립동이를 돌아보았다.

"샘은 어디 있는지 몰라두 도랑은 가까이 있습니다."

"얼핏 샘을 찾아가서 물을 좀 떠오게."

"무엇에다 떠와요?"

"참말, 떠올 그릇이 없지. 길가에 혹시 깨진 바가지쪽을 내버린 것이 없나 눈살펴 찾아보게."

"깨진 바가지쪽을 누가 이런 산중에 와서 내버리겠세요?"

"옳지, 된 수가 있네. 자네 주머니를 찼지?"

"녜, 찼세요."

"주머니 세간은 괴춤이나 바짓가랑이에 넣구 그 주머니에 물을 담아가지구 오게."

"주머니 안이 더러운걸요."

"변통성 없는 사람이로군. 주머니 안을 뒤집어가지구 한번 북적북적 빤 뒤에 물을 담게그려. 빨리 갔다 빨리 오게."

노밤이가 초립동이를 물 뜨러 보낸 뒤에 한번 싱긋 웃고 여편네 아랫도리에 잘 여미어지지 않은 옷 틈으로 살이 드러난 것을 손으로 덮으면서

"보아하니 늙두 젊두 않으신 터수에 이런 망신이 어디 있습니까. 백주에 행길에서 이 망신을 시키다니 그놈이 사람이 아닙니다. 그러나 막비 일수 불길한 탓이니 이러니저러니 할 것 있습니까. 이걸 남이 알면 망신에 더 망신이 되실 테라 나하구 자제하구 말을 내지 않아야 할 텐데 자제가 아직 지각이 좀 부족할 듯하니 말 내지 말라구 단단히 일러두십시오. 이르시기가 거북하시다면 내가 일러두겠습니다."
노밤이가 정신 잃은 여편네하고 이야기하듯이 시벌시벌 지껄이는 중에 살을 덮었던 손이 당치 않게 깊이 들어갔다. 노밤이는 홀제 그 손을 빼치고
"나는 점잖은 사람이지만 잠깐 점잔을 떼놓구 이야기할 일이 있소. 내가 지금 꽃 본 나비 같구 물 본 기러기 같아서 그저 갈 수가 없소. 용서하우."
하고 흡사 귓속말하듯이 속살거렸다.
이때 졸개가 소나무 뒤에 붙어서서 노밤이의 동정을 엿보고 있다가 굵직한 나무 작대기 하나를 어디 가 집어가지고 와서 신발 소리 없이 노밤이 뒤로 들어가서 볼기를 한번 되게 후려갈기고 도망하였다. 노밤이가 일어나서 돌아다볼 때 졸개의 그림자는 벌써 어디로 없어져서 보이지 아니하여 노밤이는 솔밭 밖에까지 나와서 두리번두리번하다가
"그 도둑놈이 안 가구 어디 숨어 있었든가베."
하고 중얼거리며 다시 여편네 있는 곳으로 들어갔다.

졸개가 꺽정이에게 와서 보고 온 노밤이의 지저구니를 자세자세 이야기하고 난 뒤

"그따위 숭물스러운 놈을 수하에 거두어두시면 일후에 무슨 낭패를 보여드릴지 알 수 있습니까? 여기서 쫓아버리시는 게 좋을 듯싶소이다."

이런 말로 간언까지 하였다.

"밤이놈이 숭물스럽긴 해도 밉상은 아니다."

"미친놈같이 시룽시룽하는 것이 밉지는 안 하와두 위인이 하두 숭물스러워서 말씀이올시다."

"그놈이 오거든 말을 들어보구 쫓든지 말든지 할 테니 너는 아무 소리 말고 가만히 있거라."

졸개가 내려온 뒤에 보리밥 한 솥 짓기나 착실히 지나서 노밤이가 혼자 털털거리고 내려와서 꺽정이를 보고

"너무 오래 기다리시게 해서 황송합니다."

인사말 한마디 하고 곧 묻지도 않은 이야기를 거짓말투성이로 늘어놓았다.

"제가 초립동이를 데리구 고개에 올라가서 초립동이 어머니가 도적에게 붙들린 자리를 찾아가본즉 그 옆이 바루 큰 솔밭인데 솔밭 속에 젊은 놈 한 놈이 여편네를 자빠뜨려놓았습디다. 그래서 당장 그놈의 모가지를 돌려앉히려다가 젊은 놈이 얼굴 얌전한 여편네를 보구 불측한 맘을 먹기가 용혹무괴거니 널리 생각하구 온언순사루 타일러서 보내려구 솔밭 밖으루 불러냈숩드니 그놈

이 손에 환도를 들구 쫓아나와서 제잡담하구 대어듭디다. 선손 거는 놈을 가만둘 수 있습니까. 제가 칼을 빼가지구 마주 싸웠습니다. 그놈이 원력두 세차거니와 칼 쓰는 것두 제법 법수가 있어서 한바탕 쩍지게* 싸웠습니다. 제가 변변친 못하지만 아무렇게 하든지 그따위 놈 하나야 못 당하겠습니까. 나중에 그놈이 제 칼을 받느라구 쩔쩔매다가 홀제 뒤로 뛰어 물러나며 칼을 잠깐만 머물러달라구 청하구 칼 쓰시는 걸 보니 유명한 검객 같으신데 성함이 누구십니까, 혹시 양주 임장사 아니십니까 하구 묻습디다. 그래 나는 양주 임장사 수하에 있는 노밤이란 사람이다 하구 대답해주었습지요. 그놈이 그 말 한마디 듣구선 대번에 칼을 내던지구 앞에 와 엎드려서 살려달라구 애걸복걸합    ● 쩍지다 상대하기가 디다. 그놈이 한 짓이 괘씸치 않은 건 아니지만      만만치 않거나 힘겹다.
죽일 맛이야 있습니까. 호령하구 꾸짖구 나무라구 타이르구 경계해서 보냈습니다. 이동안에 초립동이는 그 어머니를 구호하느라구 솔밭 속에 들어가 있었는데 그 어머니가 기함이 된 것을 죽은 줄루 알구서 울며불며하기에 제가 샘물을 떠다가 얼굴에 뿜구 가슴을 문지르구 다리팔을 주물러서 피어나는 걸 보구 곧 내려왔습니다. 남에게 적선하다가 길이 늦어졌습니다. 서울을 내일 들어가긴 매일반이니까 길 늦은 건 상관없겠지요만 너무 오래 기다리시게 해서 황송합니다."

  노밤이가 양양자득 揚揚自得해서 지껄이는 것을 격정이는 가만 내버려두고 있다가 나중에

"이놈아, 네가 사람 놈이냐!"

하고 소리를 꽥 질렀다. 노밤이가 초풍하듯이 놀라서 눈치를 살펴보면서

"꾸중을 들을까 봐서 얼른 온다는 것이 이렇게 늦었습니다. 초립동이가 같이 가자구 붙들구 매달리는 것까지 뿌리치구 왔습니다."

하고 늦게 온 것을 발명하다가 옆에서 웃는 졸개를 흘겨보며

"남 꾸중 듣는 것이 저 칭찬받은 것버덤 더 좋은가베."

하고 중얼거렸다.

꺽정이가 노밤이의 거짓말한 것을 발간적복˙하여 야단친 끝에

"너같이 거짓말 잘하는 놈은 처음 봤다. 거짓말하는 데 정이 떨어져서 너를 데리구 갈 맘이 없다. 여기서 너는 너대루 가거라."

하고 말하니 노밤이는 숙이고 있던 고개를 들고 꺽정이의 얼굴을 치어다보면서

"거짓말이 무슨 큰 죄라구 경가파산˙하구 뫼시구 나온 놈을 가라구 쫓으십니까. 야속합니다. 진정 야속합니다."

하고 고개를 다시 청승맞게 비틀어 꽂았다.

"야속해? 야속하대두 할 수 없다."

"대체 가긴 어디루 가란 말씀이오니까?"

"그건 나더러 물을 것 아니다. 너 가구 싶은 데루 가려무나."

"제가 가구 싶은 데는 서울이올시다."

"서울루 가드래두 나만 따라오지 마라."

"서울 가선 어떻게 되든지 서울까지는 따라가게 해줍시오."

꺽정이가 노밤이의 말에는 대답 않고 졸개를 돌아보며

"고만 가자."

하고 말한 뒤에 먼저 일어나서 길로 내려갔다. 졸개가 짐에서 쌀자루와 자리뭉치를 떼어놓으려고 하니 노밤이가 얼른 졸개의 손을 붙잡고

"자네까지 왜 이러나?"

하고 말하였다.

"네 것은 인제 네가 가져가야지."

"아버지라구 한 건 어떻게 하구."

"아버지 소리 한번 듣구 여기까지 짐을 져다 줬으면 무던하지."

"언제 여기까지 져다 주기루 했든가. 딴소리 말구 그대루 지구 가세."

● 발간적복(發奸摘伏)
숨겨져 있는
정당하지 못한 일을 밝혀냄.
● 경가파산(傾家破産)
재산을 모두 털어 없애
집안이 형편없이 기울어짐.

"대장께서 너를 가라구 쫓으셨는데 네 짐을 내가 왜 지구 간단 말이냐?"

"내가 쫓겨가구 안 쫓겨가는 건 서울 가서 말하세. 서울서 아주 쫓겨가게 되거든 그때 짐을 도루 주게그려."

꺽정이가 길에 서서 졸개를 바라보며

"무어하구 있느냐! 어서 내려오너라."

하고 소리질러서 졸개가 일변 네 대답하며 일변 짐을 그대로 지고 일어나는데 노밤이는 뒤에서 짐을 거들어주는 체하며 붙들고 자리뭉치 속에 환도를 질렀다.

"이놈아, 왜 붙드느냐! 얼른 가지 않으면 꾸중 듣는다."
"꾸중 듣는대두 동무가 생기면 든든해 좋지."
"이놈아, 놔라. 놓지 않으면 소리지를 테다."
"나만 꾸중을 겹쳐 들으라구. 자, 가거라."
졸개는 꺽정이 뒤를 쫓아가고 노밤이는 졸개 뒤를 따라갔다.
꺽정이가 다락원에 숙소참을 대려고 길을 바삐 걸어서 졸개는 짐을 지고 쫓아오기가 가쁜 중에 축석령 고개를 올라오느라고 전신에 땀을 흘리었다. 고개를 넘어선 뒤 꺽정이가 잠시 쉬는 것을 허락하여 졸개는 긴 숨을 내쉬고 길 옆 너럭바위에 짐을 내려놓고 주저앉으면서
"쌀자루 땜에 짐이 무거워서 등골 빠지겠다."
하고 혼잣말로 중얼거리는데 노밤이는 뒤에 와서
"거짓말이래두 남의 아비 노릇하기가 쉽지 않지?"
하고 싱글싱글 웃었다.
"이놈아, 아들두 다 귀찮다. 짐이나 도루 가져가거라."
하고 졸개가 쌀자루와 자리뭉치를 떼어 내던지니 노밤이는 무어라고 두덜거리며 갖다가 저의 짐에 얹었다.
축석령에서 이십여리 왔을 때 해가 짧아서 지는 것도 덧없거니와 해진 뒤에 어둡는 것도 빨라서 장수원을 채 못다 와서 벌써 캄캄하여 꺽정이는 다락원을 대지 못하고 장수원에 와서 숙소를 잡게 되었다.
장수원은 다락원과 상거가 십리 못 되는 곳이라 오고가는 행인

들이 중화참이나 숙소참을 다락원으로 대는 까닭에 장수원에 손이 드는 건 일년 가야 한두 번이 있거나 말거나 하였다. 원집이라고 곧 원 주인의 살림집이 되었는데 손들 재우는 큰방은 풍창파벽風窓破壁이라 사람이 거처하지 않고 허섭스레기 세간을 넣어두어서 밤이면 쥐들이 잔치하는 처소이었다. 원 주인이 꺽정이의 일행이 자러 들어온 것을 보고 상을 찌푸리며

"어째 다락원을 참대지 못하구 이리 온단 말이오?"
하고 핀잔주듯이 말하니 꺽정이가 눈을 곱게 뜨지 않고

"여긴 원집이 아니오? 원집에 행인이 들면 주인이 시중이나 들어줄 게지 같지 않게 무슨 잔소리요?"
하고 꾸짖듯이 대답하였다.

"잔소리가 아니오. 여기는 손님들 주무실 방두 없소."

"원집에 행인 잘 방이 없다니 웬 소리요?"

"지금 여기는 원이랄 것이 없소."

"원이랄 것이 없으면 이 집이 사갓집이오? 설혹 사갓집이라두 좀 자구 가야겠소."

"방이 없어 걱정이오. 큰방 작은방 방 둘에서 큰방은 폐방하구 작은방은 우리 식구가 쓰니 어디서들 주무신단 말이오."

"폐방한 방에서라두 자겠소."

"명색이 방이지 마루광만두 못한데 주무실 수가 있을라구. 그러면 자, 이리 들어들 오시우."

원 주인이 큰방 앞에 와서 관솔로 화톳불을 놓고 방에 들어가

서 세간을 한옆으로 치우는데 꺽정이가 방을 들여다보니 방안에는 찬바람이 돌고 방바닥에는 쥐똥이 깔려 있었다.

"딴 방이 참말 없소?"

"딴 방이 있으면 왜 안 내드리겠소."

"주인 쓰는 방에 가서 좀 부쳐 잘 수 없겠소?"

"우리 방을 손님께 내드리구 우리가 이웃집에 가서 부쳐 자두 좋겠지만 마침 자식새끼 남매가 돌림고뿔루 앓아누워서 어떻게 할 수가 없소."

"방 쓸 비하구 방에 깔 자리나 좀 빌려주우."

"빌려드릴 자리가 없는데요."

"자리가 없으면 멍석이라두 한 닢 빌려주구려."

"저녁들은 어디서 잡숫구 오셨소?"

"저녁은 안 먹었는데, 밥 좀 지어주겠소?"

"밥 짓는 수고는 덜어드릴 테니 저녁거리를 내주시우."

주인의 말에 꺽정이가 미처 대답하기 전에 노밤이는 얼른 짐에서 쌀자루를 내려서 주인을 내주며

"우리는 서울 가는 사람이라 내일 아침까지 먹으면 길양식이 소용없으니 저녁 아침 두 끼만 해주구 남는 것은 주인이 차지하우. 그 대신으루 찬을 좀 해주우."

주인이 비를 가져오고 또 멍석을 가져와서 졸개가 방을 쓸고 멍석을 까는 동안에 노밤이는 부지런히 자리뭉치를 끄르고 또 짐을 풀더니 자리를 사이 띄워서 두 군데 잡는데, 한 자리에는 기직

자리를 깔고 무명이불을 내놓고 한 자리에는 기직자리에 돗자리를 덧깔고 명주이불에 퇴침까지 내놓았다. 방문 앞에 서 있던 꺽정이가 돗자리 깐 데를 가리키며

"저건 내 자리냐?"

하고 물으니 노밤이는 여공불급\* 하게 네 하고 대답하였다.

꺽정이와 졸개가 노밤이의 양식으로 요기하고 노밤이의 침구로 어한하여 하룻밤을 지내고 이튿날 식전에 꺽정이가 노밤이의 말을 들어보려고

"너는 서울 가면 뉘게루 갈 테냐?"

하고 물으니 노밤이는 서슴지도 않고

"남소문 안 한첨지께루 갈랍니다."

하고 대답하였다.

"나를 따라오지 말랬는데 따라올 테냐?"

"어제는 따라오지 말라구 하셨지만 밤 잔 원수 없답니다.\* 오늘은 그런 말씀 마십시오."

"네가 내 앞에서 다시 거짓말을 안 할 테냐?"

"거짓말을 좋아 안 하시는 줄 미리 알았드면 어제두 거짓말할 리가 없었습니다."

"너 같은 실성한 놈이 아닌 담에 누가 거짓말을 좋아한단 말이냐. 미친놈 같으니."

꺽정이는 마침내 노밤이를 용서하여 데리고 서울로 올라오게 되었다.

● 여공불급(如恐不及) 어떤 일을 하라는 대로 실행하지 못할까 하여 마음을 졸임.
● 밤 잔 원수 없다 남에게 원한을 품고 있다가도 때가 지나면 차차 덜해지고 다 잊기 쉽다는 말.

# 3

남성밑골 노름꾼 한치봉이란 자가 저의 첩을 가지고 미인계를 써서 천량 있은 집 왈짜자식을 올가미 씌우고 노름 밑천을 뺏기 시작한 것이 남소문안패란 도적패가 생기던 시초이었다. 남소문안패가 처음에는 한치봉이의 동류 사오명에 불과하였으나, 하나 늘고 둘 늘고 연해 늘어서 한치봉이 당대에 도록에 성명 오른 부하가 사오십명 좋이 되었는데 태반은 양반의 집 종들이었고 이외에 매파, 뚜쟁이와 상쟁이, 점쟁이와 무당, 판수와 태주,˚ 돌팔이, 보살할미˚ 등속을 부하와 다름없이 부리어서 한치봉이는 남북촌 대가의 밥 끓고 죽 끓는 것을 눈으로 보듯이 알고 지내었었다. 한치봉이의 뇌물이 몇손을 거치면 지엄한 궐내에까지 들어가고 또 한치봉이의 청이 몇다리를 건너면 당로當路한 재상에게까지 미쳐 가서 연산燕山 당년에는 후궁희첩後宮姬妾의 도움을 많이 받았고 중종 초년에는 반정공신의 힘을 일쑤 보았다. 조광조 이하 일대 명현들이 조정에 등용되며 한치봉이가 시세의 이롭지 못함을 진즉 깨닫고 부하들을 조심하도록 단속하였건만, 철없는 젊은 아이 서넛이 이전 세월만 여기고 도적질을 좀 크게 하다가 포교 손에 떼어˚가 죽게 되어서 한치봉이는 부하를 살리려고 백방으로 길을 뚫어보았으나 뇌물이 손을 잘 거치지 못하고 청이 다리를 잘 건너지 못하여 헛수고만 한 일이 있었다. 이 까닭에 남곤, 심정,

홍경주의 무리가 명현들을 모함하여 기묘사화를 일으킬 때 한치봉이는 뒤에서 숨은 힘을 가지고 그 무리를 도와주었었다. 우선 남곤이가 김덕순, 박연중의 해를 받을까 겁을 내서 밤중에 잠자리를 이리저리 옮길 때 한치봉이와 친한 계집이 남곤에게 수청을 많이 들었고 한치봉이가 신임하는 부하가 남곤의 좌우를 별로 떠나지 아니하였다. 기묘년을 지난 뒤에 한치봉이는 늙어서 들어앉고 그의 아들 백량百良이가 아비 대신으로 도중 일을 알음하다가 이내 아비의 지정을 물려가지게 되었는데 용심처사˚가 아비보다 관후하여 부하의 인심을 얻고 또 아비의 수단을 배운 것이 있어서 윤원형의 첩 난정이의 단골무당이며 왕대비의 스승 보우의 상좌중들을 친하여 두고 난정과 보우의 세력을 빌려 쓰는 까닭에 포교들이 한백량이의 용모파기까지 다 짐작하면서 잡을 생각을 먹지도 않고 또 잡을 생의를 내지도 못하였다. 남소문안패의 괴수 한첨지란 곧 한백량이니 한첨지가 남소문 안에서 일평생을 태평으로 지내고 지금은 나이 육십여세라 그 아비의 만년晩年과 같이 도중 대무한 일 외에는 모두 그 아들 한온韓溫이에게 쓸어맡기고 젊은 첩들을 데리고 우스개로 소일하였다. 한첨지의 아들이 윤潤과 온溫이 형제인데 맏아들 윤이는 지랄쟁이 병신이고 둘째아들 온이는 기골 든든하고 성미 팔팔한 것이 그 할아비를 많이 닮아서 한치봉이 대부터 내려오는 늙은 부하가 온이의 행동거지를 보고

● 태주 마마를 앓다가 죽은 어린 계집아이의 귀신. 다른 여자에게 신이 내려서 길흉화복을 말하고, 온갖 것을 잘 알아맞힌다고 한다.
● 보살할미 머리를 깎지 않고 절에서 사는 여자 신도.
● 때다 죄지은 사람이 잡히다.
● 용심처사(用心處事) 마음을 써 알뜰히 일을 처리함.

"어쩌면 저렇게 할아버님을 잘 담쑤었노.'"
하고 감탄할 때가 많았다. 한온이는 나이 불과 이십사오세밖에 안 된 젊은 사람이건만 대대 곱사등으로 첩을 두셋씩 두고 그러고도 오히려 부족하여 부조父祖에 없이 기생방 오입이 심하였다. 오입쟁이에도 패가 있어서 기생방에서 다른 패와 마주치면 틀개'를 놓고 서로 치고 달코 하던 세월이라 한온이는 기생방에서 남을 많이 치는 대신 남에게 가끔 얻어맞기도 하였다.

  꺽정이가 노밤이와 졸개를 데리고 한첨지의 큰집을 찾아와서 문간에서 연통하였더니 서사 일을 보는 사람이 쫓아나와서 맞아들이는데, 사랑방에 한첨지 부자가 다 없었다. 꺽정이가 서사를 보고
  "주인 부자분 다 어디 갔소?"
하고 물으니
  "네, 곧 기별하겠습니다."
서사가 대답하고 사람을 보내서 첩의 집에 가 있는 한첨지를 청하여 왔다.

  한첨지가 사랑 중문에 들어올 때 좌우 부액'한 사람이 쉿소리를 질러서 방과 마루에 있던 사람들이 모두 뜰아래로 뛰어내려갔다. 꺽정이도 마루 끝에 나섰는데 한첨지가 치어다보고
  "오늘 아침에 까치가 유난히 짖더니 귀한 손님이 오셨소그려."
하고 너스레 좋게 웃으면서 마루 위로 올라왔다. 꺽정이가 한첨지와 같이 방에 들어와서 좌정하고 한훤'수작을 하는 중에 한온

이가 머리를 싸매고 안에서 나왔다. 한온이는 첩의 집에서 누워 앓다가 꺽정이가 왔단 말을 듣고 일어나서 큰집으로 오는데 혼자 뒷골목길로 와서 안으로 돌아 나온 것이었다.

꺽정이가 한온이의 절인사를 받고 나서

"머리를 어째 싸맸나?"

하고 물으니 한온이는 상글상글 웃으면서

"기생방에서 드잽이를 놓다가 앞이마를 좀 다쳤습니다."

하고 대답하는데 한첨지가 눈살을 찌푸리고

"이 자식아, 남에게 얻어맞은 게 자랑이냐."

하고 나무랐다.

"누가 자랑했습니까?"

"자랑 아니면 낯바대기 뻔뻔하게 기생방 치다가 얻어맞았다구 말씀한단 말이냐?"

"기생방 치다가 얻어맞은 걸 기일 건 무어 있습니까?"

"기생방 출입한 것을 아비나 손님 앞에서 드러내놓구 말하는 게 무엄한 일인 줄 모르느냐!"

"기생방에 가는 게 무엄하다면 모를까 기생방에 간 걸 갔다구 바루 말씀하는 거야 무엄하다구 할 것이 없지 않습니까."

"너는 하우불이의 자식이야."

한첨지 부자간에 오고가는 말을 꺽정이는 빙그레 웃으면서 듣다가 한첨지를 돌아보고

● 담쑤다 쏙 빼닮다.
● 틀개
남의 일을 훼방하는 것.
● 부액(扶腋) 곁부축.
겨드랑이를 붙잡아 걷는 것을 도움.
● 한훤(寒暄) 날씨의 춥고 더움을 말하는 인사.

"말인즉 자제 말이 옳소."

하고 웃었다.

"옳긴 무에 옳단 말이오? 설혹이 옳다구 치드래두 자식으루 아비 말대답하는 법이 어디 있소. 자식은 아예 응석으루 기를 게 아닙디다."

한온이가 아비의 잔소리를 가로막으려고 얼른 꺽정이를 보고

"이천서 언제 떠나셨습니까?"

하고 말을 물었다.

"그끄저께 떠났네."

"그끄저께 떠나셨으면 바루 서울루 오셨습니까?"

"영평 도덕여울을 들러 왔네."

"도덕여울을 들러 오셨어요? 옳지, 애꾸놈을 보러 가셨습니다 그려. 그래 그놈을 보셨습니까?"

"봤네."

"그놈을 어떻게 처치하셨습니까?"

"하인삼아서 여기 데리구 왔네."

"어디 있습니까?"

"밖에 있겠지."

"그놈을 좀 불러보겠습니다."

한온이가 마루문을 열고 건넌방 편을 내다보며

"거기 누구 있나?"

하고 사람을 불러서

"청석골 대장께서 데리구 오신 사람을 좀 들어오라구 부르게."
하고 말을 일렀다. 얼마 뒤에 마당에 신발소리가 나는 것을 듣고 한온이가 윗방 방문을 열고서 내다보더니 곧 몸을 돌쳐서 아랫간에 앉은 꺽정이를 바라보며

"그놈은 애꾸눈이라는데 두 눈이 멀쩡하니 사람이 틀리는가 봅니다."
하고 말하여 꺽정이가 밖을 향하고

"게 들어온 것이 누구냐?"
하고 소리쳐 물으니

"소인이올시다."
하고 대답하는 것이 졸개의 목소리이었다.

"노밤이는 어디 갔느냐?"

"밖에 있습니다."

"들어오라구 불러라."

졸개가 다시 나가서 노밤이와 같이 들어온 뒤에 꺽정이가 분부하여 한첨지 부자에게 각각 문안들을 드리게 하였다. 한온이가 노밤이를 내다보며

"저 꼬락서니를 가지구 임아무라고 행세했단 말인가?"
하고 웃는데

"봐하니 남의 꼴을 웃을 경황두 없으실 것 같습니다."
하고 노밤이가 말대꾸하여 한온이는 골이 나서 방문을 탁 소리가 나게 닫았다.

꺽정이가 노밤이를 앞으로 불러서 말대꾸 함부로 하는 것을 꾸짖은 뒤에 밖에 나가 있으라고 졸개와 같이 내보내고 나서 한온이더러

"그놈이 무어라고 지껄이든가?"

하고 물었다. 꺽정이는 한첨지와 수작하느라고 노밤이가 한온이에게 대꾸하는 말을 잘 듣지 못하였던 것이다.

"병신이 급살한다드니 그놈이 장히 어쭙지 않은 놈입니다."

"그놈이 미친놈같이 시룽시룽하네."

"그따위 놈을 왜 서울까지 데리구 오셨습니까?"

"하인 노릇이라두 하겠다구 따라나서기에 그대루 데리구 왔네."

"하인으루 내세워두 본때가 있어야지요. 보름보기 병신 하인을 무엇에 씁니까. 병신두 병신이려니와 얼굴에 전판 겁기가 낀 것이 불길해 보입니다."

"글쎄."

꺽정이가 가볍게 한온이의 말에 대답한 뒤 한첨지를 돌아보며

"내가 이번엔 한동안 서울에 있다 갈 테라 폐를 많이 끼치겠소."

하고 말하니 한첨지가 선뜻

"폐가 무슨 폐란 말씀이오? 조석 공궤쯤은 해드릴 힘이 넉넉하니 염려 마시우."

하고 대답하였다.

"물건두 팔아줄 게 있소."

"무슨 물건이오?"

"평양 봉물 나머지를 가지구 왔소."

"물목을 가지셨거든 좀 보여주시오."

"물목이 짐 속에 들었을 테니 차차 보시우."

"값진 물건이 많이 있을 테지요?"

"거지반 다 값진 물건이오. 서림이가 겉가량 잡는데 상목 삼천 동인가 사천 동 값어치가 된다구 합디다."

"아이구, 굉장하구려. 그렇지만 물건값이란 작자 만나기에 달렸으니까 겉가량 가지구야 알 수 있소?"

"두구두구 작자를 구해서 잘 팔아보시우."

"그건 다시 부탁하실 것두 없소."

● 보름보기
'애꾸눈이'를 놀림조로
이르는 말.

한첨지가 꺽정이 말에 대답한 뒤 곧 아들을 보고

"이 사랑을 쓰시게 해두 좋지만 사랑이 번라할 때가 많으니 어느 집 한 채를 치워서 조용히 기시게 해드리는 게 좋겠지?"

하고 꺽정이의 거처할 처소를 의논하였다. 한첨지의 집은 큰집이란 것이 칸수로 이십여 칸밖에 안 되고 그외에는 십여 칸 오륙 칸씩 되는 작은 집이 수십 채 큰집 좌우에 늘어 있는데 그것은 대개 양대兩代 첩의 집들과 부하의 살림집들이었다.

"옆집을 치워서 기시게 하구 조석을 큰집에서 공궤하두룩 하지요."

"옆집이라니, 어느 집 말이냐?"

"지금 제가 쓰는 집 말입니다."

"그거 좋겠다. 그 집 안방에 기시게 하구 바깥방을 네가 써라."

"바깥방은 데리구 오신 하인들을 주어야지요."

"그럼 너는 다른 집으루 옮길라느냐?"

"건넌방이 있으니까 건넌방을 쓰지요."

"네가 가까이 뫼시구 있으면 여러가지루 배울 것두 많구 좋겠다."

한첨지 말끝에 한온이가 껵정이를 보고 말하였다.

"참말루 칼 쓰는 법을 좀 가르쳐주실랍니까?"

"어려울 거 없지."

"칼을 얼마 동안 배우면 잘 쓰게 됩니까?"

"칼을 잘 쓰자면 한이 없네. 예사 검객 소리를 들을 만큼 쓰재두 몇해 동안 애를 써야 할 겔세."

"아이구, 그거 어디 배우겠습니까."

"법수만 대강 배우자면 한두 달에두 배울 수 있지."

"그럼 법수만 좀 가르쳐주십시오."

"그러게."

누가 어느 틈에 일렀던지 안에서 주안상이 한상 나오는데 안주를 떡 벌어지게 차린 품이 예사 잔칫상만 못지아니하였다.

껵정이가 한첨지와 대작하여 술을 네댓 잔 마신 뒤에 앞에 돌아온 술잔을 한온이에게 내어주며

"자네두 한잔 먹게."

하고 권하니 한온이가

"저는 술을 못 먹습니다."

하고 술잔을 받지 아니하였다.

"아버지 앞이라 어려워서 안 먹나?"

"본래 접구두 못합니다."

한첨지가 꺽정이를 보고

"저 자식이 술을 먹을 줄 알면 행여나 아비 앞이라구 안 먹겠소?"

하고 말하는데 꺽정이는 한첨지와 한온이를 반반씩 갈라 보면서

"사내대장부가 술을 못 먹다니 될 말인가. 칼버덤두 술을 먼저 내게 배우게."

하고 껄껄 웃었다.

한첨지의 주량이 꺽정이를 당하지 못하여 꺽정이가 아직 술 먹은 것도 같지 않을 때 한첨지는 벌써 거나하게 취하였다.

"내가 소싯적엔 며칠씩 밤을 새워가며 술을 먹어두 끄떡없던 사람인데 되지 못한 낫살을 먹은 뒤루 술이 조금만 과하면 술에 감겨서 배기질 못하우."

"우리게 오두령은 나이 육십 줄이건만 지금두 가끔 젊은 사람들하구 술타령으루 밤새움을 하우."

"그자가 계양산 괴수의 심부름으루 우리게 다닐 때 나이 이십 남짓했었을까? 그런데 벌써 오십이 넘었단 말이지."

"장인의 심부름으루 서울을 자주 왔었다구 오두령두 말합디

다."

"그때 우리는 계양산 졸개 개도치루만 알았었소."

"개도치가 오두령의 이름이오?"

"같이 기시면서 이때것 이름두 모르셨소?"

"자기가 말 안 하는 걸 우리가 어떻게 알 수 있소?"

"그러면 그자의 행적도 모르시겠구려."

"무슨 행적이오?"

"그자가 계양산 괴수의 딸 원씨 여편네와 해로한다지요. 그 원씨 여편네가 내 숙모 되었던 사람이오. 나버덤 나이 적은 삼촌 하나가 있었는데 그 삼촌이 이십 안에 돌아가서 숙모가 청춘과부로 친정에 가 있는 것을 개도치가 달구 도망했소. 계양산 괴수가 딸을 내주구 겉으루 몰래 도망했다구 했는지 그 속은 모르지요. 그때 우리 아버지는 죽은 삼촌의 뒤를 이어주려구 양자할 아이를 물색하던 중인데 계양산 기별을 듣구 화를 내기 시작하드니 얼마 동안은 매일같이 화를 내서 집안 사람들이 모두 들들 볶였었소."

"과부는 임자가 없으니까 설혹 꾀어냈대두 행적이 나쁠 건 없소."

"그렇지요. 나는 그때두 숙모 일이 잘됐다구 말했었소."

한첨지가 옛날이야기를 하는 끝에 꺽정이더러

"이장곤 이찬성하구 어떻게 되시지 않소?"

하고 물었다.

"이찬성 부인이 우리 아버지하구 이성사촌이오."

"그러면 이찬성이 이성오촌 고모부가 되니까 그 자제들하고 육촌척이시구려."

"촌수를 따진다면 그렇게 되겠지요."

"상종이 없으시오?"

"없소."

"이찬성의 유모의 아들 삭불이란 사람을 아시우?"

"그 사람을 보진 못했지만 말은 많이 들었소. 우리 부모의 혼인 중매두 그 사람이 하구 우리 선생님의 소실 중매두 그 사람이 했답디다."

"외조 되시는 분은 양주서 푸주하구 선생님 되시는 분은 동소문 안에서 갓일하셨지요?"

"그렇소."

"외조는 우리 아버지 수하에 있던 이구, 선생님의 소실은 우리 아버지하구 같이 살던 이요."

"그럼 삭불이란 사람이 그 여편네를 빼돌렸드란 말이오?"

"아니오. 그 사람이 우리 아버지께 신임을 받던 사람인데 그런 짓을 할 리가 있소. 우리 아버지가 노래老來에 첩이 많아서 귀찮다구 하나만 남겨두구 그 나머지는 다 내보냈는데 그이두 내보낸 사람이오."

한첨지의 옛날이야기에 술판이 식어서 꺽정이가 한첨지더러 술을 그만두자고 말하여 한온이가 사람을 불러서 주안상을 치우게 하였다.

꺽정이가 거처할 처소로 작정된 작은 집 안방은 한온이가 사랑
으로 쓰는 방이라 방 치장이 재상의 사랑과 같아서 병풍 방장이
둘러치이고 보료방석이 들이깔리고 놋요강, 놋타구 등속이 늘어
놓였었다. 한온이가 문서궤, 서간궤 궤 몇개만 건넌방으로 옮겨
가고 그 나머지 방 치장은 하나도 건드리지 않고 그대로 꺽정이
게 내어주었다.

한첨지 부자가 꺽정이를 칙사 대접하듯 하는데 당세 호걸을
공경하는 뜻도 있거니와 일등 물주를 후대하는 뜻도 없지 않았
으니, 남소문 안에서 청석골 재물을 팔아서 이를 나누는 까닭이
었다.

꺽정이가 졸개는 서울 구경을 대강 시켜서 광복산으로 돌려보
내고 노밤이만 수하에 머물러두었는데, 노밤이는 주인집에서 부
리는 사람들과 바깥방을 같이 썼다. 노밤이가 언죽번죽 이야기를
잘하고 익살맞게 우스운 소리를 잘하고 더욱이 천하만사를 무불
통지(無不通知)로 잘 알아서 여러 사람이 보름보기라고 웃지 못하고 시골
뜨기라고 깔보지 못하여 거연히 바깥방에서 영위(領位) 노릇을 하
게끔 되어서 여러 사람의 출몰로 식전에 팥죽집과 저녁에 모줏집
을 하루도 빠지 않고 다니었다. 꺽정이의 심부름은 노밤이 아니
라도 할 사람이 많아서 노밤이가 조석 문안 외에 별로 꺽정이 앞
에 들어오지 아니하여 어느 날 아침에 꺽정이가 노밤이의 문안을
받고 나서

"낮에는 너를 꼴두 볼 수 없으니 날마다 낮잠 자느냐?"

하고 꾸짖듯이 물으니 노밤이는 싱글벙글 웃으면서

"제가 낮잠속이 슬명합니다. 봄에는 노곤해서 낮잠 자구 여름에는 해가 길어서 낮잠 자구 가을에는 볕이 따가워서 낮잠 자구 겨울에는 밤이 추워서 낮잠 잡니다. 이렇게 사시사철 잘 자는 낮잠으루 서울 온 뒤는 아직 한번 자지 못했습니다."

하고 길게 늘어놓아서 대답하였다.

"지껄이기 입아귀두 안 아프냐? 그래 낮잠을 안 자면 무어하느냐?"

"구경하러 돌아다녔습니다."

"무슨 구경이냐?"

"서울 안을 돌아다녔으니 서울 구경입지요."

"서울 구경이 좋드냐?"

"겉구경만 하구 속구경을 못해서 아직은 좋은지 어떤지 모르겠습니다."

"겉구경, 속구경이란 게 다 무어냐. 별놈의 소리를 다 듣겠다."

"술집 앞에 달린 용수˚만 보구서야 서울 술맛이 단지 쓴지 알 수 있습니까. 또 기생집 앞에 매인 말만 보구서야 서울 기생 낯바대기가 이쁜지 미운지 알 수 있습니까. 그렇지 않습니까. 제 말이 거짓말 아닙지요?"

"수다스럽게 지껄이지 말구 고만 나가거라."

노밤이는 각 골 하인 본새로 네 소리를 길게 하고 밖으로 나갔

● 무불통지(無不通知)
무슨 일이든지
환히 통하여 모르는 것이 없음.
● 슬명하다 수수하고
훤칠하게 걸맞다.
● 용수 싸리나 대오리로 만든
둥글고 긴 통. 술이나 장을
거르는 데 쓴다.

다. 한온이가 부리는 사람들이 노밤이를 둘러싸고

"대장 존전에서 말대답을 막 농판으루 하네그려."

"청석골 대장이 성미가 무섭다드니 거짓말이군."

"우리 집 젊은이는 말할 것두 없구 사람 좋은 늙은 영감이라두 우리가 그런 말대답을 하면 당장 초죽음을 시킬걸."

하고 이 사람 한마디 저 사람 한마디 지껄이는데 노밤이가 틀을 짓고

"자네네들이 아직 문리가 안 났네. 내게 강미를 바치구 글을 배우게. 남의 부하 노릇두 좀 편히 하려면 대장이구 괴수구 길을 잘 들여놔야 하네."

하고 말하였다.

"대장을 어떻게 길들인담."

"무서운 호랭이 새끼두 길들일 수 있는데 사람의 자식을 길들이지 못한단 말인가?"

"길들이는 묘득이 있거든 우리들 좀 가르쳐주게."

"묘득이란 말루 가르치기 어려운 것이야. 나 하는 것을 보구들 배우게."

"우리 집 젊은이를 한번 길들여보겠나?"

"어렵지 않지. 이거 마찬가지야."

하고 노밤이가 손바닥을 여러 사람 앞에 내밀고 한두 번 뒤집어 보이었다.

한온이가 낮에는 도중 일을 보느라구 큰집 사랑에 많이 가 있

고 또 밤에는 첩 재미를 보느라고 첩들의 집으로 돌아다니고 꺽정이 있는 집 건넌방은 명색 자기 방으로 쓴다고만 하였지 밤에 와서 자는 일이 통이 없을 뿐 아니라 낮에 와서 앉는 일도 별로 없었다. 밤낮 비워두는 방에 화롯불을 담았다 파냈다 하고 촛불을 켰다 껐다 하고 이부자리를 깔았다 개었다 하는 것이 공연한 군일 같아서 상노아이는 성가시게 생각하여 노밤이더러
"건넌방을 아주 폐방하두룩 해보겠소?"
하고 물으니 노밤이는 상노아이의 얼굴이 반반한 데 욕심이 없지 아니하나 여러 사람과 섞여 자는 까닭에 욕심을 풀지 못하는 터이라
"폐방하두룩 하느니 우리 둘이 써볼라느냐?"
하고 대답하였다.
"누가 우리더러 쓰랍디까?"
"우리가 쓰면 쓰는 게지."
"청석골 대장께서 말씀하시면 혹시 쓰게 될까, 그외엔 누가 말하든지 어림없소."
"너의 주인양반의 허락은 나중 받을 셈 잡구 우리 둘이 오늘 밤부터 건넌방에 들어가서 자자."
"들키면 경칠라구요."
"밤중 지난 뒤 들어가 자구 어뜩새벽에 일어나 나오면 들킬 까닭이 없지 않느냐?"
"누가 그따위 구차스러운 짓을 한단 말이오? 나는 싫소."

"싫거든 고만둬라. 나 혼자 들어가 잘 테다."

이날 밤부터 안방의 걱정이 취침한 뒤에는 노밤이가 슬그머니 건넌방에 들어와서 한온이의 이부자리를 깔고 덮고 자다가 새벽녘이면 바깥방으로 나가서 개잠을 잤다. 며칠 지난 뒤 어느 날 아침에 한온이가 건넌방에 와서 무슨 문서를 꺼내려고 하다가 문서궤 위에 이 한 마리가 기는 것을 보고 다시 살펴본즉 기는 놈 외에 엎드린 놈도 있는데 마릿수가 하나 둘이 아니라 한온이는 이도 잡지 않고 궤도 열지 않고 큰 소리로 상노아이를 불렀다. 상노아이가 밖에서 들어오자 한온이가 곧 궤 위를 가리키며

"이리 와서 이거 좀 봐라. 이게 무어냐?"

하고 소리질렀다.

"이올시다."

"누가 이를 몰라서 묻느냐. 이놈아, 이 이가 대체 어디서 퍼진 게냐?"

"모르겠습니다."

"모르다니, 너 외에 또 이 방에 드나드는 사람이 누구냐?"

상노아이는 여짓 노밤이를 대려다가 영이 되거든 대려고 아무 소리 아니하였다.

"이가 궤 위에까지 올라왔으니 다른 데 없을 리가 있나."

하고 한온이가 가만히 보료를 들여다보더니

"이거 봐라. 여기 전판 이로구나."

하고 벌떡 일어섰다. 왱니, 가랑니˚가 보료 바닥에서 슬슬 기고

또 보료 가장자리에 주줄이 맺혔다. 한온이가 온몸이 굼실거리며 눈앞에 해끔해끔한 것이 모두 이로 보이었다.

"누가 이를 갖다 방에다 뿌렸단 말이냐! 이게 대체 웬일이냐!"

하고 한온이는 옷자락을 떠느라고 한참 정신이 없었다. 건넌방이 소동에 꺽정이는 안방에서 내다보고 노밤이와 다른 아랫사람들은 바깥방에서 들어왔다. 노밤이가 한온이를 보고

"사람 없는 빈방에서 사는 이는 복니올시다. 죽이지 말구 가만 두십시오."

하고 말하는데 한온이가 볼멘소리로

"복니란 게 다 무어야?"

하고 핀잔주듯 말하니 노밤이는 다시 상노아이를 보고

● 가랑니 서캐에서 깨어 나온 지 얼마 안 되는 새끼 이.
● 취종(取種) 생물의 씨를 받음.

"복니를 죽이라시거든 잡아서 나를 다구. 내가 취종˚하겠다."

하고 말하였다.

노밤이의 이를 취종한다는 말이 하도 우스워서 다른 사람은 고사하고 한온이까지 빙그레 웃었다.

노밤이가 여러 사람이 웃는 것을 보고 뒤변덕스럽게 곤댓짓을 하며 한온이를 보고

"이에 복니가 있는 것을 모르십니까? 저는 복니 서 되 서 홉 가진 사람하구 같이 자본 일이 있습니다."

말하고 이야기하라기를 바라는 모양으로 한참이나 있다가 제풀

에 다시

"이야기할게 들어봅시오."

하고 이야기하기 시작하였다.

"제가 십여년 전에 황해도 재령 제흥원濟興院에서 하룻밤을 자는데 다른 행인 두엇하구 같이 잤습니다. 그때 제 옆에서 자던 사람이 새벽 일찍 남버덤 먼저 일어나서 봇짐에서 솥 하나 되 하나를 끄내더니 바지저고리를 벗어놓구 이를 솔루 쓸어모아서 되루 되는데 이가 서 되가 넘겠지요. 끔찍끔찍합디다. 그 사람이 이를 되어보구 나서 서 되 서 홉 이가 밤새 두 홉가량이나 축났다구 혼자 중얼거리다가 저를 돌아보구 내 이가 임자의 새옷 냄새를 맡구서 많이 옮아간 것 같으니 미안하지만 옷을 좀 보게 벗어주시우 하구 말합디다. 저는 몸이 한참 군질군질해서 옷을 벗어보구 싶은 판이라 두말 않구 얼른 벗어주었습니다. 제 옷에서 쓸어낸 이가 한 움큼 착실히 됩디다. 거지 도회청에 가서 누데기옷들을 벗겨놓구 이를 잡히드래두 하루에는 그만큼 많이 모으기 어려울 겝니다. 나중에 그 사람의 말을 들어본즉 그 사람이 어디 손으루 갔다가 오래 비워두었던 방에서 그 이를 올렸는데 복니라구 잡아죽이지 말라구 일러주는 사람이 있어서 그대루 내버려두었더니 과연 그 이를 올린 뒤루 우환이 없구 재난이 없구 집안 형세가 불 일 듯했답니다."

노밤이가 이야기를 마친 뒤에 다시 한온이를 보고

"복니를 몸에 올려두시지 않구 잡아 없애실 테면 저를 줍시오.

제가 얼마 동안 이 건넌방에 들어와서 자겠습니다."

하고 말하니 한온이가 노밤이의 말에는 대답 않고 상노아이에게 문서궤, 서간궤, 보료, 이부자리 등속을 다른 데로 치우라고 이르고 나서

"이는 떨어버리든지 죽여 없애든지 맘대루 해라."

하고 끝으로 붙이어 일렀다. 한온이가 상노아이에게 이르는 말이 노밤이에게 반허락하여 주는 폭이라 노밤이는 곧

"복니를 제게 내주시니 황감합니다."

하고 허리를 두세 번이나 굽실굽실하였다.

이날 밤부터 노밤이가 드러내놓고 건넌방에 들어와서 자게 되었는데 상노아이더러

"인제는 너두 같이 들어가 자자."

하고 말하니 상노아이가

"나는 복니 싫소."

하고 도리머리를 흔들었다.

"네가 싫다면 복니라두 잡아 없애마."

"그 이가 대체 노서방 몸에서 퍼진 것 아니오?"

"내가 이꾸러긴 줄 아느냐? 거기는 내 이두 있구 네 이두 있구 또 다른 사람의 이두 있다. 새벽마다 불 켜놓구 앉아서 잡아 모은 것이다."

"이를 잡아서 옷 속에 넣었다가 밤에 건넌방에 들어가서 퍼쳐 놨소?"

"왜 남의 이까지 내 옷에 넣는단 말이냐? 종이봉지에 모았다가 새벽에 건넌방에서 나올 때 이봉지를 보료 위에두 떨어놓구 또 궤 위에두 떨어놨지."

"별 궁흉스러운' 짓을 다 하는구려."

"어른더러 궁흉스러운 짓이라니, 버릇없는 고연 놈이로구나."

노밤이가 상노아이를 데리고 건넌방에 들어와 자게 된 지 수일 후에 한온이가 노밤이를 보고 웃음의 말로

"복니를 많이 올렸나?"

하고 물으니 노밤이는 천연덕스럽게

"제가 복이 없는지 이가 차차루 없어져갑니다."

하고 대답하였다.

한온이가 이마 다친 것이 다 나은 뒤에 꺽정이에게 칼을 배우기 시작하였다. 한온이는 성질이 물건이고 일이고 무엇에든지 물리기를 잘하고 싫증을 쉬이 내는 대신 처음에 탐도 잘 내고 재미도 쉬이 붙여서 물건이면 잠시도 손에서 놓지 않으려고 하고 일이면 당장에 끝을 낼 것같이 서두르는 사람이라 한동안 열일 스무일을 다 제치고 칼에만 골똘하여졌다. 치고 찌르는 여러가지 법을 배우고 익히는데 한온이가 꺽정이를 어렵게 알아서 가르쳐 내라 마라 무람없이 하진 못하건만 그래도 많이 꺽정이를 성가시게 하였다. 어느 날 밤에 한온이가 그 아버지에게 붙들려서 도중일을 여러가지 걸처하고 스무날께 달이 높이 올라온 뒤에 꺽정이 처소에 와서 보니 안방, 건넌방에 모두 불이 꺼졌다. 한온이가 그

대로 나가려다 말고 안방 머리맡 창 앞에 와서

"선생님, 벌써 취침하셨습니까?"

하고 소리하여 보았다. 칼을 배우기 시작한 뒤로 꺽정이를 선생님이라고 부르게 되었던 것이다. 방안의 꺽정이가 막 잠이 들었다가 깨었다.

"어째 이렇게 늦게 왔나?"

"달이 밝은데 어느새 주무십니까?"

"일없이 오래 앉았기 심심해서 일찍 누웠네."

"약주 좀 잡수시렵니까?"

"아까 밤참을 먹었는데 또 무슨 술을 먹어?"

"밤참 잡수올 때 제가 오지 못해서 죄송합니다."

"별말을 다 하네. 좀 들어오려나?"

● 궁흉스럽다
아주 음침하고 흉악한 데가 있다.

"선생님께서 곤하시지 않거든 낮에 가르쳐주신 남의 칼 막는 법을 좀 익히게 해줍시오."

"우선 들어와서 불이나 켜놓게."

"덧문을 안 거셨습니까?"

"안 걸었네."

한온이가 방에 들어와서 화로에 묻힌 숯불덩이를 파내가지고 촛불을 붙여놓는 동안에 꺽정이는 일어나서 허리띠, 대님을 다시 매었다.

"달이 밝다니 마당에 나가서 한바탕 뛰어볼까."

"주무시다가 찬 데 나가셔서 감기 드시지 않겠습니까?"

"나는 나이 사십에 아직 감기 고뿔이란 건 모르네."
"그럼 마당에 나가서 가르쳐주십시오."
"그러게, 나가세."
한온이가 꺽정이의 뒤를 따라서 방 밖에 나오며 곧 마루구석에서 나무로 칼 모양 만든 것을 두 자루 찾아내오는데 꺽정이가 보고
"그거 하나는 날 주구 자네는 방에 들어가서 내 환도를 가지구 나오게. 내가 그걸루 환도를 막아 보여줌세."
하고 말하였다.
날이 서리 같은 환도를 빼어든 한온이가 목도를 든 꺽정이와 달 아래 마주 섰다.
"자네 재주껏 쳐보게."
"칼날이 혹시 몸에 스치기라두 하면 어떻게 합니까?"
"그런 사정 두지 말구 나를 죽일 것같이 치게."
한온이가 내리치고 후려치고 치다 못하여 찔러보고 찌르다 못하여 다시 쳐서 치고 찌르는 법을 배운 대로 다 하였건만 칼이 한번도 꺽정이 몸에 범접하지 못하였다.
"이제 막는 묘득을 대강 짐작하겠나? 자, 내가 칠게 자네 막아 보려나."
꺽정이가 목도를 치어들어 세로 치고 비껴들어 가로 치고 하는데 세로 내려올 듯 가로 나오고 가로 나올 듯 세로 내려와서 한온이가 더러 막아내기도 하였지만 많이 얻어맞았다. 꺽정이가 아무

쪼록 힘들이지 않고 살짝살짝 건드리듯 치건마는 한온이는 얻어맞을 때마다 입이 딱딱 벌어지고 아이쿠 소리가 저절로 입에서 나왔다.

건넌방에서 자던 노밤이와 상노아이가 어느 틈에 일어나 나와서 댓돌 위에 서서 구경들 하였다. 꺽정이의 목도를 받지 못하고 얻어맞을 때 구경하는 노밤이가 여러번 아이구 소리를 질러서 한온이는 자기 흉내를 내는 줄로 생각하고 꺽정이더러

"선생님, 저자 좀 보십시오. 흉내를 자꾸 냅니다."

하고 고자질 투로 말하니 꺽정이가 댓돌 위를 향하고서 청천벽력 같은 큰 소리로

"이놈아, 네가 뉘 숭내를 내느냐!"

하고 호령을 내놓았다. 아무 죄도 없는 상노아이는 노밤이 옆에 있다가 벼락을 맞을까 겁내는 것같이 얼른 뒤로 들어서는데 노밤이 당자는 댓돌 아래로 내려오며

"저희들은 숭내 낸 일 없습니다."

하고 발명하였다.

"아이구 소리는 숭내가 아니구 무어냐!"

"아니올시다. 주인양반께서 자꾸 얻어맞는 게 보기에 딱해서 아이구 소리가 절루 나왔나 봅니다."

"무엇이 어째? 이놈아 네가 좀 얻어맞구 싶으냐!"

"저더러 좀 받아보란 말씀입니까? 저야 설마 주인양반같이 얻어맞기만 할라구요."

"저놈이 사람인가 무언가."

한온이가 꺽정이를 보고

"저자가 칼 쓸 줄을 압니까?"

하고 물어서 꺽정이는 노밤이를 꾸짖다 말고 한온이를 돌아보며

"저깐 놈이 무슨 칼 쓸 줄을 알겠나."

하고 대답하였다.

"저와 어떻습니까?"

"그건 모르겠네."

"제가 한번 데리구 시험해보까요?"

"그래 보게나. 자네가 만일 창피 볼 지경이면 내가 거들어줌세."

꺽정이가 노밤이더러 마루에 있는 목도를 가지고 오라고 이르고 자기가 가졌던 목도는 한온이를 주었다. 한온이와 노밤이는 목도를 들고 마주 서고 꺽정이는 환도를 집에 꽂아서 한손에 쥐고 한온이 곁에 가까이 섰다. 꺽정이 입에서 자 소리가 한번 떨어지며 한온이와 노밤이의 목도가 서로 어울렸다. 노밤이의 칼 쓰는 법이 맹랑치 않아서 서투른 한온이보다 훨씬 낫건마는 한온이 옆에 섰는 꺽정이가 노밤이 몸에 빈구석이 나는 것을 노려보며 어깨니 다리니 칠 곳을 뚱겨주어서 노밤이가 한온이보다 훨씬 더 많이 얻어맞았다.

이 뒤에 한온이가 수차 노밤이와 같이 칼 쓰는 법을 익히는데 꺽정이가 보지 않을 때는 노밤이가 흉물을 피워서 일부러 많이

지는 까닭에 한온이는 노밤이를 호락호락한 적수로 생각하여 꺽정이에게 배우는 것을 노밤이 데리고 익히게 되었다.

노밤이가 한온이와 친근하여진 뒤 바깥방 여러 사람들 틈에서 더욱 코가 우뚝하였다.

한온이가 칼을 배우기 시작한 지 달포 되었을 때 성천 기생 소월향小月香이가 서울 와서 이름이 났다. 한온이는 소월향이 집에 다니느라고 칼 배우던 것을 잊어버릴 뿐 아니라 꺽정이 처소에 오는 것까지 번수가 드물어졌다.

"자네, 요새 무슨 일이 있나?"

하고 꺽정이가 물으면 한온이는

"도중에 일이 좀 있습니다."

대답하고

"밤저녁에는 어디 가는 데가 있지?"

하고 꺽정이가 넘겨짚어 물으면 한온이는

"요새 웬일인지 저녁때만 되면 신열이 나서 초저녁부터 자리 보전합니다."

핑계로 대답하였다. 얼마 동안 밤에는 현형도 아니하던 한온이가 어느 날 밤에 왔는데 꺽정이보고 무슨 말을 하고 싶은 것 같은 눈치를 보이었다.

꺽정이가 한온이의 눈치를 보고

"자네, 무슨 할 말이 있나?"

하고 물으니 한온이가 입으로는

"아니요."

하고 대답하면서도 눈치로는 여전히 할 말이 있는 것 같았다.

"무슨 말이든지 할 말이 있거든 어려워 말구 하게. 혹시 내가 와서 묵는 데 비편한 일이 생겼나?"

꺽정이가 의심쩍어하는 말에 한온이는 펄쩍 뛰다시피 하며

"천만의 말씀이올시다."

대답하고 한참 있다가 생글생글 웃으면서

"선생님, 전에 더러 기생방에 가보셨습니까?"

하고 물었다.

"그건 왜 묻나?"

"글쎄 혹 가보신 일이 있나 말씀이올시다."

"기생을 데리구 놀기는 했지만 기생방에 가본 일은 없네."

"선생님이 소시 때 서울 기셨다며 기생방에두 한번 못 가보셨단 말씀입니까?"

"자네 알다시피 내가 천인 대접받던 사람으루서 무슨 주제에 기생방 출입을 했겠나."

"기생방에 한번 가보실랍니까? 가신다면 제가 뫼시구 가겠습니다."

"한 나이라두 젊을 때 같으면 혹 하고 가겠네만 지금 나이 사십에 기생 오입이 당한가."

"나이 오십, 육십 된 건달두 수두룩합니다."

"그런 사람은 기생방에서 늙은 사람이겠지. 설마 오륙십 늙은

이가 처음 천이야 텄겠나.'"

"선생님 연갑에 오입쟁이 발천˚하는 사람두 많습니다."

"나이 많은 건 고만두구래두 내가 지금 상제 몸일세. 아무리 상제 노릇은 옳게 안 하지만 기생방에는 갈 염의가 없네."

"상제님 복색을 안 하셨기에 저는 단상˚하신 줄루 알았습니다."

"내 복색은 말할 것이 없네. 집에 있을 때는 혹시 두건두 쓰구 베중단두 입지만 밖에 나올 때는 진사립(眞紗笠)에 남철릭으루 관원 복색을 차리기두 하구 벙거지에 군복으루 군사 복색을 차리기두 하구 기외에두 갖은 복색을 다 차리네."

"하여튼지 선생님께서 색에는 범연하신가 봅니다."

- 천을 트다 경험이 없는 일에 처음으로 손을 대다.
- 발천(發闡) 싸이거나 가려져 있던 것이 열리어 드러남.
- 단상(短喪) 삼년상의 기한을 줄여 한 해만 상복을 입는 일.

"기생방에 안 가면 색에 범연한가?"

"만일 색을 좋아하시면 첩두 두시구 오입두 하실 것 아닙니까."

"이때까지는 그런 데 유의할 처지두 못 되구 겨를두 없었지만 앞으루야 누가 아나."

"우선 요새만 하드래두 긴긴밤에 혼자 주무시기 고적하지 않습니까?"

"고적하니 어떻게 하나?"

"저는 나이 젊은 탓인지 몰라두 무슨 변통이든지 하지 선생님처럼 여러 날 혼자 자진 못하겠습니다."

"자네가 날 위해서 무슨 변통을 해줄 맘이 있나?"

"꾸중만 안 하신다면 논다니˚구 들어앉은 게구 얌전한 걸루 얼마든지 끌어다 드리지요."

"자네 덕에 내가 기집복이 터지는가베."

"기집 보는 눈두 다 각각인데 선생님은 어떤 기집을 좋아하십니까?"

"기집이란 허리 아래는 무비일색˚이라네."

"그렇게 말씀하시면 선생님하구는 기집 이야기 할 수 없습니다."

"여보게, 지금 서울 기생 중에 옛날 송도 황진이나 성주 성산월星山月이나 평양 옥매향이 같은 절등한 미인이 혹시 있나?"

"성천 기생 소월향이가 근래 이름이 높습니다. 옛날 명기에 대면 어떨는지 모르지만 당세 인물루는 절등하다구 할 만합니다."

"한번 불러다가 데리구 놀 수 없을까?"

"소월향이를 불러다가 놀게까지 되자면 한번 틀개를 단단히 놔야 할 판입니다. 그러지 않아두 선생님께 청을 해볼까 생각하는 일이 한 가지 있는데."

한온이가 잠깐 말을 끊었다가 다시 이어서

"말씀할게 들어주시렵니까?"

다지기부터 하고 꺽정이의 기색을 살피면서 말하기 시작하였다.

"선생님 오시든 때 저 머리 싸맨 것 보셨지요? 제가 기생방에 다니다가 그런 소조를 전에두 수차 당했지만 지난번같이 분한 꼴을 본 일이 없습니다. 전에는 대개 저의 패의 실수로 시비가 났었구 또 서루 치는 판에 다른 패 사람두 깨어지구 터지구 해서 피장파장이나 되었지만 지난번에는 저의 패만 난장개˚가 되두룩 얼어맞았는데 그나마 시비두 저편 패 사람이 일부러 실수해가지구 낸 시빕니다. 그나 그뿐인가요. 그날 밤에 부서진 기생의 방안 세간을 제가 새루 해보냈더니 기생년이 받지 않구 돌려보냈습디다. 그때 기생년이 세간 영거해간 사람을 불러들여서 방안의 새 세간을 보이면서 노인정 활량˚패에서 이렇게 먼저 해보내서 받았으니까 두 벌씩 받을 염의가 없다구 하구 받지 않드랍니다. 제 꼴이 무슨 꼴이 됐습니까. 화가 어떻게 나든지 깨진 앞이마가 아픈 것두 잊어버리구 그 세간 한 벌을 모두 제 손으로 깨두들겨 부숴버렸습니다. 그러구 화병을 겸해서 며칠 동안 앓아누웠다가 선생님께서 오시던 날 비로소 기동을 하기 시작했습니다. 그날 밤 일은 이야기하기두 창피하지요만 선생님께서 심심풀이루 들으시겠다면 이야기를 한번 자초지종 다 하겠습니다.

• 논다니 웃음과 몸을 파는 여자를 속되게 이르는 말.
• 무비일색(無比一色) 비길 데 없이 아주 뛰어난 미인을 이르는 말이나 여기서는 견줄 것 없이 다 똑같다는 의미로 쓰임.
• 난장개 장형을 당해 개처럼 마구 맞은 사람을 비유적으로 이르는 말.
• 활량 한량(閑良)의 변한말. 일정한 직사가 없이 놀고먹던 말단 양반 계층.

장찻골다리 이편에 장악원 시사時仕하는 소흥이란 기생이 있는데 풍류 잘하고 소리 잘하기루 지금 서울 안에서 첫째 꼽는 기생입니다. 제가 그날 밤에 사람 오륙명 데리구 놀러 나섰다가 소흥이게 갔었습니다. 마침 방이 조용해서 기생을 데리구 허튼수작을 하는 중에 노인정 활량패들이 우 몰려들어옵디다. 전에두 더러 마주친 일이 있어서 안면들은 대개 짐작하는 터이지요. 노인정 활량패에는 무장대가武將大家의 자질두 더러 끼여서 세력 있구 재물 있구 힘꼴 쓰는 장사까지 있는, 서울 안 기생방을 주름잡구 돌아다니는 왈짜패인 까닭에 저희는 이런 패하구 시비를 내지 않으려구 처음부터 조심들 했습니다. 기생방에서 다른 패 사람하구 같이 합석할 때는 일언일동을 맘대루 하는 법이 없이 반드시 말을 먼저 좌중에 돌려야 합니다. 이것이 기생방 격식입니다. 저편 사람들은 기생에게 말두 붙이구 앉았던 자리두 옮기구 뻗질 말을 돌리는데 이편 사람은 가만히 앉은 대루 앉아서 말두 별루 돌리지 않았습니다. 저편에서 처음부터 트집잡구 싶어 애쓰는 눈치가 보였지만 워낙 이편에 실수가 없으니까 무슨 트집을 잡을 수가 있습니까. 그래서 자리가 무사했으나 제가 이런 자리에 오래 앉았기 재미없어서 같이 간 사람들을 데리구 차차 일어서려구 하는 중에 저편 사람이 발론해서 토막돌림으루 시조 하나씩을 부르게 됐습니다. 저편이편에서 두서넛이 점잖은 시조들을 부르구 난 끝에 제가 세사금삼척*을 불렀습니다. 초장을 시작할 때 저편 사람들이 벌써 서루 눈짓하고 웃습디다. 이건 다른 까닭이 아니지요. 종장에 가서 동각東閣의 설중매 다리고 완월장취玩月長醉라구 부르기만 하면 시조루 트집잡잔 생각이지요. 저두 다 아는 장단입니다. 누가 그렇게 부르나요? '설중매 다리고'를 '설중매 피었으니'루 고쳐 불렀습니다. 저편에서 헛다리를 짚었지요. 저 다음에 저편의 젊은 놈 하나가 부를 차례가 되었는데 기탄없이 '옥으로 함을 파고'를 내놓습디다. 이런 드러운 시조를 부르는 건 좌중에 있는 다른 사람 얼굴에 침을 뱉는 것버덤두 똥을 칠하는 셈입니다. 하두 괘씸해서 제가 시비를 걸어가지구 구경 소조를 당했습니다. 선생님, 생각 좀 해보십시오. 일이 분하지 않습니까?"

"옥으로 함을 파는 게 어째 드러운가?"

"선생님, 시조를 모르십니다그려. '옥으로 함을 파고 너와 나와 너놓은 뒤 금거북 자물쇠를 어쓱비쓱 잠가놓고 창천이 우리 뜻 받아 열쇠 없이'라는 시조가 있습니다. 그 사의가 드럽지 않습니까!"

"사의가 좋은데 왜 드럽다나?"

● 세사금삼척(世事琴三尺)
'세상 일은 석 자 거문고에 실어 보낸다'는 시조창의 하나.

"그런 시조는 점잖게 노는 자리에서 부르지 못하는 법입니다. 시조 이야기는 고만두구 저의 남은 이야기나 마저 들어주십시오."

한온이가 정작 청할 말은 하지 않고 또다시 하던 이야기를 계속하여 노인정 한량패에게 분풀이하기 전에는 다시 놀러다니지 않기로 마음에 작정하고 달포 동안 기생방에 발을 끊었다고 이야기하고 소월향의 인물 칭찬이 하도 굉장하기에 작정한 마음을 깨뜨리고 소월향에게를 가보았다고 이야기하였다. 한온이가 저녁 때마다 신열이 나서 앓았다고 전에 거짓말한 것을 엄적하려고 칠팔일 동안 매일 놀러간 것을 바로 말하지 않고 흡사 한두 번 보러 간 것처럼 말하였다.

"대체 내게 청할 일은 무엇인가. 소월향이게를 같이 놀러가잔 말인가?"

꺽정이가 한온이의 긴 이야기를 중간에 가로막았다.

"선생님께서 가신다면 뫼시구 가다뿐입니까."

"자네가 내게 청하구 싶다는 일이 무어냐 말일세."

"말씀하기 황송하지만 노인정패에게 분풀이를 한번 해주셨으면 좋겠습니다."

"분풀이를 어떻게 하면 좋겠나?"

"저희가 당한 것처럼 한번 망신을 시키면 속이 시원하겠습니다."

"이 사람, 나를 기생방 매질꾼으루 내세우구 싶단 말인가."

"천만의 말씀입니다."

"그럼 노인정에 가서 풍파를 내잔 말이야?"

"노인정에 가서는 사정숨후의 기둥뿌리를 솟쳐놔두 분풀이가 못 됩니다."

"그러니 기생방에 가서 매질하잔 말이 아닌가?"

"선생님께 매질해줍시사구는 말씀하지 않습니다. 노인정패에 장사 하나가 있는데 그 장사 하나만 꿈쩍 못하게 해주시면 나머지는 저희들이 능준히 해낼 수 있습니다."

"장사라니 힘이 얼마나 세든가?"

"제 눈으루 본 것은 소홍이 집에 큰 청동화로가 하나 있는데 숯불이 가득 담긴 화로전더구니˚를 한손으루 쥐구 쳐들어서 이리저리 옮겨놓습디다."

"그게 그리 장한가?"

"선생님께서는 그런 힘을 우습게 보실는지 모르지만 저희 보기에는 그것두 엄청납디다. 제 사람 육칠명이 다들 힘꼴 쓰는 장정이건만 꼼짝들 못하구 그놈 한 놈에게 얻어맞다시피 했습니다."

"기생방에 가서 힘자랑하는 것이 좀 창피한 일이지만 자네 처음 청이니 한번 들어줌세."

"인제는 제가 분을 풀게 됐습니다. 벌써부터 선생님께 한번 청하구 싶은 것을 어려워서 못했습니다. 오늘 저녁에 제가 소월향이 집에를 갔다가 노인정패들이 와 있는 것을 보구 못 들어가구 왔습니다. 소월향이 집 문 앞에서 돌아설 때 치가 곧 떨립디다."

"그럼 지금 다시 그년의 집으루 가려나?"

● 전더구니
'전'을 속되게 이르는 말. 물건의 위쪽 가장자리가 조금 넓적하게 된 부분.

"지금 늦어서 그 패들이 그저 있을는지 모르지요. 그러구 이왕 분풀이를 해주실 바엔 꼭 소홍이 집에 가서 해주셨으면 좋겠습니다."

"그건 자네 맘대루 하게."

"그럼 그 패들이 소홍이 집으루 몰리는 때를 염탐해서 알아보겠습니다."

"아무리나 하게."

한온이가 꺽정이에게 분풀이해주마는 허락을 받고 마음이 흐뭇하여 다시 한동안 앉아서 갖은 우스운 이야기를 다 하는데 그

이야긴즉 대개 다 기생방 이야기였다.

　이삼일 지난 뒤다. 날이 아침부터 끄물거리다가 낮에 눈이 시작하여 기왓골이 형적없이 묻히도록 쏟아지고 저녁때 뜸하여졌으나 아주 그치지 아니하고 오다 말다 하다가 밤이 된 뒤에 눈이 개고 달이 밝아서 눈 위의 야경과 달 아래 설경이 희한하게 좋았다. 이런 좋은 밤에 꺽정이는 혼자 짬짬하게 앉았다가 의관을 벗고 팔베개하고 누웠을 때 한온이가 와서
　"선생님, 노인정패가 지금 소홍이 집에 모였답니다."
하고 말하여 꺽정이가 벗었던 의관을 다시 입는데, 한온이의 말을 좇아서 임선달로 행세하려고 출신한 사람의 복색을 차리었다.
　꺽정이가 한온이를 앞세우고 방문 밖에 나설 때 마당 눈 위에 웅긋중긋 섰던 십여명 사람이 각기 앞으로 나와서 꺽정이게 인사를 하였다. 한온이가 기생방에 데리고 다니느라고 다년간 골라 모은 젊은 사람들이라 모두 미끈미끈하게 생긴 것이 물고 뽑은 것 같았다. 꺽정이가 한온이를 보고
　"저 사람들두 다 데리구 갈 텐가?"
하고 물으니 한온이는 꺽정이의 묻는 뜻은 생각해볼 사이도 없이
　"사람을 모두 불러모으느라구 한참 걸렸습니다."
하고 대답하였다.
　"여러 사람을 데리구 가서 편쌈하려나?"
　"사람이 많아야 기세가 좋습지요."
　"여보게, 성군작당˚해가지구 갈 것 없네. 자네하구 나하구 단

둘이 가세."

"이왕 불러모았으니 같이 데리구 가는 게 좋습니다."

"그저 내 말대루 저 사람들은 고만두게."

한온이는 꺽정이 말에 눌려서 다시 두말 못하는데 여러 사람들 중에 한 사람이 꺽정이를 치어다보며

"저희야 가니 무엇하겠습니까. 가나 안 가나 마찬가집지요. 그렇지만 저희 중에 몇사람두 전날 가서 몰골 숭한 일을 당했으니 오늘 밤에 뫼시구 가서 기광 좀 부리게 해줍시오."

하고 솜씨 있는 말로 같이 가기를 청하였다. 꺽정이가 그 사람의 말을 듣고 고개를 한두 번 끄덕이고 곧 한온이를 돌아보며

"저 사람들이 가고자 하면 같이 가긴 가드래두 기집의 집에 들어갈 때는 함께 우 몰려들어가지 말구 우리 둘이만 먼저 들어가서 저편의 하는 꼴을 좀 보세."

● 물고 뽑은 것 같다
생김새나 됨됨이가 깨끗함을 이르는 말.
● 성군작당(成群作黨)
무리를 이루어 패거리를 만듦.

하고 말하니 한온이는

"밖에서들 기다리다가 부르거든 들어오라구 합지요."

하고 꺽정이에게 대답한 다음에 여러 사람들더러

"자네들 다 들었지? 자네들은 장찻골다리 천변에서 서성거리다가 나중 들어오두룩 하게."

하고 일렀다.

한온이가 꺽정이와 같이 십여명 한 패를 끌고 남소문 안에서 영풍교永豐橋 아래로 나와서 새다리新橋 수표교로 천변을 끼고 올

라왔다. 장통교長通橋에 와서 여러 사람은 뒤에 떨어뜨리고 단둘이 남쪽 큰길로 조금 나오다가 다시 동쪽 실골목으로 꺾어 들어왔다. 이 골목 안 막다른 집이 소홍이의 집이다. 소홍이의 집 평대문이 열리어 있는데 노랫소리, 장구소리가 문밖에까지 들리었다.

한온이가 꺽정이의 앞을 서 들어와서 마루에 올라서며 큰기침 하고 방에 들어오며

"평안하우, 무사한가."

인사하는데 꺽정이는 벙어리같이 아무 말 않고 한온이의 뒤를 따라 들어왔다.

방 한중간에 촛대와 큰 청동화로가 놓이고 화롯가로 한량 오륙 명이 둘러앉고 그중 의표 선명한 젊은 한량 옆에 주인기생 소홍이가 장구를 앞에 놓고 앉았는데 좁은 아랫간에는 발 들여놓을 틈도 변변히 없었다. 좌석을 사양하는 사람이 없어서 한온이는 꺽정이와 같이 장지 밖 윗간에 자리잡고 앉았다. 소홍이가 앉은 자리에서 한 팔 짚고 인사하는데 '안녕하시오'라든지 '어서 옵시오'라든지 으레 하는 인사말도 한마디 없이 머리만 까땍까땍하고 말았다. 한온이가 좌중에 인사를 청하여 인사수작이 끝난 뒤에

"재미있는 좌석에 불청객이 자래自來해서 천만 미안하나 우리 두 설월雪月 좋은 밤에 흥이 바이없지 아니하여 놀러왔으니 동락同樂합시다."

하고 거탈수작˚을 한번 던져본즉 내색이 좋지 않은 한량들이 빈 말로라도

'좋소.'
답하는 사람은 하나도 없고 소홍이 옆에 가까이 앉은 나이 젊은 한량이 큰 소리로
 "여보게 소홍이, 장구 고만 치우게."
하고 말하니 그 말은 곧 한온이더러
 '너희하구는 같이 놀지 않겠다.'
대답하는 셈이다. 한온이가 시비를 차리려고 다리를 도사리고 앉는 중에 젊은 한량과 엇비슷 마주 앉은 허우대 큰 사람이 젊은 한량을 보고
 "새루 들어온 오입쟁이들이 치우신 모양이니 우리 화로를 내드립시다."

● 거탈수작 실속없이 겉으로 주고받는 말.

하고 말한 뒤 한손으로 큰 화로를 번쩍 들어서 한온이와 꺽정이 사이에 내놓았다. 한온이가 믿는 구석이 있는 까닭에 힘자랑하는 것을 보고도 기운이 죽지 아니하여 그 사람을 똑바로 보면서
 "이분 힘꼴이나 쓰는구려."
하고 비아냥스럽게 말하였다.
 "말이라면 다 하는 겐 줄 아네."
 "말이란 사람 봐가며 하는 게거든."
 "무엇이 어째!"
그 사람이 주먹을 부르쥐고 뻘떡 일어서는데 살기가 갑자기 방 안에 떠돌았다. 다른 한량들은 동무 따라서 일어서고 기생은 덩

달아서 일어서고 한온이는 엉겁결에 일어서고 꺽정이 하나만 일어서지 않고 앉아서 부젓가락으로 화롯불을 쑤시고 있었다.

여러 사람의 눈이 꺽정이게로 몰리었다. 꺽정이가 부젓가락을 방바닥에 빼놓으며 곧 두 손으로 화롯전을 잡더니 양쪽에서 안으로 오그리는데 그 유착한 청동화로를 해박쪼가리같이 오그려놓았다. 노인정 한량들은 전에 한번 혼뜨검 내놓은 오입쟁이가 털보 하나를 데리고 단둘이 들어올 때 털보가 벌써 눈에 거치적거리고 털보의 인물이 영특하고 털보의 기색이 태연한 것을 살펴볼수록 점점 마음에 실쩍하여져서 선뜻 선손을 걸지 못하던 차에 털보가 청동화로 오그려놓는 것을 보고 혀들을 홰홰 내둘렀다. 젊은 한량이 허우대 큰 사람에게

'자네두 저렇게 오그릴 수 있겠나?'

하는 뜻을 눈으로 물으니 그 사람은 고개를 바로 끄덕이지도 않고 가로 흔들지도 않고 한옆으로 비틀어 꽂았다. 여러 한량들이 서로 보고 눈짓하는 중에 젊은 한량이 턱으로 밖을 가리키니 허우대 큰 사람 외에는 다들 고개를 끄덕이었다. 방안에 떠돌던 살기가 우습게 사라졌다.

"신입구출이라니 먼저 온 우리는 먼저 갑시다."

한량 하나가 말을 내고

"좋소."

한량 두서넛이 대답할 때 이때까지 앉아 있던 꺽정이가 일어서서 아랫간을 내려다보며

"내 말 듣기 전에 못 갈 테니 게들 앉아라."
하고 따라지게 해라로 내붙였다.
 꺽정이 말 한마디에 다른 한량들은 모두 찔끔하여 말대꾸를 못하는데 허우대 큰 사람만이
 "뉘게다 함부로 해라야!"
하고 제법 뇌까렸다.
 "오, 네가 힘꼴이나 쓰는 모양이니 힘 좀 어디 보자."
하고 꺽정이가 아랫간으로 올라오는데 그 사람이 슬그머니 주먹을 쥐고 있다가 면상을 노리고 내갈겼다. 딩딩한˚ 주먹에 면상을 얻어맞으면 아무리 천하장사라도 콧잔등이 으스러지거나 눈두덩이 터지거나 할 것인데 눈이 밝고 손이 잰 꺽정이가 자기의 얼굴을 얼른 뒤로 젖히며 그 사람의 팔목을 덥석 잡고 또 한손으로 올려훑으니 그 사람의 입에서 아이구 소리가 연해 나왔다.

• 실쩍하다 섬쩍하다.
갑자기 소름이 끼치도록 놀랍다.
• 딩딩하다 무르지 않고
아주 단단하다.

 "하잘것없는 놈이구나."
 꺽정이가 손을 놓으니 그 사람의 팔목에서 붉은 피가 똑똑 떨어졌다. 한번 올려훑는 데 가죽이 벗겨지고 살이 밀리었던 것이다. 꺽정이의 손에도 피가 묻어서 그 사람의 웃옷자락으로 손을 썩썩 씻은 뒤에 여러 한량들을 둘러보며
 "내가 앉으라는데 너희들이 종내 앉지 않구 섰을 테냐!"
하고 소리를 질렀다. 여러 한량들은 자기네 몸에 손찌검이 돌아올까 겁을 내서 벌벌 떨며 주저앉고 기생은 저의 몸에 손댈 리 없

을 줄 번히 알건만 공연히 무서워서 쪼그리고 앉아 발발 떨었다. 꺽정이가 한온이더러

"인제 길에 있는 사람들을 들어오라게."

하고 말하여 한온이가 나가서 같이 온 사람들을 데리고 들어온 뒤에 아래윗간에 앉을 좌석들을 정돈하였다. 꺽정이와 한온이는 주인기생 소홍이를 데리고 아랫목에 느럭느럭 앉고 노인정 한량들은 방문 맞은편에서 장지 앞까지 비좁게 앉히고 윗간에는 십여 명 사람이 겹겹이 둘러앉았다. 꺽정이가 한온이를 가리키고 한량들을 바라보며

"이 사람 패가 너희들에게 당한 것처럼 너희들을 죄다 성하게 보내지 않을 것이로되 점잖지 못해서 손찌검은 안 하겠다. 그러나 이 사람에게 사과들을 해라. 그래야 놔보낼 테다."

말하고 나서

"사과할 테냐, 안 할 테냐? 말들 해라."

하고 뒤를 눌렀다. 여러 한량이 서로 돌아보며

"사과하세."

"사과를 무어라구 하나?"

"아무렇게나 하지."

하고 가만가만들 지껄이고 나서 각각 한온이에게 사과를 하는데

"전번 일은 우리가 잘못했나 보우."

말하는 사람도 있고

"용서하우."

말하는 사람도 있는 중에 허우대 큰 사람은 머리만 숙이고 젊은 한량은 입술만 달싹달싹하였다.

 젊은 한량이 교기˚ 부리는 것을 꺽정이가 눈꼴사납게 본 터이라 짐짓 곤욕을 보이려고

 "사내자식이 사과를 하기 싫으면 안 하구 할 테면 남이 알아듣게 똑똑히 할 것이지 입술만 달싹거린단 말이냐! 대체 너 같은 자식은 아직 대가리에 피두 안 마른 것이 기생방 출입이 다 무어냐. 봐하니 밥술 먹는 집 자식 같구나. 네 아비 할아비 모아놓은 천량 작작 없애라."

하고 여지없이 낮잡아서 꾸짖고

 "똑똑히 요전번에 잘못했습니다 하구 사과해라. 그렇지 않으면 아가리를 찢어놓을 테다."

● 교기(驕氣)
남을 업신여기고
잘난 체하며 뽐내는 태도.

하고 을러대니 얼굴이 새빨개진 젊은 한량이 입술을 악물고 있다가 한참 만에 나직하나마 알아들을 만한 목소리로 꺽정이 시키는 대로 사과하였다. 그 젊은 한량은 시임 우변포도대장 이몽린李夢麟의 막내아들로 노인정 한량패 중에 출몰꾼 노릇하는 사람이요, 허우대 큰 사람은 상츛가 성을 가진 안변 사람으로 이포장 남병사 적에 한두 번 승안承顔한 것을 연줄삼아 이포장 집에 와서 문객 노릇하는 사람인데 이포장의 아들이 상가를 데리고 기생방에 다닌 지 수년 동안에 참혹하게 망신을 당하기가 이날 밤이 처음이었다.

 노인정 한량패들이 사과를 다 한 뒤에

"너희들, 인제 고만 가거라."

소리를 듣고 소홍이 집에서 몰려나와서 길에 가면서 여럿이 씩둑깍둑 지껄이었다.

"별놈의 망신 다 해보네."

"기생방에 와서 사과란 무어야? 별꼴을 다 보지."

"여보게 방구, 자네 팔목이 얼마나 아픈가. 세상에 기막힌 놈의 힘두 다 많지. 어쩌면 한번 잡아 훑는데 팔목이 그 모양이 되나."

상츄가를 뽕으로 새기고 뽕을 방구로 옮겨서 방구가 상가의 별명이 된 것이었다.

"팔목 원수를 어떻게든지 갚아야겠는데 무슨 도리가 없겠나 생각들 좀 해보우."

"그 털보놈이 대체 웬 놈일까?"

"남소문 안 젊은 오입쟁이 녀석이 어디 가서 데려온 게지. 우리에게 앙갚음하려구."

"남소문 안 오입쟁이 녀석이 수상한 놈의 자식이라든데, 그 털보두 역시 수상한 놈이 아닐까?"

"포도청에서 도둑놈이라구 잡아다가 치도곤으로 패주어 내보냈으면 좋겠네."

"그랬으면 방구의 팔목이 당장에 나을 테지."

"여보게 장래 대장, 자네가 춘부영감께 말씀을 잘 여쭤서 해볼 수 없겠나?"

장래 대장이란 이포장 아들의 별명이다.

"무어라구 말씀을 여쭙나? 기생방에서 망신했단 말이 들췄나면 아버지와 형님네게 잔소리나 듣게 되지. 아버지는 노인이시라 잔소리하실 연세나 되셨지만 형님네 잔소리란 사람이 머리가 실 지경일세. 밤에 놀러다니지 말구 무경武經을 읽어라, 손이 뜨면 못쓰니 깍지를 놀리지 마라, 글씨를 배워라, 관방官方을 익혀라 잔소리가 한이 없네."

"자네 백중씨가 무슨 염체에 그런 소리를 한다든가. 기생방에 놀러다니지 않은 지가 며칠이나 되었다구."

"그러기에 말이지. 기생방 출입을 고만둘 생각이 나다가두 형님네 잔소리에 도루 들어가네. 그러나 잔소리를 듣구 집에 들어앉았드면 오늘 밤 같은 망신은 안 했겠지."

● 헌 갓 쓰고 똥 누기
체면을 세우기는 이미 글렀으니 좀 염치없는 짓을 한다고 해도 상관이 없다는 말.

"오입쟁이가 기생방에서 남을 망신 주기두 예사구 남에게 망신당하기두 예사지. 그까짓 걸 가지구 속 썩일 거 무어 있나."

"암 그렇구말구. 오입판에서 한번 망신한 게 무슨 대산가. 헌 갓 쓰구 똥 누기´지. 여보게 방구, 그렇지 않은가?"

"망신이라두 오늘 밤에 내가 당한 망신은 죽을 망신일세."

"망신이면 망신이지 죽을 망신 살 망신이 어디 있나."

"여보게 장래 대장, 속 썩이지 말구 다른 데루 놀러가세."

"아니, 나는 고만 집으루 갈라네."

"집에 가서 촛불하구 눈쌈할라나? 우리 소월향이 집에 가서 새판으루 놀아보세."

"옳지, 소월향이게루 가세. 장래 대장이 소월향이를 좋아하지 그려."

여럿이 소월향이게 놀러가기로 의논이 된 뒤에 한량 하나가 상가 성 가진 사람을 보고

"장래 대장이 가는데 방구가 안 가지 못할 텐데 어디 그 팔목 가지구 술 먹으러 갈 수 있겠나?"

하고 말하니 그 사람이

"팔목은 걱정이 아니라두 피묻은 옷을 어떻게 하나?"

하고 대답하였다. 다른 한량 하나가 그 사람 앞으로 나서며

"내 옷이 자네게 얼추 맞을 테니 나하구 웃옷을 바꿔 입세."

말하고 곧 웃옷을 벗어주었다.

"피묻은 옷을 누가 입든지 마찬가지 아니야?"

"아따, 남의 걱정까지 하지 말구서 날 벗어주게."

그 한량이 피묻은 웃옷을 돌돌 말아서 옆에 끼면서

"요렇게 하면 됐단 말이야."

하고 자기의 의사스러운 것을 자랑하듯이 혼자 웃었다.

"그걸 내가 옆에 끼구 가지."

"고만두게. 이건 내가 집에까지 가지구 가서 빨아 고쳐다 줌세."

"나는 객지에 있는 사람이니까 후의를 싫단 말 않구 받을 테여."

"자네 팔목을 정한 수건으루 다시 잘 동이세."

"나는 콧수건밖에 없는데."

"내가 인심 쓰는 김에 수건 하나까지 마저 인심 씀세."

그 한량이 새 명주손수건으로 그 사람의 상한 팔목을 다시 동여준 뒤에 여럿이 함께 소월향의 집으로 몰려갔다.

꺽정이가 노인정 한량들을 한온이에게 사과시키고 놓아보낸 뒤에 한온이더러

"우리두 차차 가보세."

하고 말한즉 한온이가

"남의 자리를 뺏어가지구 바루 일어서면 재미있습니까? 여기서 한참 놀다 가시지요."

대답하고 나서 곧 데리고 온 사람들을 바라보며

"자네네 몇사람이 펭 집에 가서 술상을 차려달래서 아이놈들 이어가지구 오게. 술 못 먹는 사람두 먹을 것이 있어야 할 테니 만두 빚어놓은 것이 있거든 있는 대루 다 삶아달라게. 그러구 서사더러 사랑 다락에 있는 청동화로에 그중 크구 좋은 것을 한 개 골라달래서 가지구 오게."

● 너미룩내미룩하다
서로 상대편으로 일이며
책임을 떠넘기어 미루다.

하고 말을 일렀다. 십여명 사람이 잠시 동안 너미룩내미룩하더니˙ 나중에 네댓이 같이 갔다온다고 일어서들 나갔다. 술상을 차려오러 간 동안에 한온이는 남아 있는 사람들을 데리고 지껄이고 기생은 꺽정이에게 맡겨서 꺽정이가 기생을 옆에 가까이 앉히고 수작하게 되었다.

"자네 이름이 소홍이라지?"

"네, 그렇습니다."

"나는 임선달이란 사람일세."

"네, 그렇습니까."

"자네가 소리두 잘하고 풍류두 잘한다데그려."

"공연한 말씀 맙시오."

"내가 서울 있는 동안 종종 놀러와두 좋겠나?"

소홍이가 그 말에는 대답 않고

"시골 댁이 어디십니까?"

하고 물었다.

"나는 먼 시골 사람일세."

"보입기엔 서울 양반 같으신데요."

"서울 양반이라면 내가 듣기 좋아할 줄 아나?"

"아니 참말 서울 양반 같으세요."

"무엇이 서울 양반 같은가?"

"사투리 없는 말씀을 듣든지 제도 맞는 의복을 보든지 다 서울 양반 같으십니다."

"의복은 얻어입구 말은 배웠네."

"그러신 줄은 몰랐습니다."

"이후에 놀러올 때 시골 상놈이라구 푸대접이나 하지 말게."

"천만의 말씀을 다 하십니다."

"자네는 어디 사람인가?"

"제 고향은 송도올시다."

"송도야? 진이 난 곳일세그려."
"제가 아잇적에 소리를 그에게 배웠습니다."
"자네가 당대 명기라드니 연원이 있네그려."
"선생은 명기지요만 저야 무슨 명깁니까."
"자네 나이 몇인가?"
"나이 몇 살이나 되어 보입니까?"
"글쎄 몰라서 묻지 않나."
"눈어림으로 말씀해보십시오."
"스무남은 되었을까?"
"스물다섯이올시다. 나이 많습지요?"
"나 같은 사십객 사람하구 놀기 꼭 좋은 나일세."
한온이가 여러 사람과 지껄이다가 말고 소홍이를 돌아보며
"여보게 소홍이, 저 어른이 우리 선생님이신데 소싯적부터 오입 안 하시기루 유명한 어른이니 자네 수단으루 한번 오입길을 터드려보게."
하고 말한 뒤에 다시 소홍이 귀에 입을 대고 몇마디 소곤소곤 말하니 소홍이가
"그런 소리 누가 듣구 싶다오? 저리 가시우."
하고 몸으로 한온이를 떠밀었다.
"무슨 소릴 하기에 골이 났나?"
꺽정이가 소홍이더러 묻는데 소홍이는 대답을 아니하고 한온이가 웃으면서

"선생님 힘 좋으신 것이 팔뿐이 아니라구 말해주었더니 공연히 쌀쌀스럽게 굽니다."
하고 대답하여
"실없는 사람."
하고 꺽정이도 역시 웃었다. 꺽정이가 술상 오는 동안이 지루한 줄을 모르고 앉았는 중에 남소문 안에 갔던 사람들이 돌아오는데 화로와 술병 같은 것은 자기네가 들고 술상과 밤참 목판은 아이들 시켜서 이어가지고 왔다.

소흥이가 처음에 꺽정이를 흉악한 귀신만 여겨서 옆에 가까이 가는 것도 마음에 끔찍스러워하다가 서로 수작도 해보고 다시 인물도 살펴보는 중에 사내다운 사내로 생각이 들기 시작하며 친할 마음까지 나서 나중에는 꺽정이가 손을 만지는 것도 싫게 여기지 아니하였다. 말할 때 번화繁華하게 웃기도 하고 술 칠 때 나지막하게 권주가도 불렀다. 소흥이의 노래와 웃음 속에 주석酒席이 길어져서 상 나기를 기다리고 문간방에 들어앉았던 아이들은 잠 한숨을 달게 잤다. 오랜만에 상이 나서 자다가 일어난 아이들이 먹을 건 먹고 버릴 건 버리고 빈 그릇들을 챙겨가지고 가는데 안방의 웃고 떠드는 소리는 좀처럼 그칠 것 같지 아니하였다.

아이들이 간 뒤에도 한 식경이 좋이 지나서 겨우 일어서게들 되었는데 소흥이가 이 사람 저 사람에게 몰밀어서
"안녕히 갑시오."
하고 인사한 뒤 특별히 한온이에게 와서

"자주 놀러오세요."

하고 다정스럽게 당부하니 한온이가 짓궂게 소홍이의 얼굴을 들여다보며

"자네가 나더러 자주 놀러오랄 때가 다 있으니 별일일세. 아마두 나를 조방꾸니* 노릇 시키구 싶은 게지. 아따 그러게. 내가 선생님 뫼시구 자주 옴세."

하고 깔깔 웃었다. 여러 사람들이 한온이를 따라서 웃는 중에 껄정이도 역시 빙그레 웃으면서 소홍이를 보고

"우리 또 만나세."

하고 인사하였다.

밤이 이슥하니 달은 더 밝은 것 같고 눈이 푹 쌓여서 밤은 차지 아니하였다. 한온이와 껄정이가 느런히 서서 장통교와 수표교 사이 천변을 내려올 때 뒤에 오던 여러 사람 중에서 몇사람이

• 조방꾸니 오입판에서, 남녀 사이의 일을 주선하고 잔심부름 따위를 하는 사람.

"오늘 밤 같은 좋은 밤엔 자지 말구 돌아다녔으면 좋겠네."

"우리 단골 술집에 가서 밤새두룩 술타령해볼까?"

"누가 마대?"

하고 지껄이는 것을 듣고 한온이도 집에 들어갈 마음이 적어져서 껄정이보고

"선생님, 이왕 나서신 길에 소월향이 집에까지 가보시렵니까?"

하고 물었다.

"지금 너무 늦지 않았나?"

"늦으면 대삽니까."

"기생 자는 걸 가서 깨운단 말인가?"

"저 혼자 자거나 제 서방하구 자는 건 깨워두 좋지요."

"소월향이 집이 예서 멀지 않은가?"

"혜민골이라 가는 길에 그리 돌아갈 수두 있습니다."

"그리 가긴 가드래두 자거든 깨울 건 없네."

"소월향이 집 안방 뒷들창이 행길루 났으니까 자는지 안 자는지 밖에서 알 수 있지요."

한온이가 뒤에 오는 사람들을 돌아보며

"소월향이 집으루 가세."

하고 말하니 여러 사람이 여출일구로

"좋습니다."

하고 대답들 하였다.

혜민골 소월향이 집에 뒷들창으로 불빛이 보이고 방안에서 여러 사내의 목소리가 나는데 목소리들을 가만히 들어보니 갈데없이 노인정 한량패라 한온이가 펄펄 뛰다시피 하고 집 앞으로 돌아 와서 지쳐놓은 일각문을 기세좋게 열어붙였다.

"평안하우, 무사한가?"

방문을 열고

"신입구출합시다."

방안에 들어서는데 꺽정이만 한온이의 뒤를 이어서 들어서고 여러 사람들은 방 밖에 둘러섰다. 노인정 한량들이 꺽정이를 한번 치어다보고는 곧 부지런히 벗어놓은 옷들을 주워 입고 도망하듯이 몰려나갔다. 노인정 한량패가 노는 자리를 하룻밤에 두번째 뺏고 한온이는 한없이 좋아서 꺽정이가 고만 일어서자고 말하여도
"조금만 더 놀다 가시지요."
하고 잘 일어서지 아니하다가 소월향이가 잠에 부대껴 못 견디어 할 때 비로소 일어섰다.
　남소문 안으로 돌아오는 길에 한온이가 소홍이와 소월향의 우열을 물어서 꺽정이가 소월향의 약한 것을 타박하고 소홍이의 투덕투덕한 것을 칭찬하였더니 뒤에 오는 여러 사람들이 듣고
"임선다님이 소홍이게 반하셨네."
"소홍이두 맘에 있어하는 모양이데."
"소홍이년이 코 큰 사내를 고르거든."
이런 소리들을 지걸이며 낄낄거렸다.
　한온이가 꺽정이의 힘을 빌려서 노인정 한량패에게 톡톡히 분풀이한 뒤 사오일이 지나갔다. 이동안에 꺽정이는 소홍이의 투덕투덕한 모양이 마음에 잊히지 아니하여 다시 놀러갈 생각이 없지 아니한 터에 하루 아침 한온이가 와서 식전 인사를 마치고
"어젯밤에 소홍이에게 놀러갔다 왔지요."
하고 공연히 웃으니 꺽정이가
"왜 웃나?"
하고 웃는 까닭을 물었다.

"소홍이에게 무안을 당했습니다."

"무슨 무안을 당했어?"

"선생님을 안 뫼시구 왔다구 거짓말쟁이라구요."

"그런 무안은 당해 싸지."

"선생님까지 저렇게 말씀하시네."

"나를 따구 갔으니 내가 그렇게 말 안 하겠나?"

"선생님, 오늘 밤에 같이 가십시다."

"봐서 같이 가세."

"봐서가 아니라 꼭 가셔야 해요. 만일 안 가시면 제가 소홍이게 무안버덤두 망신을 당하게 됩니다."

"그건 또 어째서?"

"제가 꼭 뫼시구 온다고 말하구 왔습니다."

"내 말두 안 들어보구 그런 말 한 사람은 망신을 당해두 좋아."

"선생님, 안 가실 말씀입니까?"

"자네가 미리 허락하구 온 게 미워서 안 가겠네."

"선생님이 제자의 수고를 몰라주시니 야속합니다."

"무슨 수곤가?"

"오늘 밤에 가보시면 아실 겝니다."

"어쨌든지 가잔 말일세그려."

"제 청을 한번 또 들어주시는 셈 잡구 가십시다."

이날 밤에 꺽정이와 한온이가 아이놈 하나를 초롱불 들려서 앞세우고 소홍이 집에를 놀러왔다. 한번 보면 초면이요, 두 번 보면

구면이라 안면도 익숙하려니와 대접도 다정하였다. 소홍이가 멀리 앉아서는 추파를 보내고 가까이 앉아서는 아양을 부리는데 그것이 모두 꺽정이 마음속에 스며드는 것 같았다. 한온이가 방을 가리키고 또 소홍이를 가리키며

"전날 밤과 어떻습니까?"

하고 물어서 꺽정이가

"무에 어떻단 말인가?"

하고 무심히 본 것을 다시 살펴보니 방에 병풍과 보료도 전날 밤에 없던 것 같거니와 소홍이의 의복과 단장도 전날보다 몇배 더 고운 듯하였다.

"소홍이가 선생님을 맞으려구 정성을 이렇게 피우는 데 저의 수고두 적지 않습니다."

하고 웃으니 꺽정이는 빙그레할 뿐이요 소홍이는 곱게 눈을 흘겼다.

"여보게, 눈 흘기지 말게. 신정은 여구하구 구정은 여신해야 쓰는 법일세."

"신정은 무어구 구정은 무어요? 지각 좀 차리시오."

"이 사람이 이러다가 욕하지 않겠나."

"말이 빠져서 이가 헛나갔으니 용서하시오."

"자네가 어느새 선생님 세를 믿나? 아직 좀 이르네."

"예, 여보시오."

"한다 할수록."

"술상이나 내오리까?"

"내가 술 못 먹는 줄을 자네가 아직 모르네그려."

"술을 못 잡숫거든 안주나 잡숩시오."

소홍이가 사람을 불러서 술상을 들이라고 이르더니 계집아이 하나가 뻔질 날라들이는데 안주가 굉장히 많았다. 그러나 꺽정이가 혼자 먹다시피 하는 술이라 많이 먹지 아니하여 술상이 오래가지 아니하였다. 상을 물려낸 뒤 한동안 지나서 한온이만 아이놈을 데리고 돌아가고 꺽정이는 소홍이 집에 머물러 자게 되었다.

이 뒤로 소홍이가 장악원에서 찾는 날 탈하는 일이 이따금 있었으니 이는 대개 꺽정이가 놀러오는 날이요, 왈짜들이 오는 밤 문을 닫고 받지 않는 일이 종종 있었으니 이는 대개 꺽정이가 자러 오는 밤이었다. 소홍이는 사내를 놀리는 수단이 좋고 꺽정이는 계집을 거느리는 힘이 좋아서 둘의 사이가 꿀과 같았다.

# 청석골

산림골 사람들이 과부 모녀 사는 외딴집에서 불이 난 것을 알고 동이, 자배기들을 들고 쫓아와서 우선 우물을 들여다보니 둥천에 섰던 그리 작지도 않은 향나무가 뿌리째 뽑혀서 거꾸로 우물 속에 처박혀 있었다.

「이 향나무를 누가 뽑아서 처박았을까?」

「이것을 뉘 장사루 뽑는단 말인가?」

「글쎄, 이거 별일 아닌가.」

4

　남소문안패와 연락 있는 매파들이 꺽정이의 재물 많은 것과 계집 좋아하는 줄을 안 뒤로 꺽정이 거처하는 처소에 하나 둘 오기 시작하더니 얼마 안 되어서 여럿이 드나들게 되었는데 서로들 시새워가며 이쁜 과부가 있소, 음전한 처자가 있소, 첩을 얻으시오, 첩장가를 드시오 천거도 하고 인권引勸도 하였다. 여러 매파 중에 순이 할머니라는 나이 한 육십 된 늙은이가 있는데 사람이 상없지 않은 것 같아서 그 늙은이의 말은 꺽정이가 가장 많이 귀담아들어주었다. 어느 날 낮에 꺽정이가 마침 혼자 앉았을 때 순이 할머니가 와서
　"오늘은 조용합니다그려."
하고 방으로 들어왔다.
　"언제는 조용치 않든가?"

"나는 올 때마다 사람이 있습디다."

"사람 없는 때 할 말이 있나?"

"꼭 사람 없는데 할 말이 있다는 게 아니라 그렇단 말씀이오."

"그래 나를 첩 하나 안 얻어주려나?"

"좋은 자리를 모두 퇴짜만 놓으시며 안 얻어준다구 말씀하시우?"

"내 맘에 합당해야 좋은 자리지."

"저편에서 합당하다구 하는 자리는 선다님이 합당치 않다구, 선다님이 합당하다구 할 만한 자리는 저편에서 합당치 않다니 그러니 어렵지 않소."

"대체 내가 합당하다구 할 만한 자리가 있긴 있나?"

● 십만장안(十萬長安) 인구 십만이 사는 장안이라는 뜻으로, 예전에 사람이 매우 많이 살던 서울을 이르던 말.

"십만장안˙ 억만가구에 선다님 맘에 흡족할 자린들 작히 많겠소."

"왜 그런 자리를 하나 못 튀겨내나?"

"글쎄 그런 자리는 저편에서 도리머리를 흔들어요. 우선 산니뭇골 좋은 색시가 하나 있지만 남의 첩으로는 죽어두 안 간다니 어떻게 하우."

"첩으루 오지 않는다면 아내루 데려오지."

"아내 있는 양반이 또 아내루 데려와요?"

"시골 있는 건 시골 아내라구, 서울 있는 건 서울 아내라면 되지 않나. 예전 송도 서울 시절에는 그런 일이 많았다데."

"고래 적 이야기가 지금 시절에 당한가요. 그래 저편에서 육례를 갖추자면 그대로 하실 테요?"

"색시가 내 맘에 들기만 하면 저편에서 하자는 대루 하지."

"산니뭇골 색시가 선다님 맘에 드실 것은 내가 다짐하지요."

"내 눈으루 보기 전에 알 수 있나. 대체 어떤 집 딸인가?"

"가난한 양반의 집 홀어머니의 외딸인데, 그 색시를 데려오시려면 홀어머니의 빚을 갚아주셔야 해요."

"그건 어렵지 않은 일일세."

"빚을 갚자면 상목이 다섯 동이나 들겠답디다."

"가난한 집 과부에게 누가 빚은 많이 주었네."

"그 홀어머니의 이야기를 들어보니 그 빚이 기막히는 빚입디다. 그의 남편 박생원이란 양반이 노름을 좋아해서 여간 세간을 노름으루 다 떨어마치구 간구하게 지냈는데 노름판 친구 중에 윤정승 댁 차지 노릇하는 사람 하나가 박생원 생존했을 때 가끔 쌀말 나무 바리를 보내주고 박생원 돌아갔을 때 초종을 치러주고 돌아간 뒤 삼년 동안 모녀의 의식을 대어주어서 그 차지를 모녀가 다 은인으루 여겼드랍니다. 그랬드니 올 구월에 박생원의 삼년이 나자 그 차지가 사람을 중간에 넣구 딸을 첩으루 달라드라지요. 아무리 은인이라두 딸을 첩으룬 줄 수 없다구 거절했드니 그 뒤에 그 차지가 와서 빚을 내라드랍니다. 빚이 무슨 빚이냐구 물어본즉 초종 때 쓴 것이 얼마, 삼년간 대어준 것이 얼마 조목조목 적은 것을 보이는데, 그중에 박생원 생존했을 때 보내준 쌀말 나무 바리 값까지 저저이 다 적혔드랍니다. 그게 모두 상목 다섯 동이래요. 그 홀어머니는 빚에 부대끼다 못해서 딸을 내주구 싶은 맘두 없지 않은 모양인데 그 딸이 죽어두 첩으루는 안 가겠다구 한대요. 그래서 그 홀어머니가 나를 보구 빚 갚아주구 장가들 사람을 하나 구해달라구 부탁합디다."

"빚은 다섯 동 말구 오백 동이라두 갚아주겠지만 그 색시를 한번 내 눈으루 보게 해주게."

"보시기가 좀 어려운데……. 내가 어떻게 해볼 테니 지금 나하구 같이 갑시다."

꺽정이는 순이 할머니의 말을 듣고 의관을 차리고 순이 할머니를 따라나서서 산림골로 색시를 보러 가게 되었다. ● 배때가 벗다 행동이나 말이 매우 거만하고 건방지다.

산림골 궁벽한 구석에 향나무 박힌 우물이 하나 있고 그 우물에서 멀지 않은 곳에 초가 외딴집이 하나 있었다. 순이 할머니가 꺽정이와 같이 우물께 왔을 때 그 초가집 안에서 떠들썩하게 지껄이는 사내 목소리가 나는 것을 듣고

"저기가 색시 집인데 지금 아마 빚쟁이가 와서 떠드나 보우. 내가 가보고 올게 잠깐 여기 서서 기다리시우."

하고 꺽정이더러 말한 뒤 혼자 그 집을 향하고 갔다. 꺽정이가 한동안 우물 옆에서 오락가락하는 중에 떠들썩하던 소리는 그치었는데 순이 할머니가 나오지 아니하여 갑갑증이 나서 초가 앞에 와서 집안을 들여다보았다. 사내 하나는 들마루에 걸터앉았는데 두 팔을 뒤로 짚고 비스듬히 앉은 꼴이 장히 배때가 벗고˚ 주인

과부는 방안에 들어앉아서 얼굴도 내놓지 않고 사정을 하는데 목소리가 다 죽어가는 사람과 같았다. 주인 과부가 죽어가는 소리를 하면 할수록 그 사내는 기가 높아지며

"더 참아줄 수 없어."

"안 된다니까 그래."

하고 반말지거리를 턱턱 하였다. 못된 놈이 의지 없는 과부 능멸하는 것을 꺽정이가 눈앞에 보고 괘씸한 생각에 곧 쫓아들어가서 꼭두잡이하여 들어내고 싶은 것을 겨우 참고서 순이 할머니를 불렀다. 방안에 들어앉았던 순이 할머니가 꺽정이의 부르는 소리를 듣고 밖으로 나오더니 오래 기다리게 한 탓으로 책망이나 받을 줄 알고

"빚쟁이가 가거든 색시 어머니에게 귀띔 좀 하구 나오려니, 쇠귀신 같은 작자가 밑 질기게 안 가구 앉아서 갖은 기광을 다 부리는구려. 색시 아이는 방 한구석에 엎드려서 소리두 못 내구 우는데 보기에 하두 불쌍해서 좋은 말루 달래느라구 진작 나와서 말씀두 못했소."

하고 발명을 부산히 하였다.

"그 빚쟁이놈이 윤가의 집 차지라든가?"

"윤정승 댁 차지가 보병옷을 입고 다니겠소? 꼴이 그 차지가 보낸 사람 같습디다."

"심부름 온 놈이 주제넘게 무얼 못하느니 안 되느니 하나."

"차지의 몸 받아가지구 온 사람인갑디다."

"대체 무얼 못한다구 무얼 안 된다구 그러든가?"

"색시 어머니가 빚을 좀더 참아달라구 사정하니까 못한다 안 된다 합디다."

"그래 상목 다섯 동을 당장에 내라든가?"

"사흘 안에 상목을 못 내놓겠거든 딸을 내놓으라구 땅땅 으릅디다."

"그럼 사흘 안에 상목을 내준다구 말해서 보내라게."

"선다님께서 내주시려우?"

"내가 내주겠네."

"색시도 안 보시구 작정하실 테요?"

"색시는 봐서 맘에 들지 않으면 파의하드래두 상목은 주겠네."

"정말이오?"

"한번 준다면 주는 게지 정말 거짓말이 왜 있을까."

"그럼 얼른 들어가서 색시 어머니더러 말하겠소."

순이 할머니가 몇걸음 안으로 들어가다가 다시 돌쳐나와서

"색시를 내가 상면하도록 해드릴 테니 선을 똑똑히 보시우."

하고 말하니 꺽정이가

"색시를 지금 그 사내놈 앉은 데쯤만 내세워두 예서 볼 수 있지만 들어가서 상면하게 되면 더 좋지."

하고 대답하였다. 순이 할머니가 안으로 들어간 뒤 얼마 아니 있다가 주인 과부와 같이 부엌 모퉁이에 나와 붙어서서 한동안 수군거리는데 꺽정이는 밖에서 들여다보고 섰기가 창피하여 우물

둥천 향나무 옆에 와 있었다. 곧 나올 듯한 빚쟁이 사내는 나오지 않고 순이 할머니가 다시 또 나와서 일변 우물 편으로 쫓아오며 일변 꺽정이더러 오라고 손짓하였다.

꺽정이가 집 앞으로 들어오면서
"왜 그러나?"
하고 물으니 순이 할머니는 멀리 나가지 않고 서 있다가 꺽정이가 가까이 온 뒤에
"저 작자를 어떻게 하면 좋단 말이오?"
하고 말하였다.
"무얼 어떻게 한단 말인가?"
"빚 조르러 온 사람이 간 뒤에 선다님께 색시를 보인다구 했는데 그 작자가 안 가구 앉아서 말썽을 부리우."
"빚을 사흘 안에 갚는다구 했으면 고만이지 또 무슨 말썽이야. 수표를 써내라구 하든가?"
"수표나 써내라면 좋게요? 숫제 안 간대요. 그 작자의 말본새 좀 들어보실라우?"
순이 할머니가 목소리를 우렁우렁하게 변하여 가지고
"'생쥐 입가심할 것두 변변히 없는' 집에 하루 이틀 새 상목 몇 동이 어디서 난담. 공연한 소리지. 사흘 안에 야반도주하라구 꾀를 내주는 사람이 있는 모양이지만 잘 안 될걸. 그래 지금 내가 안 가구 있으면 나를 보낸 이가 이리 올 테니 그가 오거든 말해보라구."

사내의 말을 흉내내고 다시 자기의 본목소리로 말하였다.

"색시 어머니가 사정을 다해서 말하구 내가 경계를 따져서 말해두 그 작자는 어느 바람이 부느냐는 듯이 들은 척 안 하고 앉았으니 저걸 어떻게 하면 좋소?"

"그놈이 천하 고약한 놈일세. 나하구 같이 들어가보세."

꺽정이가 순이 할머니를 앞세우고 집안으로 들어왔다. 꺽정이가 마당에 서서 그 사내를 바라보며

"네가 이 집에 빚 받으러 온 사람이냐?"

하고 불호령 쉽직하게 말을 붙이니 그 사내는 어이없는 모양으로 대답을 안 하였다.

"다른 말 길게 할 것 없이 이 집 빚은 내일 와서 받아가거라."

● 생쥐 입가심할 것도 없다 가난하여 먹을 것이 없고 살림이 몹시 궁하다는 말.
● 하늘에 방망이 달고 도리질을 하다 분수를 모르고 우쭐대다.

"게가 대체 무어 다니는 사람이게 함부루 아무더러나 해라를 합나?"

"아무것두 안 다니면 너 같은 놈더러 해라를 못하랴."

"너 같은 놈은 무어야? 날 누구루 알구 그래. 내가 윤정승 댁 사람이야. 우리 댁 대감 말씀 한마디면 하늘에 방망이 달구 도리질하는˚ 놈이라두 금부 아니면 포도청이야."

"네가 윤원형의 집 종놈인 줄 알았다. 잔소리 말구 빨리 일어나거라."

"하늘이 높은지 땅이 낮은지 아직 모르는군."

"가라구 말루 이를 제 얼른 가거라."

"사람을 바루 땅땅 으르네."

"요놈! 네가 버릇을 좀 배워야겠다."

꺽정이가 한두 걸음에 지대址臺 위로 뛰어올라오며 곧 그 사내를 멱살잡아 치켜들었다. 그 사내가 똥깨˚ 없는 사람이 아니건만 허깨비같이 번쩍 들려서 두 다리가 대롱대롱하였다.

"너 같은 맨망스러운 놈은 태기를 쳐서 창아리를 터쳐놓을 테다."

꺽정이가 그 사내를 한손으로 치켜든 채 밖으로 나오는데 순이 할머니가 뒤따라나오면서

"그대루 놔보내시우."

하고 말하니 꺽정이가 본래 손찌검까지 할 생각은 없는 터이라

"아따 그러지."

하고 멱살을 놓아주었다. 그 사내가 똥줄이 빠지게 도망한 뒤에 꺽정이와 순이 할머니가 다시 안에 들어와서 꺽정이는 들마루에 올라앉고 순이 할머니는 방으로 들어갔다.

"아예 안 들어오시려구 하시는 것을 내가 억지루 뫼시구 들어왔소."

순이 할머니가 거짓말로 공치사하고

"우리 알지도 못하는 양반이 순이 할머니게 우리 정경을 들으시고 가긍하게 여기셔서 우리 빚을 갚아주신다고 말씀하신다는데 우리가 뵈입고 백배 치사라도 해야 하지 않겠느냐. 그래서 순이 할머니께 뫼시고 들어오시라고 말씀했다. 누추하나마 방으로

들어옵시사고 해서 모녀가 다같이 뵈어야겠지만 홀어미의 처신으로 남의 말이 무서우니 네가 마루에 나가서 어미 대신 뵈어라."
주인 과부가 딸에게 말을 이르더니 한참 만에 부스럭 소리가 나고 다시 한참 만에 방문이 열리고 그리고 순이 할머니가 먼저 나서고 그 뒤에 색시가 나왔다.

음산하던 들마루가 홀제 환하여지는 것 같았다. 색시가 얼굴은 탐스럽고 살빛은 희었다. 의젓한 중 아름답고 천연스러운데 태가 났다. 오랫동안 울고 난 끝이라 해당화 비에 젖어 무게를 못 이기는 듯 가련하여 보이었다. 꺽정이가 색시를 보는 데 정신이 팔려서 색시의 절을 받을 때 맞아주라고 순이 할머니가 눈짓하는 것도 모르고 가만히 앉아 있었다. 색시가 절 한번 하고 곧 도로 들어간 뒤에 순이 할머니가 꺽정이 옆에 와서 귓속말로

"색시 좋지요?"

하고 물으니 꺽정이는 고개를 끄덕끄덕하였다.

• 똥깨 똥집.
'몸무게'를 속되게 이르는 말.

"아주 아퀴를 지어서 말하구 갈까요?"

"나는 먼저 밖에 나가 있을 테니 말하구 나오게."

꺽정이가 밖에 나와서 서성거린 지 얼마 만에 순이 할머니가 밖으로 나왔다.

"말 다 됐소."

"그래 대례를 지내기루 말이 됐나?"

"상처하시구 후취하신다구 했지요."

"후취라니까 좋다구 하든가?"

"후취는 상관없지만 연치가 너무 틀려서 흠이라구 합디다."

"색시 나이 몇 살이랬지?"

"열아홉이오."

"내 나이 곱절이 넘네그려."

"선다님 연세를 서른넷으루 줄여 말했건만 많다구 합디다."

"나이 많다구 파의한다든가?"

"아니오. 모든 것이 다 좋은데 연세 좀 많으신 것이 흠이라구 하드란 말이오. 내일이라두 곧 주단˚ 거래하구 속히 택일해서 성례하자구까지 말이 됐소."

"그럼 다 됐네. 고만 가세."

"내 말씀 좀 들으시우. 나하구 색시 어머니하구 이야기하는 동안 색시는 방 한구석에 돌아앉았드니 내가 간다구 일어설 때 얼른 바루 앉으면서 어머니, 저 할머니더러 좀 기셔주십사구 하세요. 아까 쫓겨간 사람이 무슨 흉계를 꾸며가지고 다시 올는지 누가 알아요 하구 말하겠지. 내가 색시 말을 들어보려구 이 늙은이가 안 가구 있은들 무슨 소용 있어 하구 말하니까 색시는 내 얼굴만 쳐다보구 말대답을 안 합디다. 색시가 사람이 얼마나 슬금하우."

"그런 염려두 바이없지 않지만 나더러 들마루에 쭈그리구 앉아 있으란 말인가?"

"색시 어머니가 딸을 데리구 부엌에 내려가 있을 테니 나더러 뫼시구 방에 들어가 있으랍디다."

"여보게, 색시는 이왕 상면했으니까 다시 말할 것 없구 장모감만 마저 상면하면 한방에 못 앉을 것 없지 않은가. 방에 같이 앉았는다구 해야 내가 가지 않구 있겠네. 자네 들어가서 내 말루 전해보게."

순이 할머니가 방안에 들릴 만큼 큰 소리로

"내가 오늘 이 집에 드나들다가 새 신발이 날나겠네.'"

하고 떠들며 들어가더니 한참 만에 들마루 앞에서 밖을 향하고

"선다님, 들어오시우."

하고 소리하였다.

꺽정이가 방에 들어와서 색시 어머니와 맞절로 인사를 마친 뒤에 꺽정이는 색시 어머니가 내주는 아랫목 자리에 와서 앉고 순이 할머니는 방문 앞으로 앉는 색시 어머니와 마주 앉고 색시는 윗목 한구석에 벽을 향하고 앉아 있었다. 꺽정이가 색시의 뒷모양을 싫도록 바라보다가 바로 앉히라는 뜻으로 순이 할머니에게 눈짓하여 순이 할머니가 색시에게 가서

● 주단(柱單) 사주단자.
● 날나다 짚신 따위가 닳아서 날이 보이다.

"바로 앉지 왜 잔뜩 돌아앉았어?"

하고 꺽정이와 대면하도록 돌려앉혔더니 색시가 다시 반쯤 돌아앉아서 꺽정이는 색시의 옆모양을 바라보게 되었다. 색시가 고개를 다소곳하고 아래만 내려다보고 앉았는데 어찌하다가 곁눈이 꺽정이의 얼굴을 스치어 갈 때가 있었다. 방안 네 사람에 한 사람은 말이 없고 나머지 세 사람도 말수가 적어서 조용하게들 앉았

는 중에 홀제 떠드는 소리가 밖에서 나며 곧 여러 사람의 신발소리가 삽작 안으로 들어왔다.

꺽정이가 색시 어머니와 자리를 바꾸어 앉고서 방문을 열고 내다보니 주속˙ 의복을 입은 늙수그레한 사람이 가장 앞으로 나서고 그 뒤에 십여명 사람이 둘러서는데 먼저 쫓아보낸 사람도 그중에 끼여 있었다. 꺽정이가 곧 나가서 혼꾸멍들을 내놓으려다가 말을 좀 해볼 작정으로

"이 집 빚은 내일 받으러 오랬는데 어째 오늘 왔소?"
하고 물으니 주속 의복을 입은 사람이 꺽정이를 흘겨보면서

"빚 갚는단 말을 준신할 수 없어서 기집아이를 데려다 맡아둘테니 상목을 가지구 와서 빚 갚구 찾아가라구."
하고 말하는데 말본새는 고사하고 말하는 조격부터 거드름스러웠다.

"기집아이라니, 이 집 딸 색시 말이지? 내가 벌써 맡았는데 또 누가 맡아?"

"네가 대체 웬 놈인데 중뿔나게 나서서 말썽이냐!"
저편에서 오는 말이 곱지 않으니 이편에서 가는 말도 험하였다.

"네가 윤원형의 집 차지놈이라지. 봐한즉 낫살이나 좋이 먹은 놈이 염체두 없이 남의 집 색시를 뺏어가려구 몇해씩 근사를 모았단 말이냐? 근사 모으느라구 애는 썼겠지만 헛애썼다. 이 집 색시는 임자 있는 사람이야. 그 임자가 내다."

그 사람이 어이가 없어 말이 선뜻 안 나오는지 한참 있다가

"임자라니, 임자란 게 다 무어냐?"
하고 뇌었다.
"속시원하게 분명히 말해주랴? 이 집 딸 색시가 내 아냇감이다."
"아냇감이야? 아냇감은 고만두구 아내라두 내 빚 갚기 전엔 내가 데려갈 테다."
"네 소위 빚이란 것이 터무니없는 빚인 줄까지 내가 잘 안다. 그렇지만 이왕 물어준다구 말한 게니 내일 받으러 오너라. 만일 오늘 말썽을 부리려 들면 내일 빚두 다 받았다."
 그 사람이 꺽정이에게 목자를 부라리며
"이놈, 되지 못한 놈이 거센 체 마라!" ● 주속(紬屬) 명주붙이.
불호령하고 곧 뒤에 섰는 사람들을 돌아보며
"저놈부터 끌어내오게. 잘 안 끌려나오거든 막 싸그리 내리조기게."
말을 이르니 십여명 사람이 제각기 꽁무니에서 몽치들을 빼어들고 몰려들어와서 오륙명은 지대 위에 올라서고 오륙명은 들마루로 올라왔다. 꺽정이가 눈결에 한손을 내밀어서 들마루를 들어 앞으로 기울이며 곧 뒤집어엎었다. 들마루에 올라섰던 사람들은 대개 다 건공잡이로 나가떨어지고 지대 위에 올라섰던 사람들은 거지반 들마루에 치여 자빠졌다. 그동안에 색시가 어머니 뒤로 오고 순이 할머니까지 한데 가 몰려서 셋이 옹기종기 앉았는 것을 꺽정이가 보고 한번 빙그레 웃은 뒤에

171

"나 있는 동안은 저따위 놈들이 몇백명이 오드래두 겁날 것이 없지만 내가 간 뒤에 오면 탈인데, 여기 단칸방에서 내가 자기는 어려우니 숫제 이 집을 비워버리고 모녀분 다 나 있는 데루 같이 가면 어떻겠소?"
하고 색시 어머니의 의향을 물은즉 색시 어머니는 선뜻 대답을 못하고 주저하다가 딸이 소곤거리는 말을 듣고 비로소
"좋두룩 해주세요."
하고 가고 있는 것을 꺽정이에게 맡기었다.
"그럼 지금 곧 일어섭시다."
"저 사람들 간 뒤에 찬찬히 가지요."
"저놈들을 쫓아보내자면 치구 달쿠 자연 성가실 테니 여기들 내버려두구 우리만 갑시다."
"세간 나부랭이는 어떻게 할까요?"
"그까짓 것 내버리구 갑시다. 저놈의 빚 갚을 것만 가지구두 훌륭한 세간을 얼마든지 장만할 수 있지 않소?"
"옷이나 갈아입어야지요."
"얼른 갈아입으시우."
"미안하지만 잠깐만 밖에 나가주세요."
주인 과부 모녀가 옷 갈아입는 동안 꺽정이는 방문 밖에 나와 섰었다.
들마루는 비록 육중하지 않더라도 사람이 오륙명이나 위에 올라섰는데 한손으로 한편 옆을 쳐들어서 앞으로 뒤집어엎는 것이

여느 사람보다 동뜬 힘 가진 장사가 아니곤 생의도 못할 일이라 윤원형의 집 차지는 힘센 주먹이 몸에 미칠까 겁이 나서 다른 사람을 돌볼 생각도 못하고 밖으로 뛰어나갔다가 얼마 만에 다시 안으로 들어와서 몇 남은 성한 사람과 같이 나가떨어진 사람을 일으키고 치여 자빠진 사람을 빼놓는 중에 그 장사가 방문 열고 나오는 것을 보고 고만 질겁하여 또다시 밖으로 뛰어나가는데 팔 다친 사람, 머리 깬 사람은 고사하고 허리 삔 사람, 발 접질린 사람도 모두 천방지축 뛰어나갔다. 차지가 우물께 와서 뒤를 돌아보며 겨우 발을 멈추어서 여러 사람이 차지 옆에 모여 서는데 서 있기 어려운 사람은 주저앉기까지 하였다.

● 착호성명(着呼姓名)
외람되게 별명을 지어 부름.

"이걸 어떻게 하면 좋은가?"

차지가 여러 사람을 돌아보며 의논하듯 말을 내니

"얼른 가서 도차지께 말씀하구 사람을 오륙십명 풀어달라지요."

"그놈이 댁 대감마님을 착호성명*하지 않습디까. 그런 죽일 놈이 어디 있나요? 아주 대감마님께나 정경부인 마님께 말씀을 여쭤서 별반거조를 내시두룩 하시지요."

"아직두 둘이 저 안에 남아 있는데 우리가 가면 그 사람들은 어떻게 하나요?"

"우리가 여기 섰으면 소용 있습니까? 그놈이 쫓아나오기 전에 얼른 가십시다."

"그놈이 만일 쫓아나올 맘이 있으면 벌써 쫓아나왔지 이때까지 꾸물거리구 있겠습니까?"

"제가 어젯밤에 꿈을 잘못 꾸었드니 꿈땜이 너무 지독한걸요. 옆구리가 결려서 죽겠습니다."

"저는 엉겁결에 어떻게 여기까지 뛰어왔지만 인젠 꼼짝 못하겠습니다."

여러 사람이 중구난방으로 지껄이었다. 차지가 여러 사람을 보고

"고만들 지껄이구 내 말 좀 듣게. 내가 얼핏 가서 사람들을 데리구 올 테니 자네들은 여기 있게. 저 안에 남아 있는 사람두 마저 끄내오려니와 그놈의 동정을 잘 살펴보게. 그놈이 만일 어디루 가거든 뒤를 밟아서 가는 데를 똑똑히 알아오두룩 하게."
하고 말을 이르는 중에

"벌써 저기 나오는데요."
하고 누가 소리하여 차지와 여러 사람이 다같이 과부의 집으로 머리를 돌리었다. 꺽정이와 순이 할머니가 과부 모녀를 치마 씌워 앞세우고 집 앞에 나서는 것을 차지가 바라보고

"저놈이 기집아이 모녀를 다 데리구 나오지 않나. 어디루 돌려앉히려는 겔세. 여보게, 모두 향나무 뒤에 가서 아무 소리 말구 앉아 있다가 저것들 가는 뒤를 밟아보세."
하고 여러 사람의 앞을 서서 향나무 뒤로 올라갔다.

꺽정이가 세 사람을 데리고 우물 옆을 지나서 얼마 가다가 몇 사람이 슬금슬금 뒤따라오는 것을 알고 순이 할머니더러 색시 모녀를 데리고 먼저 남소문 안으로 가라고 이르고 자기는 돌쳐서서

우물께로 걸어왔다. 뒤따라오던 사람들이 급한 걸음으로 향나무 뒤에 가서 그곳에 앉았는 사람들을 분주히 붙들어 일으키는데 꺽정이가 바라보고

"이놈들, 어디루 내빼려구 들면 한 놈 남기지 않구 모주리 모가지를 빼놓을 테니 거기서 꿈쩍들 마라!"
하고 큰 소리를 지르며 한달음에 쫓아와서 우물 앞에 버티고 섰다.

"내가 너희놈들에게 손대지 않는 것이 큰 덕택인 줄 모르구 내 뒤를 밟으니 뒤를 밟으면 어쩔 테냐! 괘씸한 놈들 같으니. 너희놈들은 모두 저 빈집에 가서 방 속에 가만히 들어앉아 있거라. 그래야 목숨들을 살려줄 테니."

꺽정이가 호령질을 통통히 하는데 향나무 뒤에 있는 여러 사람은 꿀꺽 소리도 못하였다.

"이리들 내려오너라!"

"얼른들 못 내려오겠느냐!"

꺽정이가 여러 사람을 불러내려서 도야지 떼 몰듯 몰고 빈집에 와서 방안에 몰아넣고 들마루에 치일 때 중하게 다쳐서 운신 못 하는 사람들까지 마저 방안에 끌어넣은 뒤에 여편네들의 걸음으로 남소문 안에 갈 동안쯤 지키고 있으려고 들마루를 들어다가 방문 앞에 놓고 걸터앉았다. 방안에서 수군거리는 소리가 나는 것 같더니 얼마 뒤에 여러 사람의 앓는 소리가 이어 나고 중간에 가끔 벽의 흙 떨어지는 소리가 섞이어 났다.

"이놈들이 벽을 뜯지 않나."

꺽정이가 허허실실로 방문을 열어보니 몇사람이 방문 맞은편 들창을 뜯어 키우는데 소리나는 것을 감추려고 여럿이 일부러 앓는 소리들을 하고 있었다.

"들창을 왜 뜯느냐! 죽구들 싶어 몸살이 나느냐?"

꺽정이가 방안으로 들어오니 여러 사람은 이러나저러나 죽는 줄 알고 악들이 올라서 운신 못하는 사람들 외에는 모두 몽치, 창, 칼, 방망이짝들을 손에 쥐고 꺽정이에게 달려들었다. 도망갈 데 없는 쥐가 고양이를 물러 덤비는 셈이라 꺽정이의 주먹과 발길이 왔다갔다하는 동안에 십여명 사람이 늘비하게 쓰러졌다. 차지가 여러 사람의 뒤로 돌다가 맨 나중 발길에 걸어차이는데 공교히 윗목에 놓인 질화로 위에 가 쓰러져서 화로가 깨어졌다. 정신없는 중에도 불을 피하여 엉금엉금 기어나오는 차지를 꺽정이가 쫓아가 발끝으로 걸어질러서 그 자리에 엎드러지며

"오냐, 사람을 죽이구."

하고 안간힘을 썼다. 꺽정이가 눈을 부릅뜨고 차지를 내려다보다가 헌 치마와 때 묻은 이불을 갖다 놓고 폭을 찢어서 차지부터 뒷결박을 지우기 시작하였다. 어느 사람이 하나 먼저

"살인이야!"

하고 소리를 지르며 곧 여러 사람이 따라서 소리들을 지르니 꺽정이가 뒷결박들만 지우지 않고 이불솜을 뜯어서 입들까지 틀어막았다. 이동안에 차지의 옷자락이 불에 타느라고 연기가 나는데

꺽정이가 불을 끄지 않고 도리어 이불폭, 이불솜 남은 것을 불 위에 던져서 얼마 안 있다가 불꽃이 일어났다. 연기가 방안에 자욱하여질 때 꺽정이는 마루로 나오고 연기가 방안에서 쏟아져 나오는 때 꺽정이는 마당으로 내려오고 또 검은 연기 속에 붉은 불길이 넘실넘실하는 때 꺽정이는 밖으로 나왔다.

산림골 사람들이 과부 모녀 사는 외딴집에서 불이 난 것을 알고 동이, 자배기들을 들고 쫓아와서 우선 우물을 들여다보니 둥천에 섰던 그리 작지도 않은 향나무가 뿌리째 뽑혀서 거꾸로 우물 속에 처박혀 있었다.

"이 향나무를 누가 뽑아서 처박았을까?"

"이것을 뉘 장사루 뽑는단 말인가?"

"글쎄, 이거 별일 아닌가."

"잔소리 말구 얼른 물들 퍼내게."

"박샌네 과댁 모녀가 저 불 속에 들었으면 벌써 화장했네."

"아까운 처녀가 죽었네."

"그 처녀가 살아두 우리겐 차례 오지 않네. 뼉다구가 우리와 달라."

"아따 이 사람들, 어서 물들 좀 푸게."

"이놈의 나무를 뽑아내야 물을 푸지."

여러 사람이 우물 속에 처박힌 향나무를 뽑아내기 전에 불난 집은 다 타서 퍽석 주저앉았다. 남은 불을 잡고 여럿이 불탄 자리에 들어서서 방 있던 데를 헤쳐보니 남녀도 분간할 수 없을 만큼 바싹 탄 송장들이 나오는데 수효가 열이 넘었다.

"이 집에 웬 사람이 이렇게 많이 있었을까?"

"못된 놈들이 처녀를 뺏어가려구 작당해가지구 왔다가 불에 타죽은 겔세."

"불은 대체 어디서 났을까?"

"과부가 딸 뺏기지 않으려구 불을 놨는지 모르지."

"바지저고리만 다니지 않는 바에야 불 속에 가만히 앉아서 타죽을 놈들이 어디 있단 말인가."

"과부 모녀가 수단으루 손들을 술을 억병 먹여서 곯아떨어뜨렸는지 누가 아나?"

"그럼 과부 모녀는 도망했을까?"

"도망했는지두 모르지만 내 생각엔 이 속에서 같이 타죽은 것 같애."

"어째서?"

"너두 죽구 나두 죽잔 심사루 불을 놨기 쉬우니까."

"자네 말이 근리한 말일세."

"우물 둥천의 향나무가 뽑힌 것두 심상한˚ 일이 아니야. 과부 모녀가 죽을 때 원통한 기운이 뻗쳐서 생나무 뿌리가 뽑혔는가 베."

"글쎄, 그런 일두 있을까?"

"기집이 함원含怨하면 오뉴월에두 서리가 온다네. 생나무 뿌리 뽑히는 일두 더러 있지 없겠나."

이 사람들이 지껄이는 말을 곧 참말같이 믿는 사람이 많았으나 그중에는 믿지 않는 사람도 없지 아니하였다.
　과부 모녀가 순이 할머니를 따라서 산림골을 지나갈 때 길가에서 본 사람들이 있어서 과부 모녀는 불나기 전에 도망한 형적이 있다고 말이 떠돌았다. 남부南部에서 산림골 작은 화재에 인명이 많이 상한 것을 한성부에 보하고 한성부에서 윤정승 댁 차지 한 사람과 낭속 열한 사람이 산림골로 빚 받으러 가서 돌아오지 아니한 것을 탐지하여 남부에 알린 뒤에 남부의 주부와 참봉은(오부〔五部〕의 주부, 참봉을 도사, 봉사로 고친 것은 후세 일이다) 날마다 형조 관리의 뒤를 따라 산림골에 나와서 화재 뒤를 조사하였다. 타죽은 송장들이 타기도 몹시 탔거니와 꺼낼 때 함부로 다뤄서 검시할 여지는 변변히 없으나 수효는 열둘 • 심상(尋常)하다 대수롭지 않고 예사롭다.
인 것이 분명하여 과부 모녀는 같이 타죽지 않은 줄을 짐작하고 뒤로 종적을 찾는 중에 과부 모녀가 도망한 형적을 아는 사람이 있단 말을 듣고 말 출처를 채근하여 사람을 하나씩 둘씩 연해 잡아갔다. 남의 말을 듣고 옮긴 사람들은 매를 맞기도 하고 안 맞기도 하고 즉시즉시 놓여나왔으나 말을 낸 사람들은 여간 매를 맞을 뿐 아니라 죽도록 단련을 받았다. 그러나 그 사람들도 불나기 전에 여편네 셋이 향나무박이 우물께서 내려오는 것을 보았을 뿐이라 셋 중에 과부 모녀가 있었는지 없었는지 셋의 둘이 과부 모녀라면 하나는 어디 사는 누구인지 얼굴들은 가리어서 보지 못하고 가는 곳은 살피지 않아서 알지 못하므로 미심스러운 말이나마 더 주워댈 건덕지가 없었다.

서슬이 푸른 윤원형의 집 사람이 자그마치 열둘이나 한꺼번에 죽었는데 죽은 까닭을 자세히 알아바치지 못하여 형조의 판서와 참판이 추고를 당하고 남부의 주부와 참봉이 벼슬들이 떨어졌다. 간세배가 과부 모녀와 부동하여 음모로 살인하고 화재로 엄적한 것이 아닌가 윤원형이 의심이 들어서 포도청을 시켜 널리 염탐하게 하였다.

이때 우변포도대장은 이몽린이요, 좌변포도대장은 남치근인데 남치근은 을묘년 난리에 방어사로 전공이 있고 그 뒤에 전라도의 병사 겸 순변사巡邊使로 위명威名이 있어서 비록 신임新任 포장이나 연로무능한 이몽린보다 상하 신망이 두터운 까닭에 윤원형이 남치근을 청하여다가 간세배의 형적과 과부 모녀의 종적을 염탐하여 보라고 부탁할 때 우포장과도 상의하라고 일러서 남치근이 이몽린을 찾아왔다. 이몽린은 일이 생기는 것을 머릿살 아프게도 여기거니와 윤정승이 자기 후배後輩인 좌포장에게만 부탁한 것을 마음에 고깝게 여겨서 남치근이 말하는 것을 훙훙하고 듣기만 하다가

"영중추대감(이때 윤원형의 벼슬이 영중추부사이었다) 분부시니까 영감께서두 헐후히 아실 리 없겠지요."

남치근이 말할 때 이몽린은 펄쩍 뛰다시피 하며

"헐후라니 될 말이오?"

하고 대답한 뒤

"영중추대감 분부가 기시기 전에 나는 미리 다 염탐해보았소. 영중추 댁 차지 하나가 반명의 집 딸을 뺏어다가 작첩하려구 그 어미 과부에게 백 문선文選이 헛문서루 빚을 지워놓구 빚을 못 내거든 딸을 내라구 위협해오던 끝에 그날 그 딸을 강탈하려구 성군작당해가지구 갔다가 화재에 타죽었다우. 화재가 어째서 나게 되구 십여명이 어째서 다 죽게 된 것은 자세히 알 길이 없으나 과부 모녀가 여러 사람을 방안에 들여앉히구 술을 마냥 먹여서 다들 취해 쓰러진 뒤에 불 놓구 도망했단 말이 근리한 추측인 줄 아우. 간세배라면 차지나 간세배라구 할까 다른 간세배라곤 없는 모양이구, 과부 모녀는 다른 기집사람하구 같이 도망하는 것을 본 사람들이 있다구 형조에서 사람들을 잡아다 단련했지만 구경 아무 꼬투리두 얻지 못하구 말았다우. 과부 모녀가 서울 안에 잠복해 있으면 어떻게든지 종적을 찾아낼 수 있겠지만 형조 북새에 벌써 어디루 고비원주˚한 모양이오. 영감두 아무쭈룩 염탐시켜 보시우만 별 수가 없으리다."

● 고비원주(高飛遠走)
높이 날고 멀리 달린다는 뜻으로, 자취를 감추려고 남이 모르게 멀리 달아남을 이르는 말.

하고 말하였다.

　우포장 이몽린의 막내아들이 하루는 자기 사랑에서 상가 성 가진 문객을 데리고 잡담하는 중에

　"자네 산림골 이야기 자세히 들었겠지. 그게 우리를 욕보이던 털보놈의 짓이 아닐까? 그놈이 사람 십여명을 쥐두 새두 모르게 죽이구 나서 엄적하느라구 집에 불을 놓구 뒤에 불 끄러 오는 사

람들이 얼른 물을 긷지 못하게 하느라구 향나무를 뽑아서 우물 속에 박구 가지 않았을까? 향나무가 절루 뽑힐 이치가 만무하니 사람이 한 짓은 분명한데 그 나무를 사람의 힘으루는 뽑을 장사가 없으리라구 말들 하나 나는 이 말을 들을 때 청동화로 접어붙이던 털보놈이 생각나네."
하고 말하니 그 사람이 무릎을 치면서
 "참말 그런가 보우."
하고 대답한 뒤
 "내가 대령 포교에게 귀띔해주리까?"
하고 물었다.
 "대령 포교 한두 놈에게 말해선 아무 소용 없네. 그런 장사놈을 잡자면 대적을 잡는 일체루 좌우포청이 다 풀려야 할 테니 적어두 아버님께 여쭤서 착수하시두룩 해야 할 겔세."
 "그럼 영감께 말씀을 여쭈시우."
 "말씀을 여쭤두 잘 들으실는지 모르겠네."
 "댁 영감께서 전에는 일에 쇳소리를 내셨는데 근년에는 무사태평만 제일루 여기시니 아마 연로하신 탓인가 봅디다."
 "연만하신 터이니까 후기後氣두 없으시겠지."
 "그러나저러나 한번 잘 여쭤보시구려."
 상가의 권하는 말에 이포장의 아들은
 "틈을 봐서 어디 한번 여쭤보자네."
하고 대답하였다.

어느 날 밤에 이포장의 아들이 느직이 그 아버지에게 저녁 문안을 와서 지싯지싯하고 물러가지 아니하니 그 아버지가 무슨 할 말이 있느냐고 물었다.

"향자 산림골서 화재 났을 때 우물 위에 섰던 향나무가 우물 속에 들어가 박혀 있었답지요?"

"그래, 그게 뉘 장난인 것을 너는 짐작하느냐?"

"사람의 힘으론 뽑을 장사 없다구 나무가 절루 뽑힌 것같이 말들 한다오나 그럴 이치야 있습니까?"

"힘꼴이나 쓰는 놈이 뽑았을 게지. 집에 있는 상가의 힘으루는 뽑지 못할까?"

"상가가 향나무와 향나무 박혔던 자리를 보고 와서 제 힘으루는 해토머리 물씬물씬한 땅에서두 뽑기 어렵겠드라구 말합디다. 그 향나무가 밑둥이 제법 굵드랍니다."

"상가버덤 더 센 사람두 세상에 있지 없겠느냐?"

"상가가 서울 온 뒤에 저버덤 왕청뜨게 힘센 자를 하나 만나봤답는데 그자가 지금 서울 안에서 돌아다닌답니다."

"그자두 기생방에나 다니는 왈짜겠지. 산림골 사람들이 불 끄러 갔을 때 향나무 섰던 자리 근방 눈 위에 여러 사람의 발자국이 남아 있는 것을 보았다구 말들 하드라기에 나는 벌써 힘꼴 쓰는 왈짜놈이 한턱 먹기내기 한 줄루 짐작했다."

"사람 죽이구 불 놓은 것을 향나무 뽑은 자의 한 짓으루 보시지 않습니까?"

"향나무 뽑힌 것이 화재 났을 때 비로소 여러 사람 눈에 뜨이었다구 한데 관련을 붙여서 이런 소리 저런 소리 하지만 실상 향나무는 향나무대루 뽑히구 화재는 화재대루 나서 그 사이에 아무 관련이 없을 게다."

"힘센 자 아니면 십여명을 어떻게 몰사죽음시키겠습니까?"

"향나무 뒤에 남은 발자국이 여러 사람의 발자국인 것은 말 말구 네 말대루 힘센 자가 혼자 한 짓이라구 하자. 그자가 사람들을 죽이구 나와서 무슨 의사루 향나무를 뽑아놓구 가겠느냐?"

"불 끄러 오는 사람들이 물을 얼른 길어내지 못하두룩 한 게 아니겠습니까?"

"여러 사람이 우물에서 나무 하나 들어내는 데 얼마나 오래 걸리라구 수탐하기 좋은 표적을 뒤에 남기구 간단 말이냐. 그런 어리석은 놈이 어디 있겠느냐. 대체 사람이 무슨 일을 당하든지 첫째 일의 갈피를 잘 잡아야 쓰는 법이다."

이포장의 아들은 그 아버지의 말에 눌려서 다시 말을 더 하지 못하였다.

꺽정이는 불타는 집에서 나오던 때 공연히 뒤가 궁금하여 우물 둥천에 올라서서 연기 속에 불길이 솟는 것을 한동안 바라보고 있었다. 멀리서 사람이 소리지르는 것이 풍편에 들리어서

'아랫동네 사람이 불난 것을 안 게다.'

생각하고 곧 몇걸음 내려디디는 중에 불 끄러 오는 사람들이 우

물물을 얼른 못 쓰게 해놓고 갈 생각이 불현듯이 나서 걸음을 멈추고 주위를 돌아보다가 향나무를 와서 쥐고 흔들어보았다. 언 땅에 생나무가 쉽게 뽑히지 않을 줄 짐작하고 두 팔을 걷어붙이고 대들어서 두 손으로 나무 밑동을 쥐고 한 발로 땅을 뻐드딩기고 온몸의 힘을 다하였다. 끙 소리 두서너 번에 나무뿌리가 끊기며 뽑히며 솟아올라왔다. 둥그렇게 위가 퍼진 향나무를 거꾸로 우물 속에 틀어박는데 틀어박을 수 있는 대로 깊숙이 틀어박고 나서 속이 다 시원한 것같이 긴 숨을 내쉬었다.

꺽정이가 불 끄러 오는 사람들과 마주치지 않으려고 산림골 막바지로 올라갔다가 모르는 길을 이리저리 헤매고 날이 저물어갈 때 남소문 안 처소로 돌아오게 되었는데, 순이 할머니가 혼자 방에 들어앉았다가 나와 맞으며

"어째 이렇게 늦으셨소?"

하고 물었다. 꺽정이는 색시 모녀가 방에 없는 것을 괴이쩍게 여겨서 순이 할머니의 묻는 말에 대답하는 둥 만 둥하고

"어째 자네 혼자 있나?"

하고 도리어 말을 물으니 순이 할머니가 웃으면서

"건넌방에 편히들 깁시니 아무 염려 맙시오."

하고 조롱하듯 대답하였다.

"누가 건넌방에 들여앉히라든가?"

"젊으신 양반이 한바탕 수선을 떠셨지요."

젊으신 양반이란 한온이 말이니 한온이가 그동안 와서 순이 할

머니에게 대강 이야기를 듣고 난 뒤 건넌방에 있던 노밤이와 상노아이는 바깥사랑방으로 내보내고 색시 모녀를 한갓지게 들여앉힌 것이었다.

"젊은 주인이 와 봤단 말인가?"

"나하구 같이 앉아서 선다님 오시기를 고대고대하다가 산니뭇골루 사람을 보내보러 나가셨소. 내가 자꾸 권했지요. 나는 꼭 무슨 일이 난 줄 알았구려."

"나간 제가 오랜가?"

"나가신 뒤에 내가 건넌방에 가서 늘어지게 오래 앉았다가 색시가 고달파하기에 편히 좀 누워 있으라구 이르구 다시 이 방에 와서 한참 되었으니까 그동안에 굼벵이가 굴러가두 넉넉히 산니뭇골을 갔다왔을 게요."

"자네 좀 가서 내가 왔다구 말하구 오게."

꺽정이가 순이 할머니를 한온이의 큰집에 보내고 방으로 들어가는 길에 건넌방에 와서 방문을 열고 들여다보며 색시 어머니와 말 몇마디 수작하고 섰을 때

"선생님 오셨습니다그려."

하고 한온이가 들어왔다. 꺽정이가 건넌방 문을 닫고 한온이와 같이 방에 들어와 앉은 뒤에

"산니뭇골에 사람을 보내봤나?"

하고 물으니 한온이는 고개를 가로 흔들며

"사람을 보내지 않구 제가 갔다왔습니다."

하고 대답하였다.

"화재 난 데 가보았나?"

"선생님, 큰일을 내셨습니다. 세력이 충천하는 윤원형의 집 사람이 십여명씩 죽었으니 뒤가 조용할 것 같지 않습니다."

"일이 감쪽같이 되었으니까 뒷염려 없을 줄 아네."

"글쎄요, 일이 앞으루 어떻게 벌어질는지 아직은 모르겠습니다."

"이번에 일을 저지른 건 내 본의두 아닐세."

"그놈들이 뒤를 밟아서 쫓으러 가셨다드니 어떻게 집에다가 몰아넣구 태워죽이셨습니까?"

꺽정이가 여러 사람을 집에 몰아넣던 것부터 대강대강 이야기하는 중에 방문이 열리며 순이 할머니의 얼굴이 나타났다.

한온이가 순이 할머니를 보고

"내가 선생님 뫼시구 조용히 의논할 일이 있으니 자네는 잠깐 건넌방에 가 있게."

하고 말하여 순이 할머니가 방문을 도로 닫고 건넌방으로 건너간 뒤에 꺽정이는 하던 이야기를 마저 다 하고 한온이는 산림골 사람들의 지껄이던 소리를 들은 대로 옮기었다.

"과부 모녀는 불에 타죽은 줄루 알구 향나무는 절루 뽑힌 걸루 친다면 뒤는 만사태평일세."

"포교놈들이 나번드기게 될 것은 정한 일인데 그놈들이 어리무던하게 그런 말을 믿겠습니까?"

"순이 할미가 번설할˙ 염려는 없겠나?"

"선생님께서 상급이나 후하게 주시구 그 위에 제가 잘 단속을 시키면 염려 없습니다."

"상급 후하게 주지. 순이 할미만 말조심하면 탄로날 구석이 없을 줄 아네."

"언 땅에 백힌 생나무를 뽑을 장사가 어디 세상에 많습니까? 그것을 꼬투리루 잡아가지구 수탐할는지 모르지요."

"그런 생각은 못하구 공연히 부질없는 짓을 했네그려."

"아니하시니만 못하나 그건 지금 와서 어떻게 할 수 없는 일이구, 색시 모녀나 잘 숨겨두두룩 하시지요."

"여기 두기가 조심스럽거든 광복으루 보내세."

"차차 봐가며 하십시다."

한온이는 목소리가 본래 굵지 않은 사람이라 말할 것 없고 꺽정이도 말소리가 건넌방에 들리지 않을 만큼 나직나직하였다.

한온이는 꺽정이의 일이 조심되어서 한첨지와 부자간 의논한 뒤에 순이 할머니와 집안 사람들을 일체로 말조심하라고 단속하고, 이목을 늘어놓아서 윤원형의 집 동정을 알아오게 하고, 또 심복을 시켜서 좌우포도청 소식을 날라오게 하였다. 우포청에서는 건정으로 염탐하나 좌포청에서 엄탐嚴探하는 줄을 알고 한온이는 꺽정이와 의논하고 과부 모녀를 광복산으로 치송하려다가 길에서 잡힐 염려가 불무不無하여 파의하고 꺽정이 있는 처소에서 다른 곳으로 데려다가 깊이 은신시켜 두었다.

어느 날 윤원형의 집에서 부정풀이굿을 시키려고 날짜 받아놓았다는 말을 듣고 한온이가 윤원형의 집 단골무녀를 뒤로 불러다가 말을 일러서 무녀가 굿을 할 때 죽은 차지의 말로 모든 것이 저의 죄요, 과부 모녀의 탓이 아니라고 의수하게 꾸며서 공수를 주게 하였다. 윤원형의 집 정경부인 마님 난정이가 그 무녀는 신통히 여기고 죽은 차지는 불쌍히 여기지 않는 까닭에 무녀의 공수가 난정이의 입을 거쳐서 윤원형의 귀에까지 들어가게 되었다. 수일 후 상참˚날 윤원형이 예궐을 늦게 하여 궐문 안에서 퇴궐하는 남치근을 만났는데, 남치근이 앞에 와서 문후하고 난 끝에 과부 모녀 수색하는 데 별반 방침이 있어야 할 것을 말하니 윤원형이 고개를 끄덕이고 아무 말 없이 빈청으로 가다가 중간에서 다시 남치근을 불러서 너무 요란하게 수색할 것은 없다고 말하였다.

● 번설(煩說)하다
떠들어 소문을 내다.
● 상참(常參)
의정을 비롯한 중신과 시종관이 매일 편전에서 임금에게 정사를 아뢰던 일.
● 사제(私第)
개인 소유의 집.

"요란하게 수색하지 말랍시면 잡을 가망이 적사온데 어찌하오리까?"

"잡히거든 잡구 안 잡히거든 고만두게그려."

"안 잡힌다구 고만두어두 좋소리까?"

"내가 좋다구 해서 잡을 걸 이때까지 안 잡았나?"

"황송하오이다."

남치근이 궐내에서 윤원형에게 미안한 말을 듣고 그날 밤으로 곧 사제˚에 대령하여 윤원형의 눈치를 살피는 중에 과부 모녀 잡기를 윤원형이 그다지 조이지 않는 줄 알고 슬그머니 비위가 틀려서 우포장 이몽린과 같이 우물쭈물도 하지 않고 내놓았던 포교들을 곧 다 거두어들이게 하였는데, 남소문 안에서는 남치근이 밤에 윤원형의 집에 왔다간 것을 알 뿐 아니라 궐내에서 윤원형과 만나서 수작한 것까지 모르지 아니하였다.

좌포청의 엄탐이 그친 뒤에 꺽정이와 한온이는 순이 할머니를 불러다가 색시 성례시킬 것을 공론하여 성례날까지 정해놓고 있는 중에 의외의 다른 일이 한 가지 생기었다.

꺽정이 앞에서 심부름하는 상노아이놈이 섣달에 의차˙ 받은 것을 오궁골 사는 저의 부모에게 갖다 주러 간 뒤 이틀이 지나도록 돌아오지 아니하였다. 아이놈이 가서 병이 났으면 그 부모가 기별이라도 할 것인데 아무 기별이 없었다. 한온이가 사람을 오궁골로 보냈더니 그 사람이 돌아올 때 아이의 부모가 다같이 따라와서

"그날 저녁밥을 먹여서 댁으루 보냈는데 댁에 안 오구 어디를 갔을까요?"

"그애가 저녁을 먹구 난 뒤 전에 없이 집에서 자구 싶다구 하는 것을 댁에서 기다리신다구 저의 어른이 쫓아보내다시피 했답니다."

하고 내외가 받고채기로 말하였다. 나이 열예닐곱 된 큰 아이놈이 방향 모르는 어린아이와 같이 길 잃어버릴 리도 없을 것이고 사내아이놈을 계집아이처럼 누가 붙들어갈 리도 없을 것이라 혹시 무슨 횡액에 걸려서 포도청 같은 데 잡혀가 갇히지 않았나 한

온이는 이리저리 생각하여 보다가 우선 그 부모를 안심시키려고
 "내가 사람들을 사방 내놔서 찾아봄세. 어디서든지 나오겠지."
하고 말하여 그 사람 내외를 돌려보내고 꺽정이에게 와서 아이놈의 일을 이야기하였다.

"그놈이 어디루 도망한 건 아니겠지?"

"도망할 까닭이야 없겠지요."

"자네 짐작에는 어디를 갔을 것 같은가?"

"짐작이 잘 나서지 않습니다. 혹시 횡액으루 포청에 때어가지 않았나 의심이 들 뿐입니다."

"만일 포청에 때어갔으면 당치 않은 일까지 횡설수설하지 않을까?"

● 의차(衣次) 옷감.
● 경난(經難) 어려운 일을 겪음.

"그놈이 위인은 똑똑하지만 경난\*이 없어서 포교들 손에 걸리면 횡설수설할는지두 모르지요."

"포청에 얼른 알아보게."

"저의 집에 닥치는 일이 있으면 미리 통기해줄 사람이 있습니다."

"그것만 믿구 있을 일이 아닐세."

"오늘 밤으루 알아볼라구 생각합니다."

"오늘 밤이니 무어니 할 것 없이 지금 당장 알아보게."

"선생님, 산니뭇골 일이 염려되시는가 봅니다그려."

"저런 사람 보게. 내가 내 일 때문에 염려하는 줄 아나? 향일에 남치근이가 포교들을 뻔질 내돌릴 때두 자네 집에 누를 끼칠

까 봐 염려는 했지만 내 몸을 염려한 일은 없네. 나는 언제든지 한몸 떨구 일어서면 고만일세."

"저두 잘 압니다."

"잘 아는 사람이 그따위 소리를 한단 말인가?"

"선생님께서 하두 재촉하시기에 실없이 한마디 했습니다. 용서하십시오."

"첫째, 아이놈 일이 궁금하지 않은가? 속히 알아보게."

"지금 나가서 곧 알아보두룩 하겠습니다."

좌우포청 여러 간間에 상노아이놈이 없는 것은 한온이가 그날로 즉시 알아보았고 이튿날부터 여러 사람을 각처로 내놓아서 아이놈의 종적을 찾는데, 노밤이는 상노아이와 정이 든 까닭에 저대로 큰길에 나가서 아무나 붙들고 키가 얼마쯤 되고 얼굴이 어떻게 생긴 아이놈을 못 보았느냐고 묻다가 가끔 핀퉁이까지 맞으면서도 아침부터 저녁까지 쉬지 않고 돌아다니었다. 사흘 동안 사방 찾아도 종적이 없어서 아이놈이 죽지 않았는가 의심하는 사람이 생기기 시작하였다. 사흘 되던 날 저녁때 한온이가 꺽정이에게 와 앉아서 아이놈의 일이 괴상한 것을 말하는 중에 홀제 여러 사람의 신발소리가 들려서 방문을 열어보니 여편네 하나가 진둥한둥 앞서 들어오고 그 뒤에 사내 네댓이 따라들어왔다.

여편네는 상노아이의 어미요, 사내들은 상노아이의 아비와 사랑에 있는 부리는 사람인데 상노아이의 아비도 죽을상이거니와 상노아이의 어미는 얹은머리가 흐트러지고 입은 옷이 흘러져서

평일에 머리 곱게 얹고 옷매무새 얌전히 하던 여편네와 딴사람 같았다. 한온이가 방에서

"웬일들인가?"

하고 묻는 것에 대답 안 할 뿐외라 그 서방이 뒤에서

"어디루 들어가나? 밖에서 말씀 여쭙구 가세."

하고 이르는 것도 들은 척 안 하고 상노아이의 어미는 방안에 들어와서 한온이 앞에 주저앉으며 목쉰 소리로

"우리 아들 찾아주시우."

하고 지다위하듯* 말하였다.

"대체 웬일인가?"

하고 까닭을 물어도

● 지다위하다
남에게 등을 대고 의지하거나 떼를 쓰다.

"우리 아들 찾아주시우."

가 대답이요,

"찾아줄 테니 염려 말게."

하고 위로조로 말하여도

"우리 아들 찾아주시우."

가 대답이라 한온이는 어이가 없어 물끄러미 상노아이의 어미를 바라보는 동안에 꺽정이가 밖에 섰는 그 서방을 내다보며

"아들의 종적을 알았나?"

하고 물었다.

"그놈이 보쌈에 잡혀간 것 같습니다."

꺽정이가 다시 자세한 말을 묻기 전에 한온이가

"보쌈에 잡혀갔어?"

하고 소리를 지르며 밖을 향하고 돌아앉았다.

"네, 그런 듯한 의심이 듭니다."

"의심 드는 걸 자세히 좀 이야기하게."

"그날 저녁 땅거미 지난 때 아이놈 하나가 야주개 큰길루 내려가는데 장정 몇놈이 어디서 뛰어나와서 제잡담하구 홑이불 같은 걸루 싸서 승교바탕에 담아가지구 모전˚ 뒷길루 갔답니다. 저의 동네 사는 의녀가 병가病家에 갔다오다가 이것을 보구 와서 이야기하드라기에 저의 내외가 가서 자세 물어본즉 그 말하는 아이놈이 제 자식놈과는 같지 않은 데두 많습니다. 우선 키부터 자식놈버덤 훨씬 큰 양으루 말하구 의복이라든지 걸음걸이라든지 모다 자식놈과 틀리게 말합디다. 그러나 날짜가 맞구 시각이 근사해서 의심이 듭니다."

하고 말을 한번 끊었다가 다시 이어서

"그것의 어미는 오늘 식전에 의녀에게 가서 이야기를 듣구 오는 길루 이때까지 께께 울다가 왔습니다. 꼴을 좀 보십시오. 영락없이 상성한 사람입니다."

하고 말하는 중에 방안의 계집이 한숨을 터지게 쉬더니 방바닥을 치면서

"아이구 이놈아, 어딜 갔느냐? 살았느냐 죽었느냐. 네가 죽었거든 나마저 데려가거라."

하고 넋두리하는데 목이 가라앉아서 넋두리도 잘하지 못하였다.

격정이가 한온이를 보고

"전에 내 자형 되는 사람이 보쌈에 죽을 뻔한 일이 있었거니."

하고 말을 내어서 한온이가

"죽을 뻔했으면 죽지는 않았습니다그려."

하고 뒤를 달았다.

"죽지 않구 살아왔네."

"그건 희한한 일입니다."

"사람의 명이란 알 수 없는 것일세. 보쌈에 들어서 죽지 않을 수두 있지."

"옛이야기루는 보쌈에 잡혀갔다가 아주 장가를 들어가지구 잘 산 사람두 있답디다."

상노아이의 어미가 이야기에 귀를 기울이다가

● 모전(毛廛)
과물전. 과실을 파는 가게.

또 먼저와 같이

"우리 아들 찾아주시우."

하고 한온이에게로 바싹 대어들었다. 한온이는 선뜻 계집더러

"찾아줌세."

하고 말한 뒤에 곧 고개를 밖으로 돌리고

"모전 뒤루 가는 건 누가 봤다든가?"

하고 물으니

"그 의녀가 얼마 동안 뒤를 쫓아가 봤드랍니다."

하고 상노아이의 아비가 대답하였다.

"내가 잘 탐지해볼 테니 자네 내외는 집에 가 있게."

"제가 말씀을 여쭈러 오려는데 그것의 어미가 먼저 앞질러 뛰어왔습니다."

계집과 같이 온 것을 발명한 뒤 계집더러 가자고 나오라고 하여도 계집은 잘 일어나려고 하지 아니하였다. 한온이가 이것을 보고 먼저

"너희들은 왜 죽 들어와 섰느냐. 무슨 구경이 났느냐!"
하고 부리는 사람들을 꾸짖어서 내보내고 그다음에 상노아이의 어미를 살살 달래서 그 서방과 같이 돌려보냈다.

보쌈이란 대개 기구 있는 집 안부인네가 자기의 딸이나 손녀의 과부 될 팔자를 미리 때워준다고 남의 집 자손을 잡아다가 혼인하는 시늉을 내고 곧 귀신 모를 죽음을 시키는 일이니 안팎 하인 몇사람만 입을 봉하면 한집안에서도 알지 못하는 수가 많다. 이런 일이 뉘 집에서 난 것을 알자면 먼저 의심나는 집을 점찍어놓고 그다음에 그 집 속내를 파보아야 할 것이다. 한온이가 꺽정이와 의논한 뒤 자기 집에 다니는 매파, 수모, 무당, 판수, 상쟁이, 사주쟁이들을 하나씩 둘씩 꺽정이 처소에 불러다 놓고 남북촌과 중바닥에 큰집 지니고 당혼감 규수 두고 그리고 내주장인 집을 물어보다가 서울 안에서 유수한 양반의 집에 그런 집이 의외로 많은 것을 알고 모전 근방을 지정하고 물어보는 중에 모교 북쪽 천변에 사는 원계검元繼儉 원판서 집이 어느 매파의 입에서 들춰났다. 그 매파는 원판서 집 일을 잘 알아서 한온이가 캐어묻는 말에 상세하게 대답하였다.

"원판서의 딸이 나이 몇 살인가?"

"지금 갓 스물이오."

"시색 좋은 재상가에서 어째 딸을 과년하두룩 두었을까?"

"당자의 팔자가 험한 건 인력으로 하는 수 없는 모양입디다."

"색시가 어디 병신인가?"

"병신이 다 무어요? 아주 이쁘게 잘생겼소."

"그런데 어째 나이 이십 되두룩 여의지 못했을까?"

"처음에 용인 이승지 영감의 손자하구 혼인을 정했다가 신랑감이 톡 죽어버려서 까막과부˚가 되고 그다음에 다시 함춘동 황참의 영감의 아들하구 혼인을 정했는데 황참의 영감 상사가 나서 지금 대삼년하는 중이라오."

"까막과부에 대삼년에 참말 팔자 험한 색시로군."

"그뿐만이면 오히려도 좋지만 아직 두 번이 더 남았다오."

"무에 두 번이 더 남았단 말인가?"

"색시의 팔자가 어떻게 험한지 세 번 과부 된 뒤에라야 잘살 수 있으리라고 한다오. 개가를 큰 흠절로 치는 양반의 댁 따님으로 세 번씩 과부 될 수 있소? 그러니까 까막과부로 팔자땜을 하는 모양인데 세 번 과부가 팔자에 매였다면 아직두 두 번이 더 남지 않

● 수모(手母)
예전에, 남의 집에 살면서 잔치다꺼리를 하던 여자.

● 중바닥 '중촌(中村)'을 낮잡아 이르던 말. 중촌은 중인들이 살던 서울 성안의 한복판으로 지금의 을지로와 종로 사이에 해당한다.

● 당혼감 혼인할 나이가 된 처녀나 총각.

● 내주장(內主張)
집안일에 관하여 아내가 자신의 뜻을 내세움.

● 모교(毛橋) 조선시대에 과일을 팔던 '모전'이 형성되어 있던 다리.

● 까막과부 정혼한 남자가 죽어서 시집도 가보지 못하고 과부가 되었거나, 혼례는 하였으나 첫날밤을 치르지 못하여 처녀로 있는 여자.

았소."

"원판서 내외가 기막히겠네."

"원판서 대감은 어떠신지 몰라도 그 댁 정부인 마님은 노상 시름 속에 묻혀서 지내시지요."

"원판서 집에서 근래 보쌈을 한 일이 있다드니 참말인가베."

"당치 않은 말씀 하지 마시오. 댁에 있는 상노놈이 보쌈에 죽었다고 말들 합디다. 그러나 나는 믿지 않소. 전부터 사내 하나가 어디로 가서 종적이 없어지면 보쌈에 잡혀갔다고 떠듭니다. 호랭이에게 물려간 것도 보쌈, 제 발로 도망간 것도 보쌈, 보쌈이 흔하기도 하지요. 사람 모인 구경터에 아이 안 낳는 때 있습디까. 대개 그나 마찬가지예요. 고래 적 같으면 모르지만 지금같이 밝은 세상에 섣불리 그런 짓 하다가 집안을 망하게요? 혹시 하고 싶은 사람이 있드래도 좀처럼 엄두를 내지 못할 줄 아오."

"자네 말두 근리하나 이번 원판서 집에서는 엄두를 낸 모양인데. 자네는 그래 소문두 못 들었나?"

"그런 소문 못 들었소."

"소문이 참말인가 아닌가 자네 그 집에 가서 눈치를 좀 보게."

"눈치 보긴 어렵지 않지만 내 생각에는 그런 일이 있을 것 같지 않소. 그 댁 마님이 따님 때문에 하두 성화를 하시니까 누가 그런 말을 지어낸 게지."

"그런지두 모르지."

한온이가 그 매파를 보낸 뒤에 걱정이를 보고

"원계검의 집이 의심쩍지요?"

하고 의견을 물으니 꺽정이는 곧

"의심쩍은 게 다 무언가? 영락없이 그놈의 집에서 한 짓일세."

하고 잘라 말하였다.

"인제 속내를 파봐야 할 텐데 어떻게 파보면 좋을까요?"

"그놈의 집 하인을 몇놈 잡아다가 족쳐보세."

"글쎄요, 그러자면 너무 왁자할걸요."

"왁자할 것두 별루 없지만 설혹 좀 왁자하기루 어떤가?"

한온이는 왁자하게 하지 않을 도리를 생각하느라고 고개를 숙이고 말대답이 없었다.

한온이가 한참 만에 고개를 치어들고서

"그 집 하인을 주식酒食이나 재물루 꾀어서 말을 시켜보지요. 이것이 잡아다가 족치는 것버덤 나을 것 같습니다."

하고 말하니 꺽정이는 고개를 천천히 가로 흔들며

"내 생각엔 나을 것 같지 않은데."

하고 시원치 않게 대답하였다.

"왁자하지 않을 테니 낫지 않습니까?"

"여간 꾀임에 빠져서 그런 말이 나올까?"

"말이 나오두룩 꾀일 만한 사람을 골라서 시키지요."

"정히 친한 사이면 그런 말두 혹시 나올는지 모르지. 그렇지만 친한 친구를 꾀임에 빠뜨릴 놈이 어디 있을까?"

"주식과 뇌물이 들면 서름서름한 사이라두 친하게 만들거든

요."

"그러자면 시일이 많이 걸리겠네."

"술잔이나 나눌 만한 터수면 시일두 별루 걸리지 않을 겝니다. 지금 제가 생각하기는 원계검이가 이량이와 가깝게 지내는 처지라 하인들끼리두 자주 만날 터이니까 이량의 집에서 구종 노릇하는 사람을 불러다가 시켜볼까 합니다."

"아무러나 자네 생각대루 해보게."

"이래 봐서 잘 안 되거든 잡아다가 족치지요."

"그래두 좋겠지."

한온이가 이량의 집에 들어가 있는 부하를 불러다가 상노아이가 모교 원판서 집 보쌈에 죽은 형적이 있는데 시체나 찾았으면 좋겠으니 그 집 하인 중 그런 심부름할 듯한 사람에게 주식과 뇌물을 먹여서 시체 버린 곳을 알아오라고 이르고 상목을 수십 필 주어 보냈다. 불과 수일 후에 그 부하가 다시 와서 원판서 집 하인 서너 사람을 붙들고 삶는데 상목이 부족하다고 말하여 한온이는 그 부하가 남용하는 줄까지 짐작 못하지 않으면서 상목을 아주 한 동으로 채워주었다. 꺽정이가 산림골 색시와 초례를 지내고 또 남성 밑에 조그만 집 하나를 사서 새살림을 차리는데 한온이가 모든 것을 주선하여 주느라고 날마다 분주하여 그 부하가 두번째 상목을 가져간 뒤 칠팔일이 지나도록 재촉 한번 아니하고 상노아이의 부모가 아들의 일을 물으러 오면 번번이

"가만있게. 조금만 더 참게."

하고 말하여 돌려보냈다. 어느 날 다저녁때 그 부하가 와서 원판서 집 보쌈에 죽은 아이가 모랫말(沙村) 우사장 이러이러한 데 묻혀 있다는 것을 말하고 원판서 집 하인의 입에서 이 말을 파내느라고 이만저만하게 애쓴 것을 이야기하였다.

"어째 하필 모래에 갖다 묻었을까. 거짓말이 아닐까?"

"거짓말은 아닌 줄 압니다. 얼음에 구멍을 뚫구 강에 집어넣으려구 갔는데 동이 환하게 터서 얼음 위에 낚시꾼이 여기저기 보이는 까닭에 강에까지 나가지 못하구 모래사장에 파묻구 왔다구 말합디다."

"말 들은 사람이 같이 가야 자리를 찾기 쉬울 테니 내일 낮에 틈 좀 내가지구 내게루 오게."

"그렇게 해보겠습니다."

이튿날 낮에 한온이와 꺽정이가 이량의 집 구종과 노밤이와 그 외의 몇사람을 데리고 모랫말 우사장에 나와서 시체를 찾는데 이러이러한 데라고 말 들은 것이 있건만 사장의 목표가 분명치 못하여 한동안들 헤매는 중에 한 곳에 꽉꽉 밟은 발자국이 남아 있어서 그곳을 시험삼아 파보았다. 한 자 깊이쯤 들어가서 괭이질하는 사람이 괭이 끝에 마치는 것이 있다고 말하더니 거미구에 옷이 내다보이고 뒤미처 시체가 드러났다. 그 시체를 파내놓으니 한온이는 외면하고 꺽정이는 언짢아하고 노밤이는 외눈에서 닭의똥 같은 눈물이 뚝뚝 떨어졌다.

상노아이의 부모가 아들의 시체 찾았다는 기별을 듣고 강변으로 쫓아나오는데 그 아비는 한 걸음이라도 빨리 오려고 지름길로 올 줄까지 알았지만, 그 어미는 어디로 어떻게 오는지도 모르고 먼 줄만 알아서 먼 길로 끌고 온다고 붙들어주는 서방을 핀잔하였다. 그 어미가 사장에 와서 시체를 보고는 곧 펄썩 주저앉아서 몸부림을 치며 울었다. 여러 사람이 붙들고 말리는데 적이 정신을 차려서 죽은 자식 얼굴이나 보겠다고 시체 옆에 가서 덮어놓은 것을 치어들고 들여다보더니 바로 고개를 딴 데로 돌리고 슬멋슬멋 뒤로 물러나왔다. 눈 뜨고 입 벌린 얼굴을 보고 고만 정이 떨어진 것이었다. 그 뒤에는 별로 울지도 못하고 넋 잃은 사람같이 멍하니 앉아 있었다.

시체를 문안으로 들여오지 못하고 문밖에서 집을 잡고 치상하여 아주 매장은 안 하고 우선 초빈하여 두는데 한온이와 꺽정이가 각각 우후하게˚ 부의를 주어서 훌륭한 수의로 염도 하고 좋은 판재로 관까지 썼다. 그 어미는 한번 정이 떨어진 뒤로 시체 근처에 가기를 싫어하여 염하는 것도 보지 않고 입관하는 것도 보지 않고 초빈하는 데도 따라가지 아니하였다. 그러나 슬픈 것은 창자 굽이굽이 맺히고 원통한 것은 뼈 마디마디에 박혀서 원수를 못 갚고는 못 살 것같이 날뛰었다. 그 아비 역시 불쌍히 죽은 자식의 원수를 갚고 싶은 마음이 속에 가득한 중에 더욱이 계집에게 부대껴서 정장질˚을 해보려고 작정하고 한온이에게 와서 조력하여 달라고 청하였다.

"셋줄이 든든한 시임 형조판서를 걸어가지구 정장해서 일이 될 것 같은가? 일두 안 되구 욕만 보기 쉬웨. 내가 조력해서 일이 될 것만 같으면 자네가 와서 청하기를 기다리구 있겠나. 벌써 정장질하라구 가르치기라두 했지."

　사내는 한온이의 말을 옳게 듣고 가서 정장질 안 하려고 하는 것을

　"정장질 안 하면 칼 가지구 가서 원수를 갚을 테요. 죽는 놈도 있는데 욕볼 것이 겁난단 말이오? 겁나거든 고만두오. 내가 하리다."

계집이 사살을 퍼부어서 마침내 정장질을 하게 되었다. 사내가 소지를 들고 먼저 포청으로 갔더니 포청에서는 형조로 가라고 받지 않고 형조에는 가야 받아줄 리 없어서 나중에 대사헌이 거리에 나왔을 때 노상에서 바치었다. 대사헌 이감李戡이 이량의 패로 원계검과 사이가 막역인 것을 모르고 무슨 좋은 처분이 내릴까 바라다가 흑의자락에 바람이 나는 사헌부 나장들에게 끄들려가서 소지의 사연이 주작부언*이라고 초사를 올리기까지 볼기를 여러 차례 맞고 멀쩡한 사람이 병풍상성病風喪性한 놈 소리를 듣고 등 밀려 쫓겨나왔다.

* 우후(優厚)하다
다른 것에 비하여 썩 후하다.
* 정장질
관청에 소장을 내는 일.
* 주작부언(做作浮言)
터무니없는 말을 지어냄.

　사내가 정장질하다가 볼기만 죽도록 얻어맞은 뒤에 계집이 한온이에게 쫓아와서 덮어놓고 자식의 원수를 갚아내라고 부득부득 졸랐다. 한온이가 계집더러

　"어떻게 하면 원수를 갚을 수 있겠나? 원수 갚을 도리를 자네

가 가르쳐주게."

하고 말하니 계집은 서슴지도 않고

"원가의 집안을 도륙내주세요."

하고 대답하였다.

"그건 내 힘으루 할 수 없네."

"집안을 도륙낼 수 없으면 그 기집애년 하나만이라도 죽여주세요."

"그것두 내 힘으루 할 수 없구."

"원수를 갚아주실 맘이 없는 게지 어째 할 수 없세요?"

"내가 원판서 집 안에 뛰어들어가서 색시를 죽이고 올 만한가? 자네는 나를 퍽 담대한 사람으루 봤네그려."

"누가 친히 가줍시사 말입니까. 댁 문하에 드나드는 사람이 작히 많겠습니까?"

"그런 일 할 만한 사람부터 물색해놓구 이야기하세."

한온이가 섣불리 뒤에 이야기하자고 말 한마디 한 탓으로 계집에게 성화를 받게 되었다. 계집이 연일 오기도 하고 하루 걸러큼 오기도 하는데 한온이가 하루는 계집을 조용히 불러가지고

"이 사람 저 사람 생각해봐야 내 집 사람 중에는 그런 큰일을 할 만한 사람이 없구 우리 선생님 임선다님이 만일 하시러 들면 하실 수가 있는데 내 말만 듣구서는 움직이실 것 같지 않으니 자네가 먼저 정성스럽게 졸라보게."

하고 말하여 성화거리를 슬그머니 꺽정이에게로 떠밀었다.

꺽정이가 색시장가를 들어서 새로 살림까지 차렸건만 전과 같이 한첨지 집에서 유숙하고 식사하였다. 꺽정이는 새집으로 아주 옮겨갈 의사도 없지 않았으나 거처 음식이 불성모양˚일 것을 염려하여 한온이가 지성으로 붙들어 못 가게 한 것이었다. 그러나 꺽정이가 매일 밤에 가서 자고 올 뿐 아니라 낮에 가서 앉았다 오는 까닭에 처소에 있을 때보다 없을 때가 더 많았다. 한온이가 계집에게 성화를 받다 못하여 색책으로 말하는 것을 계집은 짜장 좋을 도리를 일러주는 것으로 듣고 즉시 꺽정이의 처소로 쫓아왔다. 꺽정이가 마침 처소에 없는 때라 계집이 빈 안방문을 열어보고 방에 들어가 앉아 있을까 집에 갔다가 다시 올까 자저하는 중에 건넌방에 혼자 들어 엎드렸던 노밤이가 소리없이 방문을 열고 내다보며

• 불성모양(不成模樣) 모양이 제대로 이루어지지 아니함.

"아주머니 왔소?"

하고 말을 붙여서 계집은 곧 건넌방 앞으로 다가섰다.

"선다님이 어디 출입하셨소?"

"우리 선다님이 요새는 밤낮 뻔질 가시는 데가 있다우."

"가시는 데가 어딘지 좀 여쭤올 수 없소?"

"조금 있으면 오실 게니 여기 들어와서 기다리시구려."

계집이 싫단 말 않고 건넌방에 들어와서 문 앞으로 앉으니 노밤이가 앞에 있는 화로의 불을 헤쳐놓으며

"이리 와서 불 쪼이시우."

하고 화로 가까이 오라고 권하였다.

"나는 불 쪼일 생각이 없소."

"칩지 않으시우?"

"녜."

"오늘 같은 치운 날 치운 줄을 모르면 장사시우."

"자식 잃은 뒤루 종일 밖에서 살아야 별루 치운 줄두 모르구 두세 끼 밥을 굶어야 배고픈 줄두 모르우."

"지금은 속에 불덩이가 들어앉아서 모르지만 뒤에 해가 날 테니 몸조심하시우."

"몸조심해서 오래 살구두 싶지 않소."

"살구 싶지 않다구 산 목숨을 어떻게 억지루 끊소. 내가 일전 밤 꿈에 그애를 만나봤는데 꿈이 하두 영절스러우니 이야기 좀 들으실라우?"

"내 자식을 꿈에 만나봤단 말이오?"

"녜, 이리 와서 불 쪼이며 이야기를 들으시우."

계집이 화로 옆으로 다가앉았다.

"아주머니두 아실는지 모르지만 내가 거의 두 달 동안 그애하구 한이불 속에서 뒹굴었소. 저두 내게 정이 들구 나두 제게 정이 들었는데 죽은 뒤루 꿈에두 한번 보이지 않아서 사람이 죽구 보면 이렇게 매정스러운가 나는 혼자 한숨지은 때가 많았소. 그랬드니 엊그저께 밤 꿈에 그애가 왔겠지요. 꿈에두 생시에 먹은 맘이 있어서 붙들구 매정스럽다구 사살하니까 그애가 저승 일이 끝나거든 오려구 그동안 안 왔다구 말하구 오늘 염라대왕께서 저를 불러서 너는 인도환생을 시킬 텐데 원통하게 죽은 것이 불쌍해서 특별히 생각하구 사흘 동안 세상에 나가 돌아다닐 기한을 줄 것이니 사흘 안에 네가 태어나구 싶은 집을 맘대루 골라서 가게 해라 분부하셨다구 말합디다."

"어째 내게는 와서 그런 말을 아니했을까요?"

"그렇지 않아두 그애가 말합디다. 우리 어머니가 하두 나를 못 잊어하는 모양이라 다시 아들루 태어나려구 집에를 갔다가 아버지의 끙끙 앓는 소리가 듣기 싫어서 들어가지 않구 노서방보구 부탁하려구 바루 쫓아오는 길이오 하기에 무슨 부탁이냐구 묻지 않았겠소? 그애 말이 내가 사흘 안에 어떻게든지 다른 사람 없는 때 우리 어머니를 이리 뫼시구 올 테니 내 이야기를 자세히 하시우 하구 지재지삼 부탁합디다. 나는 꿈을 허사루만 여기구 믿지 않았드니 지금 아주머니가 오신 걸 보니 가슴이 뜨끔하우. 꼭 그애가 뫼시구 온 것 같구려."

계집이 어리석은 탓으로 노밤이의 꿈 이야기에 속아서 죽은 자식의 환생 부탁을 저버리지 않으려고 노밤이에게 한번 몸을 허락하였다.

계집이 노밤이와 같이 앉았기가 새삼스럽게 서먹서먹하고 마주 보기가 갑자기 면난스러워서 가려고 일어섰다.

"선다님 안 보구 가실라우?"

노밤이가 묻는 말에 변변히 대답도 않고 건넌방에서 나와서 신발을 신는 중에 꺽정이가 밖에서 들어왔다.

"자네가 어째 왔었나?"

"선다님을 보이러 왔습니다."

"나를 보러 왔어? 무슨 할 말이 있나?"

"조용히 보입구 청할 말씀이 있습니다."

"그럼 방으루 들어가세."

계집이 꺽정이의 뒤를 따라 안방에 들어가서 앉은 뒤에 꺽정이가 먼저

"자네 남편 일어났나?"

하고 물으니 계집은

"웬걸요. 아직 일어앉지두 못합니다."

하고 대답하였다.

"참말 몹시 맞은 겔세그려."

"맞기두 몹시 맞았지만 사람이 워낙 약해서 그래요."

"의원은 보겠지?"

"동네 있는 의녀가 와 봐줍니다."

"의녀가 아무래두 사내 의원만 못할 테니 고명한 사내 의원 하나를 청해다 보이게."

"그 의녀는 한동네서 살구 저희를 불쌍히 여겨서 공히 봐주다시피 하지만 다른 의원이야 어디 그렇게 됩니까?"

"치료에 드는 부비는 내가 젊은 주인하구 의논해서 넉넉히 보내줌세."

"황송합니다."

"지금 곧 젊은 주인께 가서 내가 오시란다구 말하게."
"선다님께 청할 일이 한 가지 있는데 말씀하오리까?"
"치료 부비 말구 무슨 다른 청이 있나?"
"치료 부비를 줍시사구 청하러 온 게 아니올시다."
"그럼 내게 청할 일이 무언가?"
"죽은 자식의 원수를 좀 갚아주십시오."
"원수를 갚아달라니 어떻게 갚아달란 말인가?"
"원가놈의 집을 통이 도륙내주시거나 그렇지 못하면 그 집 딸년 하나만이라두 죽여주십시오."
"내가 아직은 사람을 죽이라구 형조나 포청에 분부할 힘이 없네. 이다음에 혹시 그런 힘을 가지게 되거든 그때 와서 말하게."
꺽정이가 껄껄 웃었다.
"선다님 같은 양반이 그까짓 기집애년 하나를 못 죽이시겠습니까. 죽이실라면 죽이실 수 있는 걸 제가 다 알구 와서 청하는 게올시다."
"죽일 수가 있구 없구 간에 그 청은 못 듣겠네."
꺽정이가 눈살을 찌푸렸다.
"원통하게 죽은 놈이 불쌍하지 않습니까?"
"아무리 불쌍해두 그 청은 못 들어."
"제발 한번만 다시 생각해주십시오."
"쓸데없는 잔소리 말게."
꺽정이가 눈을 곱지 않게 떴다.

"선뜻 허락하시면 잔소리를 할 리가 있습니까?"
"고만 가게."
"허락하시는 말씀을 들어야 가겠습니다."
"무엇이 어째!"

껙정이가 언성을 높이었다. 계집이 앉은 자리에 엎드려서 울음을 내놓기 시작하니 껙정이가 일어나서 번쩍 들어 방문 밖에 내놓았다.

노밤이가 건넌방에서 나와서 계집을 울지 말라고 말리는데
"임자나 내 자식의 원수를 갚아줄라우?"
하고 계집이 징징거리니
"갚아드릴 테니 염려 마우."
하고 노밤이는 희떱게 허락하였다. 껙정이가 방안에서
"미친놈, 쓸데없는 아가리 놀리지 마라!"
하고 소리질러서 노밤이가 움찔하는 것을 계집이 보고 악이 나는 바람에 방문을 열어젖히며
"당신이 못 해주거든 가만하나 있지 왜 남이 해준다는 것까지 헤살˙이오?"
하고 방자스럽게 말한즉 껙정이 입에서 벼락같은 호령이 나오지 않고 어이없는 웃음이 나왔다. 껙정이가 말 한마디 않고 한참 동안 있다가 예사 말소리로 노밤이를 불러서 젊은 주인을 청하여 오라고 일렀다. 계집이 방문 밖에 퍼더버리고 앉아서 넋두리를 해가며 울며불며하는 중에 한온이가 와서 나무라고 타일러서 울

음을 그쳐놓고 방으로 들어오는데

"아주 보내구 들어오게."

하고 꺽정이가 말하였다. 한온이가 다시 계집에게 가서 조용히 할 말이 있다고 문밖으로 끌고 나가더니 쉽사리 보내고 들어왔다.

"그 기집에게 나는 오늘 봉변했네."

꺽정이 말에 한온이가 대번에

"제가 선생님께 미안합니다."

하고 대답하였다.

"자네가 시켰나?"

"그 기집이 하두 성화를 바치기에 우리 선생님께나 가서 청해 보라구 실없이 한마디 했습니다. 제가 곧 쫓아올 • 헤살 일을 짓궂게 방해함. 것인데 아버지께서 셈 맞춰볼 것이 있다구 붙드셔서 못 왔습니다."

"그럼 자네가 날 봉변 준 셈일세."

"죄송합니다."

"그 기집이 날 욕하구 가든가?"

"욕이 무업니까. 내일 와서 석고대죄한다구 말하구 갔습니다."

"그것두 자네가 시킨 게지. 자꾸 오면 성가신 걸 그렇게 시킨단 말인가? 그 서방 치료시킬 부비나 내 셈속으루 보내주구 다시 오지 말라게."

"오지 말래두 제 발루 오는 걸 어떻게 합니까?"

"자네두 내가 그 기집의 청 들어주기를 바라는 모양인가?"

"아니올시다. 상성한 기집의 청을 들어줍시사구 할 리가 있습니까."

"그럼 그 기집이 오드래두 자네가 맡아서 쫓아보내게."

껵정이와 한온이의 수작하는 말을 노밤이가 밖에서 다 들었다.

이튿날 식전 껵정이가 새집에서 자고 오기도 전에 계집이 공석 한 닢을 가지고 와서 마당에 깔고 엎드리는데 노밤이가 보고 쫓아나왔다.

"아주머니, 찬 땅에 이게 무슨 짓이오?"

"선다님께서 청을 들어주시두룩 내가 종일이라두 여기 엎드렸을 테요."

"고만두구 일어나시우. 어제 선다님하구 젊은 양반하구 이야기하는 걸 들으니까 청을 들어주긴 썩 틀렸습디다."

"젊은 양반이 권해두 선다님은 일향 못 들어주겠다구 말합디까?"

"젊은 양반이 권하긴 권하는데 아주머니의 청을 들어주지 말라구 권합디다."

"그럴 리가 있소?"

"내 귀루 들었는데 그럴 리 있소가 무어요?"

"그럼 나를 속였군. 가서 한번 대판 씨름을 해야겠다."

계집이 일어나서 한온이의 큰집으로 쫓아가려고 하는 것을 노밤이가 붙들었다.

"나만 공연히 새중간에 찍혀 들어가지, 아주머니에겐 조금두 잇속이 없을 테니 고만두우."

"내가 젊은 양반을 끌구 와서 같이 선다님을 조르겠소."

"떡 줄 사람은 생각두 않는데 김칫국만 헛마시지 마시우."

"노서방, 대체 어떻게 하면 좋소? 참말 노서방두 할 수 있소?"

"나두 불쪽이 둘이지 하나 아니오. 그만 일을 못하구야 어떻게 갓철대를 이마에 붙이구 다니겠소."

"그럼 다 고만두고 노서방을 믿구 있을 테니 속히 해주시겠소?"

"그런데 내가 원가의 집안 지형을 잘 몰라서 좀 어렵소."

"지형이 무어요?"

"문이 어디루 나구 방이 어디루 붙구 더욱이 기집애 자는 처소가 어디 있는 걸 자세히 알아야 하지 않소."

이때 바깥방을 쓰는 사람들이 한첨지에게 아침 문안을 갔다가 돌아와서

"오궁골 아주머니, 식전에 웬일이오?"

"노서방, 죽집에 안 갈라나?"

"이 공석이 웬 게야?"

이 사람 한마디 저 사람 한마디 지껄이는 중에 노밤이는 계집을 보고

"선다님이 지금 안 기시니 갔다가 다시 오시우."

하고 말하며 외눈을 끔적끔적하였다.

이른 아침때가 지난 뒤에 꺽정이가 새집에서 왔는데 노밤이가

계집이 석고대죄하러 왔던 것을 이야기하고

"선다님께서 어디 가셨다구 말해서 쫓아보냈습니다. 어제 저녁때 시골서 급한 기별이 와서 총총히 떠나셨는데 언제 오실지 아직 모른다구 의수하게 꾸며 말했더니 곧이들으면서 그래두 미심한지 이따 낮에 다시 한번 와본다구 말하구 갑디다. 다시 올 테면 말을 말아야지 말까지 하구 가니 선다님께서 낮에 출입만 하시면 고만 아닙니까. 계집이란 도대체 오장육부에 구멍이 덜 뚫린 것들이에요."

하고 수월수월 지껄였다. 노밤이가 허무맹랑한 꿈 이야기로 계집을 농락하기는 건물생심으로 흉측한 마음이 난 것이요, 원수 갚아준다고 계집에게 장담하기는 배냇병신인 실답지 못한 천성이 시킨 것인데 실답지 못한 장담을 미끼삼아 다시 흉측하게 농락할 생각이 나서 계집은 다시 오라고 하여놓고 꺽정이는 출입하도록 하려고 거짓말을 참말같이 지껄인 것이었다. 이날 낮에 모든 일이 노밤이의 소원대로 되어서 꺽정이는 나가고 다른 사람은 오지 않고 계집은 와서 고분고분 말을 들었다.

노밤이가 죽은 상노아이를 남달리 생각하여 원수를 갚아줄 마음까지 없지 않지만 제 역량으로 재상가의 규중처녀를 살해할 엄두가 나지 않는 까닭에 그 어미에게 말은 선선히 하고도 뒤가 나서 원계검의 집 지형 알아볼 것을 핑계삼고 한번 두 번 미루어오는 중에 그 어미가 어디 가서 지형을 샅샅이 알아가지고 와서 자세히 일러주고 오늘 밤으로 곧 가달라고 백번 천번 간청하여 노밤이는 하릴없이 그리하마고 대답하였다. 계집이 간 뒤에 노밤이는 혼자 갖은 궁리를 다 하여보았다. 갔다가 성공을 못한 것처럼 속여볼까, 아주 뱃심을 부리고 내대어볼까, 숫제 어디로 피신하여 볼까 이것저것 모두가 신통치 못하고 꺽정이를 움직여보았으면 좋을 것만 같은데 어떻게 하면 움직일 수 있을까 종일 생각하였다.

이날 석후에 꺽정이가 새집에 가려고 나설 때 노밤이는 미리 의관을 정제하고 있다가 얼른 정하에 내려가서 밑도끝도없이

"저는 오늘 저녁에 선다님께 마지막 하직을 여쭙겠습니다."

하고 허리를 구부렸다.

"마지막 하직이라니, 무슨 소리냐?"

"오늘 밤에 제가 모교를 가기루 작정했는데 꾸중을 들을까 봐 말씀을 진작 여쭙지 못했습니다."

"모교를 가다니?"

노밤이가 다른 사람 없는 것을 번히 알면서도 사방을 휘 돌아보고 나서

"기집애를 죽이러 갑니다."

하고 나직이 말하였다.

"네가 원수를 갚아주기루 했단 말이냐?"

"네, 제가 요 전자前者 기집의 우는 것을 달래느라구 위로조루 말 한마디 하구 꾸중까지 듣지 않았습니까. 그때 그 말 한마디에 발목이 잡혀서 성가심을 받았는데 사내자식의 면목이 있어서 싫

구 좋구 되구 안 되구 모두 다 불계하구 일을 담당하구 나서지 않을 수 없이 되었습니다."

"그런데 마지막 하직이란 건 웬 소리냐? 기집애를 죽이구 다른 데루 도망할 작정이냐?"

"도망하게 될 것만 같으면 마지막 하직을 여쭐 것이 없습니다. 이리 와서 뵈입든지 광복 가서 뵈옵든지 다시 뵈입지요. 그렇지만 기집애를 죽이구 못 죽이구 간에 저는 십상팔구 잡힐 것 같은데 잡히면 죽는 목숨 아닙니까. 그래서 아주 마지막 하직을 여쭙는 것이올시다. 그런데 제가 잡혔다는 소문이 들리거든 선다님이시나 이 집 주인 양반이시나 얼마 동안 자리를 옮겨 앉으시두룩 하십시오. 제가 지금 맘을 먹기는 압슬, 포락炮烙을 당하드래두 함부루 말을 불지 않을 작정입니다만 혹시 정신을 잃은 중에 입에서 무슨 말이 나올는지 모릅니다. 매사가 불여튼튼 아닙니까?"

노밤이의 말할 때 태도가 전과 같이 뒤숭숭스럽지 않고 제법 침착하였다.

꺽정이가 물끄러미 노밤이의 얼굴을 바라보다가

"네가 알아볼 건 다 알아봤느냐? 우선 그 집 안팎길을 환하게 잘 알았느냐?"

하고 물으니 노밤이는 선뜻

"알아볼 수 있는 데까지 소상히 알아봤습니다."

하고 대답한 뒤 다시 이어 말하였다.

"그 집이 모교다리 북쪽 천변 첫 골목 안 남향대문집인데 대문

안에 들어서면 하인청과 행랑방들이 있구 대문과 마주 난 바깥중문 안에 들어서면 잡이간, 마구간, 광들이 있구 사랑 중문은 서편으루 꺾여 나구 안중문은 맞은편 층계 위에 드높게 매달려서 대문 밖에서 안중문이 곧게 들여다보입니다. 안중문간을 지나 들어서면 육간 대청이 남향으루 놓이구 안방이 동쪽이구 건넌방이 서쪽이구 건넌방 모퉁이에 사랑에서 드나드는 일각문이 있답니다. 안뒤는 훨씬 넓어서 서편으루 사당방채가 있구 동편으루 별당채가 있는데 별당채는 안방 뒤 광채와 비슷한 줄에 서향으루 놓였답니다. 별당채만두 조그만 여염집만 해서 안방이 이 칸, 마루가 삼 칸, 건넌방이 한 칸인데 별당 안방이 곧 그 처녀의 방이랍니다. 앞으루 대문, 바깥중문, 안중문을 지나서 안뒤에 있는 별당에까지 들어가는 건 애초에 엄두를 내지 못할 일이구 그 집 동편에 있는 막다른 실골목을 한참 들어가면 높은 담 안에 큰 배나무 선 데가 있는데 그 배나무가 별당 뒤에 백인 것이라니까 어떻게 그쪽 담을 넘어 들어갈 수밖에 없습니다. 그런데 별당에 상직꾼두 여럿이려니와 별당에서 소리를 치면 안방에 들리구 안방에서 큰소리를 지르면 사랑 수청방에 들리구 수청방에서 설렁을 치면 하인청 하인과 행랑방 낭속이 쏟아져 나오게 될 텐데, 만일에 밖으루 실골목 어귀를 막구 안으로 쫓아들어오면 옴치구 뛸 데가 없을 겝니다."

노밤이의 길게 말하는 것이 제가 안 것을 자랑하는 것도 같고 또는 꺽정이의 모르는 것을 가르쳐주는 것도 같았다. 꺽정이가

노밤이의 말을 끝까지 다 듣고 나더니

"가긴 가드래두 내일 내 말을 듣구 가거라."
하고 분부하였다.

"기집이 내일 식전에 하회를 알러 올 텐데 오늘 밤에 간다구 해놓구 안 가구 있으면 창피하지 않습니까?"

"기집이 내일 오거든 오늘 밤에 내 분부가 있어서 못 가구 일간 갈 텐데 하회를 뻔질 알러 다닐 것두 없으니 집에 가만히 앉아서 소문을 들으라구 일러 보내려무나."

"어디 그렇게 해봅지요. 그렇지만 좀 창피를 볼 것 같습니다."

꺽정이가 새집으로 가는 것을 노밤이는 문밖에까지 전송하고 들어올 때 싱글싱글 웃으면서

"바루 들어맞았다. 인제는 됐다, 됐어."
하고 혼잣말로 지껄였다.

이튿날 식전에 상노아이의 어미가 와서 노밤이는 전날 밤에 가지 못한 사정을 말하는데 꺽정이의 분부는 쑥 빼고 환도날에 녹이 나서 오늘 밤까지 갈아야 쓰겠다고 거짓말하여 속이었다. 그러고 노밤이는 꺽정이 입에서 분명한 말을 듣게 되기만 종일 바라고 있었다.

꺽정이가 이날 낮에 모교 원계겸의 집에 가서 대문 밖에서 들여다보고 동편 실골목 안에 들어가서 자세히 둘러보고 돌아오는 길에 한온이 큰첩의 집 앞을 지나오다가 마침 한온이를 만나 끌려들어가서 국수장국으로 점심 요기를 하게 되었는데, 그 자리에

서 이런 수작이 있었다.

"자네 선전관의 표신標信 같은 것을 하나 얻어줄 수 없겠나?"

"그건 무엇하실랍니까?"

"무엇에 좀 쓸데가 있는데, 쓸데는 나중 알게."

"언제 쓰실랍니까?"

"오늘 해전에 얻어주면 좋겠네."

"선전관의 표신과 꼭 같게 위조한 것이 큰집에 여러 개 있습니다. 한 개 갖다 드리지요."

꺽정이가 낮에 나간 것을 새집에 간 줄로만 짐작하는 노밤이는 꺽정이 오기를 잔뜩 기다리고 있다가 꺽정이가 온 뒤에 곧 앞에 나가서

"어젯밤에 오늘 들으라신 말씀은 무엇이오니까?"

하고 물으니 꺽정이는

"아직 가만있거라."

한마디 꾸짖듯 말하고 다른 말을 더 하지 아니하였다.

이날 밤에 꺽정이가 새집에 가지 않고 처소에서 잠을 잤다. 새집을 배치한 뒤 이십여일 동안에 두어 번 광복산에서 황천왕동이가 와서 같이 자느라고 못 가고 그외에는 밤마다 가서 자던 사람이 초저녁에 잠깐 다녀만 오는 것이 무슨 까닭이 있는 일인데 그 까닭이 별게 아닐 것이라 노밤이는 속으로

'옳지, 이 양반이 여기서 자다가 밤에 기집애를 죽이러 갈 작정이구나. 그런데 나더러 말 안 하는 게 웬일일까. 기집애 대가리

를 끊어가지고 와서 옛다 받아라 할 생각인가. 그렇지, 어둔 밤에 홍두깨 대신 사람의 대가리로 나를 놀래킬라는 게지.'
혼자 다 안 것같이 생각하였다.

　노밤이가 자리에 누운 뒤에 얼굴에 찬바람 끼치는 것이 싫어서 이불을 머리 위까지 뒤어쓰고 잠이 들어서 코를 골며 곤히 자는 중에 몸이 혁혁한 데 잠이 깨어서 눈을 떠본즉 껐던 불이 다시 켜지고 무서운 군관 하나가 눈앞에 서 있었다. 노밤이는 눈 뜨고 꿈꾸는 줄로 여겨서 눈을 도로 감고 배 아래에 내려가 있는 이불을 더듬어 끌어올리다가

　"눈까지 떠보구 도루 잘 테냐! 얼른 일어나거라!"
말소리가 꺽정이라 그제사 꿈질거리고 일어나 쪼그리고 앉아서 눈을 비비었다.

　"빨리 옷 입어라!"
　꺽정이의 말을 노밤이가
　"빨리 받아라!"
로 빗듣고
　"어디 있습니까?"
하고 꺽정이를 쳐다보았다.
　"무에 어디 있단 말이냐?"
　"기집애 대가리 말입니다."
　"저놈이 잠주정하지 않나. 정신을 얼른 못 차리겠느냐!"
　꺽정이가 발끝으로 앞정강이를 직신하여 노밤이는 깜짝 놀라

벌떡 일어서는데 허리띠 안 맨 바지를 붙들지도 않아서 껍데기가 홀딱 벗어졌다.

"저게 무슨 꼴이냐?"

"녜녜, 옷을 입겠습니다."

노밤이가 주저앉아서 바지를 치키고 버선을 신고 허리띠, 대님까지 매고 다시 일어선 뒤에

"지금 나하구 같이 가자."

하고 꺽정이가 말하니 노밤이는 얼떨떨하여

"어딜 가시렵니까?"

하고 물었다.

"어딜 가다니, 네가 간다는 데를 같이 가잔 말이다."

"선다님 혼자 가시지요."

"저놈 보게. 저 혼자 보내기가 염려돼서 같이 가자니까 되려 나더러 혼자 가란 말이냐?"

"선다님께서 가시면 고만이지 제야 가서 무어합니까?"

"네가 갈 맘이 없으면 나두 고만두겠다."

"아니, 가겠습니다. 가서 망이라두 봐드리겠습니다."

"갈 테거든 얼른 군사 복색을 차리구 나서라."

군관이나 군사의 복색을 차리는 것은 야순 도는 군사에게 잡히지 않으려는 것인 줄 꺽정이가 말 아니하여도 노밤이는 짐작 못하지 아니하였다.

선전관 복색을 차린 꺽정이가 군사 복색을 차린 노밤이를 데리

고 밤중의 인적 그친 큰길을 아무 거침없이 지나서 모교 천변을 아래서 끼고 올라오다가 원계검의 집 동쪽 실골목을 잡아 들어섰다. 실골목 안은 큰길이나 천변보다 훨씬 더 어두워서 어둠 속에 발들을 더듬어 떼놓으며 차츰차츰 들어오는 중에 어느 집의 들창이 펄떡 열리며 오줌을 내버리는데, 꺽정이보다 뒤떨어진 노밤이가 마침 들창 앞을 지나오다가 옷에다 흠뻑 받았다.

"이런 제기."

노밤이가 무심결에 말소리를 내고 도리어 놀라서 뒤에 나오던 욕설을 입속에서 삼켜버리고 앞서간 꺽정이를 부지런히 쫓아왔다. 꺽정이가 배나무 선 데를 먼저 와서 있다가 노밤이가 앞에 온 뒤에 비로소

"아까 오줌을 받았느냐?"

하고 물었다. 거기는 양편이 모두 큰집 담이라 가만가만 이야기하여서는 들릴 데가 없었다.

"이거 좀 맡아보십시오."

"지린내 난다. 저리 비켜서라."

"저는 여기서 망보구 있을 테니 혼자 담 넘어 들어가십시오."

"망이 무슨 망이냐! 가지고 온 밧줄이나 이리 내라."

"밧줄 가지구 어떻게 넘어가실랍니까?"

"내가 먼저 뛰어넘어가서 밧줄 한 끝을 넘겨 보낼 테니 네가 붙잡구 넘어오너라."

"저는 몸이 비둔해서 그렇게 안 됩니다. 선다님 담 넘어가시는

데 소용 안 되면 밧줄은 일부러 가지구 올 것두 없는 걸 공연히 가지구 왔습니다. 그러구 대가리는 꼭 떼어가지구 나오십시오. 제가 갖다 보여주마구 기집에게 허락했습니다."

꺽정이가 한참 생각하다가

"그럼 너는 여기 있거라."

노밤이에게 말한 뒤에 발을 몽굴러가지고 길 반이 넘는 높은 담을 뛰어넘는데, 담 안에 가서 쿵 소리도 나지 아니하였다.

꺽정이는 노밤이가 섣불리 살인하다가 위급한 일을 당할 경우에 옆에서 도와주려고 생각하고 같이 왔는데 노밤이가 취편하려고˚ 꾀를 피울 뿐 아니라 다시 생각하여 보니 노밤이를 담 안으로 끌어들이고 담 밖으로 끌어내는 것이 공연한 군일이라 노밤이는 제 소원대로 담 밖에 남겨두고 혼자 담을 뛰어넘었다. 꺽정이가 힘도 장사려니와 몸이 날래서 뛰엄질이 놀라운 까닭에 숭례문을 뛰어넘었다고 헛소문까지 난 사람이라 원계검의 집 후원 담이 높지 않은 건 아니로되 여반장으로 뛰어넘었던 것이다. 꺽정이가 담 안에 들어온 뒤 혹시 무슨 기척이 있나 잠시 서서 귀를 기울이었다. 자리는 후원의 동떨어진 곳이요, 때는 한밤중이 훨씬 지난 뒤라 사방이 괴괴한데 그중에 여자의 이야기책 보는 소리가 어디서 나는 듯하였다. 꺽정이는 처음에 원채 안방에서 나는 줄 생각하였더니 나중에 알고 본즉 별당 안방에서 나는데 소리가 가늘어 멀리서 오는 것 같았다. 꺽정이가 발짝소리를 별로 숨기지 않고 별당 뜰 앞에까지 걸어왔을

● 취편(取便)하다
편리한 것을 취하다.

때 책 보던 소리는 벌써 그치고 희미하던 불빛이 다시 밝아지더니 방안에서 말소리들이 나는데

"할멈, 할멈!"

하고 몸달게 부르는 건 계집아이의 소리요,

"왜 그러시우?"

하고 성가신 듯이 대답하는 건 늙은 할미의 소리였다.

"밖에서 신발소리가 났소."

"무슨 신발소리가 났단 말이오?"

"내가 똑똑히 들었는데, 누가 뒤꼍에서 앞으로 나온 것 같아."

"정월 고사를 안 지내드니 대감이 떡 생각이 나서 돌아다니는 게지."

"할멈, 일어나서 바깥 좀 내다보오."

"작은아씨'가 밤늦두룩 잠을 안 자니까 이런 소리 저런 소리 귀에 들리지요. 어서 불 끄구 잡시다."

"불 없으면 더 무서우라구?"

"언제 또 큰 초까지 붙여놨소?"

"건넌방에서 자는 것들이나 좀 깨워 데리구 오."

"그까짓 아년들 깨워 오면 무어하우. 할멈이 여기 있으니 조금두 무서워 마시우."

"무서운 생각이 자꾸 나니 어떡허우."

계집아이의 말과 늙은 할미의 말이 섞바꾸어 나는 것을 꺽정이가 서서 듣다가 말의 동안이 뜰 때 더 섰지 않고 마루 위로 올라

왔다.

"각항저방심미기 두우녀허위실벽 규루위묘필자삼 정귀류성장익진."

"진익장성류귀정 삼자필묘위루규 벽실위허녀우두 기미심방저항각."

 방안에서 이십팔수 별 이름을 바로 외고 거꾸로 외고 하는 중에 꺽정이가 걸린 지게문을 걸리지 않은 것같이 잡아당겨서 열고 방안에 들어섰다. 윗목의 상직할미는 자리 속에 누운 채 이불을 폭 뒤집어쓰고 아랫목의 계집아이는 자리 위에 앉았다가 그대로 폭 엎드리는데, 계집아이의 몸도 떨리거니와 상직할미의 이불도 떨리었다. 꺽정이가 눈앞에 엎드린 큰 계집아이를 내려다볼 때 죽일 마음도 안 나고 살려두고 갈 마음도 안 나서 어찌할까 자저하는 중에 문득 산 사람으로 잡아가지고 갈 생각이 났다. 꺽정이는 방안을 한번 돌아본 뒤 아랫목에 와서 벽에 걸린 세숫수건으로 계집아이의 입을 친친 동이고 발채에 놓인 명주처네로 계집아이의 몸을 도르르 싸서 한편 어깨에 둘러메고 나오려는데 늙은 할미가 어느 틈에 앙금앙금 일어나서 떨리는 손으로 옷자락을 붙들었다. 늙은 할미는 겁이 되우 나서 혀가 굳었던지 소리는 못 지르고 턱만 들까불렀다. 꺽정이가 늙은 할미를 발길로 차서 쓰러뜨린 뒤에 다시 일어나지 못하도록 두서너 번 짓밟아주고 방에서 나왔다.

 후원에 와서 꺽정이는 다시 담을 뛰어넘으려다가 어깨 위에 계

● 작은아씨 예전에, 지체가 낮은 사람이 시집가지 아니한 처녀를 높여 이르던 말.

집아이도 메었거니와 담 너머에 노밤이가 어디 있는지를 몰라서 뛰지 못하고 먼저 담 밑에 붙은 뒷간 지붕으로 올라오고 거기서 다시 담 위로 올라와서 굽어 살펴보며 사뿐 뛰어내렸다. 배나무 선 데쯤 앉았다 섰다 하던 노밤이가 꺽정이의 뛰어내리는 소리를 듣고 서너 칸 좋이 앞으로 쫓아나왔다.

"어깨 위의 것이 뭣입니까?"

"기집애다. 업어라."

"송장 아닙니까?"

"아니다."

꺽정이가 처네에 싼 계집아이를 노밤이에게 업혀가지고 남소문 안으로 돌아오는데 구리개 한중간에 와서 순경 도는 군사들을 만났다.

꺽정이가 군사 두엇을 어떻게든지 처치 못할 것이 아니로되 이런 일이 있을 때 말썽없이 모면하려고 일부러 가짜 복색을 차리고 나왔던 길이라 군사들이

"그게 무어요?"

하고 노밤이의 앞을 막아설 때 꺽정이는 얼른 나서서 선전관의 표신을 군사들 눈앞에 들이밀면서

"봉명한 사람의 길을 막지 말구 저리 비켜서라!"

하고 기세좋게 말하였다.

"저 군사 등에 동여맨 것이 무업니까?"

계집아이 싼 것이 업은 등에 잘 붙어 있지 아니하여 담 넘을 때

쓰려고 가지고 갔던 밧줄을 띠개비 대신으로 써서 위아래로 여러 번 돌려맨 까닭에 군사들 눈에 동여맨 것으로 보이었던 것이다. 꺽정이는 표신 보이고 봉명하였다고 말하면 군사들이 두말 못할 줄 알았더니 의외에 붙잡고 힐난하려는 눈치가 있는 것을 보고 달리 군사들을 처치할까 생각하다가 우선 한번 호령하여 보았다.

"표신 물어가지고 나온 것을 보면서 너희들이 붙잡구 여러 말 하느냐! 죽일 놈들 같으니, 냉큼들 비켜나지 못하겠느냐!"

호령이 힘진 데 군사들이 심겁이 났던지 슬몃슬몃 뒤로 물러서서 꺽정이는 곧 노밤이를 가자고 재촉하였다. 뒤를 밟힐 염려가 있어서 자주 돌아보며 오는 중에 군사들이 과시\* 뒤따라오는 것을 알고 꺽정이는 노밤이를 한걸음 앞서 보내고 어둔 구석에 은신하고 서 있다가 앞에 지나가려 는 군사들을 한손에 하나씩 붙잡아서 이 손으로 하나, 저 손으로 하나 둘을 다 메어꽂은 뒤에

● 과시(果是)
과연. 아닌게아니라 정말로.

"이놈들, 또 뒤를 밟아봐라."

으름장까지 놓고 노밤이를 쫓아왔다. 그 뒤는 남소문 안 처소에까지 오도록 내처 무사하였다.

꺽정이가 방에 들어와서 먼저 촛불을 켜놓은 뒤에 노밤이의 업고 섰는 계집아이를 밧줄 끄르고 처네에 싸인 채 받아내려서 눕히었다. 처네를 헤치고 입 막은 수건을 풀고 보니 계집아이의 얼굴이 죽은 사람과 같았다. 기색이 된 모양이다. 노밤이는 가까이 와서 얼굴을 들여다보다가

"제물에 죽었구먼요. 기집애는 아깝습니다."
하고 말하였다.
"기운이 막힌 게다. 사향소합원이나 한 개 먹여보자."
"어떻게 먹이실랍니까? 제가 씹어서 입에 넣어주리까?"
"이놈아, 당치 않은 소리 말구 자리끼 나 조금 따러서 데워놔라."

 노밤이가 자리끼 물을 그릇 뚜껑에 따러서 화롯불에 따끈하게 데우는 동안에 꺽정이는 손그릇 속에 있는 사향소합원을 찾아놓았다. 꺽정이가 따뜻한 물에 소합원을 개어서 입을 벌리고 흘려넣어주고 또 노밤이를 시켜 두 손바닥을 문질러주는 중에 계집아이가 긴 숨을 한번 내쉬었다.

"이크, 돌렸습니다."
"손바닥을 고만 문질러라."
"이 기집애를 대체 어떻게 처치하실랍니까? 원수 갚으라구 내주실 의향이십니까?"
"내주든지 어떻게든지 차차 생각해서 처치할 테다."
"기집애 얼굴을 보시구 선다님 딴생각이 드셨습지요?"
"미친놈 같으니."
"저를 주시면 당장 갖다 요정을 내겠습니다."
"어떻게 요정을 낼 테냐?"
"대가리를 끊어놓지요. 그까짓 게 무어 어렵습니까?"
"미친 소리 작작하구 고만 가서 자빠져 자거라."

"아무래두 선다님께서 딴생각이 기신 것 같습니다. 그러구 보면 저는 안으서님 한분 뫼셔다 드리느라구 죽을 고생만 한 폭입니다."

"고만 지껄이구 가 자거라."

"네, 저는 가서 혼자 잘 자겠습니다."

노밤이가 건넌방으로 건너간 뒤에 꺽정이는 계집아이 옆에 누웠다. 계집아이의 처네가 얇은 것은 고사하고 노밤이 옷에서 지린내가 옮겨 배어서 그대로 둘 수 없는 까닭에 꺽정이가 처네를 빼어내서 윗목에 내던지고 계집아이를 자기 요에 올려 눕히고 자기 이불을 같이 덮었다. 계집아이가 그동안에 정신기가 나서 이불 밖으로 튀어나가려고 애를 쓰는 것을 꺽정이는 웃으며 품안에 끌어안았다.

• 자리끼
밤에 자다가 마시기 위해 잠자리의 머리맡에 준비해두는 물.

이튿날 식전에 꺽정이가 노밤이를 보내서 한온이를 청하여 왔다. 전 같으면 오라고 일부러 청하지 않아도 한온이가 으레 꺽정이를 보러 왔겠지만 꺽정이가 많이 새집에 가서 자게 된 뒤로 늦은 아침때 전에는 오지 아니하는 까닭에 일찍 만나려면 보러 가거나 청하여 오는 수밖에 없었다. 한온이와 노밤이가 마당에 들어올 때 꺽정이는 방에서 마주 나와서 노밤이는 바깥사랑으로 내보내고 한온이를 데리고 건넌방으로 들어왔다. 꺽정이가 전날 밤 이야기를 시작하기 전에 한온이는 먼저

"밤이에게 지금 대강 이야기를 듣구 왔습니다."

하고 말하였다.

"벌써 들었나? 그러면 이야기는 할 것 없구 뒷일 조처나 좀 의논하세."

"원판서가 딸을 잃구 찾지 않을까요? 찾으려 든다면 일이 크게 벌어질 것 같습니다."

"찾는단 소문이 있거든 자네가 요전처럼 어디 갖다 잘 숨겨주게."

"이번에두 또 장가를 드시렵니까?"

"나는 기집애를 밤이에게 내주어볼까 생각하네."

"어젯밤에 데리구 주무시기까지 하셨다지요. 양반의 집 딸이 이 사람 저 사람에게 몸을 맡기겠습니까? 잘못하다가는 죽네 사네 하기가 쉽습니다."

"밤이란 놈이 날 따라 서울 올 때부터 기집 하나 얻어달라구 조른 놈일세."

"다른 기집 하나 얻어주시지요."

"그럼 그건 나중 다시 이야기할 셈 잡구 우선 저 기집애를 어디다 두어야 좋겠나? 밤이를 바깥사랑으루 내보내구 이 방에 둘까?"

"아직은 이 방에 두어두 좋겠습니다만 처음부터 아주 제 첩의 집 뒷방 같은 으늑한 데 데려다 두면 어떻겠습니까?"

"그게 좋겠네. 그런데 오궁골 기집이 알면 원수 갚는다구 와서 야료하지 않을까?"

"그건 제가 담당할 테니 염려 마십시오. 밤이의 입만 막아놓으면 그 기집이 알 까닭두 없습니다."

"그놈의 입이 사구일생인데 그걸 어떻게 틀어막나?"

"그 기집에게 알리면 죄책을 당한다구 으르구 또 좋은 기집이 나 하나 얻어준다구 달래두면 그 기집이 설혹 다른 데서 알구 와서 묻드래도 그놈이 능청맞게 잘 속일 겝니다."

"자네 요량대루 해보게."

"으르는 건 선생님께서 으르셔야 됩니다."

꺽정이가 또 무슨 말을 하려고 할 즈음에 안방에서 괴상스러운 소리가 났다. 꺽정이와 한온이가 안방에 건너와 보니 계집아이가 수건을 다락문 고리에 꿰어서 목을 매고 킥킥하였다. 꺽정이는 한온이를 돌아보며 웃고 계집아이를 와서 끌러놓았다. 계집아이가 어설피 목을 매었다가 죽지도 못하고 죽을 의사가 있는 것만 들키어서 한온이 첩의 집으로 옮겨온 뒤 늙은 여편네 두엇이 밤낮 옆을 떠나지 아니하였다. 수일 동안은 계집아이가 물 한 모금 입에 넣지 않고 줄곧 누워서 울기만 하다가

"사람의 팔자란 억지루 못하는 게요."

"꽃 같은 나이에 왜 죽는단 말이오?"

"부모두 모르게 죽으면 원통치 않소?"

"부모를 다시 만나볼라면 살아야 하우."

이런 말로 늙은 여편네들이 달래는데, 계집아이 소견에 죽더라도 한번 부모를 만나보고 죽을 생각이 들게 되어서 권하는 미음을

조금씩 받아먹게 되었다.

　원판서 집에서는 출가 전 딸이 상직할미와 같이 자다가 하룻밤 사이에 둘이 같이 급사하였다고 상직할미의 시체는 그 자식들 내주어서 초상을 치르게 하고 자기네 딸은 내외가 손수 수시하여 당일로 입관하고 오일 만에 갈장하였다. 원판서 집 소식을 한온이가 알아다가 꺽정이에게 이야기하고

　"일이 의외루 무사하게 잘됐습니다. 인제 선생님께서 처자를 드러내놓구 데리구 사셔두 아무 탈이 없겠습니다. 원판서의 딸은 죽구 처자는 살았으니 누가 처자를 원판서의 딸이라구 하겠습니까. 양반의 집에서 원체 남의 이목수습耳目收拾을 잘하지만 이렇게까지 심할 줄은 몰랐습니다. 하여튼지 일이 무사하게 돼서 좋습니다."

하고 웃으니 꺽정이도 허허허 너털웃음을 웃었다.

　그동안에 죽은 상노아이의 어미가 어찌 된 하회를 알려고 노밤이를 찾아왔었는데 노밤이는 꺽정이의 분부와 한온이의 당부를 미리 받은 까닭에 바른 대로 일러주지 않고

　"기집애 대가리를 끊지 못했을 뿐이지 원수는 톡톡히 갚았으니 그렇게 아시우. 내 말이 미심스럽거든 차차 소문을 들어보우. 자연 알 일이 있으리다."

하고 구렁이 담 넘어가는 수작으로 말하여 보냈더니 모교 원판서의 딸이 밤에 자다가 급사하였다고 소문이 난 뒤에 다시 와서 노밤이를 보고 원수 갚아준 은혜를 죽어도 잊을 수 없다고 눈물 흘

리며 치사하였다.

 한온이 첩의 집 뒷방에서 생병으로 앓아누웠던 계집아이가 일어앉아서 소세하게 되었을 때 한온이가 꺽정이와 상의하고 날짜를 가리어서 계집아이의 머리를 얹히었다. 첫날밤은 꺽정이가 색시 있는 뒷방에 와서 자고 그 다음날부터 노밤이 쓰는 건넌방을 치우고 색시를 데려내다가 재웠다. 꺽정이가 새집에 가고 처소가 비는 때 색시를 아직 혼자 두기 염려되어서 한온이의 분별로 늙은 여편네들이 함께 와서 있었다.

 색시는 한번 죽지 못한 탓으로 한되고 욕스럽고 분하고 창피한 마음이 속에 가득하면서도 구경 임선달의 사람이 되고 말았는데, 늙은 여편네들의 말을 대강 추려 듣더라도 임선달은 인물이 영특하고 힘이 천하장사고 칼을 잘 쓰고 말을 잘 타고 기외에 여러가지 비범한 것이 옛이야기책에 나오는 영웅호걸과 방불하여 은근히 불행중 다행으로 생각하였다. 색시가 이야기책을 남유달리 좋아하고, 이야기책을 보는데 책 속에 나오는 영웅호걸을 사모하는 마음이 날 때가 많고 자기가 곧 그 영웅호걸의 배필이 된 듯이 근심과 기쁨을 책 속 사람과 같이할 때도 종종 있었다. 이 까닭에 임선달이 옛날 영웅호걸과 방불한 것이 적지 않은 위로가 되었던 것이다. 대체 자기 일이 보쌈에서 그릇되기 시작한 것을 알고 팔자를 한탄하고 또 자기가 지금 살아서도 죽은 사람인 것을 알고 부모에게 욕된 것을 깨달았다. 그 뒤로 오직 한 가지 바라는 것은 임선달이 출장입상出將入相하게 되는 날 부모를 만나보는 일이라

몇해 동안 매두몰신˚하고 살면서 임선달이 출세하기를 기다리려고 생각하여 임선달과 서로 말까지 사귀게 된 뒤 한번 옷깃을 여미고 단정히 앉아서 자기의 소회를 숨김없이 말하였다.

  꺽정이가 집 사가지고 살림 배치할 것을 한온이와 의논하는데 집은 동소문 안으로 구하겠다고 말하였다. 동소문 안은 꺽정이가 아잇적에 뛰고 놀던 곳이라 문턱에 있는 산언덕과 산골에서 나오는 시냇물은 말할 것 없고 심지어 일초일목―草―木까지도 다른 데와 달리 눈에 익고 마음에 정다운 까닭에 전날 박씨를 치가할 때도 동소문 안을 말하였으나 한온이가 우선 가까운 데 정하였다가 나중 보아가며 옮기라고 권하여 남성 밑에 집을 정하게 되었었다. 이번에는 꺽정이가 친히 사람을 데리고 동소문 안에 가서 집을 구하는데 아무쪼록 갖바치와 이봉학이의 외가가 살던 근처에 구하려고 여기저기 물어보았으나 그 근처에는 알맞은 집 나는 것이 없어서 차차 아래로 내려오며 물어보는 중에 마침 박유복이 어머니가 행랑살이하던 심좌랑 집 옆에 조그만 집 하나 파는 것이 있어서 그 집을 사기로 작정하였다. 심좌랑 집은 그동안 주인이 몇번 바뀌었던지 심좌랑이 살던 것은 이웃에서 아는 사람도 없고 그 집을 홍문집이라고들 부르는데 그 집 문간에는 주홍칠이 아직 바래지 아니한 홍문 하나가 붙어 있었다.

  꺽정이가 먼저 얻은 박씨는 한미한 집에서 고생으로 자라난 색시라 진일, 마른일 여편네 일치고 못하는 일이 없는데다가 더구나 어머니가 있어서 남의 사람 열, 스물 둔 것보다 나은 까닭에 꺽정이가 바깥심부름할 아이년 하나만 얻어주었지만, 새로 얻은 원씨는 손끝으로 물이나 튀겼을 재상가의 딸이라 사람 없이는 못 살 위인인 까닭에 꺽정이가 상직할미 하나와 아이년 두엇을 얻어 주려고 생각하고 집부터 칸수 적고 방 많은 것을 구하여 정하였다. 동소문 안에 새로 산 집이 꺽정이가 거처하는 한온이의 집과 흡사하여 안에 안방, 건넌방이 있고 또 밖에 바깥방이 있어서 건넌방에는 상직할미와 아이년들을 두고 바깥방에는 행랑 사람을 들일 수 있었다. 꺽정이가 한온이와 상의하여 상직할미 하나와 아이년 둘과 행랑 사람까지 다 얻어놓고 원씨를 동소문 안 새집에 가서 들게 하고 원씨가 새집 든 뒤로 꺽정이는 낮에 흔히 와서 있고 밤에 자주 와서 잤다. 동소문 안에서 자고 남소문 안으로 밥 먹으러 다니기가 불편하여 꺽정이는 한온이 부자에게 말하고 조석을 동소문

• 매두몰신(埋頭沒身)
머리와 몸이 파묻혔다는 뜻으로, 일에 파묻혀 헤어나지 못함을 이르는 말.

안에서 먹기로 하였는데 한온이가 와서 저녁 한두 끼를 먹어보고 원씨의 음식 솜씨가 놀랍다고 칭찬까지 하였다. 꺽정이가 하루 한두 번씩 한온이에게를 가는 까닭에 자연 박씨도 가서 들여다보지만 자러 가는 것은 이삼일 혹 사오일에 한번씩밖에 안 되었다. 꺽정이가 원씨를 얻고 박씨를 박대하는 것이 아니라 박씨가 속에 냉이 생겨서 꺽정이가 자러 오는 것을 괴로워하는 눈치가 간간 보이었다.

동소문 안의 거지居地가 마음에 들고 원씨 공궤가 비위에 맞아서 꺽정이는 밖에 나가 돌아다니나 집에 들어앉아 있으나 눈살을

찌푸릴 일이 없는 중에 오직 한 가지 불쾌한 것은 담 하나를 격한 홍문집에서 여편네가 하루에도 몇번씩 큰 소리를 지르는데 그 소리가 왕방울로 통노구를 가시는 것 같아서 꺽정이는 눈살이 절로 찌푸려질 때가 없지 아니하였다.

어느 날 밤에 꺽정이가 원씨의 이야기책 보는 소리를 듣고 누웠을 때 홍문집 여편네가 계집하인을 부르다가 대답을 빨리 안 한다고 연놈이 초저녁부터 끼고 자빠졌느냐고 소리소리 질렀다. 꺽정이가

"저 여편네 또 악을 쓰는군."

하고 혀를 낄낄 차니 원씨는 이야기책 보던 것을 그치고

"여편네가 퍽 사나운가 봐요."

하고 말하였다.

"저 집에 사내는 씨가 졌나. 어째 사내 소리는 영 들을 수가 없어."

"저 여편네의 시아버지가 있다는데요."

"시아비 쳇것이 사람이 어떻게 못생겼기에 저런 때 소리 한번 못 지르노."

"소리지르는 게 다 무어에요? 됩다 당합디다. 일전에 손자아이 두둔하다가 며느리게 참혹하게 당하든걸요. 그날 남소문 안 가셔서 못 들으셨지."

"시아비를 야단치는 며느리가 어디 있담?"

"그래도 저 여편네가 정문旌門 받은 여편네랍니다."

"시아비 야단친다구 정문을 받았을까?"
"불효부 정문이 어디 있어요?"
"그러기에 말이지."
"저 여편네가 열녀래요. 정문에 새긴 것을 유의해 보시지 않으셨세요?"
"내가 낫 놓구 기역자두 모르는 무식꾼인데 보면 아나?"
"글을 왜 못 읽으셨나요?"
"글은 읽기 싫어서 안 읽었어."
"그럼 병서를 어떻게 보세요?"
"좋은 선생님한테서 귀동냥으루 더러 들었지."
"남의 말로 듣는 게 내 눈으로 보는 것만 합니까? 적어도 병서는 보셔야 할 테니 지금이라도 공부를 시작해보시지요."
"사십 늙은이더러 하늘천 따지를 시작하란 말이야. 쓸데없는 소리 고만두구 이야기책이나 봐 들리라구."

원씨가 다시 이야기책을 보기 시작할 때 이웃집에서는 계집하인이 방망이찜질을 당하는지 아이구지이구 하는 소리가 났다.

이튿날 아침 뒤에 동자하는 행랑 사람이 부엌 앞에서 설거지를 하면서 마루 훔치는 상직할미를 보고 담너머 집 계집하인의 신세 불쌍한 것을 이야기하였다.

"그 여편네 참 불쌍합디다. 어젯밤에 죽두룩 얻어맞았다는데 그래두 식전에 물 길러 나왔겠지요. 일어나서 꿈질거리지 않으면 사정없는 사매질에 더 죽어난다는구먼요. 상전이 어떻게 망나닌지 하인 남진기집의 자는 것까지 총찰한답니다. 한밤중이구 닭울녘이구 나가 자라구 해서 나가 자야 아무 말이 없지 몰래 나가서 서방하구 자다가 들키기만 하면 언제든지 어젯밤 같은 야단이 난답디다. 그러구 사람이 살 수 있겠세요? 서방이 똑똑하면 양반을 제독을 주든지 기집을 속량을 하든지 무슨 짓이든지 하겠지만 위인이 할 수 없는 반실이래요. 그 여편네가 이야기하면서 눈물 흘리는 걸 보니 남의 일이라두 불쌍해 못 견디겠습디다."

동자치의 이야기를 상직할미가 듣고 나서

"그 여편네두 사람이 똑똑진 못한가베."

하고 말하니 동자치는 고개를 가로 흔들며

"아니요, 시골 생장이라두 사람만 똑똑합디다."

하고 대답하였다.

"똑똑한 사람이 왜 그런 집에 붙어 있단 말인가?"

"그 여편네 말하는 눈치가 그 집 씨종인갑디다."

"씨종은 도망질두 치지 못한다든가."

"그렇지 않아두 내가 그런 말을 했더니 그 여편네 말이 서울 온 지 삼년에 아직 친한 사람두 하나 없고 더욱이 나다니지를 못해서 어디가 어딘지두 모르는데 섣불리 도망질을 치다가 붙들리는 날이면 지질한 목숨이나마 보전 못할 테니까 엄두가 안 난다구 합디다."

"양반이라면 벌벌 떠는 시골뜨기 소릴세. 단비單婢 부리는 무세한 양반의 집에서 단비가 도망하면 무슨 수루 찾겠나? 한껏 해야 장례원掌隸院에 가서 찾아달랄 텐데 장례원에서 무세한 집 일을 대단히 여기나. 찾아주려구 애쓸 리 없지. 도망할 생각이 있거든 염려 말구 도망하라게."

동자치와 상직할미의 지껄이는 말을 원씨가 방안에서 듣다가
"공연히 쓸데없이 그런 말들 하지 마라. 잘못하다가 남의 집 종 꾀어냈단 누명이나 쓸라고 그래?"
하고 나무라서 둘이 다 말을 그치고 더 지껄이지 못하였다.

며칠 뒤 일이다. 그날 희릉禧陵에 능행陵行이 있어서 이집저집에서 거둥* 구경들을 나가는데 원씨 집에서는 아이년들이 구경 가고 싶어서 발동을 하다가 주인 아씨가 안 나가는 까닭에 그대로 주저앉았고 담너머 홍문집에서는 여편네가 식전부터 들싼을 놓아서 시아버지 늙은이와 아들아이와 안팎 세 식구가 다같이 나가는데 비부쟁이는 데리고 가고 계집하인 하나만 집에 남겨서 집을 보이었다.

• 반실이 신체의 기능이 온전치 못하거나 변변치 못한 사람.
• 거둥(擧動) 임금의 나들이.

동자치가 아침을 해서 치르고 담너머 집으로 놀러가는데 상직할미는 그 집의 사는 꼴을 구경하고 온다고 따라가더니 얼마 만에 혼자 돌아와서 꺽정이와 원씨를 보고
"홍문집 기집하인이 오늘 상전, 서방 다 없는 틈에 어디루든지 도망을 시켜달라구 울면서 매달리는데 어떻게 하면 좋습니까?"
하고 물었다. 원씨는 먼저
"부질없는 짓 하지 말게. 나중에 그 집 주인이 알면 이웃간에 시비 나지 않나?"

하고 대답한 다음에 꺽정이가

"자네 생각에는 어떻게 해주구 싶은가?"

하고 되물었다.

"남소문 안 댁으로 보내주면 어떨까요?"

"자네가 그렇게 해주구 싶으면 해줘두 좋겠지."

상직할미가 다시 원씨를 보고

"아씨, 그만 일두 적선이니 그렇게 해주지요. 아씨는 그 집에서 알구 시비할까 봐 염려하시지만 알 까닭이 없지 않아요?"

하고 말한 뒤 곧 건넌방으로 건너가서 나들이옷을 입고 나오는데 꺽정이가 내다보며

"여보게 할멈."

하고 다시 불렀다.

"지금 곧 데리구 갈 텐가?"

"구경터에서 오기들 전에 일찍 데려다 주려구 합니다."

"내가 지금 남소문 안에 갈 텐데 내 뒤를 딸려보내면 자네는 안 가두 좋겠네."

"그렇게 해줍시사구 말씀하구 싶은 걸 어려워서 못했습니다."

"그럼 그 기집을 이리 데리구 오게."

"네, 곧 가서 데리고 오겠습니다."

상직할미가 다시 담너머 집으로 가더니 한동안 뒤에 동자치와 함께 그 계집하인을 데리고 와서 꺽정이와 원씨에게 문안을 드리게 하였다. 그 계집하인은 나이 새파랗게 젊은 아직 애송인데 시

골티는 빠지지 않았으나 사람이 똑똑하여 꺽정이의 묻는 말에 대답할 때도 수줍어하는 기색이 없었다.

꺽정이가 그 계집하인을 뒤에 딸리고 한첨지 집에 와서 한온이에게 맡기고 난 뒤 그 계집하인의 입에서 열녀의 내력 이야기를 소상히 들었다.

열녀는 충주 김씨의 집 딸로 나이 열일곱살 때 제천 권씨 집 열세살 먹은 신랑과 혼인하였는데, 맏자란˚ 신랑이 작기가 조막만 하여 다 큰 색시에게 대면 어린 동생 폭밖에 안 되었다. 꼬마동이 신랑이 첫날밤에 색시의 옷도 못 벗기고 저 혼자 쓰러져 자다가 한밤중이 지난 뒤에 홀제 일어나 앉아서 뒤를 싸겠다고 징징 울며 말하여 색시가 뒷간에 데리고 나와서 바래주는데 어스름 달빛 아래 바라보니 울 밖에 수상한 기척이 있었다. 색시 집은 장산壯山 날가지 야산

• 맏자라다
마디지고 옹골차게 자라다.
• 악지 잘 안 될 일을
무리하게 해내려는 고집.

밑이라 개호주가 대낮에 집 뒤까지 내려오는 일도 없지 아니하였다. 색시가 얼른 나오라고 재촉하여 신랑이 뒷간에서 나오다가 아이구 소리 한번 하고 호랑이에게 물리었는데, 색시는 이것을 보자 곧 호랑이 꼬리를 붙잡고 소리를 질렀다. 호랑이가 아가리에 한 사람을 물고 꼬리에 한 사람을 달고 산으로 들로 뛰었다. 색시는 살이 찢어지거나 몸이 으스러지거나 죽자고 꼬리를 잡고 놓지 아니하였다. 날이 훤하게 밝기 시작하여 먼 산 나무꾼이 나가고 들의 여름 일꾼이 나오게 되었을 때 호랑이가 색시 악지˚에 져서 아가리에 다 들어온 밥을 토하여 놓았다. 색시가 호랑이 꼬

리를 놓고 신랑 목을 얼싸안을 때까지는 정신이 있었지만, 그 뒤로 두메 사람의 집에 와서 신랑과 느런히 누워 있게 된 것은 감았던 눈을 떠보고야 겨우 알았다. 색시 집에서 첫날밤에 신랑 신부를 잃고 사방으로 찾는 중에 연풍 땅에서 신랑 신부 찾아가란 기별이 와서 색시의 아버지가 신랑의 위요와 같이 인마를 데리고 갔는데, 신랑은 위요를 맡겨서 바로 제천으로 보내고 신부만 충주로 데려왔다. 신랑이 호랑이 아가리에 죽을 뻔한 뒤 한 일년 동안 개신개신하고 살다가 마침내 죽어버려서 색시는 망문과˚와 다름없는 숫색시 과부가 되고 말았다. 열일곱살 먹은 신부가 호랑이에게 물린 신랑을 살려냈단 소문이 퍼져서 원근 각처에서 일부러 색시를 보러 오는 여편네가 허다하였고 희한한 열녀를 표창하여 달라고 선비들이 관가에 등장을 들어서 충주목사가 감영에 보하고 충청감사가 조정에 장계하여 마침내 조정에서 열녀 정문을 내리었다. 열녀의 정문은 바로 제천 권씨 집에 와서 붙었으나 열녀는 과부 된 뒤 칠팔년 동안 충주서 친정살이를 하다가 기유년에 충주서 역옥˚이 나서 충주 사람이 많이 죽을 때 역옥 죄인 삼십여 인 중에 열녀의 친정 일가가 하나 끼인 까닭으로 열녀의 집안 여러 집이 통이 망하여 열녀는 비로소 제천 와서 시집살이를 시작하였다. 열녀가 시어머니게도 가끔 말썽은 부렸지만 그다지 심하지는 않던 것이 며느리 잘 거느리던 시어머니가 돌아간 뒤로 기탄없이 큰 소리를 지르기 시작하여 시아버지가 멋모르고 타이르다가 여러번 창피한 꼴을 당하고 마침내 가래지를 못하게 되었다. 열녀의 성질이 거세고 사나워서 부리는 종은 말할 것 없고 늙은 시아버지와 양자한 어린 아들을 못살도록 볶는 까닭에 동네에서 뒷손가락질 안 하는 사람이 없게 되었을 때, 열녀는 아들아이 가르칠 것을 핑계삼아 대처로 이사가자고 시아버지에게 우겨서 서울로 이사온 것이 삼년 전 일이었다.

  열녀의 내력 이야기를 다 들은 뒤에 꺽정이가 박씨 집에를 가려고 일어서는데 한온이는 그 계집하인을 큰첩의 집에 데려다 둔다고 꺽정이와 같이 일어섰다. 꺽정이가 한온이 큰첩의 집 문 앞에 다 와서 한온이더러

  "내일 만나세."

하고 인사하니 한온이가

  "다시 오시지 않구 바루 가시렵니까?"

하고 묻고

  "저의 큰집에서 저녁 잡숫구 가시지요."

하고 말하였다.

  "무슨 별찬이 있나?"

  "오늘이 형수의 생일이니까 여느 때버덤 찬이 낫겠지요."

  "그럼 다녀옴세."

  꺽정이가 박씨에게 가서 해를 지우고 한첨지 집에 다시 와서 저녁밥을 먹고 석후에 한온이의 발론으로 오래간만에 소홍이에게 놀러갔다가 눌러자게 되어서 이튿날 아침때에야 동소문 안으로 돌아왔다. 원씨가 꺽정이를 보고

● 망문과(望門寡)
망문과부. 까막과부.
● 역옥(逆獄)
역적 사건이나
반역 사건에 대한 옥사.

"아침을 잡숫고 오셨세요? 안 잡수셨으면 잡수셔야지요."
하고 물으며 부지런히 행주치마를 앞에 두르는데 꺽정이가 조반을 먹어서 아침밥이 급하지 않다고 말하고

"어제 담너머 집에서 야단법석이 났었겠지?"
하고 물으니

"공연히 부질없는 일을 하셔서 어제 내가 창피를 당했세요."
하고 원씨가 대답하였다.

"무슨 창피를 당했어?"

"어제 다저녁때 그 집 비부쟁이가 밖에 와서 제 기집이 도망하는 것을 우리 집에서 혹시 본 사람이 있느냐고 묻고 석후에 그자가 다시 밖에 와서 저의 집 안주인이 나를 좀 오라고 한다기에 아무리 이웃간이라도 상종이 없는 터에 어째 오라느냐 물어보랬더니 그자 말이 기집이 도망할 때 댁으로 오는 것을 봤다는 여편네가 있어서 그 여편네를 청해다 놨으니 댁에서 와서 삼조대면하라고 하드랍니다. 상직할미가 이 말을 듣고 쫓아나가서 여편네가 우리 댁에 온 일도 없거니와 설혹 왔다고 하기로소니 우리 댁 아씨께 삼조대면하러 오라다니 별 망측한 소리를 다 듣겠다고 야단을 치니까 그자가 아무 소리 못하고 무료해 가드랍니다. 비부쟁이 간 뒤에 얼마 아니 있다가 그 여편네가 마당에 나서서 어떤 년이 남의 집 종을 빼돌렸느냐고 소리소리 지르는데 어떤 년이란 것이 나더러 하는 소리겠지요. 내가 남에게 년 소리를 들어도 한가할 수 없는 신세지만 맘에야 창피한 생각이 없겠세요?"

원씨가 말을 그칠 때 눈물이 핑 돌았다. 꺽정이가 대뜸
　"한번 버릇을 가르쳐놔야겠군."
말하고 벌떡 일어섰다.
　"남의 집 안여편네를 어떻게 버릇을 가르치실랍니까?"
　"내가 가서 삼조대면하자지."
　"그런 일을 하시면 더 창피합니다."
　"그럼 욕먹구 가만있을 테야?"
　"가래지 않고 가만 내버려두면 욕을 먹어도 덜 먹지요. 북은 칠수록 소리가 난답니다. 그리고 우리 앞이 뻣뻣해야 탄하지요."
　"우리 앞이 뻣뻣하구 안 하구가 어디 있담. 잘했으면 종이 도망할까."
　꺽정이는 곧 담너머 집으로 쫓아가고 싶었으나 원씨가 말리는 통에 참고 주저앉았다.
　꺽정이가 아침 밥상을 받고 앉았을 때 담너머 집에서 여편네의 큰 소리가 나기 시작하였다. 처음에는 비부쟁이가 계집 잃고 가만히 자빠져 있다고 야단을 치더니 다음에는 시아버지가 도망한 종을 찾을 생각 않는다고 사설을 퍼부었다. 비부쟁이더러 밥 빌어먹을 자식이니 똥물에 튀할 놈이니 욕설하는 것도 해괴하거니와 시아버지를 무참하게 해내는 것은 홀로 해괴할 뿐 아니라 곧듣기가 송구하였다.
　"사랑방 구석에 쥐죽은 듯이 들어앉아 무어하십니까? 도망한 종년을 찾지 않구 가만 내버려두면 제발루 걸어들어올까요? 어

째 찾을 생각을 안 하십니까? 옳지, 나를 종년 대신 부려먹을 작정으루 아주 태평이십니다그려. 그렇지만 며느리 명색이 물동이를 이게 되면 샌님두 편히 앉아 자시지 못하리다. 하다못해 빗자루라두 드셔야 할걸요. 종년을 찾든 말든 맘대루 하십시오. 무어요? 찾을 도리가 없어요? 빼돌린 연놈들이 있는데 그 연놈들을 잡아 족치두룩 주선을 못하신단 말입니까? 포도청에 옭아넣을 수가 없으면 장례원인가 어딘가 가서 송사질이라두 하지요. 그래 찾을 도리가 없다구 손끝 맺고 가만히 앉았어요? 참말루 딱하십니다."

여편네의 신이야 넋이야 퍼붓는 사설이 한마디도 빠지지 않고 다 들리었다.

꺽정이 밥상머리에 앉았는 원씨가 처음에는 혼잣말로

"저 여편네 입은 마구 난 창구녕*이야."

"저런, 시아버지를 개 꾸짖듯 하네."

하고 지껄이다가 나중에 꺽정이더러

"빼돌린 연놈이란 소리 들으셨지요? 그게 우리더러 하는 말 아니에요? 공연한 일에 욕 얻어먹는 것도 분하지만 시비가 크게 되면 저걸 어떡하나요?"

하고 말하니 꺽정이가 원씨의 말에는 대답도 않고 바로 방문을 열어젖히며

"저따위 망한 기집년이 무슨 쭉찌어질 열녀야? 그저 그년을 홍문 밑에 자빠뜨려놓구 아가리에 똥 삼태기나 퍼넣어주었으면

좋겠다."
하고 소리를 질렀다. 원씨는 꺽정이의 맞장구치는 것이 마음에 마땅치 못하여
 "아이."
하고 눈살을 찌푸렸다가 다시 펴고 방문을 닫으며
 "욕을 왜 자청해서 먹으려고 그러세요?"
하고 사살하듯 말하였다.
 "무슨 욕을 자청한단 말이야?"
 "그럼 그 여편네가 대거리 않고 가만있겠세요?"
 "내게다가 욕만 하라지, 담 넘어가서 그년의 아가리를 찢어놓지 않나."
 "뒤탈은 생각 안 하시구요?"

● 마구 난 창구멍 되는 대로 함부로 말하는 사람의 입을 이름.

 "뒤탈이 난다면 한껏해야 이 집에서 못 살게밖에 더 될까."
 "국으로 사는 목숨이 창피한 꼴이나 더 당하지 않게 그런 짓 마세요."
 "양반의 댁 따님이라 창피는 되우 아네."
 "오장육부 가지고 창피한 것 모를 사람이 어디 있세요? 상사람이나 양반이나 오장육부는 마찬가지겠지요."
 "말대답 마라!"
 꺽정이가 소리를 꽥 지른 뒤 아직까지 손에 들었던 숟가락을 내던지고 뒤로 물러나 앉았다. 원씨는 말을 다시 안 하려는 것같이 입술을 자그시 물고 한동안 새촘하고 있다가 싹싹하게 마음을

돌리어서 꺽정이를 보고

"진지나 마저 잡수세요."

하고 권하였다.

"고만 먹을 테야."

"공연히 화를 내셔가지고 진지까지 안 잡수세요?"

"먹을 만큼 먹었어."

"어디 얼마 잡수셨나요?"

"그런데 그년의 여편네 아무 끽소리가 없네."

꺽정이가 소리 한번 지른 뒤로 이웃집 여편네는 꿀꺽 소리 한마디가 없었다. 원씨 생각에 대거리로 욕질할 듯한 여편네가 욕질 안 하는 것은 괴상하고 족히 행패할 꺽정이가 행패 안 하게 된 것은 다행이었다.

계집아이년들이 상을 내가고 방을 훔치고 건넌방으로 건너들 간 뒤 한동안 지나서 벌써 자수를 다 서르짓고 나갔을 동자치가 누구하고 지껄이는 소리가 나더니 안방 앞에 와서 아씨를 불렀다. 원씨가 마침 골방 안에서 바느질거리를 꺼내다가 고개를 방문 편으로 돌리면서

"왜 그래?"

하고 물으니 동자치가 문틈을 조금 벌리고 들여다보며 간특스럽도록 가는 목소리로

"담너머 집 안에서 와서 아씨를 잠깐 보입잡니다."

하고 말하였다.

원씨는 담너머 집 여편네 왔단 말을 듣고 의외 일에 놀라서 손에 들었던 바느질거리를 방바닥에 떨어뜨리고 말을 못하고 앉았는데 아랫목 벽에 비스듬히 기대고 앉았는 꺽정이가 문틈으로 동자치 얼굴을 바라보며
"왔으면 데리고 들어오지 무슨 선통이야!"
하고 꾸지람하듯 말하였다.
"여기 들어왔세요."
하고 동자치가 고갯짓으로 뒤를 가리키니 꺽정이는
"어디?"
하고 물으며 곧 앞으로 나앉아서 동자치가 문 앞에서 비켜서기 바쁘도록 왈칵 방문을 열어젖히었다. 마당 안에 들어섰는 여편네가 꺽정이와 눈이 마주치자 아랫입술을 빼물고 슬쩍 외면하였다. 여편네는 늙도 젊도 않고 크도 작도 않고 몸집은 뚱뚱하고 낯판은 둥그런데 거벽스럽고 심술스럽고 억척 있고 끼억 있고˚ 틀지고 거방져˚ 보이었다. 꺽정이가 눈이 뚫어지도록 여편네를 내다보는 동안에 원씨가 살그머니 꺽정이 귀 뒤에 와서

• 끼억 있다
억척스럽고 고집스럽다.
• 거방지다 몸집이 거대하고 동작이 점잖아서 무게가 있다.

"내가 건넌방으로 데리고 들어가서 잘 말해 보낼 테니 안방에 가만히 앉아 기세요."
하고 가만가만 말한 뒤 곧 일어나 아랫간 방문은 닫고 윗간 지게문을 열고 마루로 나갔다.
"좀 올라오시지요."

원씨의 말끝에 그 여편네는 천천히 댓돌 위로 올라와서 건넌방 옆마루에 턱 걸터앉았다.

"이 방으로 들어오세요."

원씨가 건넌방 지게문을 열어놓으니 그 여편네는 고개를 한두 번 가로 흔들고 자기 앉은 옆을 가리키며

"이리 와 좀 앉으우."

하고 명령하듯 말하였다. 원씨가 그 여편네더러 올라오너라 방으로 들어오너라 권하는 것은 겉인사성이지 속마음으로는 올라오지도 말고 얼른 가기를 바라는 까닭에 방으로 들어오지 않는 것을 은근히 해롭지 않게 생각하여 더 권하지 않고 그 여편네 가까이 가서 사이를 두고 쪼그리고 앉았다. 이때까지 건넌방 안에서 삐금삐금 내다보던 상직할미와 아이년들이 모두 나와서 원씨 뒤에 둘러서고 기둥 옆에 붙어섰던 동자치도 원씨 옆으로 가까이 나섰다.

"어째 오셨습니까?"

원씨의 말은 곱고 깍듯하고

"어째 왔느냐? 할 말이 있어 왔소."

그 여편네의 말은 거칠고 거만하였다.

"네, 하실 말씀이 있세요? 무슨 말씀인가요?"

"대체 댁에서 우리 집하고 무슨 원수가 있소?"

"그게 무슨 말씀입니까? 우리가 이웃간이라도 서로 누군지를 모르고 지내는 처지에 무슨 은원恩怨이 있겠습니까?"

"그런데 어째 댁에서 우리 집 종년을 빼돌렸소?"

원씨의 대답이 나오기 전에 상직할미가

"우리 댁에서 종년을 빼돌렸다구 누가 그런 거짓말을 합디까?"

하고 나서고 또 동자치가

"봤다는 년이 어떤 년이오? 그년은 눈깔이 둘이 아니고 넷입디까?"

하고 나서는 것을

"잠자코 있지 왜들 나서서 지껄여!"

원씨가 꾸짖어서 제지하였다.

"잡아떼두 속을 리 없으니까 잡아뗄 생각 마우. 그러구 고대 나더러 욕한 사람이 있지 않소! 목소리가 사납디다그려. 그래 남정네가 남의 집 안여편네에게 대구 더러운 입정을 놀리는 것이 세상 천하에 어디 있는 법이오? 그런 법이 있으면 좀 압시다."

그 여편네가 손바닥으로 마룻장을 치면서 들이대는 서슬에 잔약한 원씨가 말문이 막히어서 잠자코 있으니

"할 말 없소? 할 말 있거든 하우."

하고 그 여편네는 더욱 기승을 부리었다. 안방에 들어앉았는 꺽정이가 벌써부터 나서고 싶은 것을 그동안 참기도 많이 참았는데 인제 더 참을 수 없어서 방문을 열어젖뜨리고

"욕한 사람이 내니 나하구 말하자."

하고 대뜸 해라를 내붙이었다.

꺽정이가 방문을 벼락치듯 열고 말을 불호령조로 내놓는 바람

에 원씨는 놀라서 벌떡 일어서고 상직할미와 아이년들과 동자치는 일시에 머리를 돌려서 꺽정이를 바라보는데 정작 그 여편네만은 흘깃 한번 안방 편을 바라본 뒤 곧 섰는 원씨를 치어다보며

"긴말할 것 없이 종년은 오늘 해안으루 도루 보내주구 또 사내의 상없는 구습□짧은 고치두룩 하우."
하고 말하는 품이 곧 분부나 신칙하는 것과 다름이 없었다.

"사내의 구습이라니?"

꺽정이가 말끝을 잡아가지고 뇌까리니 여편네는 시침을 뚝 떼고 원씨더러

"아무에게나 함부로 욕하는 것이 상없는 구습이지 무어요?"
하고 말하는 것으로 꺽정이에게 대꾸하였다.

"꼴 보니 사내를 좋아하게 생겼구나. 이리 와 나하구 말하자."

꺽정이의 정말 상없는 구습이 골을 돋아서 여편네는 율기를 하고 원씨를 향하여

"보아하니 양반의 딸 같은데 어째 순 불상놈을 데리구 사우?"
하고 말하였다. 꺽정이가 마루로 뛰어나왔다.

"무어 어째, 이년아! 불상놈, 그래 나는 불상놈이다."

꺽정이가 여편네게로 가까이 대들 때 얼빠진 사람같이 멍하니 기둥에 기대어 섰던 원씨가 앞으로 고꾸라지는 듯 꺽정이의 소매를 잡고 매달리었다.

"저리 비켜!"

"제발 손찌검 마세요."

원씨는 말소리가 여짓 울려는 사람 같았다. 꺽정이가 한편 손의 식지가락을 내뻗치고 흔들면서

"이년아, 아까 한 말 다시 해봐라."

하고 을러대는데 여편네는 딴전하고 본 체도 아니하였다. 꺽정이가 한 걸음 앞으로 나서서 여편네의 저고리 뒷고대와 머리 뒤를 겹쳐 잡고 마루 위로 끌어올렸다.

"아이구머니, 이놈 보게."

"이년, 죽일 년 같으니."

"놔라, 이놈아!"

여편네의 얹은머리가 풀어져 내려와서 꺽정이가 고쳐 머리채를 잡았다. 여편네가 꺽정이게 앞을 두고 엉거주춤 일어서며 곧 눈결에 수염을 움켜쥐고 잡아당겼다. 여편네와 꺽정이는 고개를 마주 숙이고 원씨는 말리려고 사이에 들어서 세 사람이 한데 뭉치었다. 아이년들이 원씨에게

"아씨."

"아씨, 이리 나오세요."

하고 소리를 지르고 동자치가 꺽정이더러

"나리 마님, 아씨 다치십니다."

하고 소리치고 또 상직할미가 꺽정이 옆에 와서

"나으리께서 참으십시오. 저따위 망한 여편네가 세상에 어디 또 있겠습니까? 봉변하신 건 미친개에게 물린 셈 잡구 참으십시오."

하고 지껄이었다. 꺽정이가 머리채를 놓고 팔회목을 쥐어 손아귀에서 수염을 빼낸 뒤에 한편 어깨를 툭 치니 여편네는 마루에 궁둥방아를 찧고 주저앉았다.

"이년, 내 손이 한번 더 가면 너는 죽는다."

"오냐, 죽여라! 내가 이 망신을 당하구 살면 무어하겠느냐. 자, 죽여라. 내가 죽는 걸 무서워할 줄 아느냐! 자, 어서 죽여라."

하고 여편네가 앉아서 뭉게뭉게 앞으로 나오는 것을 꺽정이가 발끝으로 한번 걷어차서 쿵 하고 뒤로 나가자빠지며 곧 사지를 펴고 두 눈을 감고 꼼짝도 아니하였다. 원씨가 속에서부터 떨려나오는 목소리로

"아이구, 큰일났어. 저걸 어떡해요?"

하고 꺽정이를 쳐다보고 또

"할멈, 좀 가서 만져보아."

하고 상직할미를 돌아보았다.

"기운이 막힌 게지. 좀 들여다보게."

꺽정이가 상직할미더러 말하여 상직할미가 여편네에게 와서 손을 쥐어보고 볼을 만져보고 코밑에 손을 대어보기까지 한 뒤에 동자치를 불러가지고 둘이 같이 손바닥을 비벼주었다. 얼마 만에 여편네는

"후유!"

하고 한숨을 내쉬더니 바로 일어앉으려는 것같이 몸을 요동하였다.

여편네가 잠시 기함하였을 동안에 껙정이는 그 집에 안아다 둘 생각이 난 까닭에 그 깨어나는 것을 보고 곧 옆에 와서 상직할미와 동자치를 비켜나게 하고 척 늘어진 몸을 두 손으로 떠받들어 올렸다. 여편네가 눈을 떠보고 죽을힘을 다하여 손짓 발짓을 하므로 한 팔로 윗도리를 감아 끼고 또 한 팔로 넓적다리 밑을 떠받쳐서 우그려 안았다. 한달음에 담너머 집에 가서 바로 내정돌입하여 안방문을 발로 열고 안은 여편네를 들여놓은 뒤 바깥주인 늙은이가 쫓아나오는 것과 동네 여편네들이 모여드는 것을 다 본 체만체하고 돌아왔다. 동자치 사내가 원씨의 말을 드디어 홍문집의 늙은 생원님을 가서 보고 전후 곡절이 이러저러하다고 말한즉 늙은 생원님은 긴말 아니하고 이다음 주인 양반을 만나서 시비곡직을 가릴 터이니 가라고 말할 뿐이었고, 동자치가 자의로 동네 여편네들을 보고 사본사事本事 이만저만하다고 이야기한즉 그 여편네들은 돌려가면서 홍문집 흉을 찢어지게 보고 그런 열녀는 봉변하여 싸다고 말들 하였다.

풍파 나던 날 저녁때는 담너머 집에서 여편네의 울음소리가 간간 들리었으나 전에 없이 조용하였고, 다음날 아침때부터는 여편네의 악쓰는 소리가 나기 시작하는데

"이놈, 이놈! 내가 너하고 사생결단할 테다. 이놈, 이놈!"

똑같은 말을 여러 차례 되풀이하였다. 여편네 벼르는 말에 원씨는 가슴이 덜컥덜컥 내려앉건만 껙정이는 한두 번 코웃음을 칠 뿐이었다.

한낮이 조금 기운 때 한온이가 사람을 보내서 황천왕동이가 왔다고 통기하여 꺽정이가 남소문 안에 가서 천왕동이와 같이 하룻밤을 자고 이튿날 천왕동이를 떠나보낸 뒤에는 박씨 집에 들렀다가 박씨와 둘이 조용히 담화하느라고 해를 지우고 석후에 동소문 안으로 돌아왔다. 전 같으면 지쳐나 두었을 바깥문이 잔뜩 닫아걸려서 적이 괴상하긴 하나 그저 어쩌다가 일찍 닫아걸었거니 생각하여 문 열어주는 동자치 사내더러

"문을 어느새 닫았어?"

말하고 바로 안으로 들어오니 원씨가 곧 오래 그린 끝에 만난 것같이 반겨하였다. 꺽정이가 아랫목 자리에 앉은 뒤에 원씨는 그 앞에 모를 꺾어 앉아서 먼저 저녁을 어디서 먹었느냐, 손님이 벌써 갔느냐 이러한 말을 묻고 그다음에 밑도끝도없이 어디 다른 데로 이사를 시켜달라고 청하였다. 꺽정이가 고개를 젖혀 벽에 기대고 천장을 치어다보며

"이사를 시켜달라구?"

혼잣말하고 얼마 있다가 고개를 벌떡 일으켜 원씨를 바라보며

"왜?"

하고 묻는데 속을 알면서 짐짓 묻는 모양이 얼굴에 나타났다.

"그저요."

"그저라니 까닭을 말해야지."

"이 집이 싫어요."

"이 집이 싫은가, 이웃이 싫은가?"

"이웃도 싫구요."

"나 없는 동안에 그 망나니 여편네가 또 왔었나?"

"밖에까지 와서 안에는 들어오지 못했세요."

"못 들어오게 누가 밀막았나?"

"어저께 다저녁때 그 여편네가 우리 집 기둥을 팬다고 도끼를 들고 오는데 동자치가 마침 밖에 나섰다가 얼른 앞질러 들어와서 문을 닫아걸고 열어주지 않았세요. 도끼로 문짝을 몇번 찍다가 동네 사람들이 저 여편네 미쳤다고 떠드니까 고만 가드래요. 그래서 오늘은 식전부터 종일 문을 첩첩이 닫고 살았세요."

"담을 넘어오면 어떻게 할 뻔했노?"

"담에 구멍을 뚫고 들어오거나 사다리를 놓고 넘어오거나 할까 봐서 동자치 사내를 종일 어디 가지 못하게 붙들어두었는데요."

"그러면 그년이 와 기둥을 패어서 집이 무너진 뒤에 어디루 이사하지."

"얼른 이사하는 게 상책이에요. 그러면 시비 없고 좋지 않아요?"

"그래, 이사는 하기루 하드래두 며칠만 더 두구 보자구."

껑정이가 원씨의 마음을 안위시키느라고 며칠만 더 두고 보자고 말하면서 속으로는 며칠 안에 무슨 요정을 내야겠다고 마음을 먹었다.

원씨가 전날 밤에 공연히 조심이 되어서 잠을 못 자고 또 낮에도 눈을 붙이지 못한 까닭에 밤이 그리 늦기도 전에 눈에 잠기가 가득하였다. 껵정이는 졸리지 아니하나 원씨의 사폐를 보아서 일찍 자리를 깔게 하고 같이 드러누웠다. 원씨는 바로 잠이 곤히 들어서 숨소리까지 거의 없는데 껵정이는 잠이 안 와서 어두운 속에 눈을 떴다 감았다 하다가 마침내 이리 뒤척 저리 뒤척 몸을 뒤척거리기까지 하였다. 이리하는 중에 담너머 집 여편네 제독 줄 수단을 생각하기 시작하여 잠이 영영 번놓이고 말았다.

'그년의 여편네가 다시 말썽을 부리지 못하두룩 단단히 제독을 주어놔야겠는데 어떻게 하면 좋을까? 위인이 여간내기 아닌 줄은 이왕 짐작하였지만 엊그제 죽이라구 대드는 걸 보니 섣부른 으름장 가지구는 제독 주기커녕 되려 망신하기 쉽겠든걸. 기둥을 패려구 도끼 들구 오거든 도끼 들려서 동네 조리를 돌려볼까? 동네것들 왁자지껄하는 것 재미없어 광 속 같은데 잡아넣구 죽일 것처럼 잡도리해보까? 그래서 말썽을 다시 안 부린다구 항복하면 좋지만 죽이라구 자꾸 발악이나 하면 그걸 어떡한담. 나이 이십 안짝에 호랑이 꽁질 붙잡구 하룻밤 동안 매달려 다닌 기집이라니 세상에 희한한 독종인 거야. 기집이란 것이 대체 사내들버덤 독하긴 하나 그 대신 약하니까 제아무리 독종이라두 약한 기집으루서 죽는 걸 겁내지 않을 수가 있나. 그것두 독이나 악이 난 때 같으면 모르지만 여느 때야 그렇지 못하겠지. 시퍼런 칼날루 볼때기나 서너 번 쓱쓱 문대주면 대개 다 기절 않구 못 배길 게지. 오늘 밤에 환도를 가지구 담 넘어가서 자는 년을 잡아 일으켜

놓구 한번 혼뜨검을 내줄까 부다. 그래두 제독이 안 되면 아주 요정을 내는 수밖에.'

꺽정이가 일어앉아서 허리띠, 대님을 다시 주워 매고 벽장에 넣어둔 환도를 꺼내고 벽장문을 닫을 때 원씨가 돌아누우며 한숨을 쉬었다. 자면서도 가끔 한숨을 쉬는 것이 원씨의 버릇이나 혹시 잠이 깨었나 하고 지근지근 건드려보다가 정신없이 자는 것을 안 뒤에 좌우쪽 이불자락을 잘 눌러주고 일어섰다. 원씨를 아직 기이었다가 나중의 재미를 보려고 원씨의 잠이 행여 깰세라 가만가만 윗간에 나와서 지게문을 살며시 여닫고 밖으로 나왔다. 이때 절기가 경칩이 지나고 춘분이 가까운 때라 낮에는 봄뜻이 완구하되 밤에는 겨울맛이 많이 남아서 방안에 있던 따뜻한 몸에 바람이 몹시 차련마는 추위를 모르는 꺽정이는 선득선득 시원하게쯤 여기었다. 보름 전께 달이 인왕산 쪽으로 기운 것이 한밤중이 된 모양이라 네 이웃에 사람 소리가 그치어서 괴괴하였다. 꺽정이가 마당에 내려서니 강아지가 마루 밑에서 쪼르르 나와서 치어다보며 꼬리를 쳤다. 그 모양이 주인더러 딴 짓할 생각 말고 저하고나 놀자는 것 같았다. 원씨 집에는 이 쥐방울만 한 강아지나마 먹이지만 홍문집에는 주인 여편네가 짐승을 좋아 안 하는지 닭새끼 하나 치지 아니하였다. 개가 있어도 겁날 것이 없지만 자취를 감추고 들어가려면 개 없는 것이 한 부조이었다.

꺽정이가 담 밑에 와서 단번에 뛰어넘으려다가 조금이라도 소리를 내지 아니하려고 손에 들었던 환도를 허리에 지른 뒤에 몸을 솟쳐 손으로 담 위를 짚고 올라오며 곧 사뿐 담 안으로 내려섰다. 사랑방도 캄캄하고 행랑방도 캄캄하고 오직 안방에만 불이 있는데 등잔 심지를 돋우지 아니한 듯 불빛이 희미하였다. 꺽정이가 발소리를 내지 않고 마루 위로 올라왔다. 과부 여편네 혼자 자는 방이라 으레 문고리가 걸렸으려니 짐작하고 배목이 솟쳐 빠질 만큼 힘껏 지게문을 잡아당겼더니 고리 걸리지 않은 문이 펄떡 열리며 꺽정이는 자기 힘에 몸이 한편으로 휘뚝하였다. 꺽정이가 몸을 가누며 곧 칼날을 빼어들고 방안으로 들어왔다.

아랫목에서 자는 여편네가 이불을 홱 젖히고 뻘떡 일어앉아서 윗목을 내려다보며

"이놈!"

하고 소리를 질렀다. 여편네는 첫잠이 깊이 들어 정신을 모르고 자다가 지게문 열리는 소리에 놀라서 잠이 깨었던 것이다.

"죽기가 시각이 바쁘거든 어서 소릴 질러라."

꺽정이가 칼을 치어들고 여편네 앞에 와서 딱 서니 여편네는 한참 동안 물끄러미 꺽정이의 얼굴을 치어다보다가 예사 말소리로

"오냐, 죽여라."

하고 고개를 길게 앞으로 내밀었다. 꺽정이가 속으로 어이없어하면서 목덜미 부연 살에 칼등을 슬쩍 갖다 대니 목이 옴찔하였다.

"네년은 그저 죽일 년이 못 된다. 고개 쳐들구 말 들어라."

"그저 죽이지 않으면 어떻게 할 테냐?"

여편네가 이불자락으로 앞을 가리고 뒷벽에 가서 기대어 앉았다.

"우선 네 죄가 죽어 싼 줄을 아느냐?"

"모르기에 대답이 없지. 내가 죄목을 일러줄 테니 들어봐라. 늙은 시아비를 구박하는 것이 하나, 어린 자식을 들볶는 것이 둘, 종년을 도망질하두룩 학대한 것이 셋, 이웃 사람에게 함부루 욕설하는 것이 넷, 이웃집에 와서 야료하는 것이 다섯, 이만해두 죄가 다섯 가지다. 그러구 방정맞게 내 수염을 끄둘러서 채 좋은 것이 대여섯 개나 뽑혔다. 내가 수염 아까운 생각을 하면 네년의 살점을 대여섯 점 포를 떠두 시원치가 않다."

"밥 먹구 똥 누는 건 죄가 안 되느냐?"

여편네 얼굴에 냉소하는 빛이 나타났다.

"이년아, 건방진 말 마라!"

꺽정이가 칼을 여편네 볼에 대고 한번 쓱 문댄즉 여편네는 진저리가 치이는 듯 몸을 옹송그렸다. 꺽정이가 속으로

'기집년이란 아무리 담대한 체해도 별수 없다.'

하고 생각하며 빙그레 웃었더니 여편네가 꺽정이의 웃는 것을 보고는 곧 이를 바드득 갈고서

"네가 할 말 다 했거든 인제 내 말 좀 들어봐라."

말하고 꺽정이가 미처 대꾸하기 전에 말을 다시 이었다.

"양반의 댁 기집종."

"양반의 댁이란 다 무어냐, 이년아."

"내 말을 다 듣구 나서 말해라. 기집종을 빼돌려 팔아먹구 안부인네 몸에 손찌검하구 밤중에 양반의 댁 안방."

"그래두 또 양반의 댁이야?"

"양반의 댁을 양반의 댁이라지 무어라구 하랴. 양반의 댁 안방에 밤중에 뛰어들어온 놈은 죄가 어떠냐? 천참만륙해도 싸지 않으냐. 네놈이 되려 나를 수죄를 해! 이놈아, 내가 너하구 사생결단하려구 작정한 사람이다. 내 손으루 너를 못 죽이면 네 손에서 내가 죽을 작정이다. 나 죽은 뒤에 시아버지가 원수를 못 갚아주구 친정 지친들이 원수를 못 갚아주구 또 나라에서 원수를 못 갚아주드래두 내가 내 원수를 갚을 테다. 내가 죽어 아귀가 되어서라두 너를 잡아가구 말 테다."

여편네의 입귀에서 침이 튀도록 말이 부푸게 나왔다.

"네년의 오장이 어떻게 생겨 저 모양샌가? 배다지를 가르구 오장을 좀 봐야겠다."

"오냐, 배를 가르든 목을 자르든 하구 싶은 대루 해라. 아무렇든지 한번 죽지 두 번 죽겠느냐!"

"배때기에 칼 들어갈 때두 큰소리하나 어디 보자."

"죽는 년이 앞을 가리랴. 배를 내놔줄게 가만있거라."

여편네가 앞가린 이불자락을 한옆으로 거드치고 끈 풀린 아래옷을 배꼽께까지 내려밀고 앞으로 나앉으며

"자, 찌르든지 가르든지 맘대루 해라."

하고 씩씩하게 말하였다. 꺽정이가 여편네를 여기 지르려고 하다

가 도리어 여편네에게 여기 지름을 당하고 입맛이 썼다. 그러나 여편네의 허연 속살을 내려다보는 중에 꺽정이는 생각이 달라졌다. 실상은 여편네를 처음 볼 때 좋게 여기는 생각이 없지 아니하였는데 이 생각이 마음 한구석에 들어 있다가 이제 와서 온 마음을 차지하도록 번져나온 것이다. 꺽정이가 갑자기 칼날을 집에 꽂고 여편네에게 덮쳐서 달리 요정을 내려고 하는 중에 여편네는 어느 틈에 손을 놀려서 사내의 가장 중난한 곳을 움켜쥐었다.

여편네 손아귀에 잡힌 곳이 수염과도 달라서 꺽정이가 평생처음 당하는 경계라 이약 꺽정이로도 마음에 적이 놀라웠다.

"이년아, 놔라!"

"얼른 놔라, 안 놓을 테냐!"

하고 연거푸 꾸짖으며 손으로 여편네의 팔을 눌러서 꼼짝 못하게 하였다.

"팔을 분질러봐라, 내가 놓나."

여편네가 말은 억세게 하나 팔이 아프고 손이 저려서 손아귀에 힘을 들일 수가 없었다.

"내가 조금 힘써 누르면 팔 하나 병신 된다. 진작 놔라."

"배를 가르구 오장을 본다며 팔병신 될 것이 걱정이냐."

"죽일 테면 벌써 죽였지, 이때까지 있어? 장난으루 그래 봤지."

"누가 너하구 장난하자드냐?"

"지금 이게 장난이지 무어냐?"

여편네가 '장난' 하고 뇌고 한참 만에

"그래, 네 말대루 장난이라구 하구 장난한 뒤는 어떻게 할 테냐?"
하고 말하는데 얼굴빛이 붉어지는 듯하였다.
"뒤를 어떻게 하다니?"
"나를 어떻게 할 테냐 말이야."
"좋다면 같이 살구 싫다면 고만두구 네 소원대루 해주지."
"거짓말 아니지?"
"사내대장부가 부녀자에게 거짓말을 할 리가 있나."
여편네가 이를 악물고 펴지 않던 손아귀가 어느 틈에 슬그머니 펴져서 꺽정이도 팔 눌렀던 손을 떼었다. 꺽정이가 그제는 일어앉아서 발에 신은 신발을 벗어 윗목에 내던지고 꽁무니에 버티는 환도를 빼서 발채에 놓고 여편네 옆에 와서 드러누웠다. 마침 이때 사랑에서 문을 열치는 소리가 나고 곧 뒤미처 안으로 들어오는 신발소리가 났다. 이불을 끌어덮고 누워 있던 여편네가 얼른 일어나서 아랫목 앞문과 윗목 지게문의 문고리를 모조리 걸고 다시 자리에 와서 누우며 꺽정이에게 귓속말로
"아무 기척 말고 가만히 있소."
하고 당부하였다. 두어 사람의 발짝소리가 안방 앞에 와서 그치더니 한참 만에 명토없이
"자느냐?"
하고 묻는 것이 늙은 시아버지인 모양인데 여편네는 대답 않고 가만히 있었다. 밖에서 다시 한번

"자느냐?"

묻고 나서 앞문을 흔드니 여편네가 그제사

"누구야?"

하고 소리를 질렀다.

"나야."

"웬일입니까?"

"문 열구 나 좀 보아."

"밤중에 왜 자는 방문을 열라십니까? 망측스럽게."

"물어볼 말이 있어 그래."

"물어볼 말이 있거든 밝은 날 물어보시구려."

"잠깐만 내다보렴."

"옷을 벗어서 못 일어나요."

"행랑에서 들으니까 안방에서 떠들썩하는데 죽인다는 소리가 들리드라구 이애가 지금 사랑으루 쫓아들어왔어."

"반실이가 귀는 밝네. 나 혼자 자는 방에 누가 떠들썩해요. 옳지, 내가 꿈에 이웃집 사내놈을 붙들어다 놓구 죽인다구 야단을 쳤드니 잠꼬대를 한 게로구먼."

껏정이가 눈을 흘기며 뺨 치려는 시늉을 하니 여편네는 손을 가로 흔들며 빙그레 웃었다.

"나는 도둑놈이 들어온 줄 알았구나. 지금 들어오며 보니까 사람의 그림자가 방문에 어른거리는 것 같드라."

"어른거리긴 무에 어른거려요? 당치 않은 소리 고만하구 나가 주무세요."

"나갈 테다. 불을 끄구 자. 불 켜놓구 자니까 꿈자리가 사납지."

"불 끄겠어요."

여편네가 일어나서 벽에 걸린 등잔불을 꺼버렸다. 방문 밖에 발짝소리들이 가까운 데서부터 차차로 멀어지더니 사랑방 문 여닫는 소리가 들리고 그 뒤에 행랑방 문 닫히는 소리까지 들리었다.

첫닭울이에 꺽정이가 일어서려고 하는 것을 여편네가 더 누워 있다가 가라고 붙잡아서 닭이 자칠 때에야 도로 담을 넘어왔다. 꺽정이가 지게문을 곱게 열고 방안에 들어서자 원씨가 자리에 일어앉으며

"밤중에 어디를 갔다오세요?"

하고 물었다.

꺽정이가 원씨의 묻는 말에는 대답 않고

"잠이 벌써 깨었나?"

하고 물으며 아랫간으로 내려왔다. 어둠침침한 곳에서 원씨가 꺽정이 손에 가진 물건이 있는 것을 보고

"손에 가지신 것이 무에요?"

하고 물으니 꺽정이는 흡사 숨기려는 것같이

"아니야."

하고 말하며 벽장을 열고 그 물건을 집어넣었다.

"아니라니, 그게 환도 아니에요?"

"환도야."

원씨는 큰일난 줄로 짐작하고 기가 막혀 한참 말을 못하다가

"담너머 집에 갔었지요?"

하고 묻는 것을 무서운 일 물어보듯 하는데

"그랬어."

꺽정이의 대답은 수월하였다.

"아이구, 나는 몰라. 그게 무슨 짓인가요?"

"내가 살인하구 온 줄루 아는구먼."

"그럼 어떻게 하구 오셨세요?"

"여편네를 보구 왔어."

"여편네를 보구 어떻게 하셨세요?"

"말썽을 다시 못 부리두룩 제독을 주었지."

"그러자니 자연 손찌검하셨겠지요."

"손찌검 안 하면 항복을 받지 못하나?"

"그래 그 여편네가 순순히 항복해요?"

"두구 보면 알지만 우리 집에 와서 말썽 부리는 건 고사하구 저의 집에서 떠들지두 않을걸."

"그러면 작히나 좋겠세요."

원씨는 속으로 꺽정이의 말이 헛말 아닐까 의심하였다.

꺽정이가 개잠이 든 동안에 원씨는 일어나 마루에 나와서 소세를 하는데 동자치가 아침밥 쌀을 받으려고 이남박을 가지고 마루 앞에 와서 섰다. 원씨 마음에 이웃집 여편네의 일이 궁금하여 동

자치더러 이웃집 문간에 가서 안의 동정을 좀 보고 오라고 말을 일렀다. 동자치가 가기 싫다고 안 가려고 하다가 원씨 말에 못 이겨서

"잠깐 갔다올게 얼른 쌀 내놓으세요."

하고 이남박을 마루 끝에 놓고 가더니 한동안 좋이 지난 뒤 비로소 돌아왔다.

"왜 그렇게 오래되었어?"

"아씨, 별일 다 봤세요."

"무슨 별일?"

"저 집 여편네가 아주 딴사람이 되었겠지요. 제가 문간에 섰는 걸 어느 틈에 보구 들어오라구 그러더니 여러 말을 하는데 말하는 것이 모두 멀쩡해요. 자기가 본시 화병이 있는데 혹시 화나는 일이 있어서 화병이 발작되면 꼭 미친 사람같이 된다구요. 이번에두 이웃집에 공연히 시비를 걸어가지구 미친 사람 구실을 해서 우세가 적지 않다고 조만히 말합디다."

안방에서 으 하는 트림 소리와 에헴 하는 기침소리가 났다.

"나으리 기침하셨어. 아침 늦겠네. 어서 쌀 갖다 씻어 안치게."

동자치가 쌀 이남박을 들고 부엌으로 내려가면서

"아씨, 제 말이 곧이들리지 않으시거든 이따 할멈더러 한번 가보라십시오."

하고 수다를 부리었다.

아침 후에 원씨가 조용히 꺽정이를 보고 여편네 제독 준 수단

을 캐어물으니 꺽정이는 말하기를 즐기지 않는 듯 차차 들으라고 말할 뿐이었다. 낮에는 별일이 없었다. 밤에 원씨가 자다가 버스럭 소리에 잠이 깨어서 눈을 뜨고 살펴보니 꺽정이가 아닌 밤중에 새삼스럽게 의관을 차리고 밖으로 나가려고 하였다.

"어디 가세요?"

"담너머 집에 좀 갔다올게 가만히 드러누워 자."

"담너머 집에는 무어하러 또 가세요?"

"미진한 말이 좀 있어."

"미진한 말이 무슨 말이에요?"

"차차 이야기할 테니 아직 가만있어."

원씨는 비로소 딴 의심이 들어서 꺽정이 나간 뒤로 공연히 잠을 이루지 못하고 건밤을 새우다시피 하였다.

• 대강령(大綱領) 대강 자세하지 않은, 기본적인 부분만 따낸 줄거리.
• 세절목(細節目) 세목. 잘게 나눈 낱낱의 조항.

꺽정이와 과부 김씨가 같이 살기로 작정이 되었는데 첫날밤에는 말이 대강령˚에만 그치었고 이튿날 밤에는 의논이 세절목˚에까지 미쳤다. 꺽정이는 김씨를 부실副室 대접 아니할 것과 김씨 살림에 시량범절 돌보아줄 것을 허락하였고, 김씨는 시아버지 늙은이와 양자한 아들아이를 고향으로 보내버리고 들어 있는 집에서 눌러 살림하게 할 것을 자담自擔하였다.

꺽정이가 김씨에게서 두번째 반밤을 새우고 돌아왔을 때 날은 아직 다 밝지 아니하였는데 원씨가 벌써 자리까지 걷어치우고 오두마니 앉아 있었다.

"왜 어느새 자릴 치웠어?"

"곤하지 않거든 좀 앉아 이야기하셔요."

"이야기 듣기가 그렇게 급해서 오밤중에 잠두 안 자구 앉았어, 사람두."

꺽정이는 혀를 낄낄 찼다.

"나를 속이실 건 없세요."

"속이긴 누가 속여? 별소리 다 하는군. 속 시원하게 다 이야기 해주지."

꺽정이가 첫날밤 행동한 일과 이튿날 밤 작정한 일을 대충 다 이야기하니 원씨는 벌써 미리 의심하고 있는 일이라 별로 놀랄 것은 없었으나, 일 된 품이 왈가왈부하기도 더러워서 말 한마디 않고 가만히 있었다.

"삼천궁녀두 거느리구 살려든 기집 몇개를 못 데리구 살까. 공평하게 해줄 테니 염려 마라."

꺽정이의 말끝에 원씨는 눈이 뜨거워지며 눈물이 맺혀 들고 솟아 흘렀다. 그러나 이 눈물은 꺽정이의 말이 자아낸 것이 아니고 자기의 설움이 터져나오는 것이었다.

이날 낮에 담너머 집에서는 김씨가 그 시아버지를 보고 고향으로 이사가자고 의론을 내었는데, 그 시아버지는 본래 서울을 시골만 못하게 여기는 늙은이라 며느리의 의론을 선뜻 좋다고 찬동하였다. 그러나 김씨가 그 시아버지더러 아들아이와 비부쟁이를 데리고 세간짐을 영거하여 가지고 먼저 내려가서 집도 수리하고 세간도 정돈하면 자기는 서울 집을 팔아가지고 추후하여 내려간다고 주장하는 것은 무능하기 짝이 없는 늙은이로도 좋다고 찬동하기가 어려웠다.

"단 며칠 동안이라도 너 혼자 어떻게 있을 테냐?"

"혼자 있으면 호랭이가 물어갈까요?"

늙은이는 아들 죽은 후로 호랑이 물어간단 소리를 남유달리 듣기 싫어하는 사람이라

"그게 다 무슨 소린가!"

하고 상을 오만상 찡그렸다.

"나 혼자 있을 건 염려 마십시오."

"집을 팔려고 하더라도 나다니며 주선을 해야지."

"주선성 많은 것 다 봤세요. 딴소리 말구 내 말대루 하세요."

늙은이가 마침내 며느리의 말을 거스르지 못하여 그대로 작정하고 말았다.

이날부터 불과 오륙일 안에 홍문집에서 이삿짐을 내실리는데 판다고 내놓은 육중한 세간과 당장 쓸 솥, 부등가리 외에는 문 앞에 붙였던 정문까지 다 떼어서 실리고 먼저 떠나기로 작정한 조손 노주奴主 세 사람은 짐바리와 한날 떠나갔다. 김씨의 시아버지 늙은이가 고향에 가서 며느리를 기다리다 못하여 다시 서울을 올라와서 보니 그동안 벌써 이웃 사내놈과 붙어서 펼쳐놓고 사는 판이라 하릴없이 그대로 도로 내려가서 늙은이의 의뭉으로 며느리가 급한 병으로 죽어서 서울에다가 엄토˚하고 왔다고 고향 사

람의 이목을 속인 것은 뒷날 일이다.

 김씨가 개새끼 하나 없는 빈집에 혼자 남아 있게 되며부터 꺽정이는 담을 넘어다니지 않고 문으로 드나들되 내 집 드나들듯 하였다. 박씨는 살기가 있으나 병이 있고 원씨는 대살지고˚ 약하여 모두 김씨의 살 좋고 몸 튼튼한 것만 못한데다가 새로 만난 사람이 이왕부터 같이 사는 사람과 달라서 꺽정이는 김씨 집에를 파고들었다. 김씨는 그 많던 울화가 신통하게 다 없어져서 골낼 때보다 웃을 때가 많고 전날 기습(氣習)으로 간간 기승을 부리다가도 꺽정이의 꾸람 한마디면 대번 숙지는 까닭에 전에 비하면 참으로 딴사람과 같았다. 전의 사람을 개차반이라고 하면 뒤의 사람은 거의 명주고름이라고 할 만하였다. 박씨는 육례를 갖추고 원씨는 정실로 자처하고 또 김씨도 부실이라고 아니하는 까닭에 꺽정이의 처가 광복산에 있는 본처 말고 서울 안에만 세 사람이나 되었다.

## 5

 꺽정이가 광복산 두메 구석에 엎드려 있기가 답답하여 서울로 올라올 때 과즉 한 달포 놀다 가려고 생각한 것이 늦게 난봉이 나서 갖은 오입을 다 하고 종내 계집을 셋씩이나 얻어서 각 살림을 시키는 동안에 세월이 가는 줄 모르게 오륙 삭이 지나갔다. 그동안 광복산 도중에서 꺽정이에게 오라는 재촉이 없었던가. 도중에 비록 대리 괴수가 있기로서니 정작 대장이 오래 밖에 나와 있는데 어찌 재촉이 없었으랴. 광복산 재촉은 성화같아도 꺽정이가 갈 생각을 아니하고 서울에 눌러붙어 있었다. 도중에 일이 있다고 재촉이 오면 꺽정이는 그 일이 무슨 일인가 알아보고 서울 앉아서 지휘할 건 지휘하고 조처할 건 조처하되 멀리서 지휘하기 거북하고 조처하기 어려운 일은 뒤로 미루기를 일쑤 하였다.

  청석골을 버리고 도망들 한 뒤에 관군이 빈 소굴에 들어가 불을 질러서 도회청과 살림집이 모두 타서 없어진 까닭에 광복산을 떠날 때 청석골로 다시 갈까 다른 곳으로 옮아갈까, 이것이 여러 두령들 사이에 중대한 공론거리가 되었는데 두 가지 의론이 맞서서 서로 일치하지 못하였다. 다시 청석골로 나가서 청석골패의 전날 성세를 회복한 뒤에 어느 산성 한 자리를 빼앗아가지고 이진移陣하는 것이 득책이라고 주론主論한 사람은 서림이요, 이왕 청석골에 오래 있을 작정이 아닌 바엔 불탄 자리에 새로 배포˚ 차리느라고 군일할 것 없이 바로 어느 산성 하나를 가서 차지하고 웅거하는 것이 상책이라고 주론한 사람은 이봉학이나 두 의론이 맞서게 되도록 부득부득 세우고 뻑뻑 우긴 사람은 서림이와 이봉학이가 아니고 늙은 오가와 곽오주이었다. 늙은 오가는 청석골에 정이 들어서 다른 곳으로 옮아갈 생각이 적은 사람이라 서림이의 득책이란 것도 내심에는 다 합당치 못하나 그나마 좋다고 서림이의 말에 찬동하고, 곽오주는 서림이의 말이라면

● 엄토(俺土)
겨우 흙이나 덮어서 간신히 장사를 지냄.
● 대살지다 몸이 야위고 파리하다.
● 배포(排布)
살림을 꾸리거나 차림.

언제든지 뒤쪽으로 잘 나가는 사람이라 이봉학이의 상책이란 것이 상책인지 아닌지도 모르면서 그대로 덮어놓고 이봉학이의 말에 붙좇았다. 주론한 사람들 제쳐놓고 둘이 서로 맞붙어서 청석골로 가느니 못 가느니 말다툼한 것이 한두 번이 아니었는데 어느 때는 곽오주가 이면없이 말을 뒤받는 데 늙은 오가가 화증이 나서

"대체 자네가 무얼 안다구 툭하면 나서나. 자네는 국으루 가만히 좀 있게."

곽오주를 꾸짖기도 하고 또 어느 때는 늙은 오가가 구변으로 몰아세우는 데 곽오주가 골딱지가 나서

"서종사 말이라면 당신은 사족을 못 쓰니까 당신하구는 더 말하기 싫소."

늙은 오가를 박주기도 하였다. 이와같이 말다툼들 하는 중에 늙은 오가의 입에서는

"다른 사람 다 안 간다면 나 혼자라두 청석골루 갈 텔세."

하는 말이 나오고 곽오주의 입에서는

"난 죽어두 청석골루 안 가겠소."

하는 말이 나온 일까지 있었다. 일인즉 일찍 결정짓고 미리 준비 차려야 할 일인데 꺽정이의 말을 들어보지 않고 결정짓지 못할 것은 고사하고 꺽정이 아니고는 늙은 오가나 곽오주나 한편을 누르고 결정지을 수가 없어서 꺽정이더러 속히 내려오라고 재촉하러 황천왕동이가 서울을 올라왔었다. 꺽정이가 내려가야만 할 사

정을 황천왕동이가 중언부언 말할 때 꺽정이는 듣는지 마는지 건정으로 들으면서 속으로 광복산 떠날 공론을 뒤로 미루어두게 하려고 생각하고

"개춘이나 한 뒤에 어디루든지 가게 될 텐데 공론이 어느새 무슨 공론이란 말이냐? 미리 준빌 한다니 준비할 일이 무어냐? 가령 집을 새루 짓기루 하구 역사를 시키드래두 해토나 돼야지. 나는 아직 서울 좀더 있다 가겠으니 그리 알구 가거라. 그러구 가서 공연히 수선들 부리지 말라구 내 말루 일러라."

하고 말하여 황천왕동이를 재촉 온 보람 없이 그대로 돌려보냈다.

꺽정이가 서울 와서 있게 된 뒤 처음 한 달포 동안은 광복산서 사람이 거의 사흘돌이로 올라오는데 그중에 전부터 서울길을 자주 하던 황천왕동이가 더욱 자주 올라오게 되었다. 광복산 사람이 오는 것을 꺽정이가 긴치 않게 여기고 거북하게 여기고 민주스럽게\*까지 여기어서 한번 황천왕동이더러 별일이 없거든 자주 오지를 말라고 말을 하여 그 뒤로 다른 사람은 차치하고 황천왕동이까지도 서울길이 전보다 드물어져서 한 달에 두세 번 오거나 말거나 하였다. 황천왕동이가 자주 올 때 으레 하룻밤은 자고 가던 사람이 드문드문 오게 되면서부터 사대문이 닫히기 전에 볼일이 끝나게 되면 가다가 자고 일찍 들어간다고 당일 되짚어서 떠나는데 이런 때 꺽정이는 마음에 합당한 양 잘 가라 인사하고 붙들어서 재워 보내려고 하지 않았다.

황천왕동이가 잠시잠시 다녀가도 원체 눈치가 빠른 사람이라

● 민주스럽다 면구스럽다. 낯을 들고 대하기가 부끄러운 데가 있다.

뉘게 이야기 들을 것도 없이 꺽정이의 난봉 부리는 것을 십분 짐작하나 꺽정이의 기안에 눌려서 드러내놓고 말 한마디 못하였을 뿐이지 속으로는 톡톡히 책망하고 싶은 마음이 남유달리 많았다. 황천왕동이는 내외간 금슬이 좋아서 다른 계집에 눈을 뜨지 않는 까닭에 본계집 두고 계집질하는 사람을 부족하게 아는데다가 더구나 세상에 둘도 없는 자기 누님이 꺽정이의 아내라 자연 마음이 누님 편으로 쏠려서 꺽정이를 홀으로 부족하게만 알지 아니하였다. 그러나 누님의 속을 상하여 주지 아니하려고 그런 이야기를 누님에게 하지 않은 것은 말할 것도 없고 말이 다리를 넘을까 저어하여 자기 내외간에도 말한 일이 없었다. 꺽정이가 특별한 볼일 없이 서울 가 눌러붙어 있는 것을 의심 안 할 리 없게 되었을 때 꺽정이의 아내 백손 어머니는

"정녕코 기집에 미친 게야."

"젊은 년을 얻어가지구 죽자 사자 하는 게지."

이런 말을 하며 혼자 푸닥거리도 하고

"너는 다 알면서 나를 속이지?"

"친동기간에 속이니 다른 사람 탓할 거 무어 있어."

이런 말로 천왕동이를 사살도 하였다. 꺽정이가 설까지 쇠러 오지 않는 데 백손 어머니는 속에 열방망이가 치밀어서 설인지 만지 지내고 새해 문안 가는 사람과 같이 서울을 가겠다고 부득부득 나서는 것을 시누이 애기 어머니가 말리고 아들 백손이가 말리고 다른 두령들까지 말리어서 간신히 주저앉히었다.

여러 두령이 꺽정이의 일을 가지고 두세 사람 끼리끼리 뒷공론들 한 일은 없지 아니하나 도중에 펼치어놓고 의논한 일은 없었는데 백손 어머니가 서울 간다고 법석을 꾸미던 때부터 도중의 공론거리로 의논이 되기 시작하였다. 꺽정이의 동정을 알아오자는 사람도 있고 꺽정이의 진의를 물어보자는 사람도 있었지만 꺽정이 같은 큰 인물이 큰일을 낭패하도록 여색에 침혹할 리가 만무하니 가만히 기다려보자는 의견이 나온 뒤에는 동정을 알아보자, 진의를 물어보자 하던 사람들까지 모두 그 의견으로 쏠리었는데 유독 서림이가 고개를 외치고 자기 소견이 다른 것을 말하였다.

"여러분 말씀은 대장께서 영웅이신 까닭에 여색에 침혹하실 리가 만무하다구 하시지만 나는 여러분과 뒤쪽으루 영웅이신 까닭에 도리어 여색에 침혹하시기가 쉽다고 생각합니다. 영웅호색이란 말이 영웅은 여색을 특별히 좋아한단 뜻입니다. 특별히 좋아하면 침혹하기두 쉽지 않습니까. 옛날에 진문공晉文公이란 이가 있었는데 조그만 나라 임금으루 천하 각국 임금들을 좌지우지 휘두르든 영웅이었습니다. 그가 임금이 되기 전에 고국에 있지 못할 사정이 있어서 부하 몇사람을 데리구 다른 나라루 떠돌아다닐 때 제나라 임금이 준 여자 강씨에게 반해서 고국에 돌아가 큰일할 것두 생각 않구 강씨와 같이 제나라에서 늙어죽으려구 하였습니다. 그런데 그 부하들이 강씨의 도움을 얻어서 제나라를 떠나두룩 일을 꾸몄습니다. 강씨 같은 동뜬 여자가 아니었든들

진문공이 진문공 못 되구 여자 손에서 썩었을는지 모르지요. 지금 우리가 대장만 믿구 가만히 있는 건 생각이 부족한 일루 압니다. 대장 부인께서 서울 가시는 것두 해롭지 않은 일인 걸 공연히 들 못 가시게 하셨습넨다."

 여러 두령이 꺽정이 내려오게 할 계책을 공론하다가 전일에 황천왕동이가 듣고 온 말도 있고 하니 개춘하기까지나 그대로 기다려보자고 작정들 하였다. 겨울이 가고 봄이 돌아와서 양지바른 산달'에 풀잎이 포릇포릇 돋고 눈 녹는 산골 도랑에 물소리가 졸졸 날 때가 되었는데 꺽정이는 오지 아니하여 황천왕동이가 다시 한번 재촉하러 서울 가서 하룻밤 묵어가며 이야기한 끝에 겨우 쉬이 오겠다는 허락을 받고 돌아왔다. 그런데 쉬이 온다던 사람이 열흘이 지나고 보름이 지나도 아무 소식이 없어서 다른 두령들이 황천왕동이더러 서울을 한번 더 갔다오라고 말한즉 황천왕동이가 자기는 또 가기 싫으니 다른 사람이 한번 가보라고 말하고 아니 가려고 하다가 빠른 걸음에 속히 갔다오라. 이왕 맡아놓고 다니다시피 하는 길이니 사피辭避할 생각 마라. 이번만 더 갔다오면 다시 가란 말을 아니하마 다른 두령들이 이 소리 저 소리 지껄여서 마침내 황천왕동이가 또 가기로 되었는데 대리 괴수 노릇하는 이봉학이가 이번에는 대장을 뫼시고 오도록 하고 정히 뫼시고 오지 못하겠거든 분명히 어느 날 오신다는 말씀이라도 듣고 오라고 서울 가서 할 소임을 일러주고, 모사 행세하는 서림이가 이번에도 대장이 뒤로 미루고 안 오려 드시거든 우리들이 전부다 서울로 올라가거나 그렇지 않으면 다 각기 사방으로 흩어지게 될지 모른다고 단단히 말씀하라고 꺽정이 만나서 할 말을 가르쳐 주었다.

황천왕동이가 광복산서 첫새벽에도 떠났지만 해가 제법 길어 져서 서울을 들어올 때 승석때가 못 되었다. 꺽정이의 처소는 가 보아야 으레 비었으려니 짐작하고 한온이의 큰집 사랑으로 들어 왔더니 사랑에 있는 서사가 나와 맞으며

"황서방 오셨습니까?"

하고 인사한 뒤

"너머 집에를 안 들르시구 바루 이리 오셨습니까?"

하고 물어서 황천왕동이는 안 들렀다고 고개를    • 산달 산이 있는 곳.
가로 흔들었다.

"오늘이 우리 집 작은주인 생일이지요. 임선다님두 너머 집에 와서 기십니다. 아니, 저녁 잡숫기 전에 어디 출입 안 하셨을 겝 니다."

한온이가 꺽정이를 위하는 마음으로 꺽정이가 자기 집에서 숙 식하지 않는 것을 광복산 두령이나 졸개에게 알리지 않도록 하라 고 집안 사람들을 신칙하여 둔 까닭에 서사가 무심코 다른 데서 온 것으로 말하였다가 얼른 출입 안 한 것처럼 고쳐 말한 것이었 다. 황천왕동이는 꺽정이가 처소에 있는 줄을 안 바엔 서사와 더 이야기하고 있을 것이 없어서 곧

"그럼 나는 저 집으루 가보겠소."

말하고 도로 사랑 중문 밖으로 나가려고 하는데 서사가

"저 샛문으루 가시지요."

하고 일러주어서 큰집과 너머 집 사이에 있는 일각문으로 나왔다. 문 열어놓은 건넌방에는 상노아이 서넛이 머리들을 한데 모으고 바스락장난을 하고 문 닫힌 안방에서는 남녀 섞여 웃고 떠드는 소리가 들리었다. 황천왕동이가 뜰 앞 가까이 들어왔을 때 상노아이들이 내다보더니 하나가 마루로 쫓아나오며 곧 안방 윗간 문을 열고 방안을 들여다보면서

"임선다님, 시골서 손님이 오셨습니다."

하고 고하였다. 꺽정이는 들은 체 아니하는지 아무 소리가 없고

"어디?"

하고 묻는 것은 한온이의 목소리였다. 황천왕동이가 뜰 위에 올라서서 여기 왔노라 알리듯이 헛기침을 한번 크게 하니 상노아이가 한옆으로 비켜서며 한온이가 내다보고 대뜸 실없는 말로

"오늘이 무슨 날인지 알구 왔느냐? 이왕 올라면 어제쯤 와서 오늘 아침밥이나 같이 먹게 할 것이지 인제 다저녁때 온단 말이냐. 네가 종시 생각이 좀 부족해. 하여간 삼백여리 전도에 생일날 전위해 온 것만은 기특하다. 어서 올라와서 절이나 한번 해라."

한온이와 황천왕동이가 서로 친하여 실없이 농지거리하는 사이지마는 원처에서 온 친구를 보고 나와 인사도 않고 가만히 앉아서 농부터 거는 것은 황천왕동이의 마음에 적이 불쾌하여

"실없는 자식."

하고 가볍게 대꾸한 뒤 마루 끝에 걸터앉아서 버선을 바꾸어 신고 방안으로 들어왔다.

방안에 사람 여섯이 들어앉아 있는데 그중에 넷은 몸에 주사니 것˙을 감은 계집이고 먹다 둔 주안상 하나가 중간에 놓여 있고 거문고, 가야금, 장구 등속이 한옆에 밀쳐 있고 그외에 아래윗간에 벌려놓은 방 세간이 있어서 간반 방이 가득하였다. 황천왕동이가 아랫목에 앉은 꺽정이를 향하고 비좁은 틈에서 거북살스럽게 절을 하는데 꺽정이는 눈도 거들떠보지 아니하고 한온이가 중뿔나게

"오, 잘 왔느냐?"

하고 점잖을 빼고 말하여 계집 두엇이 서로 눈짓    ● 주사니것 명주로 만든 옷.
하며 소리없이들 웃었다. 꺽정이에게 냉대받고 한온이에게 멸시당하고 계집년들에게까지 창피 보는 것 같아서 황천왕동이는 골이 발끈 났다. 주안상을 한편으로 밀어버리고 한온이 앞에 와서 앉으며 곧

"이 자식, 내가 네 놀림친구란 말이냐!"

하고 대어드는데 황천왕동이의 거동과 기색이 약차하면 바로 주먹질을 시작할 것 같았다. 한온이가 자아낸 골에 꺽정이와 계집들에게서 옮겨온 골이 엄치어서 상글상글 웃어가며 농담을 주고 받고 하던 전날 사람과는 딴판이라 한온이가 도리어 어이없어하며

"자네와 나 사이에 농담한다구 성낼 줄은 몰랐네."

하고 말하였다.

"농담두 분수가 있지. 멀리서 온 친구를 보구 나와 인사 한마디 않구 대뜸 농담을 시작해! 게다가 기집년을 끼구 방에 들어앉아서. 그것이 친구 대접이냐? 친구는 고만두구 수하 사람이라두 그따위루 대접하는 법이 어디 있느냐!"

황천왕동이가 한온이를 토죄하는데 꺽정이에게 피침한 소리를 하였더니 이때껏 입을 꽉 다물고 있던 꺽정이가 별안간

"듣기 싫다. 지껄이지 마라!"

하고 소리를 질렀다. 되지 못한 계집년들 보는 데서 꺽정이의 위풍 부리는 것을 황천왕동이는 비위 사납게 여겨서 눈을 똑바로 뜨고 꺽정이의 얼굴을 바라보았다.

"나를 노려보면 어쩔 테냐?"

"형님은 좀 가만히 기시우. 이 자식하구 말 좀 해보구 나서 이야기합시다."

황천왕동이가 다시 한온이게로 고개를 돌리고

"그래 네가 잘했느냐, 잘못했느냐? 말 좀 해라. 들어보자."

하고 소매를 거드치고 팔을 뽐내었다.

"내가 잘못하긴 잘못했네. 그렇지만……."

"그렇지만 어떻단 말이냐?"

"자네두 잘한 건 없단 말일세. 자네가 나를 붙들구 조용히 책망하면 자네 책망을 내가 고맙게 들었을 것인데 곧 드잡이를 놓을 것같이 팔을 뽐내구 덤비니 자네가 팔을 뽐내면 누가 기절할

줄 아나? 앗게, 저리 물러나게."

"네가 되잡아 나를 책망하는 셈이냐?"

"되잡구 바루잡구가 없지."

"네가 무얼 잘했다구 뻣뻣이 구느냐?"

"잘못했다는밖에 더 어떻게 하란 말인가. 네, 죽을 때라 잘못했으니 용서하십시오."

한온이의 비꼬아 하는 말이 입에서 나오자마자 황천왕동이의 손길이 번개같이 한온이 볼치에 올라가서 찰싹 소리를 내었다.

"이놈이 뉘게다 손질을 하나!"

한온이가 일어서고

"오냐, 해볼 테면 대들어라."

황천왕동이가 일어서는데 황천왕동이 뺨 위에 육중한 손이 와서 떨어지며 눈에 불이 번쩍 나고 정신이 얼떨떨하였다.

"당장 도루 가거라!"

꺽정이의 언성이 귀에 들릴 때 황천왕동이가 비로소 꺽정이에게 뺨 맞은 줄을 알았다. 대장이요, 자형이요, 사생을 같이하자 굳게 맹세한 의형제 꺽정이가 한온이의 편을 들어서 자기의 뺨을 치다니 꿈에도 생각지 못할 일이라 황천왕동이는 기가 막혀서 말이 안 나왔다.

"얼른 나가거라!"

꺽정이가 떠다밀어서 황천왕동이가 방구석에 가서 쿵 하고 넘어졌다. 황천왕동이는 부어오르는 뺨도 아픈 줄 모르고 벽에 부딮뜨린 머리도 아픈 줄 모르고 일어앉아서 물끄러미 꺽정이를 치어다보는 중에 이십년 동안 친한 정분과 앞으로 사생을 같이할 굳은 맹세가 일시에 없어지고 사라지는 듯 생각이 나며 부지중 눈에 눈물이 핑 돌았다.

한온이가 꺽정이 앞에 가서

"선생님, 자리에 가서 앉으시지요."

하고 권하며 일변으로 아랫목에 몰려 섰는 계집들을 돌아보고

"왜들 죽 섰나? 소홍이, 이리 와서 선다님을 뫼셔다가 앉으시게 하구 자네들두 다 앉게."

하고 말하여 꺽정이와 계집들을 모두 앉힌 뒤에 윗간 구석에 앉아 있는 황천왕동이게 와서

"여보게, 저리 가세."

하고 말을 붙이고

"자, 일어나게."

하고 손목을 잡아 일으켰다. 황천왕동이는 서울 온 사연이나 꺽정이에게 이야기하고 해 빠지기 전에 떠나가려고 생각하고 한온이 끄는 대로 앞으로 나와 앉았다. 한온이가 옆에 와서 앉으며

"하윗술'이나 한잔씩 먹어야지."

"먹다 남은 찌꺼지루 친구 대접한다구 끠까다름 부리기 전에 술을 새루 내와야겠다."

하고 혼자 지껄이고 나서 건넌방을 향하고

"이놈들, 이리 좀 오너라."

하고 상노아이들을 불렀다.

"나는 술 생각 없으니 고만두게."

황천왕동이의 말에

"이 사람, 하윗술 싫다는 데가 어디 있나?"

한온이가 대답하는 중에 상노아이들이 건너와서 한온이는 곧 상노아이들보고 방에 있는 주안상을 내가고 안에 들어가서 새로 한 상 잘 차려 내오라고 말을 일렀다. 상 내가는 수선이 끝난 뒤에 황천왕동이가 꺽정이를 향하고 앉아서

"언제는 내가 오구 싶어 온 것이 아니지만 이번은 어째 그렇든지 오구 싶지 않은 것을 하두 갔다오라구 말들 해서 할 수 없이 왔습니다. 내가 오죽 오지 않으려구 해야 이번만 갔다오면 다시 가란 말 아니하마 말하는 사람지 있었겠습니까. 나는 이번만 오구 다시 안 오게 될 줄까지 생각 못하구 왔드니 인제는 참말루 다시 올 리가 없습니다. 사람이 입찬소리˙는 못할 것이지요만 이번이 내 일생의 마지막 서울길이 될는지두 모르겠습니다. 내가 이번 온 사연은 말씀 안 해두 아실 테니까 긴말씀할 것 없구 여러 사람이 하든 말이나 대강 전해드리구 곧 떠나겠습니다."

• 하윗술
'화햇술'을 속되게 이르는 말.
• 입찬소리
자기의 지위나 능력을 믿고 지나치게 장담하는 말.

"여보게, 잠깐 내 말 좀 듣게."

한온이가 황천왕동이의 말끝을 무질뜨리려고 하였다.

"말씀하던 것 마저 다 하구 나서 자네 말을 들을 테니 조금 가만있게."

"아니, 내 말부터 듣게. 자네 떠나가긴 어디를 떠나간다나. 그러구 서울길이 마지막이라니 내가 보기 싫어 서울 안 오겠단 말인가?"

"아니."

"아니면 무언가? 사내자식이 그만 일에 꽁해가지구 친구를 끊다니 말이 되나. 저런 색다른 친구들 듣는데 창피하니 우리 다른 이야기나 하세. 뒤늦게 묻기는 겸연쩍지만 여러분들 다 평안하신가?"

황천왕동이가 고개만 끄덕이고 나서

"오늘 가든 안 가든 말씀하든 것이나 다 하구."

하고 다시 꺽정이보고 말을 이어 하려고 하는 것을 한온이가 손을 내저으며

"이런 자리에서 말씀이 무슨 말씀이야. 말씀은 두었다 나중 하게."

하고 가로막아 못하게 하였다. 아무 소리 않고 가만히 앉아 있던 꺽정이가 황천왕동이더러

"이야기는 이따가 하자."

하고 말하는데 말소리가 제법 부드러웠다. 황천왕동이는 꺽정이의 말이 한온이의 뜻을 받아 나온 것이거니 고깝게 생각하여 부드럽게 하는 말을 평소에 홀뿌려 하는 말만큼 못 여기었으나 계집년들 듣는 데서 이런 말 저런 말 할 것 없이 꺽정이 말대로 이따가 나중에 하리라 마음을 먹었다. 얼마 동안 안 지나서 떡 벌어

진 주안상 한상이 들어왔다. 한온이가 황천왕동이 맞은편에 가서 앉은 뒤에 계집들을 보고

"넷이 한데 포갬포갬 앉았지 말구 둘쯤은 이리 나와 앉아서 손님께 술을 많이 권해주게."

하고 말하여 계집 둘이 황천왕동이 옆에 와서 앉았다.

"내가 자네하구 하위하려구 내는 술이니까 첫잔을 자네가 들게."

"뒤에 오면 석 잔이라니 자네가 더 먹어야 하네."

한온이가 첫잔부터 연해 권하는데

"우리는 많이 먹었다. 어서 먹어라."

꺽정이도 역시 권하여 황천왕동이가 서너 잔 폭 배한 뒤에 잔이 순으로 돌기 시작하였다. 황천왕동이는 술 먹을 흥이 없을 뿐 아니라 술 먹을 마음조차 적건마는 본래 잘 먹는 술을 갑자기 못 먹는다고 어쌔고비쌔고˙ 하기가 싫어서 잔이 앞에 오는 대로 덥석덥석 받아먹었다. 한온이는 오입쟁이라 원수를 맺었다 풀었다 하는 오입판에서 마음도 서그러질 대로 서그러졌거니와 자기의 탓으로 황천왕동이가 꺽정이에게 뺨 맞고 걷어차이고 눈물까지 머금게 된 것을 미안하게 생각하므로 아무쪼록 황천왕동이의 마음을 풀어주려고

"내가 삼십 평생에 생일날 볼치떡을 얻어먹기는 오늘이 처음일세. 자네 덕에 생일을 잘 쇠어서 고맙기 이가 갈리네."

이와같은 웃음의 소리를 하는 끝에 황천왕동이더러

● 어쌔고비쌔다
요구나 권유를 이리저리 사양하다.

"여보게, 자네 기생맛을 본 일이 있나?"
하고 물어보니 계집들이 가만히 듣고 있지 않고
"기생이란 음식 이름인가요?"
"무슨 음식입니까? 댁에 있거든 우리들도 맛 좀 보이시오."
중구난방으로 나서는 것을 한온이가 손을 내저어 누르고 황천왕동이에게 하던 말을 이어 하였다.

"맛으루 말하면 장가처가 첩만 못하구 첩이 기생만 못하니 기생맛을 못 보면 기집맛은 모르네. 이번엔 기생맛 좀 보구 가려나? 서울 안 일등 명기 넷이 이 자리에 모였으니 넷 중에 하나 골라보게. 아니, 저 선생님 옆에 바짝 붙어앉은 분은 내가 마음대루 할 수 없으니까 빼구 셋 중에서 하나를 고르게. 자네가 속으루 골라놓구 넌지시 내게 말을 하면 내가 자네 위해서 조방꾸니 노릇을 한번 함세. 이름들을 일러주까? 자네 옆에 보라저고리는 추월색, 분홍저고리는 홍련화, 내 옆은 소월향, 선생님 곁은 두 자 이름으루 소홍이라네."

소홍이란 계집은
"저 양반이 기생 점고를 하나?"
하고 하하 웃고 추월색, 홍련화 두 계집은
"조방꾸니 노릇을 썩 잘하시는군."
"오입쟁이 날이 나면 건달이 되고, 건달이 배고프면 조방꾸니 된다지."
하고 서로 보며 깔깔대고 소월향이란 계집은 웃지 않고

"이 양반이 오늘 미치셨나 보아."

하고 한온이를 곱게 흘겨보았다. 한온이가 허허 웃고 걱정이도 껄껄 웃어서 방안의 웃음소리 요란한 속에 황천왕동이만은 억지 웃음으로 따라 웃는 체하였다. 한온이가 웃음의 소리 하는 데서 황천왕동이는 소월향이가 한온이와 사이가 좋고 소홍이가 걱정이와 관계가 있는 것을 짐작하여 유심히 소홍이를 살펴보며 속으로

'저따위 년에게 홀려서 헤어나지를 못하다니 눈에 무에 씌인 게지, 본정신으루야 그럴 수가 있나.'

생각도 하고 또

'내가 서울 온 일을 저년도 아마 짐작하렷다. 그러면 내가 몰골 사나운 일 당하는 것을 저년은 고소하게 여길 테지.'

● 장가처
정식으로 예를 갖추어 맞은 아내.

생각도 하여 소홍이가 밉기가 짝이 없었다. 황천왕동이의 눈이 소홍이게로 자주 가는 것을 한온이가 보고

"자네두 어떤 양반처럼 살기 있는 기집을 좋아하는 모양일세 그려. 그렇지만 그건 안 되겠네. 처음부터 빼라니까 그래."

하고 실없이 말하는데 황천왕동이가 눈살을 찌푸리며

"미친 자식이로군."

하고 욕을 하니 한온이는 옆의 소월향이를 돌아보며

"네가 나더러 미쳤다구 하기 때문에 미친 자식이라구 욕까지 먹는다. 욕하는 입을 네가 막어다구. 얼른 술 한잔 부어드려라."

하고 싱글싱글 웃었다. 입을 빼물고 있던 소홍이가
 "욕맛이 꿀맛 같소? 온갖 맛 다 잘 아는 이가 자청해 자실 제는 정녕코 단맛이 나는 게지."
하고 한온이게 말을 걸었다.
 "자네 맛 좀 보려나?"
 "나는 싫소."
 "싫으면 빨기나 하려나?"
 "빠는 건 다 무어요. 당신의 입은 사복司僕개천이야."
 "자네 입버덤은 정할걸. 자네 입은 뭇 사내 입에, 고만둬라."
 "왜 고만두시오? 실컨 하지."
 "그러다가 밤참을 날리게?"
 "오늘 밤참은 벌써 틀렸소."
 "실없는 말 고만두구 밤참은 장만하지 말게. 손님이 기시니까 선생님두 못 가실 것 같구 나두 못 가겠네."
 "손님하고 같이 오시구려."
 황천왕동이는 한온이와 소홍이가 말하는 손님이 자기 말인 줄 알면서도 모른 체하고 아무 말 아니하였다.
 해질물에 기생들이 각기 저의 집으로 돌아가는데 소홍이는 잠시 뒤떨어져 있다가 일어서며 한온이더러
 "되지 못한 음식이나마 숙불환생˚이니 꼭 오시오."
하고 당부하니 한온이는 대답을 아니하고 꺽정이의 입을 바라보고 소홍이가 다시 꺽정이 옆에 가서

"선다님, 어떻게 하실랍니까, 오실랍니까?"
하고 물으니 꺽정이는
"글쎄."
하고 대답을 근지˚하였다.
"너무 그러지 마세요."
"무얼 그러지 말란 말이냐?"
"사람을 너무 푸대접 말란 말씀이에요."
"내가 누구를 푸대접하드냐?"
"누가 오지랖 넓게 남의 말 할라구요. 내가 선다님 뵈입구 할 말씀이 많습니다. 오늘 밤에 꼭 오세요."
"할 말이 많으면 오늘 종일 보구 왜 말 안 했느냐?"
"마부가 기다리니까 긴말할 새 없세요. 자, 나는 갑니다."

소홍이가 밖으로 나갈 때 황천왕동이에게
"놀러오십시오."
하고 인사조로 말하는 것을 황천왕동이는 딴전하고 못 들은 체하였다. 소홍이가 마루 아래까지 내려가서 다시 방 앞문을 빠끔히 열고 꺽정이를 들여다보며
"꼭 오시지요."
하고 다지니 꺽정이는 빙그레 웃으면서 고개를 끄덕이었다.
꺽정이와 소홍이의 사이는 계집의 욕심이 사내의 정보다 더 많

● 숙불환생(熟不還生) 한번 익힌 음식은 날것으로 되돌아갈 수 없어 그대로 두면 쓸데없다는 뜻으로, 장만한 음식을 남에게 권할 때 쓰는 말.
● 근지(靳持) 선뜻 마음이 내키지 아니하여 미룸.

아서 들러붙고 떨어지지 아니하여 껏정이가 박씨, 원씨 두 여편네를 데리고 살면서도 이따금 소홍이 방에 가서 잤는데, 나중 김씨를 얻은 뒤로 한동안 통이 소홍이를 찾지 아니한 까닭에 한온이가 중간에서 공연한 매원*을 들었었다. 소홍이가 한온이의 생일날 사랑놀음 오기로 언약할 때 생일날 밤참은 저의 집에서 준비할 터이니 임선다님과 같이 놀러오라고 청하는 것을 한온이는 선선히 허락하고 껏정이에게 미리 말까지 하였었다. 이런 속을 황천왕동이는 알 까닭이 없으므로 혼자 심중에 생각하기를

'소홍이란 년이 흉악한 년이다. 저의 선다님을 내가 뺏어가려구 온 줄 짐작하구 밤에 같이 자며 이야기두 못하게 하느라구 갖은 요신을 다 부려서 저의 집으루 끌어가는 모양이다. 이별장 말대루 며칠씩 묵어가며 같이 가자구 졸라야 소용없을 건 정한 일이구 오늘 밤에 자세한 이야기 하기두 틀린 바엔 대충 할 말 하구서 성문 닫히기 전에 떠나가는 게 좋겠다.'

하고 껏정이를 보고

"나는 지금이라두 떠나겠습니다."

하고 말하니 한온이가 먼저

"이 사람 나더러 미쳤다드니 정작 자네가 미쳤네그려. 지금 어딜 떠나, 이 사람아."

하고 어깨를 툭 치고 껏정이가 그다음에

"지금 해 다 졌다. 자구 내일 가려무나."

하고 얼굴을 물끄러미 바라보았다. 죽장같이 부어오른 뺨을 껏정

이는 처음 보는 듯이

"뺨이 아프지나 않으냐?"

하고 물어서 황천왕동이가 머리를 가로 흔든 뒤 곧

"내가 올 때……."

하고 서울 온 사연을 말하기 시작하였다.

"이별장 말씀이 이번에는 꼭 뫼시구 오거나 그렇지 못하면 분명히 어느 날 오신다는 말씀을 듣구 오라구 합디다. 그런데 뫼시구 갈 가망은 없는 것 같으니까 어느 날쯤 서울서 떠나신다구 대개 날짜라두 정해서 말씀해주시면 좋겠습니다."

꺽정이가 흰자 많은 눈을 뜨고 보면서

"내가 너희들에게 매여지내는 사람이냐!"    • 매원(埋怨) 원망을 품음.

하고 곧 호령하듯 말하는데 언성만 높지 않을 뿐이었다.

"매여지낸다니 말씀이지만 내가 오구두 싶지 않은 서울을 왔다갔다하는 동안에 남에게 매여지내는 신세가 가련한 줄을 뼈에 사무치게 알았습니다."

"그래 신세가 가련한 줄을 알았으니 장차 어떻게 할 테란 말이냐?"

"여러 사람들이 전부 다 서울루 오거나 그렇지 않으면 사방으루 흩어진다구들 하는데 만일 서울루들 오게 된다면 나는 혼자 광복산버덤 더한 두메 속에 들어가 화전뙈기를 일궈 먹드래두 따라오지 않겠습니다."

"무엇이 어째! 사생동고한다구 맹세한 놈들 말본새 되었다."

"도중 여러분두 가끔들 사생동고 맹세를 들춥디다."

"너부터 말본새가 되었느냐 말이야!"

"나는 말씀 들어봐서 이번에 아주 영결루 하직하구 갈 생각까지 없지 않습니다."

"영결이든 아니든 갈 놈들은 다 가래라."

"말씀을 더 들어볼 것 없으니까 인제 나는 떠나가겠습니다."

황천왕동이가 분연히 일어서려고 할 때 뗑뗑 울리는 인경 소리가 들리었다.

황천왕동이가 서울 온 사연을 걱정이에게 말하는 중에 한온이는 슬며시 마루로 나가더니 마루에서 거닐면서

"여보게, 인경 소리 듣게. 인제 문밖을 나가려면 월성하는 수밖에 없네. 그래두 갈 텐가?"

하고 황천왕동이더러 말하였다.

"이리 들어오게. 자네에게두 좀 할 말이 있네."

"나더러두 같이 가자구 조를 셈인가?"

한온이가 웃으며 방안으로 들어와서 황천왕동이를 마주 대하고 앉았다.

"내가 자네에겐 사과를 해야겠네."

"그런 말 하자구 나더러 들어오랬나? 에, 이 사람."

"자네 몸에 손을 댄 것만은 내 잘못이거든."

"글쎄 이 사람아, 뺨 한번 치기두 예사구 뺨 한번 맞기두 예사지 그까짓 일에 사과를 하느니 삼전을 하느니 할 게 무어 있나?

더구나 하윗술까지 먹구 난 뒤 새삼스럽게. 그런 줄 몰랐드니 자네가 옹졸한 사람일세."

"그러구 내가 이번 가면 또 언제 서울을 올는지 모르니까 자네 하구 다시 만나기두 쉽지 못할 것 같애."

"글쎄, 지금 두 분 수작하시는 말씀을 내가 밖에서 다 들었는데 나 같은 가욋사람이 참견할 일은 아니지만 나 듣기에는 자네두 격해서 하는 말이구 선생님두 화나서 하시는 말씀인데. 한번 더 생각들 해보시구 다시 이야기하시는 것이 좋을 줄 아네. 이왕 주제넘게 말을 낸 길이니 내 소견을 잠깐 말하겠네. 대체 선생님께서 오랫동안 도중을 떠나 기시니 도중 여러분이 궁금할 때두 많구 답답할 때두 많겠지. 그렇지만 서울루 다 온다거나 사방으루 뿔뿔이 흩어진다는 것은 천부당만부당한 말일세. 우리네가 명호를 중하게 여기구 의리를 중하게 여기는 까닭에 된 사람 안 된 사람 한데 모여서 죽을고 살 고를 가리지 않구 일을 하지 않나. 그런데 지금 선생님 명령 없이 서울루들 온다는 것두 부하루서 대장을 무이 여기는* 일이니까 안 될 말이지만 사방으루 흩어진다는 것은 명호뿐인가, 의리를 통이 잊어버리는 일 아닌가. 의리를 잊어버린다는 건 안 될 말이라구 말할 나위두 없네. 그나마 쥐대기°루 모인 도중 같으면 오히려두 모르지만 그래 아무개패 칠형제라면 어느 패에서든지 다 알 만큼 소문이 높이 난 터인데 사방으루 흩어진다니, 빈말이라두 듣기 놀랍지 않은가. 자네루 말하면 의리 외에 정리가 다른 여러분과

* 무이 여기다 업신여기다.
° 쥐대기
여기저기서 마구 모으는 일.

두 다른데 선생님 앞에서 영결루 하직한단 말이 어떻게 입에서 나오나? 선생님 화내시는 건 당연한 일일세. 아까 선생님이 자네게 너무 과하게 하셨으니까 지금 자네 말이 격해 나오기두 쉽지. 그러니 오늘 밤 자구 내일쯤 다시 이야기들 하시면 좋겠네."

한온이가 말을 마치고 곧 꺽정이를 돌아보며

"선생님, 제 말이 옳지 않습니까?"

하고 물으니 꺽정이가 한참 만에 고개를 끄덕이었다.

이때 상노아이 하나가 방문 밖에 와서

"저녁 진지가 다 되었는데 진짓상을 어떻게 할까 여쭈어 보랍니다."

하고 말하니 한온이가

"오냐, 내가 안에 들어가 다녀나올 테다."

대답한 뒤 황천왕동이더러

"우리 아버지 저녁 잡숫는 것 잠깐 보입구 나옴세."

하고 일어서 나갔다.

꺽정이는 외상하고 황천왕동이는 겸상하여 저녁밥을 먹은 뒤에 한온이가 황천왕동이더러 소홍이에게 같이 가서 놀다 오자고 여러 차례 졸랐으나 황천왕동이는 끝끝내 싫다고 도리머리를 흔들었다. 나중에 꺽정이와 한온이가 기생년에게 실신失信할 수 없다고 소홍이 집에 놀러갈 때 한온이는 황천왕동이를 혼자 두고 가는 것이 마음에 미안하던지 말벗으로 서사를 불러다 준다고 하는 것을 황천왕동이가 일찍 잔다고 고만두게 하였다.

황천왕동이가 혼자 짬짬하니 앉았다가 막 자리에 누웠을 때 중문이 열리는 소리가 나고 곧 마당으로 들어오는 신발소리가 났다. 건넌방의 아이놈들은 벌써 잠이 들었는지 아무 소리가 없어서 황천왕동이가 내다보려고 다시 일어앉는 중에 방문 밖에서 어떤 사람이

"선다님, 예서 주무십니까?"

하고 말을 묻는데 말소리가 황천왕동이 귀에 익어 들리었다.

황천왕동이가 방 앞문을 열고 내다보며

"그게 누구야?"

하고 물으니 어둔 속에 섰는 사람이

"언제 오셨습니까?"

인사하고 앞으로 나서는데, 보니 그 사람이 다른 사람이 아니요 곧 애꾸눈이 노밤이였다.

"아까는 눈에 보이지 않드니 어디 갔다오나?"

"어딜 갔다와요? 선다님을 찾아왔지."

"자네 여기 안 있구 어디 다른 데 가 있나?"

"선다님 댁에 가서 있지요."

"선다님 댁? 선다님 댁이 어디야?"

"동소문 안이오."

"방으루 좀 들어오게."

"방에 들어갈 것 없지요. 선다님은 대체 어디 가셨습니까?"

"여기 젊은 주인하구 같이 놀러 나가셨네."

"그렇지, 기생방에 가셨지. 그렇다니까 술이 취해서 안 오신다구 가 뫼시구 오라구 사람을 성가시게 굴어."

"누가?"

"누가 그러겠소? 선다님 밑짝*이 그러지."

"잠깐이라두 들어오게. 지금 내가 잠은 안 오구 혼자서 심심해 못 견디겠네."

"그럼 잠깐 들어가 앉았다 갈까."

노밤이가 방으로 들어오며 곧 아랫목에 와서 엉거주춤하고

"방이 차지나 않은가요?"

하고 요 밑에 손을 넣어보고 그대로 주저물러앉았다.

"여보게, 선다님 첩두 기생 퇴물인가?"

"선다님 첩이 어디 있소?"

"자네가 선다님 첩의 집에 가서 있다구 하지 않았나?"

"언제 내가 그렇게 명토 박아 말합디까. 그저 선다님 댁이랬지."

"그럼 선다님이 기집 없이 홀아비살림을 하시나?"

"여기 가두 기집, 저기 가두 기집, 기집에 걸려서 자빠질 지경인데 홀아비란 다 무어요? 데리구 살림하는 사람만두 자그마치 셋씩이나 된다오. 그런데 그 세 사람이 다 각기 본기집이라지 첩이란 사람 하나 없소. 정작 본마누라님이 이런 걸 알면 기가 찰걸."

"예끼 미친 사람."

"누가 미친 사람이란 말이오? 기집에 미친 임선다님 말이오?"

"그래 선다님이 서울서 장가를 세 번 드셨단 말인가? 첩을 셋씩 들여앉혔대두 곧이가 들리지 않네."

"공연히들 나를 거짓말 잘하는 사람으루 돌리지만 실상은 나처럼 정말을 많이 하는 사람이 그리 흔치 않습디다."

"자네는 거짓말을 정말처럼 한다며?"

"내가 정말을 거짓말처럼 한 때는 혹간 있었을는지 몰라두 거짓말을 정말처럼 한 적은 꿈에두 없소."

"선다님 장가 세 번 들었다는 것이 거짓말 아니구 정말인가그래?"

"장가를 세 번 들었다면 거짓말이 되게. 서울 안에 본기집 노릇하는 사람이 셋이란 말이지."

● 밑짝 맷돌같이 아래위 두 짝이 있는 물건의 아래짝. 남의 아내를 곁말로 부르는 말.

"장가 안 든 본기집이 어디 있나? 그 말부터 구석이 비네."

"남성 밑 박씨는 귀밑머리 풀구 성례를 갖추었다구 본기집이라구, 동소문 안 원씨는 재상 딸을 자세하구 본기집이라구, 역시 동소문 안 나 있는 집 김씨는 첫날밤에 첩노릇 안 하기루 언약했다구 본기집이라구 모두 다 본기집이라지 첩이라지 않습디다. 내 말이 왜 구석이 빌 까닭이 있소?"

"박씨, 원씨, 김씨란 게 다 어디서 생긴 것인가?"

"선다님이 기집을 주름잡는 이야기를 통이 못 들으셨구려."

"자네, 어디 이야기 좀 하게."

"이야기할 테니 내게서 이야기 들었다구 선다님더러 말이나 마시오."

꺽정이가 산림골 가난한 양반집의 딸 박씨에게 장가든 이야기와 당시 재상 원판서의 딸을 업어온 이야기와 정문 받은 열녀 김씨와 붙어사는 이야기를 차례로 다 하고 노밤이 자기가 김씨의 집 계집종을 첩으로 데리고 살게 되어서 창피하게 행랑살이한다는 것까지 이야기하였다.

황천왕동이는 꺽정이의 난봉 부리는 것이 주장 기생오입이려니 생각하였을 뿐이고 아주 첩을 두었으리라고까지도 생각 못하였더니 천만뜻밖에 아내로 대접하는 계집이 셋이나 된단 말을 들으니 어이가 없어서 말이 안 나왔다. 노밤이의 얼굴을 뚫어지도록 바라보고 있다가

"거짓말루 나를 놀리면 자네 내 손에 죽네."

하고 야무지게 말하니 노밤이는 말 같지 않게 여기는 모양으로 히 웃으며

"거짓말이면 내 목을 내 손으루 비어 바치리다."

하고 다짐 두듯 대답하였다.

"자네, 동소문 안으루 갈 테지? 나하구 같이 가세."

"오늘 밤에 같이 가잔 말이오? 길에서 순라에게 붙들려갈라구요?"

"자네는 어떻게 안 붙들려가나?"

"나는 성균관 수복이 *패를 가졌소. 순라가 붙잡구 물으면 관

의 급한 심부름을 갔다온다구 거짓말을 꾸며대지요. 성균관을 맹 꽁징꽁하구 밥 먹는 데라구 말하는 사람두 있습디다만, 실상 옛 날 성인들을 뫼셔놓구 나라에서 춘추루 두 번 굉장하게 치성을 드리는데 그 치성드리는 것을 석전釋奠 올린다구 한답디다. 나라 에서 위하는 데라 밤의 순라들두 성균관 지경에는 발을 들여놓지 못한다우."

"자네, 그런 패가 어디서 났나?"

"그따위 위조는 이 집에 들이쟁여 있소."

"서사더러 말하면 하나 얻을 수 있겠네그려."

"서사가 주인의 말 없이 내놓겠소? 공연히 섣부른 수작하다 코 떼지 말구 내일 낮에 선다님을 앞장세우구 오시우. 다 알구 상면시키라는데 설마 못한다구 하겠소?" • 수복이 조선시대에, 묘나 능, 원(園), 서원 따위의 청소하는 일을 맡아보던 구실아치.

황천왕동이는 말을 그치고 잠자코 앉았는데 종없이 지껄이기 좋아하는 노밤이는 지껄일 만큼 지껄이고도 미진하여 혼자서 자꾸 시벌거리었다.

"남성 밑 박씨는 그동안 한번 낙태를 했지요. 벌써 달포나 되었는데 아직두 그 빌미루 앓는답디다. 원씨는 약하디약하게 생겼어두 강단이 있어서 밤잠두 별루 없는갑디다. 선다님이 안 가 주무실 때는 밤늦두룩 언문책을 보는데 초성 좋기라니 천하일품이오. 우리 안주인은 원씨의 책 보는 소리를 기생년 노랫소리라구 비웃어 말하지만 실상 기생년들 노랫소리버덤 더 듣기 좋소. 안

주인은 사람만 딱장떼구˚ 아무 취할 것이 없건만 선다님께 제일 고임을 받소. 아마두 잠자리를 잘하는 모양이야. 원씨는 본래 내 몫으루 정하구 업어오기두 내가 업어왔는데 선다님이 가로채가구 김씨의 기집종을 나더러 첩으루 데리구 살라구 내주기에 기집 없는 놈이 그나마 받았드니 안주인이 나를 곧 비부쟁이루 대접하는구려. 물계 모르는 여편네는 책망할 것이 없지만 선다님이 그런 대접을 시키는 건 어찌 생각하면 조금 야속하다구 할 듯하지요. 안주인이 내 첩이란 것을 보구 내 말을 하자면 꼭 네 서방이라구 하우. 비위 좋기루 팔도에 소문난 나두 그 소리 들을 때는 욕지기가 절루 납디다. 그래두 내나 하니까 그 아니꼬운 걸 참구 지내지 다른 사람 같으면 하루두 못 살구 벌써 나갔을 것이오. 나는 선다님하구 정분이 여타자별한 터에 나가느니 들어가느니 할 수가 있소? 선다님이 광복산으루 가게 되면 나두 따라갈 작정인데 서울 살림들을 걷어치우구 가지 않구 나보구 뒷수습이나 하라면 성가실 모양이오."

노밤이는 꺽정이가 서울 있는 계집들을 저에게 내맡기고 얼른 광복산으로 가기를 은근히 바라는 마음이 있는 까닭에 미친놈처럼 시벌거리는 속에 그 마음이 들여다보이어서 황천왕동이가 속으로

'저놈이 참말 숭물스러운 놈이구나.'

하고 생각하였다.

노밤이가 저 혼자 실컷 지껄이다가 너무 늦어서 간다고 일어서

나간 뒤로 황천왕동이는 밤이 가는 줄도 모르고 혼자 우두머니 앉아 있었다. 황천왕동이 마음속에 이 생각 저 생각 여러가지 생각이 나는 중에 노밤이 같은 미친놈의 말을 준신할 수는 없으나 백판 거짓말은 아닌 모양이니 뉘게든지 다시 한번 알아보아야 할 터인데 서사를 끌고 나가서 술잔을 먹여가며 물어볼까, 상노아이들을 꾀솜꾀솜하여* 물어볼까. 서사는 바로 말해줄는지 모르고 상노아이들에게는 채신을 잃기가 쉬워서 생각을 얼른 질정하지 못하였다.

건넌방에서 상노아이들 코고는 소리가 나다 말다 할 뿐이고 온 집안이 조용할 때 큰집과 통래하는 일각문을 요란하게 열어젖히는 소리가 나며 곧 뒤미처서

"천왕동아, 자느냐?"

한온이의 술 취한 말소리가 났다. 황천왕동이는 이때껏 자지 않고 벽에 기대어 앉아 있었으나 신발소리로 꺽정이가 오지 않는 것을 알고 비위가 틀려서 자는 체하고 가만히 있었다. 한온이가 방 앞으로 가까이 오면서

"불을 켜놓구 자느냐?"

하고 소리치는데 불 끄고 자던 건넌방의 상노아이들이 일어나 마루로 나왔다.

"손님 자리를 깔아드렸느냐?"

"손님이 주무신 제 오래냐?"

상노아이들을 보고 말을 묻고

- 딱장떼다
꼬치꼬치 캐어묻고
따져서 닦달질하다.
- 꾀솜꾀솜하다
'꾀음꾀음하다'의 속어.
달콤한 말로 남을 꾀어 호리다.

"이 자식, 잠이 꽤 깊이 들었구나."

"네가 길을 와서 곤한 게다."

황천왕동이게 대고 혼잣말을 지껄인 뒤 한온이가 일각문 쪽으로 도로 갈 때 방안의 황천왕동이는 갑자기 한온이를 불러들일 생각이 나서

"어른 주무시는 방 앞에 와서 기탄없이 떠드는 자식이 누구냐!"

하고 방 앞문을 열치었다. 황천왕동이가 서사나 상노아이들에게 캐어물어보려던 것을 한온이에게서 파내어 들어보려고 생각한 것이다. 한온이가 돌아서서 황천왕동이를 바라보며

"저 자식 깨었네."

말하고 마루 앞으로 와서 손에 든 초롱을 상노아이에게 내맡기고 방으로 들어왔다.

"어른 들어오시는데 일어나지두 않느냐! 버릇없는 자식이로군."

"장승처럼 버티구 섰지 말구 어서 앉아라."

"너 앉은 자리를 비켜다우. 내가 앉을 테니."

"내 옆에 앉구 싶으냐? 자, 이리 와 앉아라."

황천왕동이가 펼쳐 있는 이불자락을 밀치고 요 위에 한온이를 앉게 하였다.

"내가 오늘 밤에 술을 많이 먹었다."

"배움술이 많이 먹어야 서너 잔 먹었겠지."

"서너 잔 열 곱절 더 먹었다, 이 자식아."

"거짓말 마라. 네가 삼십 잔 술을 먹으면 다 컸게?"

"이놈, 버릇없는 소리 마라."

"어린 속에 점잖은 것이 들어가서 눈이 뒤집힌 게구나. 누구더러 이놈이라니."

"너더러 이놈이랬다. 뺨 한번 맞구 눈물을 찔끔찔끔 흘리는 못생긴 너더러 이놈이랬다."

"실없는 말 고만두세. 내가 자네에게 정당히 물어볼 말이 있네."

"선생님 말을 물어보구 싶으냐?"

"그래."

"선생님은 기생방에 곯아떨어지셨다. 술을 배운 제자가 번고를 두세 번 하두룩 취했을 젠 술을 가르친 선생은 알조 아니냐. 너들의 대장이 내 술선생이야, 너 아니?"

"내가 자네에게 물어볼 말은 다른 말일세."

"다른 말은 무슨 말이냐?"

"우리 대장이란 이가 서울서 하는 일이 무언가?"

"술상 받으면 술 먹구 밥상 받으면 밥 먹구 그러지."

"그동안 아내 셋이 생겼는데 중신은 다 자네가 했다데그려."

한온이가 물끄러미 황천왕동이를 보면서

"그런 말 뉘게 들었니?"

하고 물었다.

"광복산 있는 우리들두 귀가 둘씩일세. 그런 말두 못 듣겠나?"

"풍설이다. 그따위 풍설을 듣구 온 까닭에 네가 선생님께 말을 막 하구 내게 골부림을 했구나."

"풍설이라니 헛말이란 말인가?"

"그렇지, 똑똑한 사람이 왜 헛말을 곧이듣는단 말이냐?"

"남성 밑 박씨, 동소문 안 원씨, 김씨 그것들은 다 무언가?"

"그것들이 무언지 나두 모르겠다."

"박씨는 낙태한 뒤 성치 못하구, 원씨는 약하디약하구, 김씨가 제일 고임을 받는 것까지 다 들었네."

"다 듣구 무얼 묻느냐? 내가 지금 정신이 들락날락한다. 내일 이야기하자."

"이 사람, 자네가 나를 친구루 알거든 내 말 한마디만 대답해주게. 그 세 기집이 다 첩이 아니구 본기집이라니 그것이 정말인가?"

"본기집 아닌 것이 본기집이라구 하면 본기집이 되나. 그런 건 묻는 사람이 소견이 없지. 그런 것들이 본마누라 노릇을 하려구 한대두 너의 누님을 쫓아내구 들어앉진 못할 테니 염려 마라. 허허허, 네가 너의 누님 대신 바가지를 긁으러 왔구나. 허허허."

"웃지 말게, 속상하네."

"아따 이 사람아, 인생 백년에 시름 잊구 웃는 날이 몇날이나 되겠나."

한온이가 황천왕동이의 어깨를 치고 '반나마 늙었으니' 노래를 내놓기 시작하였다.

한온이가 노래 한마디를 법제로 부르고 나서

"어떠냐, 잘하지?"

"시골뜨기가 소리를 들을 줄이나 아나."

찧고 까불듯 말하고 또 허허허 웃는데 황천왕동이는 수심에 싸인 것같이 양미간에 주름을 잡고 펴지 못하였다.

"젓국 먹은 고양이 상호를 하구 앉았지 말구 좀 웃구 지껄여라."

"나는 자겠으니 고만 가게."

"내가 바루 가 잘 것이지만 네가 혹시 기다리구 있을까 봐서 일부러 왔다. 황송한 줄을 모르구 가라다니 너두 사람 될라면 아직 멀었다."

"진정 말이지 내가 웃구 지껄일 경이 없네."

황천왕동이가 말하는 것까지 힘담이 없는 것을 한온이는 딱하게 보았던지 홀제 정중한 말소리로

"여보게, 근심 말게. 선생님 일간 가신다네."

하고 말하였다.

"기생방에서 그런 말을 다 할 틈이 있든가?"

"기생방은 왜?"

"그럼 어디서?"

"내가 선생님하구 같이 가면서 말씀을 들어봤네."

"요전번에 수이 내려온다구 하구 반달이 지났으니까 그 일간두 또 얼마 동안이나 될는지 누가 아나?"

"선생님이 자네들에게 잠뿍 미쁘지 않게 보였네그려. 그렇지만 이번엔 두구 보게. 틀림없이 가실 테니. 사오일 안에 가시나 안 가시나 나하구 내기라두 하세."

"분명히 사오일 안에 떠난단 말을 들었나?"

"내가 선생님께 말씀하기를 광복산에서 뿔뿔이 흩어질 리는 없지만 서울루들 오기는 쉬운데 우들 오면 수선스러우시겠다구 하니까 선생님 대답이 일간 곧 내려가신다구 하시데. 그래서 일간이야 내려가실 수가 있습니까 하구 내가 뒷수습할 일을 말씀하였더니 뒷수습은 다시 와서 하드래두 사오일 안으루 떠난다구 하시데. 이왕 그렇게 작정하실 바엔 자네를 묵혀서 같이 떠나시는 게 어떠냐구 여쭈어 보지 않았겠나? 선생님 말씀이 가기 싫은 걸 억지루 끌려가는 것 같아서 재미없다구 자네는 자네대루 보내구 나중 가신다구 하데. 사오일 안으루 가실 건 정한 일이니까 자네는 다시 긴말씀하지 말구 먼저 가게."

"그러지 않아두 나는 내일 식전 일찍 갈 작정일세."

"아침이나 먹구 떠나게."

"아침밥은 가다가 지어 먹든 얻어 먹든 할 테니까 이른 아침 시킬 것 없네."

"그럼 조반 요기래두 해야지 잔입으로 떠날 수야 있나. 어떻든지 식전 일찍 떠나게 해줄 테니 그건 내게 맡겨두게."

"자네가 늦잠 자면 보두 못하구 갈는지 모르네."

"선생님은 보입구 갈 테지. 선생님 오실 때쯤 나두 나옴세. 그런데 여보게, 흩어지느니 서울루 올라오느니 하는 것이 자네가 지어 한 말은 아니겠지?"

"그건 왜 묻나?"

"뉘 입에서 그런 소리가 먼저 나왔나?"

"글쎄 그건 왜 묻느냐 말이야."

"선생님이 벼르시데. 그런 말을 먼저 낸 놈은 그대루 둘 수 없으니까 가시는 날루 곧 채근해서 별반조처를 하신다데."

"별반조처를 하거나 말거나 맘대루 하라게."

"그렇게 대수롭지 않게 알 일이 아니야. 선생님 벼르시는 품이 살육이라두 내실 모양 같데. 자네가 가서 미리 입들을 잘 모아두게."

"자기 앞이 뻣뻣하구 큰소리를 해야지."

"저 사람 보게. 선생님 성미를 잘 알면서 저런 소리를 하나."

"자네 졸리지 않은가? 나는 눈 좀 붙이구 일어나야겠네."

"내가 올 때까지 자네 자지 않았나?"

"지금이 어느 땐가? 닭이 벌써 몇홰째 울었네."

"자, 나는 갈 테니 어서 자게."

한온이가 간 뒤에 황천왕동이는 참말 눈을 붙이려고 이불을 끌어덮고 누웠으나 눈이 반들반들하고 잠이 오지 아니하여 뜬눈으로 밤을 새우고 파루 치는 소리가 나며 곧 누구에게 간다 온다 말도 없이 남소문 안에서 떠나 나왔다.

황천왕동이가 서울서 떠날 때는 곧 아침결에 광복산을 들이댈 것같이 빨리 걸었으나 불과 삼십리 다락원을 왔을 때쯤부터 일신의 맥이 풀리는 듯 걸음이 스스로 느려져서 겨우 연천 와서 점심참을 하고 놋다리고개를 해동갑하여 넘고 이천 읍내를 캄캄하여 들어와서 저녁밥을 새로 지어 먹고 밥 먹고 나서 한참 늘어지게 앉아 있다가 광복산 육십리를 밤길로 걸어나오니 벌써 한밤중이라 파수 보는 졸개들 외에는 모두 잠들이 들었다. 황천왕동이가 먼저 이봉학이 처소에 가서 자는 것을 일으켜 앉히고 서울 갔다 온 회보를 대강 말한 뒤에 자기 처소로 왔다. 아내 백씨가 아들아이를 끼고 자다가 남편 목소리에 놀라 일어나서
　"이 밤중에 웬일이세요?"
하고 등잔에 불을 켜고
　"진지 한 그릇은 솥 속에 넣어두었지만 해 잡수실 것이 없는데, 국이나 끓여서 잡수실까요?"
하고 관솔에 불을 당기는 것을 황천왕동이는 배고픈 것보다 첫째 졸려서 못 견디겠으니 불을 끄고 자자고 말하고 아내보다 먼저 자리에 드러누워서 자는 아들을 어루만지다가 잠이 들었다. 이튿날 식전에 황천왕동이가 잠은 일찍 깨었으나 노독이 났는지 몸이 무겁고 머리가 아파서 일어나지 못하고 아내가 갖다 주는 조당수˙ 한 그릇을 자리 속에서 어린 아들과 같이 나눠먹고 해가 한나절이 되도록 누워 있는 중에 신불출이가 와서 여러 두령이 모여 앉아서 오기를 기다린다고 통기하였다. 황천왕동이는 처음에
　"골치가 아파서 어디 일어나겠다구."

하고 말하였다가 다시 말을 고쳐서

"소세하구 밥 좀 떠먹구 갈 테니 여러 두령께 가서 그렇게 말씀하게."

하고 일러 보냈다. 신불출이 간 뒤에 황천왕동이가 일어나서 세수하러 나오는데 세숫물을 놓아주는 백씨가 얼굴을 보다가 갑자기 놀라며

"한쪽 뺨이 부으셨으니 웬일이에요?"

하고 물었다.

"인제 봤어?"

"아까도 보았겠지만 무심했지요. 뺨을 뉘게 맞으셨세요?"

"그랬어."

"뉘게요?"

● 조당수
좁쌀을 물에 불린 다음 갈아서 묽게 쑨 음식.

"나중에 이야기할게 밥상이나 얼른 차려놓우."

청석골패의 내외 가진 두령들이 거지반 다 아내를 보고 하게를 하는데 황천왕동이는 홍살문 안 사부士夫 집에서 처가살이하는 동안 입에 익은 버릇대로 반말 아니하면 하오를 하였다.

황천왕동이가 부지런히 세수를 다 하고 곧 밥상을 받아서 밥을 거의 다 먹었을 때 그 누님 백손 어머니가 보러 왔다.

"어제 밤중에 왔다지? 나는 이때까지 까막히 모르고 있었다. 식전에 와보지 못하겠으면 기별이라도 좀 해줄 게지."

"몸이 아파서 인제 일어났소."

"어디가 아파?"

"골치두 아프구 다리 팔두 아프구."

"노독이 난 게다. 왜 밤길을 걸어오니? 중간에서 자구 오지. 시급한 일도 없을 텐데."

"이천 읍내서 자구 올까 하다가 고만 그대루 왔소."

"서울서 늦게 떠났든가?"

"떠나기는 첫새벽 떠났지만 걸음이 야속히 안 걸려서 놋다리 고개서 해를 지웠소. 겨울 해에두 그런 일은 없었는데."

"너 간 뒤에 이번에는 그애 아버지가 너하구 같이 오리라고 모두들 말하드라만 나는 안 올 줄 알았다."

"일간 온답디다."

"너를 따돌려 보내느라고 일간 온다고 한 게지. 수이 온다고 하고 보름이 넘어도 안 오는 걸 봐라. 일간이 또 보름이 될지 한 달이 될지 누가 아니?"

"왔다가 다시 가드래두 오긴 곧 온답디다."

"서울에 무에 못 잊어 또 가? 한번 오기만 오면 누가 그렇게 문문히 다시 가게 둘 줄 알구. 썩 틀렸다."

"자기 발루 가는 걸 누님이 어쩔 테요?"

"내가 허리띠에 목을 매드래도 못 가게 할 테니 두고 보려무나."

"이번에 가서 이야기를 들어보니 형님이 환장된 사람입디다."

"무슨 이야기를 들었어?"

"얘기를 하자면 자연 말이 길 테니까 내가 여러 사람들 모인데 가보구 나중에 누님께루 가리다."

 황천왕동이는 곧 일어나서 의관을 차리고 처소에서 나왔다.

 여러 두령이 모이는 곳을 도중 상하가 입에들 익은 대로 도회청이라고 부르지만 대청이 열두 칸이던 청석골 도회청과는 비교하여 말할 수 없는 간반통 삼간방 하나인데 그나마 꺽정이가 따로 거처하느라고 꾸민 방을 도회청으로 겸하여 쓰게 된 것이었다. 청석골 도회청에서 위의들을 갖추고 앉을 때와 달라서 일을 의논하다가 잡담을 섞기도 하고 앉아 있기가 싫으면 비스듬히 눕기도 하였다. 명색 도회청이란 곳에 여러 두령이 모여서 혹 눕고 혹 앉아 잡담들 하고 있는 중에 황천왕동이가 들어왔다. 누워 있던 사람들이 분분히 일어앉으며 여러 사람이 각 인각색으로 인사들 하였다.

• 문문하다 어려움 없이 쉽게 다루거나 대할 만하다.

 "잘 다녀왔나? 이리 와서 앉게. 자네가 조금만 더 늦게 안 오면 우리가 자네게루 제진齊進했을지 모르네."

 늙은 오가는 수다하고

 "며칠 될 줄 알았드니 속히 왔네."

박유복이는 말수가 적고

 "서울 갔다오신 회보는 이두령 말씀으루 대강들 들었지만 자세한 이야기를 들으려구 오시기를 기다리구들 있소."

서림이의 말은 요령이 있고

 "이번에두 대장 형님을 못 뫼시구 오구 혼자 와?"

배돌석이의 말은 되바라지고

"밤길 좀 걸었다구 해가 똥구녁까지 치밀두룩 잔단 말이오?"
길막봉이는 말이 우직하고
"오는 길루 우리 이쁜 아주머니를 못살게 하느라구 밤을 새운 꼴이구려."
곽오주는 입이 마구 난 창구멍이었다. 인사수작들이 끝난 뒤에 이봉학이가 황천왕동이를 보고
"올 때 대장 형님을 못 보입구 왔다구 했지?"
하고 물어서 황천왕동이가
"보입구 더 할 말두 없구 늦두룩 기다리구 있기가 싫기에 그대루 와버렸소."
하고 대답하니 좌중에서 어찌하여 뫼시고 오지 않았느냐고 묻는 사람도 있고 같이 오시자고 더 졸라보지 않고 혼자 달아왔다고 책망하는 사람도 있고 또 안 보입고 와서 화를 내시지 않겠느냐고 염려하는 사람도 있었다.
황천왕동이는 여러 사람이 괴상히 여기도록 한참 동안이나 입을 봉하고 앉았다가 한번 좌중을 돌아보고 나서
"지금 내 생각에는 우리 대장이란 이가 꼭 오장이 바뀐 것 같은데 여러분은 어떻게 생각하실는지 이번에 내가 보구 듣구 온 것을 조금두 숨기지 않구 죄다 이야기할 테니 다들 생각 좀 해보시우."
허두를 놓고 이야기를 시작하였다. 꺽정이가 기생년을 끼고 방에 들어앉아서 내다보지도 않고 방에 들어가서 절을 하여도 눈도 거

들떠보지 않던 것과 한온이와 시비를 차리는데 꺽정이가 한온이 편을 들어서 뺨 치고 떠다박지르던 것과 꺽정이가 한온이와 같이 기생방에 놀러가서 한온이만 돌려보내고 자기는 자고 오지 아니한 것과 꺽정이가 기생방에 가기 전에 틈을 타서 같이 오거나 그렇지 않으면 어느 날 오겠다고 분명히 날짜를 말하여 달라고 조른즉, 내가 너희들에게 매여지내는 사람이냐 소리지르고 도중에서 다 서울로 올라가게 되거나 그렇지 않으면 사방으로 흩어지게 될는지 모른다고 말한즉 갈 놈들은 다 가거라 소리지르던 것을 이야기하고 그다음에 노밤이의 이야기와 한온이의 수작을 옮기어서 여럿에게 들리었다.

"그것 보시오. 세상에는 영웅이 더 염려라구 내 말하지 않습디까?"

서림이가 먼저 한마디 하고

"대장 형님이 기집에 곯아죽었드면 서종사는 퍽 신통할 뻔했소."

곽오주가 뒤받아 한마디 하고

"우리 대장이 기집질에두 대장일세."

늙은 오가도 한마디 하고

"사생동고하자구 맹세하구 갈 놈은 누구며 가랄 놈은 누구야?"

배돌석이도 한마디 하고

"시골 아내 한 분에 서울 아내 셋이면 대장 형님두 배두령 형님과 같이 사취 장가까지 드신 셈이군."

길막봉이도 한마디 하여 이 사람 저 사람이 다들 한마디씩 지껄이는데 이봉학이와 박유복이는 입들을 다물고 말참례를 하지 아니하였다.

황천왕동이가 이봉학과 박유복이를 번갈아 바라보면서

"형님네는 아잇적 동접으루 자형 일을 고주리미주리˚까지 다 잘 아시지만 기집동사에 생각이 어떻든 건 나만큼 모르시기 쉬우리다. 본기집이 튼튼해서 애새끼 낳을 만한데 첩을 두는 건 잡놈의 짓이다. 오입으루 기집질을 하드라두 첩은 둘 것이 아니다. 첩을 두면 집안이 시끄러워 못쓴다. 우리 누님을 보구 자네가 늙다리 되기 전엔 첩을 안 둘 테니 안심하게, 첩을 둘라면 벌써 두었네, 계제가 없어 못 두었겠나 이런 말 하는 것을 내 귀루 많이 들었소. 평일에 이런 말을 하던 이가 지금 첩두 아니구 본기집으루 기집을 셋씩이나 두었다니 오장이 바뀌지 않구야 그럴 리가 있소? 우리 남매가 허항령 무인지경에서 세상을 모르구 자란 사람으루 자형 한 사람을 믿구 바라구 세상에 나와서 이십년 세월을 지나는 동안에 누님뿐 아니라 나두 자형을 하늘같이 여겨왔는데 하늘이 사람을 속일 줄이야 누가 알았소. 내가 뺨 맞구 떠다박질린 건 그 당장 야속했을 뿐이지만 자형이 환장한 것은 생각할수록 분하우. 형님네두 우리 남매가 돼서 생각 좀 해보시우. 이렇게 분할 데가 어디 있겠소."

하고 원정原情하듯 하소연하듯 말한 뒤에 한숨까지 길게 쉬었다.

"아주머니 보였나?"

박유복이가 물어서

"누님 말씀이오? 보였소."

황천왕동이가 대답하였다.

"아주머니께서 펄펄 뛰시겠네."

"누님께는 아직 말씀 못했소."

"말씀 안 하기를 잘했네."

"이따가 말씀할 작정이오. 누님이 그러지 않아두 동기간에 말을 기인다구 늘 사살을 하는데 이런 일을 말씀 안 할 수 있소?"

"말씀하는 게 부질없을 것 같애."

"내가 말씀 안 하면 모르실 일일세 말이지요."

"말씀을 하드래두 좀 두었다가 하는 게 좋지 않을까?"

● 미주리고주리 미주알고주알. 아주 잘고 소소한 데 이르기까지 죄다 드러내는 모양.
● 자량(自量) 스스로 헤아림.

"다른 데서 말이 나서 듣구 보면 나는 누님만 기인 사람이 될 테니 말씀하겠소."

박유복이가 또 무슨 말을 하려고 할 즈음에 이봉학이가 박유복이더러

"남매간에 이야기하구 안 하는 건 대사가 아니니까 황두령이 자량*해 할 일이야."

말하고 다시 좌중을 향하여

"대장 형님께서 잠깐 왔다 또 가신다면 여간 큰일이 아니니 무슨 수단으루 다시 못 가시두룩 할까, 그거나 좀 의논들 해보지."

말하였다.

"서울 있는 기집들을 다 끌어 내려오면 다시 안 가시겠지."

"우리들이 못 간다구 붙잡구 늘어지면 어쩌겠소?"

"또 가신다거든 우리들두 다같이 간다구 나섭시다."

"우리 재물을 도루 다 찾읍시다. 재물이 없으면 기집질두 못할 것 아니오."

여러 사람이 중구난방으로 말하는 중에 서림이가 헛기침을 한번 하고

"안팎 손이 맞으면 다시 못 가시게 할 수 있지요."

하고 말하여

"안팎 손이라니?"

하고 이봉학이가 물었다.

"안에는 첫째 대장 부인 그외에 다른 식구들, 밖에는 첫째 우리 그외에 두목과 졸개들 전부가 합심해가지구 다시 못 가신다구 붙잡을 사람이 붙잡구 매달릴 사람이 매달리구 사리루 말씀할 사람이 말씀하구 등장(等狀)을 들 사람이 등장 들면 대장두 꼼짝 못하시리다."

서림이가 말을 끝내고 좌중을 돌아볼 때 마침 꺽정이의 아들 백손이가 밖에 와서 헛기침하며 곧 방문을 열고 들여다보았다.

"너 어째 왔느냐?"

이봉학이 묻는 말에 백손이는

"외삼촌 아저씨를 좀 보러 왔세요."

대답하고 나서 황천왕동이더러 밖으로 나오라고 손짓을 하였다.

황천왕동이가 방에서 나가지 않고
"왜 나오라느냐?"
하고 물으니 백손이가 누구의 심부름이란 말도 없이 그저
"심부름 왔소."
하고 대답하였다. 황천왕동이는 성미 급한 누님이 자기를 기다리다 못하여 부르러 보낸 줄을 짐작하고
"오냐, 곧 갈 테니 너 먼저 가거라."
하고 이르니
"심부름을 잘했느니 못했느니 잔소리 듣기 싫소. 같이 갑시다."
하고 백손이가 혼자는 안 가려 들었다.
황천왕동이가 생질을 앞세우고 오는데 그 누님이 싸리문 밖에 나와 서서 기다리고 있다가
"잠깐 다녀온다드니 웬걸 그렇게 오래 있니?"
하고 더디 오는 것을 나무랐다.
"언제 내가 잠깐 다녀온다구 합디까?"
"와서 이야기한다기에 곧 올 줄 알았지, 누가 오래될 줄 알았어?"
"서울 갔다온 이야기가 좀 길었소."
"그럼 나두 한옆에 가 앉아서 들을 걸 그랬다."
"누님이 도회청에를 무어하러 온단 말이오?"
"너 하는 이야기야 들으러 못 갈 것 무어 있어."
"누님은 들어야 화나구 속상할 이야기뿐이오."

"신신치 못한 이야긴 줄 나두 다 안다."

"누님께는 이야기를 안 하구 고만둘 생각두 없지 않소."

"오, 내가 성말라 죽는 걸 보구 싶으냐? 그따위 소리 하지 말구 안으로 들어가자."

안방, 건넌방 두 방에 안방은 꺽정이의 누님 애기 어머니가 쓰고 건넌방이 백손 어머니가 쓰는 방이라 남매 모자 세 사람이 건넌방으로 들어오는데 안방에서 애기 어머니가 내다보고

"봉산 양반이 오시는군."

하고 말하며 밖으로 쫓아나왔다. 세 사람에 애기 어머니까지 네 사람이 건넌방에들 들어와서 앉은 뒤에 황천왕동이가 애기 어머니를 보고

"애긴 어디 갔소?"

하고 물었다.

"산상골네가 앓는데 어린애 좀 가 봐주라고 보냈어."

"산상골 아주머니가 어딜 앓소? 대단친 않기에 박두령 형님이 도회청에를 왔지."

"어제 저녁밥이 체했다나 보아."

"그런 이야기는 고만두고 어서 서울 이야기나 좀 해라."

백손 어머니의 말에 황천왕동이는 네 대답하고

"애기 어머니두 좀 들어보시우."

말하고 나서 꺽정이에게 뺨 맞고 떠다박질린 것부터 먼저 이야기하였다. 백손 어머니는 눈이 샐쭉하여지며

"그래 너는 가만히 있었어?"

하고 황천왕동이의 얼굴을 뚫어지게 바라보았다.

"가만있지 어떻게 하우?"

"어떻게 하우란 무어야. 힘이 모자라면 말루라두 해보아야지."

"마음이 변한 사람에게 말이 귀에 들어가우? 말하면 말이나 귀양 보내지."

애기 어머니가 황천왕동이더러

"잘했소. 그 사람은 덧들이지 않는 게 제일이야."

하고 말하는 것을 백손 어머니가

"그게 자기 동생만 아시는 말이지, 아무 죄 없는 사람을 때려 죽이려고 해도 가만히 있어요?"

하고 가로 탄하였다.

"내 동생이 자네겐 아무것도 안 되나?"

"내게야 무에 돼요? 남남끼리지."

"남남끼리라는 자네가 친동기간인 나보담 더 가까울걸."

"형님은 고만두세요. 누가 형님하구 말하쟀세요?"

"내가 먼저 자네더러 말하자든가?"

황천왕동이가 중간에서 손을 내저으며

"내 이야기나 다 듣구 말씀들 하시우."

하고 꺽정이의 서울 아내가 셋씩이나 되는 것을 마저 다 이야기하였다. 백손이는

"아버지가 미쳤군."

말하고 애기 어머니는

"동생이 그게 웬일일까?"

말하는데 백손 어머니는 말도 못하고 얼굴빛이 새파랗게 질리고 몸까지 바르르 떨리었다.

황천왕동이가 한참 동안 가만히 앉아서 그 누님의 모양을 바라보고 있다가

"누님, 좀 누우시려우?"

하고 물으니 백손 어머니는 머리를 가로 흔들었다.

"형님이 맘 변한 건 나두 분하니까 누님이야 더 말할 것 있소? 그렇지만 참으시우. 형님이 앞으루 어떻게 하나 하는 꼴이나 좀 두구 봅시다."

황천왕동이가 그 누님을 안위시키는 말에

"그럼, 우리 여편네는 무슨 일이든지 참는 게 제일이야."

애기 어머니는 동을 달고

"두구 본다니, 두구 보면 아저씨 무슨 수 있소? 어머니가 소박데기나 되구 말지."

백손이는 뒤받았다. 황천왕동이가 생질보고

"나두 생각이 있다."

말하고 백손이가 외삼촌에게

"무슨 생각이오? 나 좀 들어봅시다."

말대답하여 구생\*간에 말이 오고가기 시작하였다.

"너의 아버지가 우리 누님을 소박하면 우리 누님두 너의 아버

지를 소박하지. 외소박 내소박이 맞장구치면 고만 아니냐?"

"아저씨가 어머니를 다른 서방 얻어주겠단 말이오?"

"내소박이 다른 서방 하는 것인 줄 아느냐?"

"그럼 무어요? 아버지하구 맞장구를 치자면 어머니가 다른 서방을 얻어야 하지 않소."

"말 같지 않은 말 하지 마라."

"아저씨 생각을 좀 똑똑히 말해보우."

"누님이 내외간에 같이 살지 못하게 된다면 나는 할 수 없이 누님을 뫼시구 다른 데루 갈 생각이다."

"다른 데 어디루 갈 테요?"

"갈 데 없어 못 가겠느냐? 우리 부모 산소 밑에 가서 살다가 죽으면 죽은 귀신이라두 부모형제 한데 모이구 좋지."

● 구생(舅甥)
외삼촌과 생질을 아울러 이르는 말.

"기껏하여 백두산 속으루 도망갈 생각이구려. 그게 어디 맞장구요. 내 생각에는 아버지가 기집을 셋이구 넷이구 끌구 와야 다 따루 살리지 우리하구 한데서 살라진 않을 테이까 그까짓 년들 우리하구 상관없으면 고만 아니오?"

"너의 아버지의 아내면 네게 어머니야. 너부터 상관없이 못 지낼 게다."

"아버지가 기집에 미쳐서 줏어들이는 년들을 어떤 쓸개빠진 놈이 어머니라구 하겠소? 이년저년 하며 해라해두 좋지."

"너의 아버지한테 맞아죽으려구?"

"내가 맞아죽을 지경이면 그년들을 다 때려죽이구 죽지 외자루 죽지 않소."

"어디 두구 보자."

"두구 보구려."

백손이가 외삼촌에게서 얼굴을 돌리어 어머니를 향하고

"아버지가 우리를 돌봐주지 않드래두 내가 나이 이십인데 설마 어머니 하나를 편하게 먹여살리지 못하리까. 아무 염려 마우."

하고 말하는데 백손 어머니는 들러붙은 입이 겨우 떨어져서

"듣기 싫다."

하고 소리를 질렀다.

도회청에 모였던 다른 두령들은 다 각각 자기 처소로 돌아가고 이봉학이와 서림이 두 사람이 뒤에 남아서 바둑으로 소견하고 있는 중에 애기 어머니가 이봉학이를 찾아서 도회청에를 나왔다.

"누님, 웬일이시우?"

"백손 어머니가 서울 간다고 나갔어. 아무리 말려야 말을 들어야지. 백손이란 자식이 좀 지각이 있으면 저의 어머니를 못 가게 붙들 것인데 이 자식이 저두 같이 간다구 뜨주거리구˙ 따라갔어. 모자가 서울을 가고 보면 무슨 일이 날는지 모르는데 이걸 어떻게 하면 좋아?"

"황두령이 가서 서울 이야기를 했구먼요."

"서울 이야기를 백손 어머니가 듣고 곧 기절할 것 같았어."

"황두령은 어디 있나요?"

"이야기하고 한참 앉았다 자기 집으로 갔지."

"황두령더러 쫓아가서 뫼시구 오라구 이르지요."

"황두령이 혼자 가서 될 듯하면 내가 바루 황두령에게 가서 말했게. 황두령 혼자 가서 안 되어. 여러분이 다같이 가셔야지."

"여러 두령들을 불러모아가지구 이야기하리다."

"멀리 가기 전에 얼른 쫓아가도록 해요."

"염려 말구 누님은 들어가시우."

이봉학이가 즉시 도회청 가까이 있는 두목과 졸개를 불러서 여러 두령에게 나눠 보내며 빨리 가서 뫼시고 오라고 분부하였다.

● 뜨주거리다 뜬적거리다. 남을 트집잡으려고 자꾸 짖궂게 건드리다.

여러 두령들 오기 전에 서림이가 초벌 의논삼아 의견을 말하였다.

"대장의 부인과 아들이 서울을 가면 일장풍파는 나겠지만 그 대신 대장이 속히 오시게 되구 또 가신단 말을 못하게 되는지 모르니 쫓아가서 붙들지 말구 그대루 내버려두시면 좋겠소."

서림이의 말을 이봉학이가 처음에는 옳게 여기고

"글쎄."

하고 고개를 끄덕이다가 다시 생각하고

"그래두 그대루 내버려둘 수야 있소? 우리가 몰랐으면 모를까."

하고 고개를 가로 흔들었다.

"황두령을 같이 가라지요."

"황두령이 갈라구 하까?"

"황두령이 안 간다면 박두령이 어떠까요?"

"이왕 사람이 따라갈 바에는 풍파 나는 것을 진정시킬 수단 있는 사람이 갔으면 좋겠는데."

"그건 누구누구 할 것 없이 이두령께서 친히 가시는 게 제일이오."

"내가 웬 그런 수단이 있을세 말이지."

여러 두령이 하나 둘 오기 시작하여 잠깐 동안에 다 모이었다. 이봉학이가 여러 두령들을 보고 백손 어머니가 아들 데리고 서울길 몰래 떠난 것을 말하고 여럿이 다같이 쫓아가서 붙들어보다가 정히 붙들리지 않거든 누가 서울까지 따라가기로 하고 내처 따라갈 사람을 아주 작정하여 가지고 쫓아가자고 말한 다음에 고개 숙이고 앉았는 황천왕동이를 바라보며

"황두령, 한 번만 더 가려나?"

하고 물어보았다.

"내가 다들 가는 데까지는 같이 가두 서울은 못 가겠소. 몸두 괴롭구 또……."

"긴말은 고만두게."

이봉학이가 황천왕동이의 말을 중동무이시키고

"너 가보려느냐?"

하고 옆자리에 앉은 박유복이를 돌아보았다.

"내가 가서 되겠소?"

"무에 되겠느냔 말이야?"

"대장 형님 내외간에 쌈이 나면 내가 어디 말릴 수 있소?"

"그야 누군 가면 말릴 수 있나."

"이두령 형님."

황천왕동이가 불러서 이봉학이가 고개를 앞으로 돌리었다.

"내가 아까 들으니까 산상골 아주머니가 편치 않으시답디다. 집안에 우환이 있는데 박두령 형님이 가실 수 있소? 그리구 형님이 가셨으면 누구버덤두 낫겠소."

이봉학이가 황천왕동이의 말에는 대답 않고 다시 박유복이를 돌아보며

"아주머니가 병환이 났어?"

하고 물었다.

"배가 좀 아프답디다."

"대단친 않지?"

"대단치 않아요."

"그럼 긴말할 것 없이 너하구 나하구 둘이 가기루 작정하구 가 보자."

황천왕동이가 먼저

"그러면 더욱 좋겠소."

말한 뒤 다른 두령들도 다 좋다고 말하였다. 이봉학이가 서림이를 뒤에 남기며 졸개 하나에게 길양식을 지워서 곧 보내라고 이르고 그 나머지 두령들과 같이 백손이 모자의 뒤를 쫓아나섰다.

산에서 내려와서 거의 오릿길이나 오도록 백손이 모자의 그림자도 보이지 아니하여 황천왕동이를 먼저 가서 붙들고 있으라고 앞서 보내고 다른 두령들은 뒤에 오는데 십리를 훨씬 넘어 와서 황천왕동이에게 붙들려 앉은 백손이 모자와 서로 만났다. 가려는 사람은 외곬이요, 붙드는 사람은 두동싸니 붙들릴 리가 없다. 이봉학이와 박유복이가 마침내 백손이 모자와 같이 서울까지 가게 되었다.

　백손 어머니가 이십년 동안 먼길을 걸어본 일이 없으나 백두산 속에서 들짐승같이 자랄 때 연골에 배운 걸음이 아직도 남아 있어서 일행 중에 앞설 때가 많고 뒤떨어지는 일이 없었다. 광복산서 떠나던 날부터 나흘 되는 날 저녁때 일행이 남소문 안 한첨지 집으로 들이닥치는데 이때 마침 한첨지 부자는 불일간 작별할 꺽정이를 청하여 점심에 술대접을 하고 술 뒤에 서로 한담들 하고 있었다.

　광복산에서 손님들이 오셨는데 아낙네가 한 분, 총각이 한 분, 전에 한두 번 보인 듯한 어른이 두 분, 그외에 짐꾼이 하나라고 바깥심부름꾼이 거래하는 것을 서사가 받아서 한온이에게 말할 때 이때까지 화평하던 꺽정이의 얼굴이 갑자기 험하여졌다. 한온이는 꺽정이의 얼굴을 바라보며

　"황가놈이 도망하듯 몰래 가드니 가서 무슨 소릴 지껄인 게로군. 모두 서울루 올 작정하구 이번엔 선진이 왔나? 어째 안부인네가 다 오셨을까?"

혼잣말로 지껄이고 한첨지는 꺽정이의 눈치를 살핀 뒤 아들을 보고

"네가 나가서 안으서는 안으루 들어가시게 하구 두령들은 사랑으루 들어오게 하렴."

하고 말을 일렀다. 꺽정이가 한첨지에게

"그럴 거 없습니다."

하고 말한 뒤에 곧 한온이더러

"심부름꾼 시켜서 옆집에 갖다 들여앉히게 하게."

하고 말하였다.

"안부인네가 누구시까요?"

"글쎄, 우리 누님이 왔는지두 모르겠네."

"나가보시지 않으렵니까?"

"누님이 왔드라두 이따 가서 보일라네."

"그럼 내가 나가지요."

"고만두게, 자네두 나갈 거 없네."

"심부름꾼만 시켜서야 어디 대접이 됩니까? 저 사람이라두 나가봐야지."

하고 한온이가 서사더러 오신 손님들을 옆집으로 인도하라고 말하여 내보냈다. 꺽정이가 공연한 늑장을 부리고 앉았는 중에 마당에서

"여보 형님, 우리들 왔소."

이봉학이의 말소리가 나는데 한온이가 방문을 열고 내다보며

"아이구, 이두령 박두령 두 분이 오셨네. 어서 들어오십시오."
하고 방으로 청하였다. 이봉학이와 박유복이가 방에 들어와서 꺽정이와 한첨지에게 각각 절들 하고 한온이의 절 한번을 둘이 함께 받고 자리에 앉은 뒤에 꺽정이가 체증기 있는 말소리로
"왜들 왔나?"
하고 물으니 이봉학이가 선뜻
"서사에게 말을 들으니까 세 분이 한담들 하구 기시다기에 주인 부자분을 보입기 겸해서 형님 오시기를 기다리지 않구 우리가 왔소."
하고 옆집에서 온 것을 발명하여 대답하였다.
"시골서 왜 왔느냐는 말이야."
"시골서는 안 올 수가 없어 왔소."
"안 올 수 없는 일이 무슨 일이야?"
"우리가 형님하구 쌈질하러 왔소."
"쌈질? 못할 소리 없구나."
"쌈질을 해두 톡톡히 하려구 대장 한 분을 뫼시구 왔소."
"한다 할수록 점점 더하네그려. 안식구하구 같이 왔다니 안식구가 누구냐? 우리 누님이냐?"
"형님이 누님하구 쌈할 일이 있소? 어째 누님으루 생각이 드실까?"
"그럼 누구야, 백손이 모자하구 같이 왔느냐?"
"인제 옳게 아셨소."

"천왕동이란 놈이 가서 그 누이를 충동인 게군. 그러나 그것들이 오는 것을 너희들이 못 오게 안 하구 되려 따라온단 말이냐. 사람들이 지각이 있느냐 없느냐?"

"아주머니 모자만 오게 내버려두었드면 우리는 지각 있는 사람이 될 뻔했구려."

"왜 내버려두어! 못 오게 못하구."

"대판 쌈하러 오는 사람을 뉘 장사루 못 오게 막겠소?"

"누구하구 쌈을 하러 와? 그년이 죽구 싶은 게지."

"우리들 듣는 데는 아주머니께 년자두 놓지 마시우. 우리 둘이 다 아주머니 편이오. 형님 있구 형수지만 형님이 그르구 형수가 옳은 데야 형수 편을 안 들 수가 있소?"

"자네가 나를 씨까스르는 모양이냐? 무에 그르구 무에 옳다구 잔소린가?"

"형님이 서울 와서 한 일을 속으루 생각해보시우. 잘했나 못했나."

"잘했으면 어쩌구 못했으면 어쩌란 말이냐?"

"잘못한 건 잘못했다구 말하는 게 옳지, 그래 잘못하구두 염체 없이 뻗대야 옳소? 형님이 잘못했다구 한번 고패만 빼면 우리들은 말할 것 없구 아주머니두 부득부득 쌈하러 덤비지 않을 게요. 몰골사납구 수통스러운 꼴이 나구 안 나는 게 형님께 달렸으니 생각해 하시우."

이런 말이 황천왕동이 같은 사람 입에서 나왔으면 벌써 듣기 싫다고 소리를 질렀을 것인데 꺽정이가 이봉학이를 황천왕동이 등대*로 홀대하지 않는 까닭에 그 말을 잠자코 들었다.

꺽정이의 내외간 쌈을 미리 방지할 생각으로 이봉학이가 꺽정이에게 실없는 말 쉽직하게 여러 말 하는 것을 박유복이는 가만히 듣고만 있더니 이봉학이의 생각을 꺽정이가 잘 모를까 염려가 되던지

"형님, 아주머니를 욱대길 생각 말구 잘 달래시우."
하고 당부하듯 말하였다.

"너희들이 짜구 와서 나를 흔드는 모양이냐?"

"흔들다니 그게 무슨 말씀입니까?"

"발명두 듣기 싫다."

박유복이는 다시 말을 못하고 이봉학이는 더 말을 아니하여 좌중에 말이 그치게 되었을 때 한첨지가 이봉학이와 박유복이를 보고

"어디서 점심들을 자셨는지 시장하시겠소."
하고 말한 뒤 곧 아들더러

"저녁이 어떻게 되었나 재촉 좀 해라."
하고 말하여 한온이가 네 대답하고 일어서며 꺽정이에게

"저녁을 어디서 잡수시렵니까?"
하고 물었다.

"어디서 먹다니, 나는 저녁을 안 줄 말인가?"

"내외분과 부자분이 모쪼록 와서 단란하게 잡수실라느냐구 여

쳐보는 말씀입니다."

"허, 그 사람 참."

꺽정이가 어이없어하는 것을 한첨지는 보고 웃으면서 다시 아들더러

"모자분 저녁만 저 집으루 보내게 해라."

하고 일렀다. 한온이가 안으로 들어간 뒤 박유복이가 이봉학이를 보고

"아주머니가 기다리실 텐데 우리라두 좀 갔다와야 하지 않소?"

하고 의논하는 것을 꺽정이가

"가만히들 앉아 있거라."

하고 일러서 가지 못하게 하였다.

● 등대(等對)
같은 자격으로 마주 대함.

백손 어머니가 광복산서 뛰어나올 때는 꺽정이와 사생결단하려고까지 마음을 먹었으나 이봉학이와 박유복이가 길에 오면서 이런 말 저런 말로 마음을 얼마쯤 눅여줄 뿐 아니라 나흘 날짜가 지나는 동안에 마음이 절로 조금 석어져서 꺽정이가 얻은 계집들을 다 보내고 광복산으로 같이 간다면 쌈도 이심스럽게 아니할 생각이 나게 되었다. 이봉학이와 박유복이가 꺽정이를 데리고 온다고 나갈 때 백손 어머니는 곧들 올 줄 알았다가 오래도록 오지 아니하여 접겁한 성미에 곧 쫓아가보고 싶은 것을 억지로 참고 있는 중에 방안이 침침하여지며 아이 하나가 촛불을 켜놓고 바깥이 컴컴하여지자 여편네 하나가 겸상 한상을 가지고 왔다. 백손 어머니가

"우리하고 같이 온 양반들 어디 있소?"
하고 물어보니 상 가지고 온 여편네가
"앞사랑에들 기신가 봅니다."
하고 대답하였다.
"앞사랑이 어디요?"
"큰사랑방을 앞사랑이라구 한답니다."
"여기서 가찹소?"
"가찹구말구요. 한집안 속인데요."
"거기서들 저녁을 먹는답디까?"
"우리 젊은 서방님까지 겸상 겸상 네 분 진지를 앞사랑으루 내갔습니다."
"그럼 이건 우리 모자 먹을 밥상이오?"
"네, 그렇습니다."
백손이가 밥상을 보더니 시장기가 갑자기 나는지
"어머니, 얼른 먹어치웁시다."
하고 밥상으로 대들었다. 그 여편네가
"우리 주인아씨 동서분이 나와 보일 텐데 자제 도령이 기시다구 해서 못 나오신다구 말씀하십디다. 시장들 하실 테니 어서 많이 잡수십시오."
전갈과 인사를 뒤섞어 하고 나가자 백손이가 먼저 숟가락을 들기 시작하였다. 백손 어머니는 두서너 술 뜨다가 고만두고 백손이는 저의 밥을 다 먹고 부족하여 부리만 헐다 만 어머니의 대궁까지 마저 다 먹었다. 저녁상을 내간 뒤에도 또 오래 있다가 꺽정이가 비로소 오는데, 그 뒤에 이봉학이와 박유복이가 따라오고 또 백손 어머니의 낯모를 사내 하나가 따라왔다.

꺽정이가 여러 사람의 앞을 서서 방안에 들어설 때 백손이 모자가 모두 윗간에 올라와 있는데 백손 어머니는 치맛자락을 휩싸고 살천스럽게* 앉아 있고 백손이는 떡 일어서 있다가 들어서는 발밑에서 절을 하였다. 꺽정이가 뒤따라온 세 사람과 같이 아랫간에 내려가서 앉은 뒤에 이봉학이가 백손 어머니의 낯모르는 젊은 사내를 가리키며 백손 어머니께

"이 친구가 이 집 젊은 주인인데 아주머니를 보이러 왔습니다."
말하자 한온이가 곧 일어서서 • 살천스럽다 쌀쌀하고 매섭다.

"절하구 보입겠습니다."
말하고 공손히 절하는데 백손 어머니는 일어나기 싫은 것을 억지로 일어나듯 가까스로 일어나서 절을 맞았다. 한온이가 다시 앉으며 이봉학이를 돌아보고

"저 총각이 선생님 자제 백손이지요? 선생님 모습을 많이 닮았습니다."
하고 인사를 시켜달라는 눈치로 말하여 이봉학이가 백손이를 한온이에게 절하고 인사하게 하였다. 꺽정이는 아랫목 벽에 비스듬히 기대어 앉았고 백손 어머니는 아랫간을 등지고 돌아앉아서 서로 보지 않고 백손이는 골난 사람같이 뿌루퉁하고 앉았고 박유복이는 어리석은 사람같이 덤덤히 앉아서 모두 말이 없고 오직

이봉학이와 한온이가 몇마디 수작을 하다가 말다가 하고 한동안이 지났다. 한온이가 더 앉았기 재미없던지 이봉학이와 박유복이더러

"우리는 도루 나갑시다."

하고 말하니 이봉학이는 선뜻 한온이와 같이 일어서고 박유복이는 무춤무춤하고 잘 일어서지 않는 것을 이봉학이가 가자고 끌어서 세 사람이 같이 마루로 나가서 수군수군 공론하고 건넌방으로 들어갔다. 백손 어머니가 이제 좀 말을 해보려고 꺽정이를 향하고 앉아서 말시초를 시빗가락으로 낼까 인사조로 낼까 자저하는 중에 꺽정이가 몸을 일으켜 꼿꼿이 앉으며 큰기침을 한번 하고

"너희들이 내 말 없이 어째 서울을 오는 거냐!"

아들과 아내를 한데 껴잡아서 말을 내었다. 백손이는 말대답을 아니하여도 좋을 것인데 아비의 입에서 그런 말이 나오기를 기다리고 있는 것같이 얼른

"나는 아버지를 보이러 왔소."

하고 대답하였다.

"누가 보구 싶다구 오라드냐?"

"보입구 할 말씀이 있소."

"할 말이 무어냐?"

"나두 장가 좀 들여주시우."

"장가? 이놈 뻔뻔스럽게."

"아버지는 장가를 자꾸 드신다며 나는 안 들여주실라우?"

"네가 뒈지구 싶으냐, 이놈!"

담 작은 사람은 초풍을 할 만큼 꺽정이가 큰 소리를 질렀다. 백손이는 본래 무섭게 구는 아비 앞에서 할 말 다 하는 위인이라 조금도 겁내지 않고

"아버지더러 장가들여 달라는 게 무슨 죽을죄요?"

하고 들이대었다.

"아가릴 찢어놓기 전에 가만히 닥치구 있거라."

꺽정이가 호령할 때 윗간 방문이 열리며 이봉학이가 백손이를 들여다보고

"잠깐 이리 나와서 내 말 좀 들어라."

하고 불러내가더니 억지로 끌고 건넌방으로 들어가는 모양이었다.

"자식에게라두 그렇게 당해 싸지."

하고 백손 어머니가 혼잣말로 말을 내기 시작하자

"무엇이 싸단 말이냐, 이년아!"

꺽정이가 대뜸 년자를 내붙였다.

"무얼 잘했다구 큰소리야!"

"이년아, 내가 네게 큰소리 못할 게 무어냐?"

"콧구멍 둘 마련 잘했다. 사람이 기가 막혀 죽겠네."

"되지 못한 말 지껄이지 말구 가만히 있거라."

"되지 못하게 기광 부릴 생각 마라."

"이년을 곧."

"곧 어째?"

"내가 창피한 생각이 없었으면 너희들은 벌써 초죽음했다."

"꼴에 창피를 다 알아."

"지금 한 말 다시 한번 더 해봐라. 가만두니까 괜 듯싶어서."

"다시 한번만? 백번이라도 더 할 테야."

꺽정이가 벌떡 일어나서 한걸음에 뛰어오며 곧 백손 어머니의 머리채를 움켜잡았다.

꺽정이가 해거를 부리러 들자마자 백손 어머니 입에서 발악이 막혔던 물 터진 것같이 쏟아져 나왔다.

"오냐, 어디 해보자. 네가 나를 죽이기밖에 더하겠느냐? 내가 네 손에 죽지 않으면 내 손으로 자결해서라도 죽지, 뒷방에서 천덕꾸러기 노릇하고 살지 않는다. 첩도 안 얻겠다던 놈이 본기집이란 게 자그마치 셋씩이야? 본기집 명색이 한꺼번에 셋씩 넷씩 되는 법이 어디 있드냐, 이놈아! 지금은 부모 거상을 삼년 입는 세상인데 너 혼자 옛날 법이라고 스무이레 입고 시지부지 고만두더니 상제 복색 입고 기집질하기 거북해서 미리 고만두었느냐? 내 머리에 흰 당기는 너의 아버지 거상이다. 흰 당기 드린 머리를 끄두르는 것이 죽은 부모 대접이냐?"

꺽정이가 백손 어머니를 머리채 잡아서 치켜들고 내두르다가 흰 당기 내세울 때 손을 놓아서 백손 어머니는 방바닥에 나동그라졌다. 백손 어머니가 다시 일어나며 곧 꺽정이게로 바락바락 달겨들어서 꺽정이는 치고 차고 백손 어머니는 물고 뜯고 쌈을 하는데 건넌방에 있던 사람들이 우 건너와서 이봉학이, 박유복이, 한온이 세 사람이 꺽정이의 앞을 둘러막고 백손이가 저의 어머니 앞을 가로막아서 쌈을 떼어놓았다. 꺽정이도 몸에 몇군데 생채기가 났지마는 백손 어머니는 그동안에 벌써 참혹하게 당하였다. 육중한 손에 이마가 터져서 면상이 피투성이가 되고 센 발길에 앞정강이가 부러져서 다리 한짝이 병신이 되었다.

  부러진 뼈를 들이맞춘다, 산골<sup>*</sup>을 갈아서 먹인다, 버드나무 조각을 앞뒤로 대고 버들껍질로 동여맨다, 찬찬한 이봉학이와 진중한 박유복이까지 황당스럽게 구는 백손이나 한온이만 못지않게 수선들을 부리는 중에 바깥방에 나가 있는 상노아이들 들어온 것은 말할 것도 없고 대소가의 안팎 심부름꾼이 많이 몰려와서 마루에도 사람이요, 마당에도 사람이었다. 아랫간에 가서 가만히 앉아 있던 꺽정이가 훌쩍 말없이 일어서서 밖으로 나가는데 백손 어머니가 쫓아가 붙들려고 앉은 채로 날뛰면서

  ● 산골
  구리가 나는 데서 나는 청황색 쇠붙이. 뼈가 다치거나 부러졌을 때 접골약으로 복용함.

  "이놈아, 사람을 이 지경 병신 만들어놓고 어디로 도망가느냐! 내가 오늘 밤에 죽든 살든 양단간 끝을 낼 테다. 도망갈 생각 말고 이리 들어오너라!"

하고 악을 들이썼다. 꺽정이가 문밖에서

  "저년이 참말 미쳤지, 성하구야 저럴 리가 있나."

혼잣말로 말하고 건넌방으로 들어갔다. 꺽정이는 동소문 안이나 남성 밑으로 갈까 하고 일어서 나온 것인데 도망질친단 소리를

듣고 가기도 창피하고 그렇다고 이리 들어오라는데 도로 들어가기도 창피하여 건넌방으로 들어가버린 것이었다. 백손 어머니가 꺽정이를 놓칠까 겁이 나서 곧 건넌방에 쫓아갈 작정으로 동인 다리를 디디고 일어서려고 하니 이봉학이가 잠깐만 참으라고 말린 뒤에 백손이를 시켜서 물 축인 수건으로 면상의 피를 씻어주게 하고 기름에 개어온 밀타승을 이마 상처에 발라주게 하고 머리까지 거두어주라고 하는데, 백손 어머니가 자기 손으로 흐트러진 머리를 거듬거듬 거둬서 모양없이 틀어얹으며 백손이더러

"나를 좀 붙들고 건넌방까지 가자."

하고 말하였다.

"그만하면 아버지 맘을 다 알았는데 또 쫓아가서 무어하우? 성한 다리 하나 마저 부러뜨리고 싶소?"

백손이 입에서 곰살궂지 않은 대답이 나오니 백손 어머니가 매서운 눈으로 아들을 노려보며

"고만둬라."

하고 한 다리를 뻗은 채 앉은뱅이걸음을 쳐서 앞으로 나가다가 다리가 문지방에 다닥뜨려서 이를 악물고 아픈 것을 참고 갑자기 문설주를 붙들고 혼자 일어섰다. 박유복이가 백손이더러 붙들어드리라고 말하여 백손이가 마지못해 와서 부축하려고 하는 것을 백손 어머니는 매몰스럽게 뿌리치고 외짝다리로 깨금을 뛰어서 안방에서 건넌방으로 건너갔다. 이봉학이와 박유복이는 쓴 입맛들을 다시면서 바로 뒤를 따라가고 백손이는 눈물이 나는 것을

주먹 쥔 손등으로 이리 씻고 저리 씻고 하다 뒤떨어져서 쫓아가고 한온이는 마루 위와 마당 아래 여러 사람을 꾸짖어 내쫓느라고 한동안 마루에서 지체하였다.

　백손 어머니가 건넌방 문지방을 넘어서며 곧 주저물러앉아서
　"자, 속시원하게 아주 죽여라."
하고 이를 갈며 몸을 옮겨서 꺽정이 앞으로 들어가니 꺽정이는 어이가 없는지 기구멍이 막히는지˙
　"허, 그거 참."
하고 눈살을 찌푸리고 있다가 가까이 간 백손 어머니의 성한 다리 무릎께를 한손으로 내밀었다. 꺽정이가 힘들이지 않는 것이 분명히 사람을 두고 미는 것이건만, 백손 어머니의 몸은 이때껏 애써 들어간 것이 헛일이 되도록 주르륵 밀려나왔다.

● 기구멍이 막히다
너무 어이없고 한심하다.
● 안채다 앞으로 들이치다.

　"왜 못 죽이느냐!"
　백손 어머니가 다시 앞으로 들어가며 이번에는 내밀지 못하게 소매라도 붙잡으려고 생각하였으나 몸을 옮길 때 두 팔로 방바닥을 짚는 까닭에 미처 손을 놀릴 사이 없이 또 주르륵 내밀리었다. 실컷 내밀어보아라 안채듯이˙ 백손 어머니는 부적부적 들어가고 누가 지나 보자 배짱을 먹은 듯이 꺽정이는 자꾸 내밀었다. 쌈의 승부가 여기 달린 것같이 내외가 서로 지지 않고 들어가면 내밀고 내밀면 들어가고 하는데 이봉학이와 박유복이는 백손이를 데리고 한옆에 가만히 서서 구경들만 하였다. 한온이가 안팎 심부

름꾼들을 다 내쫓은 뒤에 건넌방 문을 열고 들어오려다가 말고 안방에서 방 치우는 상노아이를 불러서 일각문과 중문을 아주 걸어두라고 말을 이르며 한 발을 먼저 들여놓고 남은 발을 마저 들여놓을 즈음에 꺽정이 손에 내밀린 백손 어머니의 몸이 한온이 다리에 부닥쳤다. 다리가 삐끗 몸이 휘뚝 앞으로 고꾸라져 백손 어머니를 덮쳐누르게 되는데 한온이가 놀라서 몸을 얼핏 가눈다는 것이 백손 어머니 등 뒤에 가서 쓰러지게 되었다. 한온이는 백손 어머니를 인사하려고 의관을 정제하고 온 사람이라 활개가 벌어질 때 큰소매가 너푼하고 머리가 방바닥에 닿을 때 넓은 갓양태가 꺾여서 깔렸다. 한온이 입에서

"아이쿠!"

한마디는 경황없이 나왔으나 뒤미처 나온

"새우 쌈에 고래 등 터지네."

하는 말은 말소리까지 익살스러웠다. 한온이가 일으켜주기를 기다리는 것같이 쓰러진 채 누워 있는 것을 박유복이가 쫓아가서 붙들어 일으켰다. 한온이 평지낙상平地落傷하는 동안에 꺽정이의 내외쌈이 잠시 중단되고 또 조금 묽어졌다. 백손 어머니가 뭉그적뭉그적 한온이를 피하여 앉은 뒤에 슬금슬금 꺽정이게로 가까이 오는 것을 꺽정이가 보고 손을 내저으며

"대들 생각 말구 거기 앉아서 말루 해."

자기부터 비로소 말로 하는데, 말소리도 그다지 거칠지 아니하였다. 이봉학이가 얼른 백손 어머니 앞에 나와 서서

"아주머니, 그렇게 하십시오. 두발부리를 하실 때 하시드라두 우선 시비를 말루 가리구 나서 하십시오."
은근히 백손 어머니를 가로막았다.
"이리 와서 앉게."
꺽정이가 이봉학이를 옆에 불러다가 앉히고 그다음에 박유복이와 한온이를 보고 이리들 오라고 말하여 박유복이가 한온이와 같이 꺽정이 앞에 와서 모 꺾어 느런히 앉았다. 백손 어머니가 꺽정이게로 가자면 이봉학이의 자리를 지나고 박유복이의 무릎을 스치게 되어서 갈 생각을 안 먹고 도리어 뒤로 물러나 앉고 백손이도 혼자 섰기가 싫던지 저의 어머니 옆에 와서 쭈그리고 앉아서 꺽정이와 이봉학이가 아랫목 자리를 차지하고 박유복이, 한온이와 백손 어머니, 백손이가 양옆자리에 각각들 마주 대하여 앉게 되었다.
"오늘 저녁 같은 창피한 꼴은 내 평생 처음이야."
꺽정이가 이봉학이를 돌아보니 이봉학이는 꺽정이의 말에는 대답 않고
"아주머니, 말씀 안 하시우?"
하고 백손 어머니를 바라보았다.
"서울에 기집이 몇이야? 어디 속 시원하게 말 좀 들어보자구."
백손 어머니가 말을 붙이고
"기집이 몇이냐구? 뜨내기 기집은 이루 헤아릴 수가 없구 붙백여 데리구 사는 것만이 셋이다. 인제 속이 시원하냐?"

꺽정이가 말을 받아서 살풍경의 드잡이가 거연히 옥신각신하는 말다툼으로 변하게 되었다.

"뻔뻔도 하다. 인두겁을 쓰고 그런 말이 입에서 잘 나온담."

"이년아, 말이라면 다 하는 건 줄 아느냐? 서방더러 뻔뻔은 무어구 인두겁은 무어냐?"

"그버덤 더한 말은 못하까, 망나니 대접 그것도 과하지."

"내 부아를 돋우면 네게 돌아갈 것 주먹밖에 없다."

"오냐, 다리 하나 마저 분질러라."

"앉은뱅이가 되구 싶어서 몸살이 나느냐?"

"죽인대도 겁 안 난다. 맘대로 해라."

"죽여달라구 지다위하러 왔느냐?"

"지다위가 무슨 지다위야!"

"그럼 무어냐?"

"나 몰래 기집질하는 걸 알고 가만히 있으까? 죽든 살든 해보고 말지. 내가 딴 서방을 몰래 얻으면 가만히 있겠나 생각 좀 해보지."

"기집년하구 사내대장부하구 같으냐?"

"사내나 여편네나 사람은 매한가지지."

"저게 소견 없는 기집년의 생각이야. 그래 같은 사람이면 아이나 어른이나 마찬가지구 종이나 상전이나 마찬가지냐?"

"아이에 머슴애도 있고 종에 사내종도 있지. 기집애만 아이고 기집종만 종인가?"

"말귀나 터졌어야 남의 말을 알아듣지. 누가 머슴애나 사내종이 없다느냐? 기집을 아이루 치면 사내는 어른이구 기집을 종으루 치면 사내는 상전이란 말이지."

"사내가 어른이면 기집도 어른이고 사내가 상전이면 기집도 상전이지 어른을 아이로 친다고 아이가 되고 상전을 종으로 친다고 종이 될까."

한온이가 홀제 허허 웃으며

"초록은 동색으루 저두 사내니까 선생님 편을 들어서 말씀 한마디 하겠습니다. 아이와 여자를 한데 쳐서 아녀자란 말은 있어두 아남자란 말은 없지 않습니까? 또 여편네를 문서 없는 종이라구는 하지만 사내더러야 누가 그렇게 말합니까. 안 그렇습니까?"

하고 백손 어머니를 바라보니 백손 어머니는 독살스러운 눈으로 마주 바라보며

"그따위 다 같은 심장이니까 맞붙어서 갖은 짓들 다 했지."

하고 쏘아붙였다. 백손 어머니의 위인이 낯선 사내라고 부끄러워 말 못할 숫기 없는 여편네가 아닌데다가 더욱이 악이 오른 판이라 낯이 설거나 말거나 가리지 않고 해내려고 하였다.

"천왕동이란 자식이 무슨 말씀을 어떻게 여쭈었는지 모르나 저는 원통한 꾸중을 듣습니다."

"천왕동이란 자식이라니, 천왕동이가 자기 자식인가? 내가 천왕동이 누이인 줄 번히 알면서 내 앞에서 그게 무슨 말버릇이야. 그리고 천왕동이가 무슨 말을 했다고 공연한 사람을 말밥에 올

려?"

"무심쿠 한 말이 잘못됐습니다."

꺽정이가 백손 어머니에게

"너는 죽으려구 환장한 년이니까 가만둔다."

말하고 곧 한온이를 돌아보며

"자네 망신이 아니라 내 망신일세."

하고 말하였다. 이봉학이가 꺽정이더러

"아주머니는 형님이 환장했다구 하시니까 내외분이 피장파장이오."

하고 말하니 꺽정이는 새삼스럽게 화를 벌컥 내면서

"저깟 년은 말할 거 없지만 그래 너희들이 나를 망신시키려구 저년을 데리구 온단 말이냐!"

하고 언성을 높이었다.

이봉학이는 목소리를 도리어 낮추어가지고

"형님, 새삼스럽게 화내실 거 무어 있소? 조용조용히 이야기합시다."

말하고 잠시 꺽정이의 눈치를 살펴본 뒤

"망신이라면 형님이나 아주머니나 다같이 망신인데 형님버덤 두 아주머니가 더 톡톡히 망신한 셈 아니오? 우리가 형님 망신시키러 왔다는 건 억설이니까 발명두 할 것 없구 아주머넌들 형님 망신시키구 자기 망신하자구 서울까지 오셨을 리야 있소?"

하고 차근차근 말하였다.

"그럼 왜 왔어?"

"내 생각에는 아주머니가 형님께 말씀 한마디를 하려구 허위단심˚하구 삼사백리 길을 오신 줄 아우."

"무슨 말을 하러 왔단 말이야?"

"아주머니 속에 있는 말을 내가 짐작으루 말해보리까? 형님이 서울서 얻은 기집들을 다 내버리구 우리와 같이 광복산으루 가잔 말 외에 다른 말이 없을 게요."

"버리라면 버리구, 가자면 가구 내가 장이 문문한 게구나."

"처분은 형님께 달렸지요."

이봉학이 말끝에 한온이가

"지금 선생님께서 내일모레 양일간 떠나가시기루 작정하구 기십니다."

● 허위단심
허우적거리며 무척 애를 씀.

말참례하고 나섰다. 이봉학이는 한온이의 말을 듣고 백손 어머니에게

"아주머니, 조금만 참구 기셨드면 좋을 걸 공연히 오셨소."

하고 말한 뒤 다시 꺽정이를 보고

"우리들두 하루 쉬어가지구 가게 모레쯤 떠나시면 꼭 좋겠소."

하고 말하니 꺽정이가 볼멘소리로

"나는 내일 떠나겠네."

하고 대답하였다. 이봉학이가 한온이더러

"우리 아주머니는 내일 가시자면 승교바탕이라두 타셔야 할 텐데."

하고 말하여 한온이가

"그런 준비는 염려 마십시오."

하고 대답할 때 백손 어머니가 이봉학이를 바라보며

"나는 내일 안 가요."

말하고 고개까지 가로 흔들었다.

"타구 가시면 될 텐데 왜 안 가신답니까?"

"나는 서울 좀더 있다 가요."

"우리가 다 가두 혼자 떨어져 기시겠단 말입니까?"

"백손이는 나하구 같이 가겠지요."

"서울 구경하구 가실랍니까?"

"구경할 경이 어디 있나요?"

"그럼 무슨 일루 내일 안 가신답니까?"

"볼일이 있어요."

"볼일을 말씀하면 우리가 내일 식전 봐드리지요."

"아니요."

"아니라니, 우리더러 말씀 못할 볼일이 무업니까?"

"말 못할 것도 없지만 먼저들 가시면 백손이를 데리고 찬찬히 볼일 보고 갈 테요."

백손이가 옆에서 듣다가

"어머니, 무슨 볼일이오?"

하고 물으니 백손 어머니는 아들을 돌아보며

"나중에 알려무나."

하고 핀잔주듯 대답하였다.

"볼일은 무슨 볼일이오? 내일 다함께 갑시다."

"너는 어미 원수도 갚아줄 생각이 없니?"

"원수라니, 무슨 원수요? 난 모르겠소."

"그 못된 기집년들 탓에 내가 다리까지 분질러졌는데 그년들을 그대로 가만두고 간단 말이냐?"

"아이구, 참 어머니두. 그 기집들이 어머니 다리를 분지르라구 아버지를 꼬드기기나 했다면 또 모르지만 어머니 다리 부러진 데 그 기집들이 무슨 상관이오? 쓸데없는 소리 하지 마시우."

"고만둬라. 네까짓 자식이 자식이냐? 나 혼자 떨어져 있다가 그년들을 보고 갈 테다."

"보구 어떻게 할 테요?"

"보고 어떻게 하든지 그건 알아 무어하니?"

모자간에 말이 왔다갔다하는 동안 꺽정이는 백손 어머니를 노려보며 주먹까지 몇번 부르쥐고 이봉학이는 꺽정이를 돌아보며 연해 고개를 흔들고 박유복이는 지수굿하고 앉아서 쓴 입맛을 쩍쩍 다시는데 한온이가 백손 어머니를 건너다보며

"내 말씀을 좀 들으십시오."

하고 말하여 백손 어머니가 한온이에게로 고개를 돌리었다.

백손 어머니가 꺽정이 갈 때 같이 안 가고 뒤에 떨어지면 자연 한온이게 성화를 바치게 될 터이므로 한온이는 백손 어머니를 호구별성 마마처럼 배송이라도 낼 생각이 있었을 것이라. 그래서

백손 어머니더러 가라느니나 진배없이

"서울 구경을 하신다거나 다른 볼일이 있으시다면 몰라두 지금 말씀하신 일루는 혼자 떨어져 묵으실 게 없습니다."
하고 말을 하는데 백손 어머니는 코웃음을 치면서

"댁에서 못 묵게 하면 객주를 잡고 나가리다."
하고 비양스럽게 대답하였다.

"제게서 묵으시는 게 싫어서 하는 말씀이 아닙니다."

"그럼 무슨 말이오?"

"지금 시앗쌈하러 가셨다가는 되려 덤터기를 만나시거나 망신을 당하실 테니까 그래서 말씀입니다."

"어째서요?"

"선생님이 다 내버리구 가시는 판 아닙니까?"

"내버리다니, 아주 관계를 끊었단 말이오?"

"네, 그렇습니다."

백손 어머니가 다른 말을 하기 전에 백손이가 한온이에게

"참말이오?"
하고 다진즉 한온이는 부러진 갓양태가 근덩근덩하도록 고개를 끄덕거리었다. 이때까지 통이 말참견을 아니하던 박유복이가 홀제 꺽정이를 보고

"형님, 기집들을 다 버렸소?"
하고 말을 물으니 꺽정이는 눈살을 찌푸리고 대답을 아니하였다. 꺽정이가 마음이 불쾌한 때 누가 무슨 말을 묻든지 대답을 잘 아

니하는 것이 평소의 버릇이라 박유복이나 다른 사람들이나 모두 꺽정이의 대답 않는 것을 괴상히 여기지 아니하는 데 한온이의 거짓말이 저절로 덮이어서 이봉학이가 백손 어머니더러

"아주머니, 인제 내일 가시지요?"

하고 물을 때 백손 어머니도

"글쎄요."

하고 갈 의사를 보이게 되었다. 박유복이가 얼굴에 만족한 빛을 띠고

"그러면 그렇지, 형님이 그럴 리가 있나."

하고 혼잣말로 지껄이는 것을 꺽정이가 듣고 박유복이를 뻔히 바라보다가

"무에 그럴 리가 있느냐 말이야?"

하고 캐어물었다.

"형님 결단성으루 기집버덤 더한 것이라두 끊으려 들면 못 끊을 리가 없는데 형님이 기집에 빠져서 영이 헤어나지 못할 것같이 말들 하니까 사람이 속이 답답하지 않겠소."

"그렇게 말들 하는 사람이 누구누구야?"

"광복산 있는 사람은 거지반 다 형님이 내려가서두 서울 기집을 못 잊어서 얼마 안 기시구 곧 도루 서울 오시려니 생각들 하구 있소."

"내가 기집에 홀려서 정신 못 차릴 줄루 아는 사람이 한둘이 아니로군."

"다들 서종사의 말을 곧이듣구 그렇게 생각하지요."

"서림이가 내 흠담을 많이 했단 말이지. 참말 내가 좀 물어볼 말이 있다. 여럿이 다 서울루 오거나 사방으루 흩어지거나 하자구 공론들 했다지. 그런 공론을 누가 먼저 냈느냐? 서림이가 냈느냐?"

"그런 공론은 한 일 없었소."

이봉학이가 박유복이의 뒤를 이어서

"서종사가 한번 황두령더러 그런 말을 합디다."

하고 말하니 꺽정이는

"그럴 테지."

하고 고개를 끄덕이었다.

이날 밤에 꺽정이는 이봉학이, 박유복이 두 사람과 같이 안방에서 자고 백손 어머니는 아들을 데리고 건넌방에서 잤다. 이튿날 식전에 꺽정이가 한온이를 찾아가서 지난 밤에 여러가지로 생각 끝에 박씨, 원씨, 김씨 세 계집을 다 버리기로 결심하였다고 이야기한 뒤 아무쪼록 속히 팔자들을 고쳐 가도록 권하고 가기들 전까지는 시량범절을 돌보아주라고 부탁하였다.

"팔자들을 안 고친다면 어떻게 합니까?"

"반년이구 일년이구 두구 봐서 끝끝내 다른 데루 안 가면 내가 데려가두룩 하지."

"선생님이 아주 말들을 이르구 가시렵니까?"

"식후에 한바퀴 돌아다니며 말을 이르겠네."

"울며불며 선생님 뒤를 쫓아들 오지 않을까요?"

"글쎄 모르지. 내가 대개 운만 떼어서 일러두구 갈 테니 뒤는 자네가 잘 알아서 조처해주게."

"제가 한 군데 성화를 안 받으려구 거짓말을 했더니 거짓말한 죄루 세 군데 성화를 받게 됩니다그려."

꺽정이는 한온이와 이러한 수작을 하고 와서 곧 길 떠날 준비를 차리었다.

백손 어머니만 교군바탕을 태우고 꺽정이까지도 보행으로 가기로 하였는데 광복산서 온 졸개 하나 외에, 짐꾼 둘이 더 늘어서 한첨지 집 사람이 교군꾼 둘 아울러 넷이 가는 까닭에 일행이 모두 열 사람이 되었다. 식후에 꺽정이는 이봉학이더러 일행을 데리고 먼저 떠나서 가는 대로 가다가 점심참에 기다리라고 하고 남성밑골과 동소문 안으로 돌아다니며 작별들 하는데 생리사별하는 사람같이 말을 막 잘라 하였다. 다시 만나기가 어렵다는 말에 박씨는 눈물이 비오듯 하고 원씨는 기함하여 쓰러지고 김씨는 못 간다고 옷자락을 붙잡고 날치었다. 세 집에서 세 차례를 각각 좋이 지체하고 해가 한나절이 되었을 때 꺽정이가 작별 나오는 한온이와 같이 동대문 밖으로 나오니 김씨 집에서 나올 때 보지 못한 노밤이가 미리 앞질러 성밖에 나와서 기다리고 있다가 앞으로 나서며

"저는 보두 않구 가십니까?"

하고 원망하듯 말하였다.

"너를 보려구 찾다가 없어서 네 기집에게 말을 일러두구 왔다."

"무슨 말을 일러두셨습니까?"

"무슨 말이야, 못 보구 간단 말이지."

"못 보면 못 간다구는 말씀 못하시구요."

"이놈아, 시룽거리지 마라."

"제가 지금 몸이 다는데 어느 해가에 시룽거리구 있겠습니까. 선다님이 대체 저를 비부쟁이루 늙어죽으라구 내버리구 가시는 셈입니까, 어떻게 하시는 셈입니까? 제가 도덕여울서 팔도 재상 부럽지 않게 지내는 걸 서울까지 끌구 와서 하인으루 부리구 비부쟁이루 부리다가 지금 와서 나 모른다 하구 내버리구 가시다니 말이 됩니까?"

"도덕여울이 못 잊히거든 도루 가려무나."

"선다님하구 일평생을 같이 지내기루 했지, 언제 중간에 갈리기루 했습니까? 하룻밤새 변덕이 나셔서 정답게 같이 살던 여편네들을 노끈 끊듯 몽창 끊으시는 선다님두 저는 끊지 못하십니다."

"나를 따라가구 싶거든 지금이라두 같이 가자."

"진작 그런 말씀을 해주셔야 저 혼자 생각두 하구 기집년하구 의논두 하지요. 선다님, 문안으루 도루 들어가서 오늘 하루만 더 기십시오."

"미친놈 같으니."

"선다님같이 인정 없는 양반 저는 처음 보았습니다."

"네놈하구 같이 지껄이다간 길 늦겠다."

꺽정이가 걸음을 떼어놓으려고 하니

"제 말 한마디만 더 들어줍시오."

노밤이가 앞을 막아 들어섰다.

"이놈이 날 붙잡구 실랭일 하는 셈 아닌가."

"제가 선다님을 마지막 뵈입구 다시 안 뵈입니까, 그럴 리가 있습니까?"

"어서 저리 비켜라!"

"말 한마디만 더 여쭈어 보구 물러가겠습니다."

"무슨 말이냐?" ● 해가(奚暇) 어느 겨를에.

"서울 안으서들을 나중에 데려가지 않으시렵니까?"

"그건 왜 묻느냐?"

"안 데려가시구 영 내버리신다면 저두 기집을 내버리구 나오든지 달구 나오든지 양단간에 작정하구 선다님 뒤를 쫓아갈랍니다."

"나중 봐가며 데려갈는지두 모르지만 지금은 내버리구 간다."

"시량이나 용은 전대루 대어주십니까?"

"나를 바라구들 있는 동안까지 대어줄 테다."

"그럼 제가 아직 서울 처져 있어서 세 집으루 돌아다니며 바깥일을 보살펴줄까요?"

"그건 네 생각대루 해라."

"안으서님들을 잘 보호하는 것두 선다님을 위해서 하는 일이니까 그러면 저 혼자 뒤에 떨어져두 섭섭하지 않습니다."

"더 할 말 없거든 고만 들어가거라."

"다락원까지나 뫼시구 갑지요."

노밤이가 어슬렁어슬렁 꺽정이의 뒤를 따라오다가 한온이가 작별하고 들어갈 때

"저두 다락원까지 갈 것 없이 여기서 하직 여쭙구 들어가겠습니다."

하고 한온이와 같이 떨어졌다.

먼저 간 일행 중에 백손 어머니는 꺽정이가 뒤에 떨어진 까닭으로 천천히 가자고 말하는 것을 이봉학이가 비선거리 가서 중화하며 기다린다고 길을 재촉하여 다락원에서도 교군꾼, 짐꾼들 술잔 먹이는 동안밖에 더 오래 쉬지 아니하였다. 중화참을 대어왔을 때 해가 한낮이 훨씬 지났는데 점심을 지어놓고 기다리고 먹고 나서 기다려도 꺽정이가 오지 아니하여 백손 어머니는 공연히 빨리 왔다고 사살사살하다가 마침내 서울로 도로 가자고 조르게 되었다. 이봉학이도 기다리기에 갑갑증이 났겠지만 백손 어머니의 마음을 가라앉히느라고 조금도 갑갑한 티를 보이지 않고 늘어진 소리를 하였다.

"아주머니, 여기서 눌러잘 작정하구 기다려봅시다."

"며칠이고 몇달이고 여기서 묵을 테요?"

"그건 공연한 말씀이지 며칠씩 묵게 될 까닭이 있습니까?"

"안 오는 사람을 기다리면 무어하오? 얼른 가보는 게 수지."

"안 오실 리 없으니 갑갑하드래두 좀 참으십시오."

"우리를 따돌려세우려는 꾀로 같이 떠난다고 어벌쩡˚하다가 기집의 집에 가서 드러누웠는지 누가 아우?"

"아주머니, 의심이 너무 과하십니다."

"전 같으면 의심할 까닭이 없지만 지금은 오장이 바뀐 사람이니까 믿을 수가 없소."

"기집들을 다 보냈다는데 무슨 기집이 또 있으리라구 당치 않은 의심을 하십니까?"

"한씨 집 아들이 거짓말로 우리를 속였는지 모르지요."

"어젯밤 한온이의 말이 거짓말 아닙니다."

"어떻게 거짓말 아닌 줄 분명히 아시우?"

● 어벌쩡 제 말이나 행동을 믿게 하려고 말이나 행동을 일부러 슬쩍 어물거려 넘기는 모양.

"오늘 아침에 형님이 한첨지 늙은이하구 수작하는 걸 옆에서 듣구 분명히 알았습니다."

"무어라고 수작합디까?"

"한첨지가 형님더러 서울을 언제쯤 또 오시겠느냐구 묻는데 형님이 이번 가면 언제 또 올는지 모른다구 대답하니까 한첨지는 형님의 대답을 의외루 여기는 눈치가 보이며 한번 우리들을 돌아보드니 다시 형님더러 서울 벌여놓으신 일은 어떻게 하시우 하구 묻는 것을 형님이 그건 다 걷어치우구 갑니다 하구 대답합디다. 한첨지까지두 아직 잘 모르는 모양이나 형님이 기집들을 다 보낸 것은 분명한 줄루 압니다."

"그런 일을 한첨지가 어째 모를까요? 한첨지 모르는 것이 우선 안 보낸 표적이 아닐까요?"

"한첨지는 자기 집안일두 작은아들에게 쓸어맡기구 알은체 안 하는 늙은이니까 모르기두 쉽지요."

"어쨌든지 여기서 기다리구 있느니 도루 가봅시다."

"오늘 하루 여기서 묵을 작정하구 기다리면 꼭 오실 테구, 만일에 안 오시거든 내일 식전 도루 가십시다."

백손 어머니가 다리만 성하면 이봉학이가 아무리 말리더라도 혼자 서울을 향하고 쫓아올 것인데 겁겁한 마음을 억지로 참느라고 눈물까지 냈다. 여러 사람이 기진하도록 기다린 끝에 꺽정이가 오기는 왔으나, 해가 벌써 서쪽으로 다 기울어져서 길을 더 가지 못하고 비선거리서 자게 되었다.

서울서 떠난 뒤 나흘 되는 날 저녁때 일행이 무사히 이천 읍내에 당도하였는데 이때 해가 노루 꼬리만밖에 남지 아니하여 광복산까지 대어가자면 밤길을 걷지 않을 수 없었다. 교군꾼과 짐꾼들은 모두 자고 가자고 말하는 것을 꺽정이가 듣지 않고 밤길로 나가기로 작정하여 이봉학이가 박유복이와 백손이더러

"우리 셋이 홰꾼 되자."

말한 뒤 홰 세 자루를 준비하고 졸개는 빈 몸으로 먼저 나가서 선통을 놓게 하였다. 이천 읍내서 저녁 요기들까지 하고 밤길을 걸어서 광복산으로 나오는데 삼십리 남짓 오니 황천왕동이가 혼자 와서 마중하고 다시 이십리쯤 더 오니 배돌석이와 곽오주와 길막

봉이가 같이 와서 마중들 하고 광복산에 다다르니 늙은 오가와 서림이가 여러 두목과 졸개들을 거느리고 산 밑에 내려와서 기다리고 안식구들까지 산 위에 나와 서서 기다리었다.
 여러 두령이 꺽정이가 돌아온 것을 바로 큰 경사같이 여겨서 소 잡아 잔치하려고 하는 것을 꺽정이는 못하게 금지하다가
 "형님이 오래간만에 오셔서 두목과 졸개들을 한번 호궤하는 것두 좋으니 금지하지 마시우."
이봉학이의 말을 듣고 여러 두령들 하는 대로 내버려두고 알은체 아니하였다. 꺽정이가 돌아오던 이튿날부터 이삼일 동안 소 잡고 도야지 죽이고 떡 만들고 술 걸러서 도중 상하가 배들을 불리었다. 꺽정이가 새로 도임한 원이나 감사처럼 사흘 만에 비로소 일을 보기 시작하였는데 여러 두령들을 모아놓고 공식으로 할 말 하고 들을 말 들은 뒤에 서림이를 돌아보며
 "서종사, 군법을 좀 물어볼 것이 있소."
하고 말하였다.
 "무엇이오니까?"
 "부하루서 대장을 멸시하는 일이 있으면 그 죄가 무엇에 해당하우?"
 서림이가 꺽정이의 눈치를 살피느라고 대답이 조금 더디었다.
 "모르겠소?"
 "참斬하여 마땅합니다."
 "또 종없는 말루 도중 인심을 소동시키는 일이 있으면?"

"그것두 참하여 마땅합니다."
꺽정이가 바로 밖을 향하고
"이리 오너라!"
하고 좌우 시위를 불러서
"서림이를 잡아내라."
하고 호령하였다. 좌우 시위는 영문을 몰라서 어리둥절하다가
"빨리 잡아내지 못하느냐!"
벽력같은 호령소리에 경겁하여 당장 서림이를 잡아끌고 밖으로 나갔다.
"의관을 벗기구 계하에 꿇려라."
계하에 꿇어엎친 서림이를 꺽정이가 내다보며
"너는 네 입으루 참하여 마땅하단 죄를 두 가지 겹쳐 지었으니 죽어두 원통하게 생각 마라."
하고 이르니 서림이가 고개를 치어들고
"제가 언제 대장을 멸시한 일이 있으며 언제 도중 인심을 소동시킨 일이 있습니까?"
하고 발명을 시작하였다.
"너의 죄상은 내가 다 알구 있으니 발명하여 소용없다."
"제가 혹시 뉘 모함에 들었는지는 알 수 없으나 그런 죄를 지은 일은 꿈에두 없습니다. 인명에 관계 없는 작은 죄라두 모호하게 죄주는 법은 없으니 제 죄상을 아신 대루 자세히 일러주십시오."

"네가 내 험담을 한 일이 없느냐, 또 여럿이 같이 서울루 가거나 사방으루 흩어지자는 말을 한 일이 없느냐?"

"제가 무슨 험담을 하였다구 들으셨습니까?"

"기집에 홀렸느니 신세를 망치느니 그런 소리를 안 했느냐? 했다면 그게 나를 멸시하구 험담한 것이 아니구 무어냐?"

"제가 영웅이란 원래 색을 좋아한다구 말한 일이 있는 법합니다. 영웅호색이란 옛말이지 제 말두 아닙니다. 대장께서 색에 범연치 않으시단 말이 나기에 제가 영웅이신 까닭이라구 말한 것 같습니다. 그게 무슨 험담입니까? 더구나 그게 무슨 멸십니까?"

"그래, 한 가지는 네 발명대루 죄가 되지 않는다구 하자. 또 한 가지두 마저 발명할 말이 있느냐?"

"발명할 말씀이 있다뿐이오니까. 그 말은 제가 한 말입니다. 그러나 그 말이 도중 여러 사람의 맘을 소동시키려구 한 말이 아닙니다. 제가 말할 때 이두령, 황두령 두 분밖에 더 들으신 분이 없는 걸 보셔두 아실 일이구 또 졸개 하나라두 그 말루 소동된 일이 없는 걸 보셔두 아실 일이 아닙니까. 대장께서 오래 도중을 떠나 기신 까닭으루 도중 일이 정체되어서 어떻게 하면 대장을 속히 내려오시게 할까 여러분이 모두 고심들 할 때 제가 옅은 생각으루 대장께서 그런 말을 들으시면 맘이 혹시 움직이실는지 모른다구 말한 것이올시다. 그게 죄될 것두 없을 것인데 무슨 죽을죄가 될 까닭이 있습니까. 설사 죄없이라두 죽이시면 죽지 별수 없는 목숨이지만 억지루 죄명을 씌우시면 죽어두 눈을 감지 못하겠습니다."

 서림이가 절절히 발명하는 말을 꺽정이는 듣고 말없이 여러 두령을 돌아보았다.

 꺽정이가 서림이와 황천왕동이 두 사람을 속으로 벼르는 중에 서림이는 홍와조산˚하였다고 죽여 없애려고까지 마음을 먹고 온 터이라 공사를 개시하는 첫날 바로 죽이려고 거조를 차리게 된 것인데, 서림이가 발명하는 말을 듣고 본즉 실상 죽일 만한 죄가 없어서 도리어 어색하여졌다. 꺽정이가 여러 두령을 돌아본 것도 다른 뜻 없이 전수이˚ 어색한 데서 나온 일이건만 여러 두령들은 거지반 다 꺽정이가 각 사람의 의견을 들으려는 줄로 짐작하였다. 그중에 늙은 오가가 계제를 놓칠까 겁내는 것같이 얼른 먼저

 "서종사의 말이 조금두 은휘˚ 없는 말이오. 만일 죽일 죄가 있으면 군법 아래 언감생심 두호할 리가 있겠소만 사실루 죽일 죄가 없으니 서종사를 용서해주시우."

하고 말하는데 평소의 능란한 말주변이 어디 갔는지 말이 대단 꺽꺽하였다.˚ 늙은 오가의 말이 끝난 뒤에

 "죽일 죄 없는 사람을 죽여 쓰나요?"

박유복이의 말을

 "죽일 죄 없이두 죽는 사람이 세상에 들어쎘지 않소."

곽오주가 가로채고

 "형님, 거조가 좀 과하셨소."

이봉학의 말에

"과하지요."

"과하다뿐이오."

배돌석이와 황천왕동이가 붙좇는 것을 꺽정이는 듣는 체 만 체 하고 가만히 있다가 얼마 만에

"여럿 생각에는 서림이가 죄가 없단 말이지?"

하고 말하니 말참례 들지 못한 길막봉이가

"네, 그렇지요."

하고 말에 대답하였다. 꺽정이가 다시 두말 않고 좌우 시위에게

"서종사를 방으루 뫼셔들여라."

하고 분부를 내리었다. 서림이가 의관을 다시 갖추고 좌우로 부축을 받고 방에 들어와서 자리에 앉으며 곧 꺽정이를 향하여

"유죄무죄간에 촉노觸怒한 것은 불민한 탓인데 용서하여 주셔서 황감하게 생각합니다."

말하고 머리를 굽히니 꺽정이는

"불안하우."

한마디로 대답하고 긴말을 하지 아니하였다. 늙은 오가가 꺽정이를 보고

"서종사의 놀란 가슴을 진정시켜 주자면 불가부득不可不得 술이 있어야 할 테니 어떻소? 우리 고만 술판을 차려보실라우?"

하고 너스레 잘 치는 본색을 내놓는데 꺽정이는 고개를 외치고 바로

• 흥와조산(興訛造訕)
있는 말 없는 말을 지어내어 남을 비방함.
• 전수이 모두 다.
• 은휘(隱諱)
꺼리어 감추거나 숨김.
• 꺽꺽하다
글이나 말 따위가 순조롭지 못하다.

"이애 천왕동아, 네게두 말을 좀 물어볼 것이 있다."
하고 황천왕동이를 바라보았다.

"네가 나를 안 보구 내빼온 것이라든지 너의 누이를 충동여 보낸 것이라든지 모두가 괘씸한 일이지만 그런 건 다 덮어두구 네가 내 앞에서 마지막 하직을 하느니 마느니 하지 않았느냐? 마지막 하직이란 게 어떤 것이냐? 공사간에 네가 내게다가 그런 말을 할 사람이냐? 소견을 말해라, 어디 좀 들어보자."

꺽정이가 역정으로 하는 말에 황천왕동이가 숫제 대답 않고 가만히 있었으면 한껏해야 호령이나 듣지 별일 없을 것인데 황천왕동이는 자기가 뺨 맞고 떠다박질릴 때 배리 틀린 것이 누님의 정강이 부러진 것을 보고 다시 일층 더 틀려서 꺽정이를 미워하는 마음까지 생긴데다가 뒷생각이 원체 좀 부족한 탓으로

"그것두 참할 죄요?"

하고 엇나가는 대답을 하였다.

"무엇이야, 네가 참을 당하구 싶으냐?"

"목을 자르든지 사지를 찢든지 맘대루 하시구려."

"네가 나를 넘보구 대드느냐?"

"녜, 넘봤소. 멸시했소. 멸시하면 참한다지요."

꺽정이는 얼굴에 핏대가 서고 눈귀가 찢어지게 되었다.

"불출아!"

"능통아!"

좌우 시위 신불출이와 곽능통이의 이름을 꺽정이가 연달아 불

렀다. 좌우 시위가

"네네."

대답하고 방문 앞에 들어서자, 꺽정이는 곧 졸개 대여섯 놈만 빨리 불러 대령하라고 호령하였다. 박유복이는 황천왕동이더러 기탄없이 대답하였다고 나무란 뒤 황천왕동이를 대신하여 꺽정이의 용서를 빌고 이봉학이는 꺽정이에게 황천왕동이의 방자한 것을 쳐서 말한 뒤 화를 참고 조용히 꾸중하라고 권하였으나 꺽정이는 눈을 딱 감고 앉아서 검다 쓰다 대답 한마디가 없었다. 얼마 동안 안 지나서 두 시위가 졸개들을 데리고 와서 대령하니 꺽정이가 벌떡 일어나서 황천왕동이를 잡아 일으켜 방문 밖으로 내밀며 시위와 졸개들에게

"너희들이 이놈을 끌구 나가서 당장 목을 베어 바쳐라. 시각을 천추遷推하면 너희들두 다 목이 떨어질 테니 그리 알구 거행해라."

하고 추상같은 호령을 내리었다.

방안에 앉았던 여러 두령이 우들 일어섰다.

"형님, 망령이 나셨소? 이게 무슨 일이오?"

"영을 얼른 도루 거두시우."

"사생을 같이하자구 맹세한 사람을 죽이다니 말이 되우?"

"무슨 큰 죄가 있소. 불과시 말다툼한 죄루 죽인단 말이오?"

"우리들을 그대루 두구는 황두령을 죽이지 못하우."

누가 무슨 말을 하는지도 알지 못할 만큼 여러 말이 함께 섞여

서 떠들썩한 중에 늙은 오가의 입에서

"여보게 이 사람들, 내 말 좀 듣게."

굵은 말소리가 나왔다. 늙은 오가가 여러 두령더러

"여럿이 한꺼번에 떠들어서야 대장께서 잘 들으실 수가 있나. 찬찬히 차례차례 말씀들을 여쭙게."

말하고 밖을 내다보며

"아따 이놈들아, 나가지 말구 게 좀 있거라."

소리치다가 꺽정이가

"장령을 어린애 장난같이 여기는 모양이오."

하고 눈을 부라리는 바람에 다시는 입을 뻥끗 못하고 한구석으로 비켜섰다.

여러 두령들 중에서 형님 형님 하며 꺽정이 앞으로 대어드는 사람도 있고 대장 형님 나 좀 보라고 꺽정이의 소매를 잡아당기는 사람도 있었다. 꺽정이가 소매를 뿌리치고 소요 떨지 말라고 소리를 지른 뒤에 여러 두령들을 돌아보며

"천왕동이루 말하면 여럿들버덤 내가 사정으루 가깝지만 용서할 수 없다. 이 자리가 사석 같으면 모르지만 대장이 부하에게 말하는 공석에서 그따위루 무엄하구 방자하게 말대답하는 것을 어떻게 용서하란 말이냐! 숫제 나더러 대장 노릇을 고만두라지 천왕동이를 용서하란 말은 마라."

하고 말을 이르는데 뜨문뜨문 하는 말에 말뒤까지 꾹꾹 눌러 하였다. 박유복이가 한 걸음 여러 사람 앞으로 나서서

"대장 형님, 죄를 주시드라두 죽이진 마십시오."
하고 말하니 꺽정이는 고개를 가로 흔들면서
"대장의 체모를 보전하자면 천왕동이를 안 죽일 수 없다. 죽이는 내가 죽이지 말라는 너희들버덤 속이 더 아프지만 그건 사정이니까 사정으루 장령을 변개할 수 없다. 장래 다른 사람의 본보기루 천왕동이는 죽어야 한다."
하고 대답하였다.
"천왕동이의 죄를 우리가 다 나눠서 당할 테니 천왕동이의 목숨을 붙여주십시오."
박유복이가 애걸하듯 말하는 것을
"쓸데없는 소리 마라!"
꺽정이가 불호령으로 내리눌렀다. 박유복이가 눈물까지 떨어뜨리며 물러설 때 배돌석이가 야무진 말소리로
"나는 사생을 같이하자구 맹세한 황두령하구 함께 죽지 더럽게 살지 않겠소."
말하고 바로 밖으로 뛰어나갔다.
"그럼 나두 같이 죽으러 가겠소."
길막봉이가 배돌석이의 뒤를 이어 나가고
"죄를 나눠 당한다구 말까지 한 내가 남의 뒤에 떨어질 수 없으니까 나두 같이 가서 죽겠소. 일일이 하직 못하구 가니 용서하시우."
박유복이가 길막봉이 다음에 나가고

"나두 갈 테니 같이 갑시다."
곽오주가 박유복이의 뒤를 쫓아나갔다. 꺽정이는 어이가 없어서 우두머니 보고 섰는데 이봉학이가 앞에 나와서
"다들 의리루 죽으러 가는데 혼자 떨어질 수 없어서 나두 형님을 버리구 가겠으니 용서하시우. 형님, 이다음 저승에서나 만납시다."
말하고 하직으로 절을 하였다.
"자네까지 마저……."
꺽정이의 말이 뒤가 없었다. 이봉학이는 뒷말을 기다리는 것처럼 잠시 동안 꺽정이의 얼굴을 바라보고 섰다가 한숨을 한번 쉬고 돌아서서
"오두령, 서종사, 마지막 작별이오."
하고 말한 뒤 천천히 걸어서 방문 밖으로 나갔다. 뒤에 남은 늙은 오가와 서림이는 꺽정이의 하는 꼴을 두고 보자고 약속한 것같이 둘이 다 입을 함봉하고 아무 소리도 아니하였다.
꺽정이가 펄썩 주저앉듯 앉으면서 늙은 오가와 서림이더러 앉으라고 손짓하고 한참 만에
"이런 법두 있소?"
말하고 물끄러미 두 사람을 바라보았다. 꺽정이의 눈치가 말들 하기를 기다리는 것 같아서 두 사람이 함봉한 입을 열게 되었다.
"다섯 분 두령이 의리를 세우려구 죽음으루 나가는 걸 보니 의리는 태산 같구 죽음은 홍모 같단' 옛말이 헛말이 아니오."

늙은 오가는 강개한 어조로 말하고

"다섯 분이 같이 살 의리는 생각 않구 같이 죽을 의리만 세우려구 하니 다섯 분의 일을 꼭 옳다구는 말하기 어렵습니다."
서림이는 주저주저하며 말하였다.

"서종사, 나가서 여럿이 알아듣두룩 말하구 같이 들어오게 하우."

"황두령까지 같이 데리구 들어오리까?"
꺽정이는 고개를 가로 흔들었다.

"황두령에게 사를 내리신다면 모를까 그렇지 않구야 여러분이 들어올 리가 있습니까?"

"그럼 내버려두구려."

"여러분이 다 없구 보면 대장께서는 어떻게 하시렵니까?"

● 의리는 산 같고 죽음은 홍모(鴻毛) 같다
의리를 위하여 죽음을 가볍게 여긴다는 뜻. '홍모'는 기러기의 털이라는 뜻으로 매우 가벼운 사물을 이른다.

"저희들이 다 죽으면 나두 죽지."

"대장 같으신 전고에 드문 영웅을 하느님께서 이 세상에 내실 때 일생을 그렇게 허무하게 마치시라구 내셨을 리가 있습니까. 한번 다시 생각해보십시오."

신불출이와 곽능통이가 방문 밖에 와 서서 굽실거리는 것을 꺽정이가 내다보고

"어째들 들어왔느냐?"
하고 물으니 신불출이가 다시 한번 굽실하고

"여러분 두령께서 다 각각 나 먼저 죽이라구 죄인을 제치구 대

드시니 소인들 힘으루는 어찌할 수가 없습니다."
하고 말을 아뢰었다. 꺽정이가 한참 동안 잠자코 있다가
 "황두령을 도루 끌구 들어오너라."
하고 분부하여 신불출이와 곽능통이가 일시에 네 대답하고 나가더니 얼마 뒤에 황천왕동이를 좌우로 붙들고 들어오는데 다섯 두령도 뒤를 따라 들어왔다. 꺽정이가 황천왕동이를 뜰 앞에 세워놓고
 "대장의 체모를 손상한 죄가 죽여두 싸지만 여러가지루 생각해서 이번은 특별히 용서하니 이다음에 다시 그런 일이 없두룩 조심해라."
하고 타이른 뒤에 다섯 두령과 함께 방안으로 들어오게 하였다.
 서림이와 황천왕동이가 참을 당할 뻔하던 이튿날, 꺽정이가 여러 두령을 모아가지고 광복산 떠날 의논을 결정지을 때 이봉학이의 의논과 서림이의 의논을 다시 자세히 들어본 뒤에 서림이의 의논을 좋다고 하고 청석골에다가 임시로 거접할 배포를 차리고 나가기로 결정하니 늙은 오가가 싱글벙글 좋아하는 대신에 곽오주는 골이 나서 식식하면서
 "나는 청석골로 안 간다고 말한 사람인데 나를 내버리구 갈라구 그렇게 작정하우?"
하고 꺽정이에게 들이대었다.
 "내가 한번 결정지어서 영을 내린 뒤에는 다른 소리 할 생각 마라."

"그러기에 그런 영을 내리지 말라구 미리 말하지 않소?"

꺽정이가 곽오주의 말에는 대답 않고 다른 두령들을 돌아보며

"아무리 임시 거접이라두 집 몇채는 세워야 할 테니 이두령, 오두령만 여기 남아서 식구들과 같이 있구 그 나머지 두령들은 다 날 따라 청석골 나가서 역사를 시키자. 이 뒤에 만일 청석골루 가느니 안 가느니 하는 사람이 있으면 용서없이 군법을 쓸 테다."

하고 명령으로 말하였다. 곽오주가 덩치 큰 값도 없이 간드러지게 애개개 소리를 지르는 것을 박유복이가 눈을 흘기며 그리 말라고 고개를 흔들어 보이었다. 곽오주가 옆에 앉은 황천왕동이더러

"품앗이해줄라우?"

밑도끝도없는 말을 물으니 황천왕동이는 무슨 말인지 몰라서

"무어야?"

하고 되물었다.

"내가 죽게 된다면 같이 죽는다구 할 테냐 말이야."

"실없는 소리 하지 마라."

"내가 청석골루 안 간다구 우기면 군법으루 죽인다구 할 테니까."

잡담들 말라고 꺽정이가 소리를 질러서 곽오주는 말끝도 마치지 못하고 목을 움찔하였다. 곽오주가 서림이의 주장을 좇기가 싫고 또 늙은 오가와 말다툼에 지기가 싫어서 청석골로 안 간다고 황소고집을 부리었으나, 청석골을 가기 싫을 까닭이 없는 건

고사하고 도회청과 살림집이 다 타고 자기 거처하던 등 너머의 외딴집만 성하게 남아 있단 말을 들은 뒤로 은근히 한번 가보고 싶은 생각까지 없지 아니하였다. 곽오주가 꺽정이 장령에 눌리기도 하고 또 눌리는 체도 하여 일자 이후로 청석골을 간다 안 간다 말한 일이 없었다. 청석골로 역사하러 갈 준비들을 차릴 때 늙은 오가가 짓궂이 곽오주를 보고

"안 간다든 자네가 나버덤 먼저 가겠네."

하고 씨까스르니

"갈라면 선등 가는 게 좋지."

뱃속 편하게 대답하고

"자네가 죽어두 안 간다구 하지 않았나?"

하고 오금을 박으니

"내가 죽으면 당신에게 좋을 게 무어요?"

넉살좋게 대꾸하였다. 그러나 서림이의 주장이 득승得勝한 것만은 곽오주가 마음에 종시 불쾌하여

"청석골 가서 군일하는 품삯들은 서종사에게 받으리까?"

"청석골 역사는 서종사가 다 해놔야 경계가 옳지 않소?"

서림이를 앉혀놓고 빈정거린 일도 있고 이봉학이가 꺽정이의 수고를 대신하려는 뜻으로 청석골 역사시키러 가기를 자원하여 꺽정이가 광복산에 남아 있기로 변경하게 될 때

"갈 사람은 바꿔두 갈 자리는 바꾸지 못하나?"

꺽정이 면전에서 군말한 일도 있었다.

꺽정이와 늙은 오가 이외에 여러 두령이 두목과 졸개 근 이십 명을 데리고 청석골로 나가는데 이십명 사람이 함께 몰려갈 묘리가 없다고 세 패로 떠나갔다.

청석골 소굴은 형지가 없었다. 즐비하던 기와집과 총총하던 초막이 하나도 없고 깨어진 기왓장과 타다 남은 끄트럭과 다 탄 재가 땅바닥에 깔렸을 뿐이었다. 이봉학이 외 여러 두령이 두목과 졸개들을 거느리고 빈터를 돌아볼 때 여기저기 보금자리 친 짐승들이 사람 발자취에 놀라서 이리 닫고 저리 닫고 하였다. 등 너머에 남아 있는 곽오주의 집이 방 이 간, 퇴 한 간 삼 간뿐이라 좁기는 하지만 달리 전접할 곳이 없어서 상하 이십명 소솔이 삼간에서 복대기를 치는데, 졸개들 중에는 뜰 위에 나가서 한진하는 사람이 밤마다 서너너덧씩 되었다. 이봉학이가 여러 두령과 상의한 뒤 금교역말 어물전에서 양식과 장건건이며 당장 한진할 제구로 차일과 멍석이며 아쉬운 대로 쓸 연장들을 얻어오고 그다음에 장단, 토산, 강음 각처에 묻어두고 간 졸개들을 모아들이었다. 식구가 나날이 자꾸 느니 양식이 큰일이라 친분 있는 인근 읍 아전들에게 힘을 빌리고 관할하던 각 동네 백성들에게 폐를 끼쳐도 뒤가 연해 달리어서 이봉학이와 서림이는 청석골 앉아서 일을 보고 황천왕동이는 각처로 연신을 다니고 박유복이와 배돌석이와 곽오주와 길막봉이는 두 패, 세 패 혹 네 패로 졸개 몇명씩 거느리고 백리 내외로 나다니며 화적질을 하여 양미糧米와 재목을 거두어들이었다. 모든 것을 임시 배포로 차리는 까닭에 도회청과 꺽정이 거처할 집 외에는 살림집을 몰밀어서 삼간초가로 짓고 졸개들의 초막이란 것은 게딱지만큼 쥐대기로 짓게 되었다. 모군˚서는 사람은 수효가 적을 때 사오십명씩 되고 목수 일, 미장이 일 하는 사람도 십여명이나 되어서 일이 잘 붓는데다가 닫는 말에 채질하듯 이봉학이가 일을 건몰아서 한 달 안에 역사가 얼추 다 끝이 났다. 그전 생각을 하면 신풍스럽지만˚ 한 달 전에 비하면 딴 세상이 되었다.

꺽정이가 여러 집 권속을 데리고 광복산에서 나와서 집들을 별러˚ 들인 뒤에 도거리˚로 낙성연을 차리는데 인근 읍 아전에게서와 각 동네 백성에게서 부조가 많이 들어와서 주식이 진진하였다.˚

6

청석골 도회청은 관군의 불꾸러미가 한번 지나간 뒤에 고래등같은 기와집이 정자 비슷한 초가로 변하고 벽도 없고 분합分閤도 없는 네모 번듯한 마루 사 간뿐이나 드높고 시원한 것만 하여도 광복산 움구석 같은 방에는 댈 것이 아니고 좌우의 익랑翼廊터와 정면의 대문간 자리를 모두 마당으로 닦아서 마당이 전보다 곱절이나 더 넓었다.

청석골을 비워놓고 도망할 때 여러 군데 감추어두고 간 곡식과 세간과 병장기를 모두 찾아내서 썩어 못 쓸 것은 골라 버리고 쓸 것이라도 세간과 병장기는 못질하고 푸레질하고 칠 벗은 것 칠 올리고 녹슨 것 녹 벗기고 이외에 아주 새로 만드는 물건도 있어서 졸개 이삼십명이 오륙일 동안 분주히 일을 한 뒤에 도회청 마루 위에 교의도 놓이고 도회청 축대 아래 기치도 꽂히게 되었다.

 도회청 뒤에는 청포로 만든 휘장을 치고 도회청 안에는 해와 달을 그린 두 쪽 병풍 앞에 주홍칠한 큰 교의 하나를 놓고 큰 교의 좌우로 각각 작은 교의 넷씩 휘우듬하게 늘어놓고 도회청 앞에는 각색 기치 외에 창검과 부월*을 벌려 세웠다. 휘장은 밤낮 쳐두는 것이요, 교의는 날마다 떨고 닦고 하는 것이요, 기치는 아침이면 내어 꽂고 저녁이면 빼어 들이는 것이요, 창검과 부월은 특별한 일이 있을 때에나 내세우는 것인데, 이날 점고가 있는 까닭에 창검, 부월이 아침 햇빛에 번쩍이었다.

 두령들은 아직 겹옷을 벗지 아니한 때지만 벌써 많이 홑것을 입은 졸개들이 바람기가 쌀쌀한 햇살 퍼지기 전부터 도회청 넓은 마당으로 모여 들어서 두목들이 지휘하는 대로 칼잡이, 창잡이, 활잡이가 다 각각 떼를 지어 섰다. 사산의 파수 보는 졸개들과 두령들 집의 심부름하는 졸개들과 그외에 다른 소임 가진 졸개들도 하나 빠지지 않고 모두 왔다. 해가 서너 발 좋이 올라왔을 때 두령들이 하나씩 둘씩 오기 시작하고 시위 한 사람이 와서 있다가 여러 두령이 다 온 것을 보고 간

● 모군(募軍) 모군꾼.
공사판 따위에서 삯을 받고 일하는 사람.
● 신풍스럽다 신청부같다.
사물이 너무 적거나 모자라서 마음에 차지 아니하다.
● 벼르다 일정한 비례에 맞추어서 여러 몫으로 나누다.
● 도거리 따로따로 나누지 않고 한데 합쳐서 몰아치는 일.
● 진진(津津)하다
물건 따위가 풍성하게 많다.
● 부월(斧鉞) 출정하는 대장에게 통솔권의 상징으로 임금이 손수 주던 작은 도끼와 큰 도끼.

뒤 대장 꺽정이가 비로소 와서 일월병 앞에 놓인 큰 교의에 전좌하였다. 졸개들은 머리를 수건으로 질끈질끈 동이고 두목들은 머리에 벙거지를 썼을 뿐이고 여러 두령과 두 시위는 산수털벙거지를 쓰고 군복을 입었고 종사관 서림이는 탕건에 진사립을 눌러쓰고 창의를 입었고 꺽정이는 머리에 쓴 것은 금관이요 몸에 입은 것은 홍포였다. 마루 위의 두령들과 축대 아래 두목들이 두 시위의 창을 따라 국궁, 진퇴하여 조사를 마친 뒤에 꺽정이 입에서
"점고를 시작해보지."
말 한마디가 떨어지며 곧
"점고를 시작하랍신다!"
두 시위가 쌍으로 받아내리고
"녜이."
여러 두목이 일시에 긴대답을 올렸다.

 서림이가 꺽정이에게 품하고 마루 끝에 나와서 점고할 방법을 자세히 지휘하였다. 졸개들 섰는 편에는 청기 하나를 세우고 건너편에는 홍기 하나를 세우게 한 뒤 졸개들이 성명이 불리거든 청기 아래서 대답하고 홍기 밑으로 건너가되 건너갈 때 대상臺上을 향하여 군례를 한번씩 하라 하고 좌우 시위더러 축대에 나가서서 전날 도록에 적힌 성명을 차례로 부르되 세 번 불러서 대답이 없거든 그 성명에는 표를 지르고 다음을 부르라 하고 점고를 시작할 때와 끝마친 때에 군호로 북을 치고, 처음 북소리 난 뒤부터 나중 북소리 나기까지 일체 훤화를 금지하라 하였다.

서림이가 자기 교의에 도로 와서 앉은 뒤에 꺽정이가 서림이를 돌아보며

  "훤화 금지하는 걸 두목들에게만 맡겨두지 말구 두령 몇이 나가서 보면 어떻겠소?"

하고 물어서 서림이가

  "청, 홍기 양쪽에 한 분씩 두 분만 나가서 섰으면 좋겠습니다."

하고 대답하여 꺽정이는 곧 좌우편 끝 교의에 앉은 황천왕동이와 길막봉이를 마당으로 내려보냈다.

  둥둥둥 북소리가 났다. 마당이나 마루나 다같이 조용하였다. 무식한 신불출이는 도록책을 펼쳐들고 글자 아는 곽능통이는 성명을 불렀다.

  "이오종이."

  "네, 등대하였소."

  "김몽돌이."

  "네, 등대하였소."

  "최오쟁이."

  "네, 등대하였소."

  "안되살이."

  "네, 등대하였소."

  "정갑돌이."

  "네, 등대하였소."

  "박씨종이."

"박씨종이."

"박씨종이."

"신복동이."

"네, 등대하였소."

"구봉득이."

"네, 등대하였소."

"장귀천이."

"장귀천이."

장귀천이는 귀가 먹어서 못 알아듣고 가만히 섰는 것을 옆에 사람들이 눈짓 입짓으로 가르쳐주어서

"네, 네."

연거푸 대답하며 뛰어나왔다.

"김억석이."

전에 뒷산 파수꾼 패두이던 김억석이가 아직까지 다시 오지 아니한 것은 다들 잘 아는 까닭에 곽능통이가 세 번까지 부르지 않고 다음에 적힌 성명을 불렀다.

졸개가 하나하나 연해 청기 밑에서 홍기 밑으로 건너가서 청기, 홍기의 사람 수효가 거의 반반쯤 되었을 때 꺽정이가 성을 빼고 이름만 얼른얼른 부르라고 분부를 내렸다.

"화선이."

"네."

"춘선이."

"네."

"산봉이, 산봉이, 산봉이."

"백만이, 백만이, 백만이."

"차돌이."

"네."

"쇠돌이."

"네."

"수동이."

강수동, 차수동이 수동이 둘이 쌍대답을 하였다.

"강수동이."

"네."

"차수동이."

"네."

"강득이."

"네."

"몽득이."

"네."

"서노미."

노미가 서노미, 허노미, 이노미 서넛이나 되어서 일껀 성까지 껴서 부르는데 허노미는 제가 불린 줄 알고 서노미보다도 앞질러 대답하였다가 다시 서노미 부르는 것을 듣고 뒤통수를 긁었다. 다른 졸개들은 이것을 보고 웃음을 참느라고 입들을 악물었다.

홍기 쪽에 있는 황두령은 가만히 한 군데 섰을 뿐 아니라 많이 딴 데를 보는 까닭에 졸개들이 소곤소곤 지껄이기도 하고 가만가만 웃기도 하지만, 청기 쪽에 있는 길두령은 어떤 놈이 혹시 웃나 지껄이나 하고 큰 눈을 두리번거리면서 어슬렁어슬렁 돌아다니는 까닭에 졸개들이 끽소리도 못하였다. 허노미와 이노미가 다 불린 뒤에 개똥쇠와 작은쇠가 불리고 그다음에 덜렁쇠가 불리었다. 덜렁쇠는 이름과 같이 사람도 덜렁이라 네 대답하고 곧 쏜살로 홍기 쪽으로 건너갔다가 두목에게 볼치 맞고 다시 나와서 현신하고 들어갔다. 연하여 불리는 이름 중에 존이, 출이, 녹이, 복이, 동이 같은 외자 이름이 많고 삽살개미치, 자릅개동이 같은 다섯 자 이름도 혹 있고 광노, 양필, 맹효 같은 점잖은 관명도 더러 있으나 강아지, 도야지, 부엌개, 마당개, 쥐불이, 말불이, 쇠미치, 말미치 같은 천한 아명이 많았다. 청기 아래 두목과 졸개가 하나도 남지 아니한 뒤에도 도록에 적힌 성명은 두서넛 더 있었으나 곽능통이가 부르지 않고 표를 질렀다. 해가 늦은 아침때가 지난 뒤에 점고가 끝이 났다. 북소리가 둥둥둥 나며 홍기 아래는 와글와글하였다. 도회청지기 소임을 가진 아이들만 남아 있고 그외는 다들 가라고 꺽정이가 영을 내려서 두목과 졸개들은 모두 뿔뿔이 흩어져 갔다.

  도록에 성명이 적힌 두목과 졸개는 백명이 넘으나 점고받은 수효는 육십여명밖에 더 아니 되었다. 이때까지 다시 오지 아니한 것들은 종내 오지 아니할 것이고 설혹 오더라도 받아두지 않는다고 꺽정이가 사람 없는 빈 성명을 모두 꺾자 치게 하였다. 서림이가 곽능통이가 표 지르던 붓을 달래가지고 도록에 표질한 성명을 꺾자 쳐 내려가다가 홀제 붓을 멈추고 꺽정이를 돌아보며
 "김억석이는 아직 좀 그대루 두구 보시지요."
하고 꺽정이의 의향을 물었다.
 "어디루 갔는지두 모른다는 걸 두구 봐 무어하우?"
 "사람이라두 내놔서 찾아보는 게 좋지 않을까요?"
 "그럼 안 온 놈들을 다 찾을 테요? 누군 찾구 누군 안 찾소?"
 "김억석이는 다른 놈들과 다르지 않습니까."
 "오, 배두령의 가시아비라구 찾아야 한단 말이오?"
 "배두령의 장인두 되려니와 우리 청석골에 유공한 사람이 아닙니까."
 "찾을 때 찾드라두 다른 놈들과 같이 꺾자 쳐두우."
 서림이가 꺽정이의 말을 드디어서 김억석이 성명까지 꺾자 쳐 버렸다.
 꺽정이가 먼저 가고 그다음에 여러 두령이 각각 헤어져 갈 때 배돌석이가 서림이와 같이 오다가
 "그러지 않아두 나는 요새 집에서 졸려 못살 지경이오. 제 아비 제 동생을 찾아달라구 사람을 오복전 조르듯 하우."
하고 아내에게 성화받는 것을 이야기하였다.
 "일부러 내보낸 이야기를 않구 가만 내버려두었으면 도망한 걸루 알구서 찾아달란 말두 못할 것인데 왜 그런 이야기를 해 들

리랍디까?"

"저의 부녀가 다시 만나게 될 때까지 나는 이야기 안 하구 덮어두려구 했었는데 올 정월 초생인가 보우. 싱검쟁이 오주가 놀러왔다가 죄다 이야길 해주어서 오주 간 뒤에 미리 이야기 안 했다구 포달\*을 떨어서 내가 한바탕 곤경을 치렀소."

"결자해지루 곽두령더러 찾아다가 주랬으면 좋겠구려."

"우리 집에선 서종사더러 찾아달라구 야단이오."

"김억석이를 못 찾는 날이면 내가 칼침 맞지 않겠소?"

"하는 대루 내버려두면 벌써 서종사에게 시비를 붙으러 갔을는지두 모르지요."

"이거 큰일났구려."

서림이와 배돌석이가 서로 보며 웃었다. 얼마 앞서가던 길막봉이와 황천왕동이가 두 사람의 웃음소리를 듣고 둘이 같이 돌아서면서 길막봉이가 큰 소리로

"여보 성님, 서종사하구 무슨 이야기를 그렇게 재미있게 하우?"

하고 물었다.

"자네들은 못 들을 이야길세."

"우리 못 들을 이야기가 무어람?"

"못 들을 이야기라니 굳이 좀 들으러 갈까."

길막봉이와 황천왕동이가 쫓아들 와서

"무슨 이야기들 했소? 역적모의했소?"

황천왕동이가 먼저 말을 붙였다.

"우리들 밤낮 하는 것이 역적모읜데 무슨 역적모의를 따루 한단 말이냐?"

"대장을 들어내자구 하면 따루 역적모의가 되지 않소."

"빈말이라두 큰일날 말을 다 하네. 자네가 광복산에서 혼꾸멍이 나구두 대장이 무서운 줄을 모르나."

"그런 소리는 듣기 싫소. 고만두우."

"자네가 먼저 듣기 싫은 말을 하지 말지."

"글쎄 고만두어요."

길막봉이가 다시 황천왕동이 뒤를 이어서

"무슨 이야기들 했소?"

● 포달 암상이 나서 악을 쓰고 함부로 욕을 하며 대드는 일.

하고 물으면서 배돌석이와 서림이를 번갈아 보았다.

"배두령이 장인과 처남을 못 찾으면 내외간 의초가 상하겠다구 나보구 사정 이야기를 하신 끝이오."

하고 서림이가 웃음의 말로 말하였더니 길막봉이는 그저

"암, 김패두는 찾아야지."

들떼어놓고 말하고 황천왕동이는

"사정이 무슨 사정이오, 치사스럽게."

배돌석이를 핀잔주었다.

배돌석이가 황천왕동이에게 핀잔을 받고 얼굴빛이 붉어졌다. 처음에 황천왕동이가 대장 들어낼 역적모의했느냐고 말한 것이 실없는 말이라도 귀에 거친데다가 또 서림이의 웃음의 말을 곧이듣고 정말 창피한 사정이나 한 줄로 아는 것이 마음에 불쾌하여 배돌석이는 골이 난 것인데, 황천왕동이는 배돌석이가 자기 말에 무안을 타는 줄로 짐작하고 풀어 말한답시고

"무안해할 것까진 없소."

하고 말하니

"무안하긴 무에 무안해? 별 기급할 소릴 다 듣겠네."

하고 소리를 꽥 질렀다.

"소린 왜 지르우? 사람 귀청 떨어지겠소."

"자네가 날 깔보는 모양인가?"

"무안에 취해서 골이 났구려."

"글쎄 내가 무안할 게 무어야?"

"그럼 왜 골을 내우?"

"골내는 게 잘못인가?"

"그렇게 골낼 것 같으면 내가 잘못했나 보우."

"골낼 것 같으면 잘못했나 보우?"

"잘못했다는데 다시 널 건 무어 있소?"

"다시 뇌면 어쩔 테냐?"

"이거 막 쌈을 하러 덤비는구려."

"쌈할 테면 해보자, 너 같은 놈은."

"너 같은 놈이라니."

황천왕동이도 얼굴을 붉히었다. 길막봉이가 사이를 타고 들어

서며

"이러다간 참말루 쌈 되겠소."

말하고 그다음에 서림이가

"내가 공연히 실없는 말 한마디를 했다가 두 분 사이에 말썽이 되어서 미안하우."

하고 말한 뒤에

"배두령, 고만 갑시다."

하고 배돌석이의 군복 소매를 끌었다.

"도둑질을 해먹구 살드래두 도둑놈의 의리는 있어야지."

배돌석이는 황천왕동이를 노려보고

"내가 의리 없는 짓 한 게 무어야?"

황천왕동이는 배돌석이를 노려보았다.

"칠장사 부처님 앞에서 맹세할 때 이렇게 막보기루 했드냐!"

"누가 먼저 막보구 대들었기에 말이야."

"네가 대장 형님 내버리구 어디루 간달 제부터 맹세를 소중히 안 여기는 줄 알았다."

"그건 웬 되지 못한 수작이야!"

"되지 못한 수작? 나는 된 수작 할 줄 모른다."

배돌석이가 다시 한번

"되지 못한 수작?"

하고 뇌며 곧 서림이 손에 잡힌 소매를 뿌리치고 앞으로 내달아서 황천왕동이에게 덤비려고 하였다.

"이거 왜들 이러우. 글쎄 고만두우."

길막봉이가 사이에서 가로막고

"졸개들이 보면 창피하지 않소? 고만두구 갑시다."

서림이가 뒤에서 붙들었다. 황천왕동이가 다시 아무 소리 않고 있었으면 배돌석이도 그럭저럭 그만두었을지 모를 것을

"덤비면 어쩔 테야! 거먹초립의 버릇이 그저 남아서 아무데나 덤비려구."

황천왕동이 뇌까리는 말이 타는 불에 기름을 끼어얹은 것 같아서 배돌석이는 펄펄 뛰게 되었다.

"오냐, 내 밑천은 역놈이다. 너같이 밑천을 잘 찾는 놈이 어째 지지하천 백정놈 아들에게 누이는 바쳤느냐! 이놈아, 거먹초립이 어떻단 말이냐. 말 좀 더 해봐라."

뒤에서 붙드는 서림이를 떠다박지르며 곧 군복을 훌훌 벗어 내던지고 저고리 앞을 풀어헤치고 칼자국에 군살이 더덕더덕 붙은 가슴을 주먹으로 땅땅 쳤다. 앞에서 가로막는 길막봉이를 밀어젖히려고 하나 잘 밀리지 아니하여

"저리 비켜라!"

소리를 질렀다.

"이게 무슨 짓이오?"

"말리지 마라. 내가 오늘 죽든지 청석골을 하직하든지 할 테다."

"여보, 좀 참우. 우리 형제들 새에 이래서야 말이 되우?"

"형을 형같이 안 아는 놈하구 형제가 다 무어냐?"

"우리 가서 여럿이 모여 앉아서 시비를 따져봅시다."

"아니다. 내가 저놈하구 단둘이 따져볼 테다. 저리 좀 비켜라."

"글쎄 좀 참우."

"너까지 날 막보느냐?"

"막보는 건 다 무어요?"

"안 비켜줄 테냐?"

"못 비키겠소."

배돌석이가 길막봉이를 잡아먹을 것같이 노려보다가

"오냐, 안 비켜줄 테면 고만둬라. 난 집으루 갈 테다."

말하고 벗어던진 군복을 주워들면서 ● 지지하천(至至下賤)
더할 수 없이 낮고 천함.

"우리 이따가 단둘이 만나자."

하고 황천왕동이를 별렀다.

  배돌석이가 나중에 황천왕동이를 말릴 사람 없는 데로 끌고 가서 단둘이 맞붙어 톡톡히 해보려고 마음을 먹고 자기 집으로 가려 들 때에 박유복이가 뛰어오고 또 뒤미처서 이봉학이와 늙은 오가가 쫓아들 왔다. 졸개들이 어디서 보고 가서 말들을 한 것이었다. 박유복이는 배돌석이를 붙들어 세우고 늙은 오가는 배돌석이의 군복을 입혀주었다.

"대체 웬일이오? 서종사, 본 대루 이야기 좀 하우."

박유복이 묻는 말에

"두 분 새에 말다툼 난 것이 구기본하면 내가 웃음의 소리 한마디 잘못한 탓이오."

서림이가 이야기 시초를 내놓을 때 이봉학이가 손을 저으며

"여기저기서 내다보는 것들이 창피하니 우리 어디 가 들어앉아서 이야기합시다."

하고 서림이의 이야기를 가로막았다.

"대장 댁 사랑으루들 가실까요?"

"아니, 대장 댁 사랑은 재미없구. 어디루 갈까? 좁드래두 우리 집으루들 갑시다."

이봉학이가 배돌석이와 황천왕동이와 기외에 다른 사람들을 다 끌고 집에 와서 계향이 모자를 다른 집으로 보내고 방을 치우고 들어앉은 뒤에 서림이 시켜서 두 사람이 말다툼한 것을 자초지종 이야기하게 하였다. 서림이가 두 사람 면전에서 이야기를 하는 까닭으로 한편에 치우치지 않도록 말을 극진히 조심하고 옥신각신한 말을 옮길 때도 연해연방 길막봉이를 돌아보며 틀림이 없느냐고 물어보았다. 서림이의 이야기가 끝난 뒤에 이봉학이가 황천왕동이와 배돌석이를 번갈아 보면서

"우리가 각성바지루 모여서 형이니 동생이니 하구 지내는데 친형제버덤두 더 우애 있게 지내야 하지 않는가. 그까진 일에 서루 얼굴을 붉혀가지구 쌈질을 하려구 하다니 자네들 둘이 다 지각이 없는 사람일세."

하고 두 사람을 한데 꾸짖고 그다음에 황천왕동이더러

"대체루 말하면 자네가 형 대접 잘못하는 데서 말다툼이 났으

니까 자네 잘못이 많은데다가 거먹초립이니 무어니 그게 무슨 철딱서니없는 말인가."

또 배돌석이더러

"천왕동이가 자네게는 전날 친한 동무요 지금 정다운 동생인데 말버릇이 좀 고약하다구 웃통을 벗어부치구 곧 사생결단이나 할 것처럼 대들었다니 그게 어디 지각 있는 사람의 짓인가? 그러구 형이란 사람이 매사에 용서성이 있어야 하지 않는가."

하고 두 사람을 각각 책망하는데 두 사람은 다같이 고개를 숙이고 말 한마디 못하였다. 늙은 오가가 허허 웃으며

"친형제간에두 비위 틀릴 때는 쌈질을 하는데 의루 모인 형제간에 말다툼 좀 하기두 예사지 무어. 이 사람들, 부끄러워할 거 없네."

하고 너스레를 내놓았다. 박유복이가 황천왕동이더러

"자네가 먼저 사과하게."

하고 말하여 사람이 싹싹한 황천왕동이가 선뜻 배돌석이를 보고

"내가 잘못했소."

하고 사과하니 배돌석이는 안간힘 쓰듯이 응 소리를 한번 하고 나서 가까스로

"나두 잘못했네."

하고 마주 사과하였다. 배돌석이와 황천왕동이의 말다툼이 낙착이 다 났을 때 신불출이와 곽능통이가 같이 와서

"배두령, 황두령 두 분을 대장께서 오라십니다."

하고 꺽정이의 분부를 전하여 배돌석이와 황천왕동이가 꺽정이게로 불려오는데 이봉학이 외에 여러 사람도 모두들 따라왔다.

꺽정이는 배돌석이와 황천왕동이가 도회청 뒤 길가에서 드잡이를 하였다고 말을 듣고 화가 대단히 난 까닭에 여러 두령들이 함께 몰려오는 것을 보고 부르지 않은 사람은 가라고 소리를 질렀다. 다른 사람은 다 무료하여 말도 못하고 나가려고 하는데 이봉학이가 앞으로 나서서

"둘이 말다툼하는 것을 시종 본 사람이 서종사하구 막봉이니 두 사람의 이야기를 들어보시는 게 좋지 않소?"

하고 말하였다.

"길가에서 드잡이를 했다는데 말다툼이라는 게 다 무어야?"

"어떤 놈이 형님께 와서 풍을 떨었구려. 서종사더러 이야기를 하라구 들어보시우."

배돌석이와 황천왕동이가 서로 말다툼한 것과 서로 화해한 것을 서림이가 모두 이야기하여 꺽정이는 다 듣고 한참 동안 생각하다가 황천왕동이를 앞으로 불러 내세우고

"네가 정말 사과를 하려면 김억석이를 찾아와야겠다. 조선 팔도를 다 헤매서라두 찾아오너라. 만일 못 찾아오면 돌석이는 고만두구 내가 우선 용서를 못하겠다."

하고 분부하였다.

서림이가 뜰 위에 올라가 서서 이야기하는 동안에도 다른 사람들은 마당에 선 채로 서 있었다. 꺽정이가 황천왕동이에게 분부

하는 말이 끝나자마자 여러 사람 틈에 끼여 섰던 배돌석이가 앞으로 나서서

"잘못하기루 말하면 나나 천왕동이나 똑같이 잘못했으니까 천왕동이만 잘못한 걸루 치실 일두 아니구, 그러구 천왕동이하구 나하구 서루 용서하기루 벌써 말까지 다 했는데 김억석이를 찾아와야 용서한다는 건 공연한 층절層折입니다. 어디 가 파묻혀 있는지 소식두 모르는 사람을 건공대매루 나가서 어떻게 찾습니까. 억석이를 찾으실 생각이 있으면 차차 수소문해서 찾두룩 하시지요."

하는 말이 배돌석이로는 한껏 구변을 다한 것이었다.

"너는 용서를 했거나 말거나 억석이를 못 찾아오면 내가 용서 안 할 테란 말이다."

"어째서 하필 억석이를 찾아와야 용서를 하신답니까?"

"억석이 찾을 이야기루 천왕동이가 발칙스럽게 굴었다니까 그 벌루 찾아오란 말이지."

"그럼 나두 천왕동이하구 같이 찾으러 가겠습니다."

"너는 못 간다."

"왜 못 갑니까?"

"내가 너는 안 보내겠다."

이봉학이가 배돌석이 옆으로 나서며

"말다툼한 벌루 김억석이를 찾으러 보내실라면 둘을 같이 보내는 게 옳지 않습니까?"

하고 말하는 것을 꺽정이가 중뿔나게 나서지 말라고 말하고
"천왕동이는 오늘 해안으루 떠나가거라."
하고 더 분부한 뒤 곧 열어놓고 앉았던 방문을 소리나게 닫았다. 여러 두령들이 한동안 서로 돌아보다가 밖으로 몰려나오면서
"대장 처사가 공평치 못하시군."
"화가 잔뜩 나셨다기에 나는 또 좌기를 하느니 군법을 쓰느니 할까 봐 속으루 염려를 했었지."
"군법두 쓸 때가 있지, 말다툼 좀 했는데 무슨 군법이란 말이오?"
"군법에 비춰서 처단할라면 할 수 있지."
"말다툼하는 것두 죽일 죄란 말이오?"
"어디 죽이는 것만 군법인가."
"요전에 황두령이 대장하구 말다툼하다가 군법을 당할 뻔하지 않았어?"
"그때는 대장 명령 거역한다구 했지 언제 말다툼한다구 했는가베."
"우리가 그때처럼 들싼을 놓으면 군법을 쓸라니 쓸 수 있소?"
"들싼을 놓을까 봐서 우리를 내쫓으려구 하셨는지 모르지."
"내쫓는다구 우리가 모르게 되나."
여럿이 받고채기로 지껄이는 중에 황천왕동이는 고개를 숙이고 말없이 걸어나왔다. 배돌석이가 황천왕동이 옆에 와서
"어떻게 할 텐가?"

하고 물으니 황천왕동이는 흥심없이

"어떻게 하다니, 오늘 떠나지 별수 있소?"

하고 대답하였다.

"그럼 나두 같이 갈 텔세."

"고만두우. 걸음이 재지 못해서 동행하기두 갑갑하구 또 가지 말라는 걸 가면 뒤에 말썽스럽소."

"길양식 지구 갈 아이 하나는 데리구 가겠지. 그러자면 자연 걸음을 맘대루 못 걸을 거 아닌가."

"홀가분하게 괴나리봇짐이나 하나 해 지구 혼자 떠나갈라우."

"사람두 하나 안 데리구 갈 까닭이 무언가?"

"사람 안 데리구 혼자 다니는 건 성가시지 않구 좋지만 기한두 없구 정처두 없이 떠돌아다닐 생각을 하니 기가 막히우."

황천왕동이 말끝에 늙은 오가가 황천왕동이를 보고

"이 사람아, 억석이를 생전 못 찾으면 생전 떠돌아다닐 텐가? 그저 한 열흘 동안 유산 나선 셈 잡구 이리저리 돌아다니다가 들어오게그려."

하고 말할 때

"밖에 나와서 무슨 공론들 하우?"

곽오주가 맞은편에서 오며 소리를 질렀다. 곽오주는 등너머 집에 넘어가 있다가 배두령과 황두령이 쌈을 하고 대장 댁에 잡혀갔단 소리를 듣고 쫓아오는 길이었다. 곽오주가 와서 박유복이의 이야기로 전후 사단을 다 들은 뒤에 황천왕동이더러

"김억석이란 놈은 보낸 사람이 찾아놔야 할 텐데 공연히 횡액에 걸렸구려. 지금 그놈을 찾자면 천왕동이 성님이 조선 팔도 동소임洞所任 도두령都頭領 노릇을 해야겠소."
하고 말하였다.

황천왕동이가 곽오주 말에 대꾸하기 전에 늙은 오가가
"동소임의 도두령이란 뭐 말라뒈진 겐가."
하고 물으니 곽오주는 싱글싱글 웃기만 하고 대답을 아니하였다.

"되지 않은 소리 지껄인 걸 묻는 내가 실없지."
"김억석이란 놈이 지금 어디 가 있는지 모르지 않소?"
"그래서?"
"어디 가 있는지 모르는 놈을 찾자니 아무래두 각 골 각 말루 돌아다녀야 하지 않겠소?"
"그래서?"
"그러니 각 말에 들어가서 소임이 동네 오이듯 하는 수밖에 없겠단 말이오."
"참말 꼭 된 술세."

서림이가 곽오주 듣거라 하고
"실없는 말씀두 할 때가 있지. 지금 황두령은 곧 떠나야 할 텐데 실없는 말씀 하다가 해지겠소."
하고 늙은 오가를 핀잔준 뒤에 곧 황천왕동이를 향하고
"여보 황두령, 내 생각에는 김억석이가 관상쟁이를 따라간 것 같소. 금교역말 어물전 주인에게루 가느냐구 물으니까 어디루 갈는지 나서봐야 알겠다구 하구 동행이 있느냐구 물으니까 동행이 있다구 하드라우. 강음현감의 손에 단련을 받다가 놓여나오는 길루 곧 어디서 다른 동행이 생겼겠소? 그 동행이란 것이 십상팔구 관상쟁일 것이오. 또 설혹 동행을 하지 않았드래두 관상쟁이는 억석이의 거처를 알 듯하니까 관상쟁이의 뒤를 알아보는 게 억석이 찾는 데 첩경이 될 듯하우."
하고 말하여 여러 두령이 둘러서서 관상쟁이의 뒤 알아볼 도리를 의논들 하였다.

  관상쟁이가 청석골 와서 잡혀 있는 동안 늙은 오가가 데리고 한담설화하는 중에 혹 근지를 캐어물어보았건만 고향이 청홍도(충청도)라고 하고 골 이름도 말하지 아니하여 청홍도 사람 조가로만 알았더니 향일에 금교 어물전 젊은 주인이 인사하러 들어왔을 때 억석이 이야기 끝에 관상쟁이 말도 났었는데 젊은 주인의 말은 청홍도 사람이 아니요 근기近畿 사람이라고 하니 관상쟁이가 처음에 적굴인 줄을 모르고 왔다가 알고서는 겁이 나서 고향까지도 똑바로 말하지 않은 모양이었다. 관상쟁이의 사는 곳을 아는 것이 제일 긴요한데 그것을 누구에게 가서 물으면 알 수 있을까, 여기에 여러가지 의논이 분분하였다. 관상쟁이가 금교찰방과 가장 친분이 있었다니 금교찰방에게 다리를 놓아서 물어보자는 사람도 있고, 금교찰방이 강음현감에게 천거하여 관상쟁이가 강음 관가에서 오래 묵었다니 강음이방더러 알아 보내라고 기별하자는 사람도 있고, 또 지금 서흥부사 노인이 관상을 좋아하는 까닭으로 서흥부중에 관상쟁이가 많이 모인단 말이 있으니 관상쟁이 조가도 혹시 거기 가서 있지 아니한가 알아보자는 사람도 있었다.

서림이는 여러 사람의 의논을 잠자코 듣다가 남나중

"여러분, 내 말씀 좀 들으시오."

하고 말을 내었다.

"대장께서 황두령더러 오늘 해안으루 떠나라구 하셨는데 언제 금교찰방에게 다리 놓구 물어보구 언제 서흥을 가서 알아온단 말씀이오. 황두령, 오늘 강음 읍내 들어가서 이방을 찾아보구 물어보시구 강음서 알 수가 없다거든 금교역말 나와서 어물전 주인 시켜서 찰방에게 다리를 놓구 물어보두룩 하시구려."

황천왕동이가 서림이의 말을 듣고 나서

"서종사 말대루 오늘 강음 읍내루 가겠소."

하고 여러 두령들을 돌아보았다. 늙은 오가가 황천왕동이더러

"자네, 점심 뒤에 곧 떠날 텐가?"

하고 물으니 황천왕동이가

"글쎄, 오늘 강음 읍내 가서 잘 작정이면 다저녁때 떠나두 좋겠지요."

하고 대답하였다.

"그럼 떠나기 전에 우리 모여서 술이나 한잔씩 먹세."

늙은 오가의 말끝에 이봉학이가 술을 내겠다고 말하고 바로 함께 가자고 끌어서 여러 두령이 다시 이봉학이 집으로 몰려오는데 황천왕동이는 자기 집에 잠깐 다녀온다고 따로 떨어졌다. 늙은

오가가 황천왕동이를 돌아보며

"잠깐이란 게 한정없이 오래되럿다. 정다운 젊은 내외가 작별할 이야기를 하느라면 해 가는 줄 모르기 쉽지."
하고 웃어서 다른 두령들도 따라 웃었다.

술자리에서 배돌석이가 화햇술로 권하고 여러 두령이 작별술로 권하여 황천왕동이는 술을 나우 먹어서 점심도 궐하고 길을 떠나게 되었다. 떠날 때 해는 벌써 서로 많이 기울었으나 그 해만 가지면 황천왕동이의 빠른 걸음으로 백여리 길도 넉넉히 갈 만하였다. 그러나 날이 따뜻하고 바람이 차지 않고 거기다가 술이 취하여 황천왕동이는 눈이 절로 감기도록 졸려서 걸음을 걸을 수가 없었다. 잔디밭 잔솔포기 밑을 찾아와서 보따리를 베개삼아 베고 드러누웠다. 강음읍 오십리 길은 한숨 자고도 갈 수 있거니 생각하였던 것이다.

● 길목 길목버선. 먼길을 갈 때 신는 허름한 버선.

저녁 바람이 선들선들 불 때에 황천왕동이가 눈을 뜨고 앞을 바라보니 장등 위에 햇발이 없어지고 골 안에 어둔 빛이 생기었다.

'아뿔싸, 너무 늦었구나.'

허둥지둥 일어나서 비틀비틀 몇걸음 걸으며 곧 줄달음을 놓기 시작하였다. 한참 오는 중에 등이 서운하여 보따리 놓고 온 것을 생각하고 걸음을 멈추며

"이런 제기!"
소리를 질렀다. 보따리 속에는 고의적삼이 들고 길목이 들고 또 상목이 들었다. 과객질로 돌아다닐 작정하고 길양식은 한 되도

안 가지고 술잔이나 사먹을 때 쓰려고 두 자짜리 상목을 여남은 필 넣어가지고 나왔었다.

"내가 이렇게 정신이 나가두룩 취했었나?"
혼잣말을 지껄이며 돌아서서 자던 데까지 다시 오는 중에

'강음 읍내까지 가자면 밤두 들려니와 우선 허기가 져서 못 갈 텐데 어떡하면 좋을까. 산으루 도루 들어갔으면 좋겠지만 하직, 작별 다 하구 나왔다가 도루 들어가기 겸연쩍구 오늘 밤에는 금교역말 어물전에 가서 잘까 부다. 어물전 주인 부자더러 찰방에게 알아봐달라구 부탁하구 내일 강음 읍내루 들어가지.'

생각하고 그제는 걸음도 재게 걷지 아니하였다. 황천왕동이가 보따리를 찾아가지고 금교역말을 향하고 왔다. 아주 캄캄 어두워서 어물전 늙은 주인이 방 앞에 들어서는 사람을 못 알아보고 누구냐고 묻다가 목소리로 황천왕동인 줄을 알고 어서 들어오라고 방으로 맞아들이었다.

"어디를 갔다오시우, 어디를 가시우?"
"산에서 나오는 길이오."
"저녁을 일찍 자시구 나오셨소?"
"아니, 저녁 안 먹었소."
"그럼 저녁을 자셔야겠구려."
"군저녁을 시켜 미안하우."
"천만의 말을 다 하시우. 얼른 안에 가서 이르구 나오리다."
"아들은 어디 갔소?"

"그애가 어디 밤에 집에 붙어 있소? 저녁만 떠먹어치우면 나가버리지."

"간 데를 알거든 좀 불러오시우."

"집의 애보구 할 말씀이 있소?"

"부자분하구 같이 상의할 일이 있소."

"무슨 수나 생길 일이오? 곧 오라구 부르러 보내리다. 잠깐만 혼자 앉아 기시우."

늙은 주인이 일어서 나간 뒤에 황천왕동이는 팔베개하고 누웠는데 늙은 주인이 다시 와서 누워 있는 것을 들여다보고

"누워 기시우. 목침이 저 구석에 있소."

말하고 도로 안으로 들어갔다. 한동안 늘어지게 지난 뒤에 술이 거나하게 취한 젊은 주인이 방으로 들어오며 첫대

"무슨 상의할 일이 있어서 밤을 도와 나오셨소?"

하고 묻는 것이 그 아비에게 먼저 말을 들은 모양이었다.

"내가 김억석이를 찾으러 나선 길일세."

"김억석이라니, 상쟁이 데리구 도망한 사람 말이오? 그 사람이 어디 가서 있단 소문을 들으셨소?"

"소문두 못 듣구 그대루 찾아나섰네."

"그 사람이 어느 분의 장인이라든가?"

"배두령의 장인이지."

"그럼 배두령 아내의 청을 받구 나섰구려."

이때 늙은 주인이 방 밖에서

"이애, 상 좀 받아라."

심부름꾼 들려가지고 나온 밥상을 아들 시켜서 받아 들여놓게 하였다. 황천왕동이가 시장한 끝에 밥 한 그릇을 후딱 다 먹고 상을 물린 뒤에 관상쟁이 조가의 사는 곳을 찰방에게서 알아내달라고 부탁하니 젊은 주인은 웃으면서

"내가 요전 산에 다녀나와서 찰방께 친쭙게 다니는 사람을 다릴 놓구 알아봤소. 그 상쟁이가 마전麻田 사람이랍디다. 산에서 들은 청홍도 사람이라구 하셨지. 마전, 적성이 어디 청홍도 땅이오, 경기 땅이지."

하고 언죽번죽 말하였다.

마전 소지명까지 알았느냐고 황천왕동이가 물으니 젊은 주인은 고개를 가로 흔들면서

"소지명은 알지 못했소."

하고 대답하였다.

"다시 한번 자세히 알아봐줄 수 없겠나?"

"알아봐달라구 부탁은 곧 할 수 있지만 그 회보를 듣자면 보름이 될지 한 달이 될지 모르지요."

"어째 그렇게 오래 걸릴까?"

"내가 부탁할 사람이 찰방께 가서 그런 말씀을 여쭤보자면 여쭤볼 만한 계제를 봐야 하니까 자연 오래 걸릴 것 아니오?"

"그렇게 오래 걸릴래선 부탁할 것두 없네. 내일 읍내 들어가서 알아봐달라지."

"읍내 들어가서 누구더러 알아봐달라실라우?"

"이방보구 말해볼라네."

"그런 건 이방더러 말했자 소용없소. 이방이 찰방한테는 길이 잘 닿지 않소."

"아니, 강음원님한테 알아봐달라구 할 텔세."

"원님이 알는지두 모르구, 알기로서니 이방으로서 원님더러 그런 말을 물어보기가 어디 쉽소?"

"이방은 모르까?"

"모르구말구. 마전 사람인 줄두 모르리다."

관상쟁이란 것이 유표하여 마전읍에 가서 물어보면 그의 사는 소지명을 곧 알 수 있으려니 생각하여 황천왕동이는 강음읍에를 들어가지 않고 마전으로 직행할 마음을 먹었다.

이튿날 아침 후에 황천왕동이가 금교서 떠나서 개성, 장단, 적성 땅을 지나서 마전읍에를 오니 해가 겨우 점심때쯤 되었다. 읍내 바닥으로 돌아다니다가 그중에 좀 정갈스러워 보이는 술집에 들어가 앉아서 술을 사먹으며 주인 계집더러 말을 물어보았다.

"이 골에 유명한 관상쟁이가 있다는데, 그 관상쟁이가 어느 동리 사는지 아우?"

"나는 장단서 살다가 이리 온 지가 얼마 안 돼서 여기 일을 잘 몰라요."

밖에 섰던 사내 하나가

"여보, 관상쟁이는 왜 찾소? 상을 보러 왔소?"

하고 물어서 황천왕동이가

"네, 그렇소."

하고 대답하였다.

"여기 달골이란 데 상 잘 보는 이가 하나 있습넨다."

"그가 성이 무어요?"

"조씨요."

황천왕동이가 속으로

'옳다, 됐다.'

생각하며 달골 가는 길을 물었다. 달골은 읍에서 지척이라 술집에서 나서는 길로 바로 찾아나왔다. 상 보는 조씨의 집이 동네 안침에 있는데 초가일망정 제법 큼직하였다. 황천왕동이가 삽작 밖에서 주인을 찾으니 한참 만에 아이놈 하나가 안에서 나오며 곧

"샌님 집에 안 기시오."

하고 말하였다.

"어디 가셨느냐?"

"풀뭇골 잔치에 가셨소."

"풀뭇골이란 데가 예서 머냐, 가까우냐?"

"풀뭇골이 여기서 가찹소."

"그럼 곧 오시겠구나."

"저녁 전에 오시겠지요."

"애, 너의 댁 샌님이 어디서 데려오신 사람이 있지?"

"샌님이 데려온 사람이 누구요?"

"너만 한 아이 하나하구 그애 아버지하구 데려오셨지?"

"난 몰라요."

"너는 못 봤느냐?"

"난 몰라요."

"모르거든 고만둬라. 이따가 너의 샌님 보이러 다시 오마."

황천왕동이가 달골 동네와 동네 근처로 바장이며 해를 보내고 이집저집에서 저녁연기가 일어날 때 조씨의 집에 다시 와서 물어본즉 주인이 아직도 오지 아니하여 그 집 앞에서 오락가락하는데 먼저 보던 아이놈이 어디를 갔다오면서

"여보시오, 나 좀 보시오."

하고 소리를 질렀다.

"나를 불렀느냐?"

"네, 샌님이 풀뭇골서 자구 오시기가 쉽답니다. 여기서 기다리지 말구 갔다가 내일 아침에 오시우."

"풀뭇골서 사람이 왔느냐?"

"샌님하구 같이 갔던 양반이 한 분 오셨습니다."

"내가 난데서 온 사람이라 갈 데가 없으니 너의 집에서 좀 자야겠다."

"마나님 말을 들어봐야지요."

하고 아이놈이 집안으로 들어가더니 곧 도로 나와서

"마나님이 안 된다구 합니다. 난 공연히 야단을 만났소."

하고 볼멘소리를 하였다. 황천왕동이가 읍에 들어가서 자고 나오

려고 생각하다가 읍에 들어가야 마찬가지 과객 노릇을 할 바에는 이 동네 어느 집에 가서 하룻밤을 자자고 해보리라 다시 생각하고 잘 곳을 찾으러 다니었다.

황천왕동이가 이집저집 기웃거리며 다니는 중에 어느 집 앞을 지나가자 삽작 안에 섰는 사내가 태가 벗은 품이 촌농군 같지 아니하여 말벗이 훌륭히 될 듯하므로 그 사람의 집에서 하룻밤 신세를 져보려고 삽작 앞에 가까이 들어서며

"여보."

하고 부르니 그 사람이 삽작 밖으로 나와서

"누구를 찾소?"

하고 묻는데 말소리가 제법 우렁우렁하였다.

"댁이 이 집 주인이시오?"

"네, 그렇소."

"나는 지나가는 손인데 하룻밤 자자구 청하러 왔소."

"어렵지 않은 청이나 내 집이 협착해서 손님을 재울 데가 없소."

"봐하니 댁이 그다지 협착하지 않은데, 재우기 싫어서 핑계하는 말씀 아니오?"

"남의 집 요리를 어찌 알구 핑계라구 그러우. 방이라군 안방, 건넌방 둘뿐인데 안방은 식구가 쓰구 건넌방은 도깨그릇이 차지했소."

"방이 없으면 봉당두 좋구 헛간두 좋소."

"쓸데없는 소리 말구 어서 다른 데나 가보우."

"내가 유년 과객질을 하구 다녔어두 한번 자자구 청한 집에서 못 자본 일이 없소."

"이 양반이 뉘게 떼를 쓸 작정 아닌가."

"여보, 노형 같은 손 대접할 줄 알 만한 친구에게 떼를 못 쓰면 무지랭이 농군들에게 가서 떼를 쓰란 말이오?"

"허허, 그 친구 떼를 잘 쓰는군. 그렇지만 참말루 손님을 재울 데가 없소. 그러니 저녁밥은 내게서 자시구 자기는 다른 집에 가서 자우."

"도깨그릇 옆이라두 몸 하나만 비빌 틈이 있으면 잘 수 있을 테니 건넌방에서 좀 자게 해주구려."

● 해끔하다
조금 하얗고 깨끗하다.

"저녁 자신 뒤에 잘 데를 내가 지시해드리든지 어떻게 할 테니 우선 들어오시우."

황천왕동이가 그 집 주인을 뒤따라서 삽작 안으로 들어올 때 부엌에서 여편네가 내다보는데 얼굴이 해끔하였다. 주인이 방 윗간에 들어가서 방안의 어질더분한 것을 거두어치웠다. 이동안 황천왕동이는 방문 앞에 서 있었는데 부엌 안의 해끔한 얼굴이 두어 번이나 나왔다 들어갔다 하였다. 황천왕동이가 방안에 들어앉은 뒤에 비로소 주인을 보고 인사를 청하여 주인의 성이 김가인 줄을 알았다. 주인은 인사만 겨우 마치고 바로 일어나서 부엌으로 내려가더니 사내 여편네의 지껄이는 소리가 한동안 뒤섞여 들리고 그 끝에

"들어가 앉아 이야기나 하우. 밥상은 내 갖다 드릴게."
여편네의 말과

"얼른 차려주어, 내가 들구 갈 테야."
사내의 말이 똑똑히 들리었다. 주인이 불붙은 관솔가지를 가지고 와서 벽에 걸린 등잔에 불을 당겨놓고 다시 가서 겸상으로 차린 밥상을 들고 왔다. 겸상한 것을 가지고 주인은 상이 하나밖에 더 없어서 외상으로 대접 못한다고 발명하여 말하고 황천왕동이는 일시 지나가는 손을 너무도 정숙하게 대접한다고 치사하여 말하였다. 황천왕동이가 머리에 쓰고 있던 갓을 벗어놓고 주인과 같이 겸상밥을 먹는 중에

"물그릇 받으시우."
해끔한 얼굴이 한번 방 앞문으로 나타나고

"찬이 없어 싱겁지요? 고추장을 여기 떠왔소."
해끔한 얼굴이 또 한번 아래윗간 사잇문으로 나타났다. 해끔한 얼굴이 나타날 때마다 주인의 미간에 주름살 잡히는 것이 환하였다. 저녁밥들을 다 먹고 상을 치운 뒤에 주인이 황천왕동이더러

"윗간이나마 여기서 주무시려우?"
하고 물어서 황천왕동이는

"윗간은 좋지만 너무 내근해서 거북하니 건넌방에 가서 자게 해주시우."
하고 청하였다.

"건넌방은 폐방한 방이라 사람이 잘 수 없소. 내근한 건 조금

두 관계없으니 여기서 주무시우."

"초면 만난 친구에게 신세를 너무 지우."

"별말을 다 하는구려. 자, 옷을 벗구 좀 누우시우."

말하고 주인은 사잇문을 열고 아랫간으로 내려갔다.

"오늘 저녁에 마슬을 좀 가야 할 텐데."

"꼭 가야 할 일이 무어 있소?"

"가야 할 일이 있으니까 말이지."

"가지 않아서 낭패될 일이면 이따가 손님 잠든 뒤에 잠깐 갔다 오구려."

"글쎄, 그래 보까."

아랫간의 주인 내외가 이러한 수작을 하는 중에 밖에서

"김서방, 김서방!"

부르는 소리가 났다.

● 내근(內近)하다
부녀자가 거처하는 곳과 가깝다.

"밖에 누가 오지 않았어?"

"저 위의 오서방 목소리 같소."

"그런 거 같군."

아랫간 앞문을 주인이 밖으로 나가느라고 여닫고 얼마 만에 다시 들어오느라고 또 여닫았다.

"오서방이 왜 왔습디까?"

"읍내 가자구 왔어."

"읍내는 왜?"

"이주부 소상에 인사 치러 가자구."

"이주부 소상이 벌써 되었어?"

"덧없는 세월에 일년이 잠깐이지."

"그래 못 간다구 말했소?"

"남이 가자는데 안 가면 나중에 이주부 아들들이 알드래두 섭섭하달 것 아니야."

"그건 그렇지만 손님을 집에 두고 어떻게 가겠소?"

"그래두 가봐야지 어떡하나?"

"그럼 가서 잠깐 인사만 치고 올 테요?"

"가면 자연 제사까지 보구 오게 될 테지."

"나는 밤에 혼자 잘 수 없소."

"손님이 윗간에서 주무시지 않는가베."

"윗간에 손님이 기시니까 말이지. 뒷집 할머니나 청해다가 같이 자리까?"

"그건 맘대루 하라구."

"지금 오서방이 밖에서 기다리구 있소?"

"아니, 내가 옷갓하구˙ 가마구 했어."

"윗간의 갓을 떼어와야겠구려."

"갓두 떼어오려니와 손님더러 말두 해야지."

아랫간에서 주인 내외가 하는 말을 윗간의 황천왕동이는 다 듣고 앉았는데 주인이 사잇문을 열고 올라와서

"내가 오늘 밤에 어딜 좀 갔다가 내일 식전에 올 테니 밤에 잘 주무시우."

하고 인사로 말하였다.

"주인이 어디 가시면 내가 여기서 자는 게 피차에 거북하니 잘 데를 한 군데 지시해주구 가시우."

"단 내외 사는 집에 내가 어딜 나가면 집이 쓸쓸해서 안사람이 무섭다구 하는데 오늘 밤에는 황서방이 의외에 와 주무시게 되어서 든든해 좋으니 조금두 거북하게 생각 마시우."

"나버덤두 안에서 거북하실 것 아니오."

"든든해 좋다는데 그러우. 아무 염려 말구 편히 주무시우."

"주인 내외분이 나를 그처럼 믿어주시는 바엔 염체없이 여기서 그대루 자겠소."

"내가 내일 식전 일찍 오리다."

● 옷갓하다
옷옷을 입고 갓을 쓰다.
● 말코지
물건을 걸기 위하여 벽 따위에 달아두는 나무 갈고리.

주인이 말코지˚에 걸린 갓을 떼어들고 다시 아랫간으로 내려갔다. 얼마 아니 있다가 주인 나가는데 주인 여편네도 따라나가는 모양이더니 삐걱 삽작문을 닫고 짝짝 신발을 끌고 들어왔다. 황천왕동이가 목침도 달라고 말하기 어려워서 보따리를 베고 누워 있다가 아랫간의 여편네가 사잇문을 바시시 여는 바람에 벌떡 일어앉았다.

"이부자리를 좀 내려가야겠습니다."

"네, 내려가시지요."

여편네가 윗간에 내려와서 시렁에 얹힌 이불을 내리는데 발을 제겨 디디고도 잘 내리지 못하므로 황천왕동이가 일어나서 거들어주었더니 여편네는 이불을 방바닥에 내려놓고 나서 황천왕동이를 돌아보고 쌍끗 웃었다. 해끔한 얼굴에 도화진 두 볼이 두드러지게 눈에 뜨이었다. 여편네가 맵시 낸 것이나 몸 가지는 것이 촌생장 같지 않고 허울 쓴 것도 그만하면 면추라고 할 만하였다.

"아이그머니, 딱하지. 보따리를 비셨었네."

여편네가 시렁에서 베개 하나를 내려서

"이 베개를 비세요."

황천왕동이 앞에 밀어놓는데 베개 마구리*에 붙은 붉은 헝겊이 검어지도록 때가 묻은 것이었다.

"베개는 고만두구 목침이나 하나 주십시오."

"베개가 더러워서 싫다십니까?"

"아니요, 천만에."

여편네가 또 시렁에서 헌 처네 한쪽을 내려서 옆에 갖다 놓으며

"더럽지만 밤에 배 위에나 걸치십시오."

말하고 연해 곁눈질을 하였다.

여편네가 얼굴 해끔한 값으로 조신치 못한 모양이라 황천왕동이는 말대척을 아니하고 잠자코 있었더니 여편네는 한동안 몸을 비비 꼬고 섰다가 홀제 골난 것같이 이불을 덥석 집어 안고 뽀르르 내려가며 사잇문을 탁 닫았다. 아랫간에 가서 한참 무어라고 종알종알하고 그 뒤에는 자는 것같이 조용하였다. 황천왕동이가 고정하게 베개를 내놓고 보따리를 다시 베고 누워서 잠을 청하는 중에 아랫간에서 나는 기척에 귀가 절로 쏠리었다. 잠 안 자는 표를 알리려는 뜻인지 헛기침을 가끔 하고 사내 냄새가 콧속을 간

지르는지 재채기를 여러번 하였다. 갑작스럽게 병이 난 것처럼 끙끙 앓는 소리를 하더니 얼마 뒤부터는

"아이구."

"아이구머니."

"아이구, 아파 죽겠네!"

죽어가는 소리를 줄달아 하여 황천왕동이는 들랴 말랴 하는 잠이 그만 번놓이었다.

"손님."

"아이구, 손님?"

자지러지게 부르는 것을 대답 안 하고

"내려와서 물 조금만 데워주세요."

"얼른 와서 가슴 좀 눌러주세요."

● 마구리
길쭉한 물건의 양 끝에 대는 것.

● 방외색(房外色)
방외범색. 자기 아내 이외의 여자와 육체관계를 맺음.

안타깝게 사정하는 것을 가만 내버려두었다. 사잇문이 별안간 펄떡 열리고 여편네가 근두질치듯 굴러들어오며 곧 옆에 와서 달라붙었다.

"속에 적이 치밀어요."

"숨이 막혀 죽겠세요."

"아이구 죽겠네."

"사람 좀 살려주세요."

"억센 손으로 꽉 좀 눌러주세요."

황천왕동이가 어이없어서 누운 채 가만히 있었더니 여편네의 얼굴이 가슴에 와서 닿고 여편네의 손이 허리에 와서 얹히었다.

황천왕동이는 본래 방외색˚에 대하여 근엄하기가 도덕군자 볼쥐어지를 사람인데다가 여편네의 행실이 하도 더럽고 망측해서 마음이 움직이지 않고 도리어 더 단단하여졌다. 여편네를 떠다밀고 일어앉아서

"네 병은 내가 말루 고쳐줄 테니 일어나서 말을 들어라."
해라를 내붙였다. 여편네가 무춤무춤하고 잘 일어나지 않는 것을 황천왕동이가 잡아 일으켜 앉히고

"너같이 부끄럼이 없는 기집은 내 평생에 처음 봤다. 서방 없는 기집이라두 부끄럼이 없으면 못쓸 텐데 뚜렷한 서방 있는 기집으루 너같이 부끄럼이 없어서야 사람이냐, 개짐승이지. 개짐승두 너버덤은 낫다. 암캐가 수캐에게 먼저 덤비는 법이 없구 수캐가 덤벼두 꼬릴 샅에 낄 때가 많다. 너 같은 기집은 개짐승으루 치구서 잔등이가 부러지두룩 패주어두 좋겠지만 네 서방 낯을 봐서 내가 십분 참구 고만둔다. 이후에는 아예 더러운 행실을 할 생각 마라. 내 말이 네 병에는 당약이니 명심해 들어두어라."
통통히 꾸짖었다. 여편네는 앓는 소리도 못하고 낯바닥도 못 들고 앉아 있다가 황천왕동이 입에서

"고만 가서 아무 소리 말구 자거라."
말이 떨어진 뒤 비로소 힘없이 일어나서 아랫간으로 내려가며 바로 일장통곡을 내놓았다.

'이웃 사람이 쫓아와서 우는 까닭을 물으면 저년이 무어라구 대답할라노?'

황천왕동이는 이웃 사람이 아닌 밤중에 곡성을 듣고 쫓아오려니 생각하였는데 통곡이 끝나도록 오는 사람이 없었다. 여편네가 곡을 그치고 앞문을 열고 밖으로 나가서 안방 뒤꼍으로 돌아가더니

"김도령, 김도령!"

사람을 불렀다.

'저년이 내게 분풀이를 하려구 이웃집 총각놈을 청병하지 않나.'

황천왕동이가 귀를 기울이고 있자니 남녀의 지껄이는 소리가 나는 중에 여편네의 가는 말은 분명치 않고 사내의 굵은 소리만 똑똑하였다.

"밤중에 왜 울었소?"

"나는 또 놈팽이게 얻어맞구 우는 줄 알았어."

"과객놈이 덤비거든 받아주지."

"울음을 내놓으니까 찔끔해서 내빼드란 말이지? 그 자식 얼뜬 자식일세."

여편네가 들린다고 말을 했는지 사내 소리도 가늘어졌다. 한동안 지난 뒤에 남녀의 발짝소리가 뒤에서 앞으로 나오고 밖에서 방으로 들어왔다.

'총각놈이 저년의 거짓말을 곧이듣구 분풀이를 해주러 왔으니까 몽둥이라두 들구 샛문으로 뛰어들려니.'

황천왕동이가 일어나서 사잇문을 바라보고 있는 중에 아랫간

에서 음탕한 소리가 나기 시작하였다.

'저년을 가만둘 수가 있나. 쫓아올라가서 연놈을 한데 짓밟아 줄까 부다.'

황천왕동이가 생각할 때 아랫간 앞문이 왈칵 열리는 소리가 났다.

"연놈 다 꿈쩍 말구 가만있거라!"

말하는 목소리가 바깥주인이 틀림없었다. 소상집에 가서 밤새우고 온다던 사람이 어느 틈에 소리없이 돌아온 모양이었다. 황천왕동이는 아랫간에서 천변수륙˚을 다 하더라도 모른 체하려고 마음을 먹었는데 사잇문으로 총각놈이 뛰어들어오려고 하여 사정없이 발길로 내질렀다. 총각놈이 나가자빠지자, 쫓아들어온 주인의 손에서 긴 칼이 번쩍하였다. 방구석에 붙어앉은 여편네가

"살인이야!"

외치는데 주인이

"이년."

하고 칼로 쳐서

"아이구."

소리를 지르며 앉은자리에 쓰러졌다. 피비린내가 코에 거슬렸다. 황천왕동이가 살인에 참섭된 것을 재미없게 생각하여 사잇문을 닫고 자리에 와 앉아서

'어디 다른 데루 가는 게 좋겠는데 밤중에 갈 데두 없고 관상쟁이를 보구 가야 할 텐데 멀리 갈 수두 없구 어떡하면 좋을까.'

하고 생각을 얼른 질정 못하는 중에 주인이 아랫간에서 내려오더니 앞에 와서 절을 너푼 하였다.

"절이 웬일이오?"

"세상에 드무신 양반을 몰라뵈입구 잘못한 일이 많습니다. 용서하십시오."

"무에 세상에 드물단 말이오?"

"밤중에 품속에 기어드는 젊은 기집을 꾸짖어 내쫓는 게 어디 저마다 할 수 있는 일입니까."

"꾸짖어 내쫓은 건 어떻게 알았소?"

"제가 죄다 엿들었습니다."

"그럼 벌써 왔구려."

"당초에 읍에를 안 가구 삽작문으루 나갔다가 울타리 구멍으루 들어와서 집안에 숨어 있었습니다."

● 천변수륙(天變水陸) 하늘이 물과 뭍으로 바뀐다는 뜻으로, 세상이 뒤집힐 만한 큰 변동을 이르는 말.

"내가 하마터면 죽을 걸 아슬아슬하게 면한 모양이군."

"그년이 행실이 부정한 줄을 짐작하구 조련질까지두 몇번 해봤지만 죽어라구 토설을 아니해서 언제든지 한번 등시포착을 하려구 속으루 벼르구 있는 중인데 그년이 당신을 뵈입구 눈치가 다르기에 거짓말루 소상집에를 간다구 하구 숨어서 지켰습니다."

"인제 살인까지 하구 어떻게 할 테요?"

"등시포착으루 살인한 것이니까 관가에 들어가서 자수하면 대살당할 리 만무하지요만 부모두 없구 처자두 없구 단지 저 한몸인데 구태여 옥 속에 들어가서 고생할 까닭 있습니까. 이 밤으루 도망할랍니다."

"나는 어떻게 했으면 좋겠소?"

"밝는 날까지 여기 기시다간 횡액으루 고생하실 테니 밤에 떠나가셔야 합니다."

"밤에 떠나가긴 어렵지 않지만 이 동네 관상쟁이 조씨를 꼭 좀 만나보구 가야겠으니 난처하우."

"관상쟁이 조생원은 무슨 일루 만나보시렵니까?"

"조씨의 일을 자세히 다 아우?"

"한동네 살구 친하니까 소상히 압니다."

"조씨가 작년 구월에 금교역말서 올 때 김억석이란 사람 부자를 이리 데리구 오지 않았소?"

"조생원이 작년 구월에 금교역말을 간 일이 없는걸요."

"조씨가 작년 가을에 강음, 평산 등지루 돌아다니었는데 금교역말을 간 일이 없다니 그게 무슨 소리요?"

"하하, 잘못 아시구 오셨습니다그려. 작년 가을에 청석골 적굴에 잡혀가서 죽을 뻔하다가 살아온 관상쟁이 말씀 아닙니까. 그 사람은 나이 아직 오십 못 되었지요. 여기 조생원은 근 칠십한 노인입니다."

"그럼 그 관상쟁이는 어디 사우?"

"두일 삽니다. 두일 장터에 조씨가 여러 집 살지요."

"두일이 어디오?"

"역시 마전 땅인데 적성 접곕니다."

"마전 땅에 조가 성 가진 관상쟁이가 둘인 줄이야 누가 알았나. 인젠 나두 밤에 떠나가겠소. 두일을 가자면 어디루 가우?"

"저두 그쪽 길루 갈 테니까 두일 장터까지 뫼시구 가겠습니다."

"그럼 곧 같이 떠납시다."

"옷이나 좀 갈아입구 찬찬히 떠나십시다."

"아닌 밤중에 곡성이 나구 살인이 나두 이웃에서 꿈쩍 아니하니 괴상한 동네두 다 많소."

"가까운 이웃이란 것이 총각놈 모자가 사는 뒷집 하나뿐인데 총각놈의 어미가 귀가 절벽이라 벼락이나 치면 모를까 여간 큰 소리는 듣지 못합니다."

"그래서 아주 태평 믿구 일을 차렸구려."

주인이 손 좀 씻고 들어온다고 일어나 밖으로 나가더니 얼마 뒤에 세수를 멀쩡하게 하고 들어와서 시렁 위의 옷고리짝을 내려 놓고 새 고의적삼을 찾아내서 피묻은 옷을 갈아입고 짚신감발까지 하였다.

이날 밤 닭울녘에 황천왕동이는 그 집 주인과 같이 달골서 떠났다.

별빛이 있어서 길바닥이 희미하게 보이는 까닭에 발을 더듬어 떼어놓지 않고 그대로 길을 걸을 만하였다. 달골 동네 밖을 나온 뒤에 읍내 가는 길을 등 뒤에 두고 서쪽 길로 나오게 되었는데 길

모르는 황천왕동이가 항상 앞을 서서 갈림길을 만날 때마다 뒤에 오는 김가를 기다리느라고 한참씩 서성거리었다. 김가가 처음에는

"밤길을 잘 걸으십니다."

"어떻게 빨리 걸으시는지 저는 따라올 수가 없습니다."

걸음이 빠른 것을 칭찬하여 말하다가 나중에는

"이렇게 빨리 걸으면 닭이 자치기 전에 두일 장터를 가게 될 텐데 오밤중에 가서 어떻게 하실랍니까. 숫제 길에서 날 새울 작정하구 천천히 가시는 게 좋지 않습니까?"

빨리 걸을 묘리가 없는 것을 깨우쳐 말하였다. 황천왕동이가 그제는 김가를 앞세우고 늘쩡늘쩡 걸어오며 서로 이야기를 하기 시작하였다.

"둘 다 목숨만은 붙여주었소?"

"목숨을 붙여주다니요? 모가지들을 도려놓구 왔습니다."

"어느 틈에 그렇게 참혹한 짓을 했소?"

"저는 조금두 참혹한 생각이 들지 않습니다."

"전에두 그런 일을 더러 해봤소?"

"천만에요."

"초대˙루는 제법 다부지게 했소. 다 죽어 자빠진 사람을 재칼질할 때 손이 떨리지 않습디까?"

"그런 말씀 고만두구 다른 이야기나 하십시다."

"집에를 한번 다시 가보구 싶은 생각은 나지 않소?"

"글쎄 다른 이야기나 하십시오."

"김서방 올에 나이 몇이오?"

"병술생 서른다섯입니다."

"여편네는 이십 남짓밖에 안 되어 보이든데."

"제가 두 번 상처하구 세번째 장가든 기집입니다."

"그래서 나이 치지했군. 나는 첩인 줄 알았소."

"댁이 어디십니까? 이담에 혹시 찾아가 뵈입드래두 알아두었으면 좋겠습니다."

"금교역말이오."

"금교역말이 청석골서 가찹지요?"

"청석골은 어째 묻소?"

"제가 청석골 적굴에 가서 피신할 작정입니다."

● 초대
어떤 일에 경험이 없이 처음으로 하는 사람.

"청석골 적굴에 아는 사람이 있소?"

"그 적굴의 괴수 임꺽정이가 저의 큰아버지께 검술을 배운 사람입니다."

"그럼 임꺽정이를 잘 알겠구려?"

"임꺽정이를 한번 본 적두 없구 서루 상종한 일두 없지만 만나서 이야길 하면 잘 알 겝니다."

"김서방 이름이 무어요?"

"산입니다."

"김산이, 김산이."

"성명이 우습습니까? 경상도 골이냐구 조롱하는 사람두 있습니다."

"임꺽정이가 큰아버지께 검술을 배울 때 어째 한번 보지두 못했소?"

"큰아버지가 재주가 특별하니만큼 성미가 괴상해서 저의 부모가 뫼시구 지내려구 해두 말을 안 듣구 부평 요광원이란 데 가서 혼자 따루 사셨습니다. 그때 저의 집은 파주 멀원이 있었으니까 임꺽정이를 만나보지 못했습지요."

"임꺽정이 말은 뉘게 들었소?"

"큰아버지가 마지막 저의 집에 다니러 왔을 때 저더러 '네가 이담에 검술을 배우구 싶거든 양주 백정의 아들 임꺽정이게 가서 배워라. 그 아이가 내게 배웠으니까, 네가 내 조칸 줄 알면 성심껏 가르쳐줄 게다' 말해서 그래서 알았습니다. 그런데 지금 청석골 화적 괴수 임꺽정이가 양주 백정의 아들이랍디다."

"그럼 왜 임꺽정이에게 가서 검술을 배우지 않았소."

"제가 검술을 배울 맘두 부족하구 부모가 백정의 자식에게 가지 말라구 보내주지두 않아서 그럭저럭 못 배우구 말았습니다."

"부모는 파주서 농사를 지었소?"

"네, 부모는 농군이었습니다. 그렇지만 저는 첫번 장가 든 뒤에 처가 반연으루 적성 가서 구실을 다녔습니다."

"무슨 구실을 다녔소?"

"처음에 통인으루 들어가서 수통인으루 제색˚색리˚루 열댓 해 동안 관가 물을 먹다가 연전에 남에게 먹혀서 구실이 떨어지구 달골루 이사를 왔었습니다."

"세상에 공교한 일두 다 많소."

"무슨 일이 공교합니까?"

"내가 다른 사람이 아니라 청석골 임꺽정이의 처남 되는 사람이오."

"그렇습니까? 그러세요. 그럼 잘됐습니다. 저를 데리구 가주십시오."

"내가 김억석이란 자를 찾자면 앞으루 며칠이 걸릴는지 모르니까 나하구 동행하기는 좀 어렵겠소."

"만나보신다는 관상쟁이나 만나보시구 곧 가시지요."

"관상쟁이를 만나본 뒤 다시 이야기합시다."

● 제색(諸色) 각 방면.
● 색리(色吏) 감영이나 군아에서 곡물을 출납하고 간수하는 일을 맡아보던 구실아치.

두 사람이 걸음도 더디 걸었거니와 솔고개에 와서 늘어지게 앉아 있는 까닭에 두일 장터 못미처 찬우물 동네 가까이 왔을 때 날이 환히 밝았다.

김산이가 개울 건너 동네를 가리키며 황천왕동이더러

"저 동네에 저 친한 사람이 있는데 그 사람에게 들어가서 조반을 얻어먹구 두일루 내려갈까요? 두일이 바루 요 아랩니다."

하고 말하여 황천왕동이는 김산이를 따라서 찬우물 동네로 들어오게 되었다. 동네 어귀에 다 왔을 때 나무 가는 초군아이 너덧이 동네에서 나오는데 그중에 한 아이가 황천왕동이 눈에 낯이 익어 보이어서 이목구비를 자세히 보며 생각하여 보니 분명히 김억석이의 아들이라 황천왕동이가 그 아이 앞을 막아서며

"이애, 나 좀 봐라. 날 알겠느냐?"

하고 물었다. 그 아이가 한번 치어다보고 놀라는 듯 입을 벌리고 한참 만에

"여기를 어째 오셨세요?"

하고 말하는데 황천왕동이는 뜻밖에 만난 것을 너무도 신통하게 여겨서

"날 알지?"

하고 공연히 다져 물었다.

"그럼 몰라요?"

"너의 아버지가 이 동네서 사느냐?"

"아니요."

"아니라니?"

"저만 이 동네 와서 있세요."

"너의 아버지는 어디 있구?"

"꽃뫼서 살아요."

"꽃뫼가 어디냐?"

김억석이 아들이 대답하기 전에 김산이가 나서서

"꽃뫼라구 이웃에 조그만 동네가 있습니다."

하고 말한 뒤

"저애 아버지가 찾으시는 사람입니까?"

하고 물어서 황천왕동이는 고개를 끄덕이었다.

"그럼 두일 관상쟁이는 만나실 거 없지 않습니까?"

"인제는 두일을 갈 것 없이 꽃뫼루 가야겠소."

"하여튼지 조반은 여기서 잡숫구 가시지요."

"이애를 데리구 가면 좋겠는데."

"저는 꽃뫼 못 가요."

하고 김억석이 아들이 말하여

"왜?"

하고 황천왕동이가 돌아보았다.

"주인집 나무를 가니까 어디 갈 수 있세요?"

"너 이 동네 와서 머슴 사느냐?"

"네."

황천왕동이가 김산이를 보고

"나는 이애보구 말을 좀 물어보겠으니 그동안에 먼저 가서 밥을 시키면 어떻겠소?"

하고 말하니 김산이는 선뜻

"그렇게 하시지요."

대답하고 나서

"집을 모르실 테니 제가 조반을 시켜놓구 다시 뫼시러 나오겠습니다."

말까지 하고 동네로 들어갔다.

"어디 가 좀 앉아서 이야기하자."

황천왕동이가 앉을 자리를 둘러보다가

"저기 좋겠다."

하고 길가의 편편한 언덕을 가리키니 김억석이 아들은 동무 초군 아이들더러

"너들 먼저 가거라. 나두 곧 갈게."

하고 말한 뒤 황천왕동이의 뒤를 따라왔다. 언덕에 와서 앉은 뒤에 김억석이 아들이 비로소

"우리 누나 잘 있세요?"

하고 누이의 안부를 물었다.

"너의 누님은 너를 보구 싶다구 늘 말하는데 너는 누님을 보구 싶은 생각이 없느냐?"

"누나를 찾아가보겠다구 아버지더러 말까지 해봤세요."

"너의 아버지가 못 가게 하든?"

"그러면요. 남들이 듣는 데서는 누나 말도 하지 말라는데요."

"이번에 나하구 같이 가자."

"아버지가 가래야지 가지요."

"너의 아버지두 내가 데리구 갈 테다."

"새어머니가 못 가게 할걸요."

"너의 아버지가 여편네를 얻었느냐? 옳지, 그래서 귀여운 아들을 머슴살이를 내봤구나."

"아버지가 지금두 저를 귀애하지만 전만은 못해요."

"새어머니가 사람이 좋으냐?"

"무당이랍니다."

"화랭이˚두 아닌 너의 아버지가 어째 무당서방이 되었어?"

"처음에 조생원이, 조생원 아시지요? 관상쟁이 말씀이오."

"그래."

"아버지를 은인이라구 붙잡구 놓지 않아서 두일 조생원 집으루 같이 왔지요. 조생원 아낙네는 우리 온 것을 좋아 안 해서 우리 땜에 내외가 쌈까지 했세요. 아버지가 다른 데루 가기루 작정하구 곧 떠난다구 하더니 그 집에 다니는 과부 무당하구 어떻게 이야기가 되어서 갑자기 같이 살게 되었세요. 아마 조생원이 붙여주었는갑디다."

"그래 조생원이 꽃뫼다가 살림을 차려주었느냐?"

"아니요. 꽃뫼 집이 새어머니 집이에요. 새어머니가 송도 대왕당 큰무당의 조카딸이구 장단 관가 단골무당의 이성사촌이라나요."

• 화랑이
광대와 비슷한 놀이꾼의 패. 옷을 잘 꾸미며 입고 가무와 행락을 주로 하던 무리로 대개 무당의 남편이었다.

"꽃뫼 가서 무당 집 찾으면 너의 아버지를 만나겠구나."

"그렇지요."

이때 김산이가 동구 밖에 나와서 황천왕동이를 오라고 불렀다.

김산이 친한 사람의 집에서 식구들이 먹으려고 해놓은 이른 아침밥으로 먼저 손님을 대접하여 조반 요기가 별로 지체되지 않은 까닭에 황천왕동이가 김산이와 같이 찬우물서 꽃뫼로 올라왔을 때 해가 아직도 늦은 아침때가 못 되었었다. 꽃뫼 동네는 작은 동네요, 무당 집은 단 한 집이라 한번 묻고 두 번 물을 것 없이 바로 집을 찾았다. 삽작은 지쳐 있고 집안은 사람 없는 것같이 괴괴하

였다. 황천왕동이가 삽작을 밀어젖히고 안으로 들어오며 주인을 부르니

"주인 어디 갔습니다."

방 속에서 대답하는 사람이 있었다.

"주인 없다는 사람은 누구요? 나 좀 내다보우."

김억석이가 방에서 목을 내밀고 바라보더니 무서운 것을 본 사람처럼 눈이 휘둥그레지며 목이 자라목같이 옴츠라져 들어갔다.

"여보게 억석이."

김억석이가 허둥지둥 나와서 황천왕동이에게 문안하고 낯모르는 김산이에게까지 문안하였다.

"자네 깊숙이 들어와서 숨어 사네그려."

"제가 여기 와 사는 걸 어떻게?"

"어떻게 알았느냔 말이지? 청석골 이목이 사방에 널려 있는데 자네가 꽃뫼 와서 무당서방 노릇하는 걸 모르겠나."

"황송하외다."

김억석이가 구상전을 만난 것같이 벌벌 떠느라고 말을 똑똑히 못하였다.

"우선 방으루 좀 들어가세."

황천왕동이가 김산이와 같이 김억석이를 따라서 방으로 들어왔다. 밥그릇, 물그릇, 반찬그릇 등속이 방바닥에 놓여 있는 것을 김억석이가 부산히 치우는데 황천왕동이가

"인제 아침인가? 먹다 말았거든 마저 먹게."

하고 말하니 김억석이는

"다 먹었습니다."

대답하고 물그릇에 담긴 물을 꿀꺽꿀꺽 마시었다.

　황천왕동이와 김산이가 앉은 뒤에 김억석이도 쭈그리고 앉았다. 김억석이가 물을 먹고 떨리는 속이 진정되었던지 비로소 똑똑한 말로

"저를 보시려구 전위해 오셨습니까?"

하고 물었다.

"자네를 잡으러 왔네."

"제가 무슨 죄야 있습니까?"

"다시 오지 않구 숨어 사는 것이 도중을 배반하는 것이니까 그게 죄지 무엔가?"

"어찌하다가 그렇게 됐습지 제가 딸 생각을 하기루 배반할 맘을 먹을 리야 있습니까."

"그럼 두말 말구 나하구 같이 가세."

"오늘 가잔 말씀입니까?"

"지금 곧 나서란 말일세."

"말씀하긴 황송하지만 먼저 행차하시면 저는 추후해서 가겠습니다."

"같이 가지 못할 일이 무엇인가?"

"새루 얻은 기집이란 것이 송도에 있는 저의 고모가 앓아서 어제 갔습니다. 지금은 집이 비어 못 가겠습니다."

"대장 분부 내에 자네가 무슨 핑계를 하구 같이 오지 않으려구 하거든 자네 목을 베어가지구 오라셨네."

"핑계가 아니올시다."

"자네는 핑계가 아니라지만 대장께서 그렇게 아시나. 잔말 말구 같이 가세."

"제가 가면 죄를 당하겠습니까?"

"지금 나하구 같이 가면 무사할 겔세."

"다시 나오진 못하게 되겠습지요."

"자네가 여기 와서 무당의 서방 노릇하구 살구 싶다면 내가 배두령하구 상의해서 되두룩 힘써줌세. 도록에 실린 성명을 없애주지."

"꼭 그렇게 해주시겠습니까?"

"내가 언제 자네보구 실없는 말 하든가?"

"그럼 집을 비우구라두 뫼시구 가겠습니다."

"집을 맡길 만한 사람이 없나?"

"이웃집 늙은이에게 부탁해보겠습니다."

"어서 가서 부탁하구 오게."

황천왕동이가 김억석이를 재촉하여 꽃뫼서 별로 지체 않고 곧 떠나게 되었다.

밥재 윗고갯길로 고랑진까지 나오는 데는 김억석이와 김산이가 길라잡이 노릇을 하였고 고랑진서 점심 요기하고 장단을 지나 송도까지 오는 데는 황천왕동이가 앞서오며 뒤의 사람을 재촉하였다. 황천왕동이는 노량으로 걸었지만 김억석이와 김산이는 따라오느라고 죽을 애를 썼다. 점심 뒤에 팔십리 길을 오고 보니 삼사월 긴긴해도 벌써 다 지고 달빛이 생기었다. 세 사람이 달을 보고 청교를 지나올 때 황천왕동이가 뒤를 돌아보며

"시장들 하지? 우리 어디 가서 술잔이나 먹구 가세."
하고 말하니 김억석이가 풀기 없는 말소리로
"송도서 주무시지 않구 바루 나가실랍니까?"
하고 물었다.
"그럼 바루 나가지 이삼십리 남겨놓구 잔단 말인가?"
"저는 발병이 나서 십리두 더 못 갈 것 같습니다."
"밤중에 들어갈 작정하구 찬찬히 걸어가세."
"제 처의 고모가 검은학골서 사니 거기 가서 하룻밤 주무시구 가시지요."
"자네 여편네가 검은학골 와서 있나?"
"어제 당일은 못 왔을 게구 오늘 왔겠습지요."
"그래 여편네를 보구 갈 생각인가?"
"집을 비워놓구 왔으니까 얼른 가라구 말을 이르구 갔으면 좋겠습니다."
황천왕동이가 김산이를 돌아보며
"어떻게 할까?"
하고 의향을 물으니 김산이도 다리가 아파서 밤길 걸을 덧정이 없는 판이라

"검은학골 가서 주무시구 가는 게 어차피 좋을 것 같습니다."
하고 대답하였다. 황천왕동이가 고집을 세우지 않고
"셋 동행에 둘의 말을 안 좇을 수 있나."
하고 말한 뒤에 김억석이를 앞세우고 검은학골로 올라왔다. 무당의 집 앞에 와서 김억석이가 잠시 서 있으라고 말하고 집안으로 들어가더니 한동안 착실히 지나도 나오지 아니하여
"잠깐 섰으라구 하구 들어간 사람이 꿩 구워먹은 소식이니 웬일일까?"
"집을 비워놓구 왔다구 여편네가 사살낱이나 하는가 봅니다."
"아지미 집두 남의 집인데 손들을 끌구 왔다구 좋아 않는지 모르지."
"글쎄요. 그럼 어디 다른 데 가서 주무시지요."
"요기들이나 하구 그대로 가는 게 좋을 걸 공연히 왔어."
황천왕동이와 김산이가 서로 보고 지껄이는 중에 김억석이가 여편네와 같이 나왔다. 여편네가 걸음걸이는 멋들어 보이고 허리는 늘씬하고 얼굴은 말상이었다.
"이게 제 처올시다."
김억석이 말끝에 여편네는 황천왕동이와 김산이를 향하고 긴 허리를 굽실굽실하였다. 황천왕동이가 여편네더러
"이렇게 우들 와서 미안하우."
하고 말하니 여편네는
"천만에, 이렇게 밖에 오래 서 기시게 해서 지가 미안합지요."

대답하고 말하기 어려워하는 모양을 보이면서

"제 고모가 대단히 앓아서 지금 경황들이 없습니다."

하고 말을 내었다. 황천왕동이가 김억석이를 보고

"우리 가는 게 좋겠네."

하고 말하자 여편네가 선뜻

"이런 미안하고 황송할 데가 없습니다. 그러나 사정이 난처한 것을 통촉하셔서 용서하십시오."

하고 말하였다.

김억석이는 말할 것 없고 김산이와 황천왕동이도 검은학골서 자려고 장대고 갔다가 자지 못하고 도로 큰길로 내려오는 중에 술 파는 집을 찾아들어가서 술잔으로 요기들 하고 청석골로 나오는데, 김억석이와 김산이가 모두 걸음을 못 걸어서 황천왕동이는 갑갑한 것을 참다 못하여 마침내 탑고개 동네에 와서 그날 밤 쉬고 이튿날 식전에 산속으로 들어왔다.

황천왕동이가 찾으러 간 김억석이 외에 김산이까지 새로 데리고 온 것을 여러 두령들이 모두 좋아하는 중에 꺽정이는 옛날 검술 선생의 생각으로 그 조카를 못내 반겨하였다. 나중에 김산이는 꺽정이의 특별한 대접으로 청석골서 두령이 되고 김억석이는 황천왕동이의 주선으로 꽃뫼 가서 무당서방 노릇하고 살게 되었다.

# 임꺽정 ❼ 화적편 1

1985년  8월 31일   1판  1쇄
1991년 11월 30일   2판  1쇄
1995년 12월 25일   3판  1쇄
2007년  8월 15일   3판 15쇄
2008년  1월 15일   4판  1쇄
2021년  3월 12일   4판  9쇄

지은이  홍명희
편집  김태희, 박찬석, 조소정, 이은경
디자인  오진경
제작  박흥기
마케팅  이병규, 양현범, 이장열
홍보  조민희, 강효원

출력  블루엔
인쇄  천일문화사
제책  정문바인텍

펴낸이  강맑실
펴낸곳  (주)사계절출판사
등록  제406-2003-034호
주소  (우)10881 경기도 파주시 회동길 252
전화  031)955-8588, 8558
전송  마케팅부 031)955-8595 | 편집부 031)955-8596
홈페이지  www.sakyejul.net
전자우편  literature@sakyejul.com
블로그  skjmail.blog.me
페이스북  facebook.com/sakyejul
트위터  twitter.com/sakyejul

ⓒ 홍석중 2008

값은 뒤표지에 적혀 있습니다. 잘못 만든 책은 구입하신 서점에서 바꾸어 드립니다.
사계절출판사는 성장의 의미를 생각합니다. 사계절출판사는 독자 여러분의 의견에 늘 귀 기울이고 있습니다.
이 책은 저작권법에 따라 보호받는 저작물이므로 무단 전재와 무단 복제를 금합니다.

ISBN 978-89-5828-267-9 04810
    978-89-5828-260-0 (세트)